KB076212

미술과 문학에 나타난
그로테스크

미술과 문학에 나타난 그로테스크

1판 펴낸 날 2011년 5월 20일
2판 펴낸 날 2019년 5월 10일
3판 펴낸 날 2023년 5월 30일

지은이 | 볼프강 카이저   옮긴이 | 이지혜
펴낸이 | 김삼수   편집 | 김소라   디자인 | 디자인포름
펴낸 곳 | 아모르문디   등록 | 제313-2005-00087호
주소 | 서울시 마포구 월드컵북로5길 56 401호
전화 | 070-4114-2665   팩스 | 0505-303-3334
이메일 | amormundi1@daum.net

ISBN 979-11-91040-29-6 (03800)

미술과 문학에 나타난

그로테스크

볼프강 카이저 지음
이지혜 옮김

아모르문디

일러두기

1. 이 책은 볼프강 카이저(Wolfgang Kayser)의 *Das Groteske: Seine Gestaltung in Malerei und Dichtung* (1957)을 번역한 것이다.
2. 주요 저서와 문학 작품의 제목, 저자명은 본문에 원어를 병기하였으며, 미술 작품의 제목은 원어를 생략하였다.(단, 그리스어와 러시아어의 경우는 독자의 편의를 위해 로마자로 병기하였다.)
3. 저자 주는 각주로 표시하였으며, 역자 주는 본문에 표시하였다.
4. 그리스도교 성서 표기 및 인용은 공동번역 개정판을 따랐다.

저자 서문

이 책이 완성되기까지는 — 감히 완성되었다는 표현을 쓰는 일이 허락된다면 — 매우 오랜 시간이 걸렸다. 15년 전 처음으로 프라도Prado 미술관을 방문했을 때 나의 내부에서는 어떤 호기심이 깨어났는데, 당시에는 그것이 어떤 분야의 연구 주제로 발전할지 스스로도 알지 못했다. 벨라스케스Diego Velasquez와 고야Francisco de Goya의 작품은 물론 16세기에 수집된 보쉬Hieronymus Bosch와 소小 브뤼겔Pieter Brueghel de Jonge (혹은 '지옥의 브뤼겔')의 작품에도 하나같이 불안과 혼란을 불러일으키는 무언가가 어른거렸다. 이 무언가는 특정한 문학작품들에도 깃들어 있었다. 장 파울Jean Paul의 『미학 입문Vorschule der Ästhetik』에서 스페인과 영국의 예술가들이 그로테스크에 남다른 재능이 있다는 소견을 발견했을 때(물론 장 파울은 여기서 이 용어를 사용하지는 않았다), 나는 내 추측이 옳았음을 확인하는 기쁨과 더불어 다른 이에게 선두를 빼앗겼다는 아쉬움이 뒤섞인 감정이 들었다. 그러나 독일을 비롯한 각국의 미술과 문학에서도 곧 그로테스크의 사례를 발견할 수 있었으며, 어원에 대한 체계적인 추적 및 그와 더불어 점차 명료해져 가는 그로테스크에 대한 이해는 점점 더 많은 자료를 발견할 수 있도록 도와주었다.

이 연구에는 끝이 보이지 않았다. 사실은 이 책도 그로테스크의 역사를 쓰겠다는 거창한 의도로 집필된 것은 아니다. 이는 예술에 나타난 비극적 혹은 희극적 요소의 역사를 쓴다는 것만큼이나 만만치 않기 때문이다. 책을 쓰는 과정에서 나는 모든 종류의 문학은 물론 모든 시대 모든 민족의 미술에 대한 지식을 총동원해야 했다. 여기에 전혀 언급되지 않은 분야이긴 하지만 음악에도 일가견이 필요하다. 다소 아쉬운 마음으로 나는 음악을 제외시켰다. 그러나 라벨Ravel의 「그로테스크Grotesques」나 알반 베르크Alban Berg의 「보체크Wozzeck」, 리하르트 슈트라우스Richard Strauss의 수작들 중 특정 부분, 오르프Orff의 「카르미나 부라나Carmina burana」 등은 음악 분야에서의 그로테스크를 연구하고픈 욕심이 절로 나게 만들었다. 영화 역시 이 주제와 관련해 풍부한 자료를 제공하는 분야이다. 「비소와 낡은 레이스Arsenic and Old Lace」, 「레이디킬러Ladykillers」는 그로테스크를 더없이 완벽하게 다룬 수많은 작품들 중 두 가지 사소한 사례에 불과하다.

이 책의 목적은 다소 어렴풋하게나마 이어져 온 용어의 역사에 기대어 그로테스크가 과연 무엇인지 정의를 내리는 것이다. 이 원칙을 기준 삼음으로써 주제의 범위는 물론 15세기 후반부터 현대까지로 시간적 범위도 한정시킬 수 있었다. 단, 이 범위를 하나의 단위로 삼지는 않으며, 따라서 시간적 순차는 엄격히 지키지 않기로 한다. 각각의 역사적 상황에서 그로테스크가 어떤 개별적 표현양식을 갖는지가 주요 고려의 대상이다. 그로테스크를 초시간적 구도로 살펴봄으로써 그 특성을 파악하고자 하는 목적이 어느 정도 달성된다면 이 또한 나름의 방법론적 의의가 있다고 본다. 본인은 현대의 구조연구 방법론을 역사 연구에 최대한 활용하고자 했다. 일렬로 늘어선 묘목과도 같이 획일적인 분석은 누구에게나 금세 지루해지기 마련이다. 우리는 그보다 흥미로운 숲을 보고자 한다.

그로테스크 연구에 이토록 오래 매진한 이유가 이 주제가 그만큼 매혹적이기 때문이라고는 할 수 없다. 몇몇 독자들은 특정한 장을 읽으며, 심지어는 도판을 훑어보면서부터 이미 거부감을 느낄지 모른다. 그러나 본인은 이미 그러한 반응에 익숙하다는 점을 말해 둔다. 나로 하여금 매번 연구에 몰두하도록 만든 동기는 첫째, 이것이 전혀 새로운 주제라는 점, 둘째, 일반적인 것에 개별적인 특성을 부여하는 방법론적인 매력, 셋째, 미술과 문학을 총괄해 연구하는 일의 보람, 넷째, 미지의 영역을 탐색하는 일의 즐거움, 마지막으로 유명한 작품들을 연구하며 얻는 지식이었다. 질풍노도 드라마Sturm-und-Drang-Drama, 낭만주의 소설, 켈러Gottfried Keller의 단편, 빌헬름 부슈Wilhelm Busch의 삽화 작품, 그리고 20세기의 유명한 작품들이 모두 그것이다.

그러나 이처럼 학자들을 자극하는, 결국은 주관적이라 할 수 있는 충동 말고도 이 연구에 동인이 된 또 다른 무언가가 있다. 토마스 만Thomas Mann의 『파우스트 박사Dr. Faustus』에 서술자로 등장하는 세레누스 차이트블롬Serenus Zeitblom은 애매모호한 자연과 부조화된 예술에 드러난 '그로테스크한' 광경을 불신에 찬 눈초리로 바라보며, 오로지 '그런 허깨비로부터 안전한' 후마니오라(humaniora, '보다 인간다움'을 뜻하는 라틴어—역주)의 고귀한 제국에 머물고자 했다. 그러나 낯선 영역이라는 이유로 과거의 수많은 유산을 외면하는 역사학자는 자신의 의무를 다하지 않는 것이다. 특히 현대의 한 구성원으로서 이렇게 편협한 태도는 금물이다. 현대 예술은 다른 어떤 시대의 것보다 그로테스크에 가깝다. 예를 들자면 끝이 없을 정도이다. 장편 및 단편소설은 물론 미술 사조 역시 나름의 표현양식을 통해 이를 증명하고 있으며, 뒤렌마트Dürrenmatt에 버금가는 한 극작가는 비극적 희극이라 할 수 있는 비희극Tragikomödie, 즉 그로테스크극만을 유일한 현대 정통 연극으로 보기도 했다.

비극은 죄와 고뇌, 절도節度, 통찰력, 책임감을 전제로 한다. 백인종의 춤판이 막바지로 치닫고 있는 우리 세기의 푸줏간에서는 누구나가 무죄이며 누구든 아무 책임도 지지 않는다. 모두들 자신은 어쩔 수 없었다고 생각하며 일부러 이 지경이 되도록 만든 것도 아니라고 말한다. 주체 없이 상황은 흘러간다. 사람들은 정처 없이 휩쓸리다가 어딘가에 걸리는 대로 매달려 있다. 우리는 집단적으로 죄인이며 우리 선대가 저지른 죄악에 모두 함께 걸려들어 버렸다. 우리는 그들의 후손의 후손일 뿐이다. 우리 잘못은 아니지만 재수가 없었다. 죄악이란 개인의 행동이나 종교적 행위로서만 탄생하는 것이다. (⋯) 우리에게 남은 것은 희극뿐이다. 우리 세계는 핵무기의 시대를 맞듯 그로테스크의 시대를 맞았다. 요한계시록을 묘사한 히에로니무스 보쉬의 그림만큼이나 그로테스크해진 것이다. 그러나 그로테스크는 감각적인 표현방식에 불과하다. 형체가 없는 것의 형상, 얼굴 없는 세계의 얼굴이라는 감각적 모순이라는 소리다. 모순의 개념 없이는 인간의 사고도 없듯이, 모순 없이는 예술도 인간세계도 생각할 수 없다. 핵무기 덕분에, 정확히 말하면 핵무기의 사용에 대한 두려움 덕분에 유지되는 인간세계 말이다.”(「노부인의 방문Der Besuch der alten Dame」, 함부르크 독일연극관 정기간행물 제5호, 1956/57.)

과거의 그로테스크를 살펴보고 이 현상을 개념으로 정립하는 일은 그 자체만으로도 현대 예술에 접근하는 데, 나아가 현대인으로서의 확고한 입지를 다지는 데도 도움이 될 것이다.

이 책에서는 현대에 관해 비교적 적은 부분만을 할애했으며 이때 — 다른 장에서와 마찬가지로 — 시대정신에 대한 규명이나 논의는 생략한 채 그로테스크라는 현상에 대한 조명과 그 형태상의 문제만을 다루는 데서 그쳤다. 주제와는 동떨어진 이야기를 늘어놓았다는 비판도 마다하지 않겠다. 다만 이와 같은 학술서를 펴낼 때 으레 그렇듯 이것이 시작점 역할을 하기를 소망하며, 본서가 이 분야의 기초를 제공함으로써 향후 지속적인 관심이라는 학문적 성과가 나타나기를 바란다.

그로테스크에 관한 두 공동 세미나에 참석해준 틴텔노트Tintelnot 교수 및 학생들에게 특별한 감사를 전한다. 학구열에 넘치던 이들은 저자가 새로운 분야를 탐구하는 데 큰 자극이 되었다. 여러모로 도움과 조언을 준 괴팅겐 대학 미술사학과의 로제만Rosemann교수와 그의 동료들에게도 감사의 말을 전한다. 마지막으로 도판 작업에 기술적인 도움을 준 굴단 Guldan 박사의 친절에도 감사한다. 또 다른 감사의 말은 익명으로 전해야 할 것 같다. 이 책에서 다룬 것과 같은 주제로 독일 및 해외 각지에서 열렸던 그로테스크 강의의 청중들이 그 감사의 대상이다. 강의 뒤에 이어진 토론에서 본인은 언제나 새로운 아이디어와 유익한 자극을 얻을 수 있었다. 마지막으로 하버드 대학의 객원교수를 지내는 동안 본서의 내용 중 큰 부분을 집필할 만큼 여유를 누릴 수 있었던 데도 감사하는 바이다.

1957년 6월, 괴팅겐에서

차례

서론 : 문제의 제기

고트프리트 켈러는 『젤트빌라 사람들Leute von Seldwyla』 연작 중 하나인 「정의로운 세 명의 빗 제조공Die drei gerechten Kammacher」에서 다음과 같은 이야기를 들려준다. 젤트빌라에 사는 빗 만드는 장인의 집에, 명랑하고 낙천적이며 한가로운 삶의 기쁨을 누리며 사는 마을 주민들과는 정반대의 성향을 지닌 젊은 빗 제조공이 있었다. 그는 어떤 쾌락도 누리려 들지 않고 이른 아침부터 밤늦게까지 일만 했다. 무엇 하나 즐기지 않고 양말 속에 모아 둔 돈만도 꽤 되었다. 그에게는 "파렴치한" 계획이 하나 있었다. 아니, 정확히 말하면 계획이 그를 지배하는 — 작가는 이 부분을 미묘하게 표현한다 — 셈이었는데, 바로 돈을 모아 가게를 사들인 뒤 스스로 빗 만드는 장인 자리를 차지하는 것이었다. 그것도 그의 철두철미한 정의감으로는 도저히 익숙해질 수 없는 젤트빌라에 말이다. 그에게는 무엇도 아쉬울 게 없어 보인다. 비록 겨울 동안에는 하나뿐인 커다란 침대를 다른 동료들과 함께 써야 했지만, 봄이 되어 그들이 나가고 나면 아무도 방해하지 않는 자신만의 공간에서 "물 만난 물고기"처럼 편안했다.

그런데 어느 날 이상한 일이 일어난다. 그와 꼭 같은 성향을 지닌, 서술자의 표현에 의하면 그야말로 '도플갱어Doppelgänger'라 해도 무리가 없을 동료가 하나 들어온 것이다. 그리고 얼마 안 가 그와 똑같은 세 번째 젊은이가 들어온다. 이윽고 세 사람 사이에는 눈에 띄지 않게 치열한 경쟁이 벌어진다. 다투거나 불화를 일으키지는 않지만 서로를 의심쩍은 눈초리로 주시하며 상대방의 강점을 뛰어넘으려 애쓴다. 세 사람 사이에는 딱딱하고 활기 없는 분위기가 감돌게 된다. 새로 온 동료는 "성냥개비처럼 뻣뻣하고 조용히" 잠자리에 누워 있곤 한다. 서술자는 세 사람이 함께 덮은 이불을 청어 세 마리를 덮은 종잇장에 비유한다. 우리의 물 만난 물고기는 싱싱함을 잃었다. 삶을 잃은 것과 마찬가지였다.

마지막으로 들어온 동료는 나이가 가장 어렸기에 다른 두 사람에 비해 저축해 둔 돈이 적었다. 그러나 그는 "마술적 힘"을 얻음으로써 이러한 약점을 보충한다. 바로 빨래해 주는 여자의 딸인, 적잖은 재산이 있는 데다 혼기까지 찬 취스 뷘슬리의 마음을 빼앗은 것이다. 취스는 독특한 인물이다. 작가는 취스가 가진 온갖 보물을 설명하는 데 한 페이지 전체를 할애한다. 그녀의 집에 있는 각양각색의 집기에 관해서는 더 길게 묘사되는데, 그 중에는 어느 가난한 제본공이 종이로 만들어 선물한 중국 사원도 있다. 취스에게는 이처럼 열렬한 구애자가 여럿 있다. 가지각색으로 넘쳐나는 재산과 집기의 종류만큼이나 그녀의 수다도 끝이 없다. 틈만 나면 취스는 집에 모아둔 온갖 분야의 책에서 주워들은 이야기를 떠벌린다. 다른 두 젊은이는 새로 온 동료가 취스에게 구애하려는 걸 눈치채기가 무섭게 이 경쟁에도 뛰어든다. 두 사람은 여자에 대해서는 물론 아첨이나 구애에 대해서도 무지했다. 어디서부터 시작해야 할지조차 모를뿐더러, 사실 이들에게 구애

따위는 아무래도 좋은 것이었다. 그럼에도 이들은 취스의 방에만 가면 마치 언변 좋고 열정적인 구애자인 양 행동한다. 그러다 저녁이 되면 "세 자루의 연필"처럼 조용히 잠자리에 누워 똑같은 꿈을 꾸는 것이었다.

어느 날 밤 소동이 일어난다. 세 사람 중 하나가 꿈을 꾸다가 옆 동료를 친 것이다. 맞은 이는 또다시 세 번째 동료를 치고, 이렇게 세 사람은 잠도 덜 깬 채 격투를 벌이다가 한꺼번에 바닥으로 굴러떨어진다. 이윽고 완전히 잠에서 깬 그들은 악마가 잡으러 왔다고 생각하고는 덜덜 떨며 비명을 질러 댄다. 그리고 마침내 장인이 등불을 들고 보러 왔을 때에야 아무 일도 일어나지 않았음을 깨닫고 부끄러워한다. 그러나 아무 일도 아니었다는 말이 과연 옳은 것일까? 보다시피 확신도 직관도 잃었을 뿐 아니라, 순식간에 그들을 덮친 무언가의 손에 인형처럼 놀아나지 않았는가 말이다. 다음 날 아침 장인은 세 사람을 해고한다고 선언한다. 젤트빌라 주민들이 몇 년 동안 사용할 수 있을 만큼의 빗이 — 세 젊은이의 근면함 덕택에 — 창고에 쌓여 있다는 것이었다. 세 제조공은 장인 앞에 무릎을 꿇고 울면서 그곳에 머물게 해 달라고 애원한다. 봉급도 필요 없다고 한다. 절망에 찬 젊은이들의 애원과 그 광경을 보는 장인의 회심에 찬 미소는 그야말로 극적인 대조를 이룬다. 이윽고 그의 입에서 은밀하고도 냉혹한 대답이 나온다. 마을로부터 반 시간 떨어진 한 지점에서 경주를 시작해 가장 먼저 그의 집 대문을 두드리는 사람만이 그곳에 남을 것, 그리고 — 장인이 이를 통해 암시한 바로는 — 승리자가 그의 후계자가 된다는 것이었다. 젊은이들은 서둘러 취스에게 달려간다. 취스는 장인의 결정에 동참해 승리자의 구애를 받아들이기로 은밀히 결심한다. 어젯밤에 나타난 것이 악마라면 이번에는 신이 함께하는 것이라 생각한 것이다. 그녀가 젊은이들에게 펼쳐 보도록 강권하는 성경의 이런저런 대목에도 달리기와 뜀박질이 등장하지 않는가 말이다. 젊은이들은 이에 굴복해 어느 화창한 날 취스 뷘츨리와 더불어 약속된 지점으로 나간다. 작가는 이 부분에서 또한 번 한 페이지 이상 공을 들여 취스 뷘츨리의 차림새를 묘사한다. 그 뒤에는 기묘한 대화와 상황이 이어진다. 구애의 주인공이자 마술의 힘을 지닌 취스 뷘츨리는 상냥한 미소와 몸짓으로 마지막 화합의 장면을 연출하는 데 성공한다. 작가는 그녀의 노련함을 가리켜 "머리 위에 종을 달아 흔들고 입으로는 팬플루트를 불며, 손으로는 기타를 연주하고 무릎으로 심벌즈를, 발로는 트라이앵글을, 팔꿈치로는 등 뒤에 매달린 북을 치는 등 여러 악기를 동시에 연주하는" 명수에 비유한다. 그야말로 모든 종류의 질서가 복잡한 소용돌이에 휩쓸리며 뒤죽박죽이 되는 듯한 장면이다.

사실 취스 뷘츨리는 셋 중 가장 가진 것이 적은 막내 제조공만 아니면 누가 경주에서 이겨 자신을 독차지하든 상관없었다. 그리하여 취스의 원래 이미지는 순식간에 사라지고, 그녀는 여자의 무기인 "눈빛과 한숨과 유혹"을 총동원해 세 번째 젊은이를 구슬리는 데 성공한다. 그는 자신의 젊고 빠른 발을 믿고 다른 두 사람이 출발한 사이에 취스와 함께 어둑한 숲 속으로 숨어든다. 그런데 여기서 속임수를 쓰려던 장본인이 속임수에 걸려드는 일이 벌어진다. 연극을 하는 중에 취스가 "방향 감각"을 잃는 것이다. "그녀의 심장은 등판을 기어 다니는 벌레처럼 소심하고 무기력하게 오그라들어 디트리히에게 온통 사로잡혀 버렸다." 얼마 후 젤트빌라로 돌아가는 길에 두 사람은 이미 한 쌍의 신혼부부나 다름없었다. 게다가 장인의 집에도 그들은 일착으로 당도한다. 빚이 있던 장인은 심지어 상점을 즉시 자신들에게 파는 것이 어떠냐는 이들의 제안도 기꺼이 받아들인다. 하지만 상황은 또다시 뒤집힌다. 취스 뷘츨리가 가사의 통제권을 행사하면서 디트리히는 승리의 기쁨을 맛볼 기회조차 오래 누리지 못하게 된다.

여기서 우리는 문학의 전형적인 도식을 발견하는 동시에 유쾌한 웃음을 유발하는, 기묘하면서도 부분적으로는 풍자성을 띤 세계와 마주치게 된다. 그런데 다른 두 젊은이는 어떻게 되었을까? 그들은 "두려움과 고통에 사로잡혀 (…) 겁에 질린 두 마리의 말처럼" 점점 더 속도를 높여 가며, 그리고 점점 더 절망에 휩싸여 마을로 달려간다. 젤트빌라 주민들은 이 기회를 놓치지 않고 축제를 벌이려 거리를 장식해 놓고 있었다. 한 젊은이가 "요괴처럼" 경쟁자의 배낭을 잡고 늘어진다. 그 바람에 뒤처진 다른 젊은이는 지팡이로 상대방의 다리를 걸어 넘어뜨린다. 몸을 추슬러 일어나던 쪽은 또다시 자신을 막 앞지르는 상대의 옷자락을 잡는다. 으르렁거리던 두 사람은 이윽고 훌쩍훌쩍 울며 난투극을 벌이기 시작한다. 마을 여인네들은 창가로 몰려들어 "이 파란만장한 광경을 내려다보며 낭랑한 웃음을 터뜨렸고" 유쾌함이 온 마을에 넘실거린다. 그러나 두 사람은 그것을 듣지도 보지도 못한다. "그들의 눈에는 아무것도 보이지 않았다. 사람들은 떠들썩한 행렬을 이루며 온 마을을 가로질러 반대편 성문 밖으로까지 (두 사람을) 따라 나갔다." 마침내 제정신이 든 젊은이들은 인생 계획이 망가졌음은 물론 성실하고 신중한 인물이라는 평판도 옛말이 되었음을 깨닫는다. 지금까지의 궤도에서 이탈해 두 번 다시 "되돌아갈" 수 없게 된 것이다. 둘 중 한 사람은 출발점이었던 나무에 스스로 목을 매고, 다른 하나는 "아무도 벗 삼고자 하지 않는" 타락한 인간이 되어 버린다.

이야기가 어떻게 끝이 나는가? 초반부에 독자는 청어니 연필, 별똥별 등의 비유에 웃음을 터뜨릴지 모른다. 그러나 소설의 분위기가 경직되면서 웃음은 점차 떨떠름한 쓴웃음으로 변해 가다가 마침내는 완전히 사라지고 만다. 독자는 당혹감에 사로잡히며, 특히 마지막의 파멸을 어떻게 받아들여야 할지 몰라 당황한다. 이는 희극도 풍자도 아닐뿐더러, 비극이라고도 할 수 없다. 등장인물의 유형이나 이야기의 경과는 일반적인 범주 내에서의 이해를 어렵게 만든다. 이것이 그로테스크인가? 켈러는 여기서 그로테스크 형식을 취하고 있는가?

그러나 이런 단정은 작품을 이해하는 데 아무런 도움도 되지 않는다. 우리가 그토록 흔히 듣고 사용하는 '그로테스크'란 개념은 분명 학문적 사고의 범주에 들지 않기 때문이다. 이 단어는 점점 더 자주 사용되는데, 유심히 관찰해 보면 사람들이 경멸의 의미로 오용하는 어휘의 무리에 휩쓸리고 있는 듯 보인다. 사람들은 무시할 수 없는 감정이입의 정도를 표현하는 데 이런 어휘들을 사용하되 '기묘한', '엽기적인', '믿을 수 없는' 따위의 애매한 의미 이상의 본질을 규명하려 들지는 않는다. 우리가 가장 접하기 쉬운 도구, 즉 어학 사전에도 그로테스크라는 단어는 빠져 있는 일이 흔하며, 있다 해도 차라리 없느니만 못한 경우가 다반사이다. 현재 이 단어는 문학 분야(가령 라블레François Rabelais나 피샤르트Johann Fischart, 모르겐슈테른Christian Morgenstern의 작품을 특징지을 때 흔히 사용되듯)에서뿐 아니라 미술과 음악(라벨은 「그로테스크」라는 곡을 작곡했다), 무용 예술의 일종을 가리키는 표현으로도 사용된다. 심지어 '그로테스크체'라는 서체도 있다. 말하자면 이것을 하나의 미학적 범주로 보아도 될 듯하다. 그러나 미학 이론서를 뒤적여 보는 사람은 또 한 번 실망하게 된다. 여기에도 이 용어가 분명 나오기는 하는데, 기이하게도 그 정의는 언제나 한결같다. 거의 모두가 18세기에 최초로 나온 그로테스크의 용법과 별다른 차이가 나지 않는 것이다. 가령 유스투스 뫼저Justus Möser는 "그로테스크하고 기이한"이라는 표현을 썼고, 플뢰겔Flögel 역시 1788년 그의 첫 작품이자 오늘날에도 학문적 가치가 있는 저서에 『그로테스크하고 기이한 것의 역사Geschichte des Grotesk-komischen』라는 제목을 붙였다. 미학자들은 그로테스크의 개념을 설명할 때면 늘 "기이함의 아종이되 조야하고 저급하고 우스꽝스러우며 몰취미하기까지 한 기이함"이라는 꼬리표를 달았다. 1953년 니콜라이 하르트만Nicolai Hartmann의 사후 출간된 『미학Ästhetik』에서도 이와 유사한 글귀를 발견할 수 있다. "흔히 거론되는 기이함에는 두 종류가 있다. 첫째는 조잡한 기이함, 즉 그로테스크하거나 우스꽝스럽거나 호들갑스러운 것으로 바뀌기 쉬운 기이함이며 둘째는 세련된 기이함인데……." 말하자면 그로테스크는 켈러나 라벨, 무용 예술, 스페인 미술의 작품세계가 아니라 장터 연극에나 붙일 수 있는 개념이었다.

스페인 예술가들이 그로테스크에 관한 한 유럽의 다른 민족을 능가한다는 사실은 플뢰겔도 이미 강조한 바다. 그는 이것을 "스페인 민족의 방종하고 열띤 상상력"으로 치부했다. 17세기 프랑스 비평가들도 이미 프랑스 예술과 스페인 예술의 차이점을 규명하면서 이 같은 해석을 내놓은 바 있다. 전자와 후자 간의 차이점이라면 플뢰겔은 그로테스크를 순전히 저급하고 조야하며 우스꽝스러운 것으로만 취급했다는 점이다. 실제로도 프라도 미술관을 관람하다 보면, 켈러의 단편들이나 스턴Sterne의 『트리스트럼 샌디Tristram Shandy』보다 강렬하고(호프만E. T. A. Hoffmann의 작품이나 에드거 앨런 포Edgar Allan Poe의 『그로테스크하고 아라베스크한 이야기들Tales of the Grotesque and Arabesque』까지 갈 필요도 없이) 그로테스크의 개념을 둘러싼 해결되지 않은 논란보다도 복잡한 그로테스크 예술을 몸소 체험할 수 있다. 벨라스케스의 작품들이 전시된 입구 쪽의 홀에서부터 이미 불구와 기형의 인물들, 그리고 신체적 결함에도 불구하고 왕에게 '사촌'이라는 호칭을 썼던 궁정 난쟁이를 그린 그림들이 눈에 띄기 시작한다. 한 전시실에는 벨라스케스의 주요 작품 중 하나인 「궁정의 시녀들」이 걸려 있다. 어린 공주가 매혹적인 궁정의 시녀들에게 둘러싸여 있는, 생기로운 우아함과 사랑스러움이 넘치는 작품이다. 그림을 보고 있으면 비단으로 만든 드레스의 사락거리는 소리가 들리는 듯하다. 생기로운 우아함과 사랑스러움에 더해 궁정의 위엄과 신성함까지 느껴진다. 바로 벨라스케스가 즐겨 그렸던 모티프인 거울을 통해서인데, 거울은 그림의 배경인 방 안이 아니라 방문 앞에 앉아 있는 왕과 왕비의 모습을 비추고 있다. 그러나 방의 오른쪽 전면에는 우아함과 극명한 대조를 이루는 충격적인 요소가 매우 크고도 눈에 띄게 그려져 있다. 여기 그려진 두 시녀는 불구이고 기형적인 모습을 하고 있다. 이런 대조가 두드러지는 이유는 이들의 흉하고 부자연스러운 모습이 단순히 색다른 소재이기 때문이 아니라, 하필 이들이 궁정의 구성원으로서 거기에 있기 때문이다.

　이제 고야의 작품이 있는 전시실로 가 보자. 아들을 잡아먹는 사투르누스의 그림, 벽걸이 양탄자의 도안, 「카프리초스」(Caprichos: '변덕' 또는 '제멋대로'란 뜻으로, 형식에 구애받지 않는 자유로운 회화 양식—역주)나 「전쟁의 참화」 연작도 있다. 참화 연작 중 「공공의 안녕에 반하여」(**그림 25**)라는 제목이 붙은 그림에는 법복을 입은 형상이 쭈그리고 앉아 냉담하고 무관심한 태도로 무언가를 책에 적는 모습이 그려져 있다. 그런데 이 형상은 인간을 그린 것인가? 손가락 끝에는 뾰족한 손톱이 달려 있고 발은 갈퀴처럼 생겼으며 귀 대신에 박쥐의 날개가 솟아 있다. 그러나 이것은 단순히 공상의 세계에 나오는 괴물이 아니다. 화면 오른쪽 구석에 절규를 내뱉으며 몸부림치는 전쟁 희생자들의 모습이 인간 세상이라면, 이 잔혹한 요괴는 바로 그 위에 군림하는 존재다. 고야의 연작 중 다수는 캐리커처, 풍자화, 신랄한 풍속화다. 그러나 이런 범주만 가지고 설명하기에는 모자라다. 고야의 판화 연작에는 보는 사람을 충격에 빠뜨리고 망연자실하게 만드는 섬뜩함과 음침함과 심연이 도사리고 있다. 그림을 감상하노라면 끝없는 수렁으로 빠져드는 듯한 느낌에 사로잡힌다. 계속해서 미술관을 둘러보다 보면 1516년에 사망한 히에로니무스 보스와 1569년에 사망한 대大 피터르 브뤼헐Pieter Bruegel de Oude(혹은 '농민의 브뤼헐')의 그림들과 마주친다.(스페인 궁정은 16세기에 이미 이런 네덜란드 화가들의 작품을 수집하였다.) 지옥과 심연을 그린 이들의 그림 앞에서 관람자는 고야의 작품들을 둘러볼 때와 같은 섬뜩함을 느끼게 된다.

1장 그로테스크 : 실재와 용어

1. "오늘날 그로테스크라 불리는 것"

앞서 프라도 미술관 관람에 대해 기술한 것은 괜한 사족이 아니다. 이는 우리를 미술의 세계로 안내함으로써 '그로테스크'를 확고한 개념으로 정립하려는 시도에 꼭 필요한 발판이 된다. 이때 이 용어의 역사를 단계적으로 일별하는 일은 그 개념을 명료히 하는 데 좋은 수단이 될 것이다.[1]

그로테스크라는 명사와 '그로테스크한'이란 형용사, 그리고 그에 상응하는 다양한 언어권의 어휘들은 이탈리아어에 기원을 둔다. 이탈리아어 '그로타(grotta, 동굴)'에서 유래한 '라 그로테스카La grottesca'와 '그로테스코grottesco'는 15세기 말 로마를 위시해 이탈리아 곳곳에서 발굴된 특

---

1 그로테스크 예술의 등장이 용어의 등장에 앞선다는 사실, 그리고 그로테스크 예술의 역사를 총정리하려면 중국, 에트루리아, 아스테카, 고대 게르만의 예술 및 고대 그리스의(아리스토파네스Aristophanes!) 문학을 비롯한 여러 문학까지 함께 고려해야 함을 주지해 두는 바다.

정한 고대 장식미술을 지칭하는 용어가 되었다. 당시 발견된 고대 장식
벽화는 이전에는 어디서도 볼 수 없던 것이었다. 사람들은 곧 이것이 로
마의 토착 유물이 아니라 기원전후가 나뉘는 비교적 늦은 시기에 로마에
새롭게 유행한 양식이라고 단정지었다. 바사리Vasari는 소위 티투스Titus
성이라 불리는 장소에서 발굴된 벽화를 묘사하며 아우구스투스Augustus
(기원전 63~기원후 14) 황제 시대의 건축가 비트루비우스Vitruvius가 쓴
『건축십서De architectura』 중 일부를 인용했다. 비트루비우스는 이 책에
서 당시 로마에 유행한 야만인의 양식을 다음과 같이 혹평하고 있다.

실제 모양을 본뜬 이 모든 모티프는 이제 괴이한 유행에 자리를 빼앗기고 있다.
사람들은 현실세계를 정확히 모사한 그림을 제쳐 두고 요괴 그림으로 벽을 장
식한다. 원주 대신 난잡한 잎사귀와 소용돌이로 장식되고 홈이 파인 장대를, 합
각머리(건축물에서 지붕의 양면이 만나 삼각형 모양을 이루는 부분—역주) 대
신 장식물을 그려 놓거나 색칠한 벽감을 얹은 가지 달린 등燈도 그려 놓는다.
꼭대기에는 화사한 꽃들이 뿌리로부터 덩굴처럼 휘감아 오르는가 싶다가 막판
에 엉뚱한 인물상이 꽃 위에 앉아 있기도 하다. 마지막으로 장대들은 사람 혹은
동물의 머리를 한 반신상을 받치고 있다. 그러나 이런 모양의 기둥은 현실 어디
에도 존재하지 않으며, 과거에도 없었고 앞으로도 결코 생기지 않을 것이다.
　장대가 어떻게 지붕을 떠받치고 가지 달린 등으로 어찌 합각머리를 장식할
것이며, 부드럽고 연약한 덩굴 위에 그런 형상이 어찌 앉을 수 있단 말인가! 또
한 뿌리와 덩굴로부터 반은 꽃이고 반은 사람인 무엇이 자라난다는 것이 어떻
게 가능하단 말인가![2]

---

2 Ludwig Curtius, *Die Wandmalerei Pompejis*, 1929, p.131. 쿠르티우스는 이 새로
운 양식의 기원지로 소아시아를 언급하고 있다.(p.138)

비트루비우스는 사실 그대로의 자연이라는 잣대를 들이대며 이 새로운 양식의 구성요소 및 조합을 혹평했지만, 그래도 이 양식이 퍼지는 것을 막을 도리는 없었다. 16세기의 비평가들 또한 아우구스투스 시대를 살았던 선배 비평가들과 같은 주장을 되풀이했으나 이 또한 새로운 유행을 저지하기에는 역부족이었으며, 18세기 고전주의 시대에도 마찬가지 현상이 반복되었다. 르네상스 시대 이탈리아의 화가들과 그 의뢰인들도 이 새로운 양식을 수용했다. 1502년 추기경 토데스키니 피콜로미니Todeschini Piccolomini는 화가 핀투리키오Pinturicchio에게 시에나 대성당 부속 도서관의 천장화를 맡기면서 "오늘날 그로테스크라 불리는 것(che oggi chiamano grottesche)의 상상력과 색채, 배치를 활용해" 그릴 것을 당부했다고 전해진다. 그로테스크 장식화 중에서도 가장 커다란 명성과 영향력을 떨친 것은 라파엘로Raffaello가 1515년경에 그린 교황청 로지아(loggia, 한쪽이 트인 주랑—역주)의 기둥 장식화였다(**그림 1**). 앞에서 비트루비우스가 그로테스크에 관해 묘사한 바를 우리는 라파엘로의 작품에도 그대로 적용할 수 있다. 휘감기듯 솟아나는 덩굴, 덩굴의 잎사귀에서 자라난 동물의 형상(이는 식물과 동물의 구분이 홀연히 사라지는 느낌을 준다), 가면과 가지 달린 등과 사원이 이어지며 수직으로 부드럽게 떨어지는 양 측면의 선(여기서는 정역학의 법칙이 완전히 무시된다)이 모두 그렇다. 여기서 새로운 것은 라파엘로가 추상적인 장식과 대조를 이루는 실제 형상을 본뜬 장식을 그렸다는 점이 아니라(양식화된 꽃과 잎사귀, 동물의 조합은 이미 오래전부터 미술에 널리 쓰이고 있었다. 일례로 기베르티Ghiberti와 그의 제자들의 경우를 들 수 있다), 이 세계에서는 자연의 질서가 무너지고 있다는 점이다. 물론 동시대의 다른 예술가들의 것에 비하면 라파엘로의 그로테스크 장식은 소극적이고 덜 파격적이며 친숙한 느낌마저 준다. 마치 개성적이고 환상적인 유희의 세계처럼 느껴진다. 이 장식화를 직접 감상한 괴테Goethe는 논문 「아라베스크에 대하여Von Arabesken」의 말미에서 이를 묘사하며 그것이 내뿜는 생기와 나긋나긋함, 참신한 발견에 깃든 호사로운 풍부함을 칭송했다.

혹자는 괴테가 라파엘로의 환상세계에 엿보이는 괴기스러움을 외면한 것이 아닌지 의문을 품을 수도 있다. 그러나 괴기스러움이라면 다른 이탈리아 예술가들, 예컨대 동판 조각가인 아고스티노 베네치아노Agostino Veneziano의 그로테스크(그림 2)에 훨씬 분명히 드러난다. 한층 더한 환상이 가미된 이 그림의 세부 요소들(인간의 몸뚱이가 동물이나 식물의 형상으로 변모하는 모습 등)에서는 대칭 구도가 산산이 파괴되고 비율도 심하게 왜곡되어 있다. 그나마 여기에는 명료한 선이라도 남아 있었지만, 루카 시뇨렐리Luca Signorelli(그는 1499~1504년에 이미 오르비에토 대성당의 벽화를 그렸다)는 이마저 아예 각종 도구와 덩굴, 반인반수의 형상이 어지럽게 뒤섞인 덩어리로 뭉개 버렸다(그림 3·4). 게다가 이러한 장식의 세계는 그 자체로 끝나는 것이 아니라 밝고 엄격한 질서가 지배하는 세계와 대조되는 어둡고 섬뜩한 배경으로 활용되기에 이른다(이것도 이전에 발굴된 고대 유물을 모방한 것이다). 벽화에 들어간 원형 부조에는 단테Dante의 『신곡La Divina Commedia』에 나오는 장면들이, 벽화 한가운데는 베르길리우스의 초상화가 그려져 있다.

고대 유물로부터 영감을 받은 특정 양식의 장식미술을 가리키는 단어 '그로테스코grottesco'는 르네상스 시대의 사람들에게 유희적인 명랑함이나 자유로운 환상만을 뜻하는 것이 아니라 현실의 질서가 파괴된 세계와 대면할 때의 긴장감과 섬뜩함 또한 의미했다. 사물, 식물, 동물, 인간의 영역에 대한 명확한 구분도, 정역학의 질서, 대칭의 질서, 자연스러운 크기의 질서도 사라지고 없다. 16세기에 그로테스크를 지칭하던 또 다른 표현인 '화가의 꿈sogni dei pittori'에도 이 점은 잘 드러난다. 인간세계의

그림 2 아고스티노 베네치아노, '그로테스크', 16세기

모든 것이 질서의 파괴와 그로테스크 장식에서 표현된 전혀 새로운 세상을 체험하게 되는 영역을 이렇게 부른 것이다. 이러한 체험의 세계에서는 어디까지가 실제이고 진실인지 숙고하는 일도 무용지물이다. "꿈의 작품을 창작하고자 하는 이는 모든 창의력을 뒤섞어야 한다"라고 말한 뒤러 Albrecht Dürer 역시 '화가의 꿈', 즉 이탈리아에 등장한 이 신경향 예술을 이미 알고 있었을 것으로 추정된다.

16세기에 이탈리아로부터 알프스 이북으로 전파된 그로테스크는 소묘와 판화, 미술과 조각 장식에 이르기까지 장식과 관련된 모든 영역을 지배하게 되었다. 서적 인쇄, 건축의 구성요소인 벽화, 각종 도구와 장신구에서도 이는 쉽게 눈에 띈다. 장식예술의 특별한 양식으로서 그로테스크는 나름의 모티프와 구도를 갖추고 있으되 결코 특정 표현방식에 얽매이지는 않는다. 얼핏 선적인 형태를 갖춘 듯싶다가도 이내 이탈리아 예술가들이 16세기 프랑스에서 창안한 특유의 형태로 흡수되는데, 이렇듯 특징적인 기본 표현요소를 '소용돌이 장식'이라 부른다.3 이 표현방식은 장식예술의 다른 두 양식이자 나름의 모티프와 구도를 갖추고 그로테스크와 더불어 16세기에 전성한 아라베스크Arabesque와 모레스크Mauresque(무어 양식) 양식에까지 유입되었다. 이 두 가지 개념이 후에 문학 분야에 등장하면서 한동안 세 용어가 동일한 의미로 뭉뚱그려져 사용되기도 하므로, 여기서 아라베스크와 모레스크에 관해 간략히 알아보기로 하자.

미학에서는 위 세 가지 양식을 명확히 구분하며 실제로도 그렇게 하는

---

3 에리크 포르스만Erik Forssman은 그의 연구서(*Säule und Ornament, Studien zum Problem des Manierismus in den nordischen Säulenbüchern und Vorlageblättern des 16. und 17. Jahrhunderts*, Stockholm, 1956, p.113)에서 소용돌이 장식이 퐁텐블로성의 장식(1530년 이후)으로부터 비롯되었다는 전통적인 견해에 맞서 이 장식 형태가 여러 곳에서 동시에 탄생했다는 설을 내세웠다.

편이 옳다. 기본 구상에서 세 양식이 저마다 독립적이기 때문이다. 모레
스크란 균일한 바탕(대개 흰색 바탕 위에 검은색으로 장식이 그려짐)에
표현된, 부드럽고 전체적으로 평면적인(말하자면 전혀 입체성이 가미되지
않은) 장식 기법을 지칭한다. 모티프로는 엄격하게 양식화된 잎사귀와 덩
굴식물만이 사용된다. 반면에 아라베스크는 입체적이며 모레스크와 달리
구조적 요소까지 갖추고 있고(상하 구분이 분명함), 장식무늬가 풍성하게
화면을 채운다(따라서 바탕이 완전히 뒤덮이기도 한다). 모티프로는 자연
의 형태에 한층 가깝게 표현된 덩굴식물과 잎사귀, 꽃잎이 사용되며 여기
에 동물 모티프가 가미되는 경우도 있다. 아라베스크의 유래를 둘러싼 최
근의 논의에서는 이 양식이 명칭에서 추정되는 것처럼 아랍 문화권에서
전파된 것이 아니라 이미 '고대 그리스·로마 시대로부터 전해진 장식 유
산'임을[4] 강조하는 목소리도 있었다. 그러나 르네상스 예술가들이 이슬람
세계로부터 유입된 요소를 수용하고 변화시켜 아라베스크 장식에 활용했
다는 사실에는 논쟁의 여지가 없다.

이처럼 명확한 미학적 분석을 통해, 미술사학자들은 15~18세기 미술
사에 혼합된 양식이 끊임없이 등장했으며 전문용어상으로도 흔히 세 가지
표현이 뚜렷한 구분 없이 사용되었음을 간파했다. 가령 플뢰트너Peter
Flötner가 제작한 유명한 『모레스크 서Maureskenbuch』(1549)에는 그로
테스크 혹은 아라베스크 양식으로 분류할 수도 있는 장식화들이 등장한
다. 밀라노 출신의 화가이자 작가인 로마초Lomazzo는 1587년에 이미
"그로테스크는 아라베스크와 대립 관계가 아닌 상호 관계 속에서 발전했
다"고 결론 내리기도 했다.

---

4 L. Pulvermacher i' *Reallexikon zur deutschen Kunstgeschichte*, Otto Schmidt
편, Bd. I, 1937(Arabeske).

1600년경 선명한 소용돌이무늬 장식이 구불구불한 연골 장식으로 대체됐을 때도 그로테스크 자체는 지속적으로 발전했다.(보다 역동적인 형태로의 변화는 소위 만곡彎曲 그로테스크라 불리던 양식에서 이미 나타났다. 프랑스의 판화가 들론Delaune이 고안한 이것은 17세기 독일에서 루카스 킬리안Lucas Kilian과 데 브리De Bry 형제에 의해 계승되었다.) 다른 나라에서는 이러한 연골 그로테스크가 곧 사라졌지만 독일에서는 얌니처Christoph Jamnitzer의 『신 그로테스크 서Neuw Grottessken Buch』 (1610)에 등장하는 것을 비롯해 17세기 후반까지 사용되며 독특한 형태를 발달시켰다. 문학사가인 필자는 그리멜스하우젠H. J. Christoffel von Grimmelshausen의 몇몇 저서에 실린 권두 삽화를 통해 이 양식을 익히 알았다. **그림 5**와 **6**은 지몬 캄머마이어Simon Cammermeir와 요한 하인리히 켈러Johann Heinrich Keller의 장식화(모두 1680년경 제작)이다. 여기서는 뚜렷한 윤곽선이 완전히 사라지고 없다. 비현실적으로 왜곡된 동물과 괴수들의 머리와 몸통(이들은 대개 가면처럼 양식화되어 있다)이 물흐르듯 뒤섞이며 곳곳에서 덩굴과 소용돌이 혹은 또 다른 신체 일부가 솟아나기도 한다. **그림 6**의 중앙에서는 이미 형체가 일그러진 두 개의 머리가 결합되어 가는 모습을 분명히 볼 수 있다. 두 머리는 코 부위를 공유하고 있다. 연골 그로테스크에는 더 이상의 어떤 발전도 용납하지 않는 극단성이 표출된다. 이후의 그로테스크 장식 발달사가 16세기부터 이어져 오던 만곡 그로테스크 양식과 다시금 맞물리는 것도 그 때문이다. 1700년 무렵에는 아칸투스 잎 문양이 주를 이루는 가운데 먼저 프랑스에서, 뒤이어 독일에서도 새로운 모티프들이 나타났다. 천재적이었으나 안타깝게도 단명한 파울 데커Paul Decker(1677~1713)의 『그로테스크』 시리즈 여덟 권에는 그로테스크 장식 최초로 중국풍 모티프가 등장하기도 한다.

이로써 그로테스크의 실재에 관한 대강의 설명을 마무리 짓고5 이제

그림 5 지몬 캄머마이어, '만곡 그로테스크'. **그림 6** 요한 하인리히 켈러, '만곡 그로테스크', 1680년경

---

5 P. Jessen, *Der Ornamentstich*, 1920; P. Jessen, *Meister des Ornamentstichs*, 4 Bde., 1922~1924; R. Berliner, *Ornamentale Vorlageblättern des 15. bis 18. Jahrhunderts*, 1925/26; Emmy Rosenbacher, *Die Entwicklung des deutschen Ornamentstichs von 1660~1735*, Dissertation, Hamburg, 1930; Felicitas Rothe, *Das deutschen Akanthusornament des 17. Jahrhunderts*, 1938; P. Meyer, *Das Ornament in der Kunstgeschichte*, Zürich, 1944.

　17세기 장식화를 훑어보던 중에, 18세기에 일어난 그로테스크의 의미 확장을 예고하는 무언가가 몇몇 작품에서 눈에 띄었다. 17세기에는 꽃 장식화가 독립적인 양식으로 등장하는데 여기에는 구조상 중요한 역할을 하는 전경이 섬세하게 그려져 있다. 이때 자주 사용된 용 모티프에서는 크게 벌린 목구멍을 통해 아라베스크 및 그로테스크 무늬의 꽃이 만개하고 있다. 프랑스 출신의 프랑수아 르프뷔르François Lefebure는 1635년의 한 작품에 칼로의 동판화에 나오는 형상들을 대폭 축소하여 활용했다. 좌우 하단의 틀을 이루고 있는 형상들은 코메디아 델라르테의 장면을 묘사한 칼로의 그림에서 따온 것이다(이 책 55쪽부터 나오는 칼로와 관련된 내용 및

'그로테스크'라는 용어의 역사를 살펴보기로 하겠다.[6]

2. "이 이야기는 매우 그로테스크하다."

16세기에 유럽 각국은 이미 이 새로운 예술양식과 더불어 그로테스크
라는 명칭을 받아들였다. 이로써 그로테스크는 특정한 대상을 지칭하는
명사로 굳어져 각 언어권에 뿌리를 내린다. 물론 이 용어의 어원인 형용
사도 이와 더불어 자리를 잡았다. 초기 독일어권에서 이 단어가 사용된
사례를 보면 동물과 인간이 결합된 괴수의 형상을 그로테스크의 핵심 상
징으로 간주했음을 알 수 있다. 피샤르트는 『이야기 짜깁기Geschichtk-

F. Rothe의 책 도판 18b를 참조할 것). J. 하겐바흐Hagenbach와 다니엘 부헨발트Daniel
Buchenwald의 그림에는(P. Jessen의 *Der Ornamentstich* 111쪽 도판 참조) 그로테스크
형상을 표현하는 데 히에로니무스 보스의 작품에 등장하는 가상의 괴수들이 활용되었다.

6 이에 앞서 더 넓은 범주에서 이 용어의 역사를 일별해 보자. '그로테스크'라는 용어는 무
용 예술 분야에서도 사용되었으며, 아라베스크와 모레스크 역시 마찬가지였다. 아라베스크는 무
용수가 한 다리로 선 채 수평 자세를 취하는 (솔로)춤의 동작을 지칭하는 것으로, 특히 공연의 마
지막 동작으로 선호된다. 반면에 모레스크는 독립적인 춤 양식을 가리킨다. 모레스크 무용수들
은 15세기부터 유럽에 널리 알려졌으며 화가 및 조각가들의 작품 모델이 되기도 했다(인스부르
크의 '황금 지붕'에 있는 부조 장식 혹은 뮌헨 구시청사에 있는 에라스무스 그라서Erasmus
Grasser의 모레스크 무용수 조각상 참조). 모레스크는 다양한 역할의 무용수가 등장하는 매우
독특한 양식의 춤으로(무용수들의 의상은 언제나 작은 종들로 치장되었다), 이들은 '여왕'의 상
을 차지하기 위해 경쟁을 벌인다. 오늘날에는 이러한 무용의 양식을 묘사할 때 항상 '그로테스
크'라는 표현이 들어가는데, 현대 그로테스크 무용의 기원이 간접적으로 모레스크로 거슬러 올
라가는 것으로 추정된다. 그러나 그로테스크와 아라베스크가 무용 용어로 사용되며 모레스크 역
시 이중의 의미로 사용된다는 점으로부터 무용이 본질적으로 하나의 공간을 채우는 움직이는 장
식임을 유추해 낼 수 있다. 좀 더 신중하게 말하면 특정한 무용이 이러한 본질을 가진다고 할 수
있다. 장식적인 군무 외에도 애초부터 표현 무용(솔로 혹은 페어 무용수가 추는) 역시 존재했기
때문이다. 20세기 사교춤에서는 카드리유를 끝으로 홀에서 추는 장식적 군무가 사라졌다. 페어
무용수들을 지배하고 동작을 지정하는 규칙은 이제는 찾아볼 수 없다. 오늘날의 사교춤에서 페
어 무용수들은 오로지 상대를 방해한다는 점에서나 서로 관계를 맺을 뿐이다. 더는 춤으로 장식
할 공간도 없으며 사람들은 한쪽 구석이나 복도, 탁자들 사이에서 춤출 공간을 찾게 되었다.

litterung』(1575)의 서문에서 "오늘날 약국에 늘어서 있는 물건들처럼 신비한 것, 특이한 것, 심연의 그로테스크를 풍기는 것, 환상적인 항아리들, 궤짝들, 상자들"이라는 표현을 썼다. 그리고 수 페이지에 걸쳐 괴이한 형상들(가령 단테, 조토Giotto, 오비디우스Ovidius의 작품에 등장하는 모티프, 사육제의 분장, 성 안토니우스Antonius를 유혹하는 악마, 기타 '화가의 꿈'에 나오는 다양한 형상 등)을 예로 듦으로써 이것을 구체화하며 그토록 "우스꽝스럽고 바보스러우며 종종 충격적이기까지 한" 표현양식에 분노를 표출했다. 초기 프랑스어권에서는 그로테스크의 특징으로 다양한 형상이 뒤섞여 탄생한 괴물은 물론 무질서하고 비율이 왜곡된 형태를 들었다. 몽테뉴Montaigne는 자신의 에세이를 가리켜 "그로테스크하고 괴이한 것들, 잡다한 형상에서 따온 조각들을 정확한 형태도 없이 적절한 질서나 비율도 맞추지 않고 제멋대로 짜깁기해 놓은 이것은 또 무엇인가?"라는 표현을 썼다. 몽테뉴의 표현에서 특히 주목할 만한 점은 그가 그로테스크라는 단어를 미술에서 문학 분야로까지 옮겨 사용하기 시작했다는 사실이다. 단, 이것은 몽테뉴가 이 단어를 예술양식의 개념으로 일반화했기 때문에 가능했다.

이러한 성과에 결코 무시할 수 없는 지력과 언어적 재능이 요구된다는 점은 인정해야 하지만, 한편으로 몽테뉴는 단어 자체가 지닌 동력에 자극된 것이라 할 수 있다. 우리는 바로 이 점에 주목해 뒤에 전개될 용어의 역사, 정확히 말하면 형용사와 명사로서 그로테스크 개념의 역사를 이해할 수 있다. 독일어에서 그로테스크는 명백히 외래어이며, 따라서 주로 새로운 양식의 장식미술을 가리키는 전문용어로서 (대개 복수형으로) 사용되었다. 가령 루카스 킬리안은 1607년에 『그로테스크 벽화Grotesken für die Wand』라는 제목의 저서를, 후에는 『신 그로테스크 소서Neues Grodesko Büchlein』와 『그로테스크 서Grodisko Buch』(1632)를 출간했다. 프랑크푸르트 시의 문헌에는 뢰머 시청사의 벽화가 1612년에 "그로테스크 양식Krodischkenwerk"으로 그려졌다는 기록이 있다. 이 밖에도 사례는 수없이 많다. 예컨대 18세기에 이 용어가 사용된 예를 두 가지만 들어 보기로 하자. 당시 유행한 고전주의 취향으로 인해 그로테스크 장식이 신랄한 비판을 받은 경우이기도 하다. 고트셰트Gottsched[7]는 "별다른 근거도 없는 것을 상상하는 일은 꿈이나 망상과 다름없다. (…) 그럼에도 솜씨 없는 화가와 시인, 작곡가들은 이런 상상력을 수없이 남용하여 '눈 뜨고 꾸는 꿈'이라 부를 만한 기형적인 작품을 세상에 내놓는다. 그로테스크 그림과 어처구니없는 우화들이 그 예다"라고 비꼬았다. 피샤르트도 사용한 바 있는 '화가의 꿈'이라는 기존의 표현이 이때도 여전히 통용되었음을 여기서 확인할 수 있다. 다만 고트셰트는 그로테스크의 몽상적인 특성을 그다지 높게 사지 않았을 뿐이다. 또 다른 인용문은 빙켈만Johann Joachim Winckelmann의 초기작인 『그리스 미술의 모방에 관한 고찰 Gedanken über Nachahmung der griechischen Werke』에서 빌려 왔다. "과거 비트루비우스는 고상한 취향의 장식미술을 훼손하는 요소에 대해 신랄하게 비판한 적이 있는데, 근대에 이르러서는 그러한 취향이 한층 더 오염되어 버렸다. 여기에는 한편으로 모르토 델 펠트로Morto del Feltro[8]가 유행시킨 그로테스크에, 다른 한편으로 우리의 실내 공간을 장식하는 무의미한 벽화에 책임이 있다. 이런 현상은 알레고리를 세심히 탐구함으로써 정화될 수 있으며 이로써 예술의 진리와 의미도 확립될 것이다."

프랑스어권에서도 그로테스크라는 명사는 대개 복수형으로 사용되며

---

7 Stücke aus den ersten Gründen der gesamten Weltweisheit, *Deutsche Literatur in Entwicklungsreihen*, Reihe *Aufklärung*, Bd.2, p.217.

8 화가 모르토 델 펠트로가 이 새로운 장식이 전파되는 데 기여했다는 빙켈만의 의견은 바사리의 말에 의거한 것이다.

독일어에서와 마찬가지로 그로테스크 장식미술을 지칭하는 전문용어였다. 반면에 '그로테스크한'이라는 형용사는 보다 다양한 의미를 내포하고 있었다. 이러한 의미 확장을 이해하려면 먼저 용어에 대한 고찰이 필요하다. 16세기 프랑스어에서 그로테스크라는 용어는 새롭기는 하되 독일어에서만큼 생소한 단어는 아니었다. 이 단어는 17세기 초입까지만 해도 crotesque로 표기되었는데, 이는 그로테스크의 어원(이탈리아어 grotta)에 상응하는 고 프랑스어 crot에서 유래한 것으로 보이며9 15세기부터는 여기서 파생된 형용사 croté와 crosté가 쓰이기도 했다. -esque는 16세기 프랑스어에서 흔히 쓰이던 어미이자 매우 함축성 있는 요소이기도 하다. 이는 이탈리아어의 -esco(독일어에서는 형용사적 어미 -isch가 이에 해당된다)와 마찬가지로 어원을 표시하며, 따라서 인명이나 지명에 자주 따라붙는다. 단, 반드시 지리적 기원을 뜻하는 것만은 아니며 내적 본질로서 '무엇무엇'과의 관련성과 소속성을 의미하기도 한다. 이처럼 -esco와 -esque (-isch도 마찬가지다)는 고유명사의 의미를 초월해, 내적 본질을 표현하는 명사에만 덧붙여 사용할 수 있다. 독일어에서도 '괴테의 작품Goethesche Werke'이라는 표현에는 단순히 '괴테가 쓴 작품Goethes Werke'이라는 표현에 비해 괴테의 정신을 강조하는 의미를 강하게 띤다. 이처럼 형용사는 내적 본질로 귀속됨으로써 형용사라는 품사가 갖는 가치 평가 및 지시 기능을 강하게 확립한다. 언어에서 형용사는 영원한 교란자와 같다. 실제 어원의 범위를 벗어남으로써 자신이 지시하는 물질적 대상과의 연계를 끊어 버리기 때문이다. 기사 제도는 사라졌어도 '기사도das Chevalereske'는 살아남았으며, '그림 같은pittoresk'은 그림으로 그려진 것이 아니라 실제

---

9 W. v. Wartburg, *Französisches etymologisches Wörterbuch* 참조. "이 단어는 처음에는 두음상 토착 언어에 적응된 형태로 사용되었다."

로 눈앞에 있는 대상을 가리키고, '단테의 위대함Danteske Größe'은 꼭 단테가 쓰지 않은 작품에도 수식어로 사용할 수 있다. '그로테스크'도 마찬가지로 원래 이 단어가 지칭하던 고대 동굴벽화라든지 그에 상응하는 현대적 버전의 양식 이상을 의미할 수 있다.(그러나 심지어 그런 것을 지칭할 때조차 이 단어는 그 어원인 동굴이라는 대상으로부터 일정 정도 독립되어 있었다.)

실제로 17세기 작가들은 형용사 '그로테스크한'을 더 광범위한 의미로 사용했다. 사전에서는 대개 '그로테스크'의 명사형을 '무엇무엇을 가리키는 말'이란 식으로 설명한 뒤 형용사형에 이르러 그것에 내포된 '표상적' 의미를 명기하고 있다. 1694년 이래 편찬되어온 『프랑스 아카데미 사전 Dictionnaire de l'Académie Française』은 이를 다음과 같이 설명한다.

> 표상적으로 우스꽝스럽고 기이하며 괴상한 것을 지칭. 예 : 그로테스크한 복장, 이 이야기는 매우 그로테스크하다, 그로테스크한 표정. — 그로테스크하게 (부사): 우스꽝스럽고 괴상한 방식으로. 예 : 그로테스크하게 차려입다, 그로테스크하게 춤추다. — 기이한, 야릇한, 괴상한, 제멋대로의.[10]

이러한 설명은 그나마 진기한 면이라도 강조하고 있지만, 문제는 이 단어가 천박한 의미로 쓰이는 경우가 더 잦다는 점이다. 유사어로 거론되곤 하는 '우스꽝스러운ridicule', '기이한comique', 그리고 특히 '익살스러운 burlesque' 등의 단어에서 여실히 드러난다. 다음은 1680년 암스테르담

---

10 이 인용문을 비롯해 뒤에 나오는 P. 크나크Knaak의 여러 인용문은 Über den Gebrauch des Wortes 'grotesque', Dissertation, Greifswald, 1913; G. Matoré, En marge de Théophile Gautier: 'grotesque', *Festschrift für Mario Roques*, Paris, 1946, pp.217~225를 함께 참조할 것.

에서 간행된 리슐레Richelet의 『프랑스어 사전Dictionnaire français』에서 발췌한 내용이다.

그로테스크한(형용사): 우스꽝스러운. 유쾌하게 우스꽝스러운 특성을 가진 무언가를 지칭. 그로테스크한 남자, 그로테스크한 계집아이, 그로테스크한 태도, 그로테스크한 얼굴, 그로테스크한 행동.

말하자면 여기서 그로테스크라는 단어에는 섬뜩함이 사라지고 가벼운 웃음을 자아내는 무언가라는 의미만 남아 있다. 심지어는 20세기 미학자들도 그로테스크의 개념을 설명할 때 여전히 이러한 17세기 프랑스식 해석을 반복하곤 했다.(다만 1872년 간행된 라루스Larousse 『대백과사전 Grand Dictionnaire Universel』에는 그로테스크를 천박하고 하찮은 것으로 여기던 17세기 해석의 흔적이 간접적으로 남아 있는 동시에 ― 가령 라블레를 이어 코르네유Corneille, 스카롱Scarron, 시라노 드 베르주라크 Cyrano de Bergerac 등이 그로테스크 양식을 이끌었다고 설명한다 ― 셰익스피어Shakespeare, 장 파울, 호프만을 중심으로 한 낭만주의 예술을 통해 그로테스크에 한층 심오하고 섬뜩한 의미가 추가되었음이 직접적으로 서술되어 있기도 하다.) 그로테스크를 얕보고 괴상하거나 저급한 익살로 취급하는 경향은 당시의 미술과 문학에서도 찾아볼 수 있다. 예컨대 테니르스Teniers와 세르반테스Cervantes가 나란히 언급되는 데는 『돈키호테Don Quixote』를 저급한 작품으로 보는 의도가 분명히 강조되어 있다. 물론 프랑스 아카데미 사전에서처럼 '우스꽝스러운'이라는 뜻 말고도 그로테스크를 덜 하찮고 덜 천박한 것으로 간주하는 해석도 종종 눈에 띈다. 『트레부 사전Dictionnaire de Trévoux』(1704) 이후로는 그로테스크와 관련해 아리오스토Ludovico Ariosto가 반복적으로 거론되는가 하면, 모네Monet가 1620년 『사전Dictionnaire』에서 자크 칼로Jacques Callot(1592 ~1635)의 예술을 그로테스크의 전형으로 든 이래로 수많은 사전과 관련 서적에 칼로가 등장하기도 했다.11 오늘날 고야와 예술적 맥락을 같이하는 화가로 해석되는 칼로의 작품이12 당시 얼마나 가볍게 취급되었는가 하는 문제는 일단 유보해 두고자 한자. 다만 상레크Louis de Sanlecque (1652~1714)의 「몸짓에 대한 시Poème sur le geste」에 나오는 다음 구절과 같은 사례가 이를 입증한다.

> 마침내는 칼로의 그로테스크 판화에서도 볼 수 없던
> 더욱 괴이한 낯들과 마주하게 될지니

칼로를 언급함과 동시에 우리는 코메디아 델라르테(Commedia dell' arte, 이탈리아에서 처음 발생하여 16~18세기에 유럽에 널리 성행한 즉흥극 형식의 희극—역주)라는 새로운 분야에 접근하게 된다. 프랑스의 화가였던 칼로는 코메디아 델라르테를 즐겨 그렸다. 디드로Diderot는 "뛰어난 소극farce excellente"에 관한 글에서 다음과 같은 언급을 통해 양자 간의 관계를 구체화했다. "그것은 진정한 유쾌함을 전제로 한다. 그것이 가진 특징은 인간성의 근본이 고스란히 담겨 있는 칼로의 그로테스크와 유사하다."13 레싱Gotthold Ephraim Lessing은 디드로의 논문을 번역하면

---

11 이를 증명하는 일련의 사례는 퓌르티에르Antoine Furetière의 저서에 수집되어 있다.(*Dictionnaire Universel*, 1725년 개정판)

12 고야처럼 칼로도 '변덕caprice'과 '전쟁의 참화Misères de la guerre'라는 제목의 연작을 기획했다. '성 안토니우스의 유혹'이라는 제목의 두 작품의 양식에서는 피터르 브뤼헐(다음 장 참조)과의 관련성도 살펴볼 수 있다.

13 P. 크나크가 디드로의 글에서 추려 낸 일련의 자료에 위의 인용문은 빠져 있다. 이 자료 중에는 디드로가 그로테스크를 "가공의 것être chimériques"과 동일한 의미로 취급한 부분이

서 칼로의 그로테스크와 코메디아 델라르테 간의 연관성이 명시된 이 문장 역시 번역했다. 이러한 연결고리는 그로테스크라는 용어의 역사에서 커다란 의의를 갖는 새로운 정의를 낳았다. 이쯤에서 독일어로 눈을 돌려 보자. 프랑스어권에서는 빅토르 위고Victor Hugo에 이르러서야 그로테스크라는 단어가 완전한 의미를 갖게 되었는데, 여기에는 명백히 독일어의 영향력이 작용했다.

18세기 독일어권에서 '그로테스크한'이라는 형용사는 흔히 쓰이지도 않았을 뿐더러, 간혹 쓰인다고 해도 프랑스어권에서와 마찬가지로 경멸의 뜻이 담긴 애매모호한 단어로 머물렀다. 1771년까지만 해도 슈미틀린Schmidlin이 편찬한 독일어-프랑스어 사전인 『프랑스어 사전Dictionnaire universel de la langue française』에는 다음과 같은 설명이 등장한다. "그로테스크라는 단어에는 기이함, 부자연스러움, 기상천외함, 놀라움, 익살맞음, 우스움, 괴상함, 기타 이와 유사한 의미가 내포되어 있다." 그로테스크라는 단어가 매우 광범위한 의미로 사용됨으로써 본질이 가려진 것이라 할 수 있다.[14] 그러나 이 단어에 확고한 의미를 부여하려는 노력이 행해진 것 또한 이 시기이다. 이에 관한 설명에서 연대순이 엄격히 지켜지지 않음을 미리 주지해 둔다.

눈에 띈다. 내 판단이 옳다면 이전까지 '가공'이라는 단어가 '그로테스크'와 연관되어 사용된 것은 단 한 번에 지나지 않는다.(Desmarest de Saint-Sorlin, *Visionnaires*, 1637. "무엇 때문에 그처럼 가공적인 그로테스크에 얽매인단 말인가?")

14 회화 분야에서 그로테스크의 의미가 얼마나 모호해졌는지는 판 만더르Karel van Mander의 『예술가들의 생애Schilderboek』 최신판에 잘 드러난다. 할렘에서 발행된 1604년 판에는 이 단어가 매우 엄격한 의미로만 사용되었다. 1764년 판의 발행인인 J. 데 용J. de Jongh은 그로테스크라는 용어의 프랑스식 발전사의 영향력이 뚜렷이 나타나는 문장을 책에 덧붙였다(p.63A).

2장 그로테스크 개념의 확장

1. '지옥의 브뤼헐'

그로테스크라는 용어의 역사에 기본이 되는 사항을 다시 한 번 상기하며 이 장을 시작하기로 한다. 바로 명사 '그로테스크'가 그로테스크한 장식을 지칭하는 용어였다는 점이다. 18세기에는 특정한 중국풍 양식을 가리키는 데 쓰임으로써 용어의 의미가 확장되기도 했다. 이 양식은 다양한 영역에서 따온 소재가 뒤섞여 있고 세부 요소로 괴형상을 다루고 있으며 질서와 비율이 왜곡되어 있다는 특징 때문에 그로테스크와 연관 지어졌다. 슈미틀린은 "중국인들은 심지어 건물과 풍경이 공중에 떠 있거나 나무에서 자라나는 것처럼 그리기도 한다"라고 쓰고 있으며, 유스투스 뫼저가 1761년에 쓴 『광대 혹은 그로테스크하고 우스꽝스러운 것에 대한 변호Harlekin oder die Verteidigung des Groteske Komischen』에는 전통적인 해석에 영향을 받은 이런 문장이 등장한다. "소규모의 중국식 그로테스크 장식조차도 정원의 휴게 공간에 매력을 부여한다."(여기서 취스 빈

즐리의 보물들 중 중국식 사원의 모형이 있었다는 점을 생각해 보자. 모형을 소유한 장본인조차 거기에 달린 비밀스러운 서랍들에 대해 모르고 있었다.)

그러나 보다 중요한 것은 그로테스크의 개념을 미학적 범주로 확립하려는 시도가 이 무렵에 있었다는 점이다. 이러한 시도는 18세기의 예술적 사고에 한바탕 동요를 일으킨 캐리커처의 등장과 맞물려 있었다. 호가스 William Hogarth의 판화 연작, 필딩Henry Fielding의 소설 『조지프 앤드루스Joseph Andrews』, 이 시기 새로운 의미를 부여받으며 재조명된 『돈키호테』, 스위프트Swift의 『걸리버 여행기The Gulliver's Travels』 등을 비롯해 수많은 작품들이 캐리커처를 의미 있고 풍부한 내용을 담은 예술로 고양시키는 데 한몫했다. 이 시기에 캐리커처가 하찮은 것으로 여겨지지 않은 것도 이런 작품들 덕택이었다. 왜곡되고 추한 현실을 묘사하고 불균형을 과장되게 표현한 캐리커처가 진정한 예술로 인정받으면서, 당시까지 예술적 사고의 토대로 여겨졌던 '아름다운 자연을 모방하고 나아가 그것을 이상화된 형태로 표현해야 한다'는 원칙이 뿌리째 흔들리는 것도 시간 문제였다.[15] 캐리커처가 추구한 것은 그런 전통과는 정반대였기 때문이다. 나아가 사람들은 캐리커처를 새로운 미학 사조의 핵심이던 '특징화'의 원칙이 극단적으로 관철된 분야로 간주했다.

빌란트Christoph M. Wieland는 18세기의 제3분기에 활동한 캐리커처 이론가 중 한 사람이다.[16] 그는 『XXX 주임 신부와의 담화Unterredungen

---

15 클로프슈토크Klopstock와 빙켈만은 다른 의미에서 이 원칙을 뒤흔들었다.

16 캐리커처 관련 논의는 거의 모든 미술 이론서에 등장한다. 렌츠는 『연극각서Anmerkung über das Theater』에서 "개성 있는 화가, 심지어 캐리커처 화가를 이상적인 그림을 그리는 화가보다 열 배는" 높이 산다고 썼다. 게르스텐베르크Heinrich Wilhelm von Gerstenberg는 "지극히 사소한 사고의 전환이 아름다움과 캐리커처를 결정짓는다"는 말로 극단적인 두 요소가

mit dem Pfarrer von xxx』(1775)에서 캐리커처의 본질 및 유형을 정리했다. 빌란트의 분류에 의하면 캐리커처는 세 가지 유형으로 나뉜다.

1. 화가가 느끼는 그대로의 왜곡된 현실을 재현한 '참된 캐리커처.' 2. 화가가 특정한 의도로 대상의 괴상함을 과장하되 자연적 형태에 바탕을 둠으로써 그 본모습의 흔적이 남아 있는 '과장된 캐리커처.' 3. 순전히 화가의 상상에 의해 창조된, 혹은 '소위 그로테스크라 불리는 캐리커처.' 특히 이 세 번째 유형에서 화가는 사실성이나 유사성에 얽매이지 않고 오로지 (소위 '지옥의 브뤼헐'의 작품처럼) 거친 상상력에 스스로를 내맡기며, 자신의 머릿속으로부터 탄생한 초자연적이고 모순된 형상을 괴기스러운 작품으로 재창조해 냄으로써 의도적으로 보는 사람의 조소와 혐오감, 충격, 냉소를 불러일으킨다.

프랑스어권에서 쓰이던 용어 해석에 따르면 세 가지 중 1과 2의 유형, 즉 어느 정도 현실에 종속된 유형만을 '그로테스크'라 부를 수 있다. 디드로는 칼로의 그로테스크 양식에 "여전히 현실세계의 형상이 일차적으로 반영되어 있다"(레싱의 디드로 번역문 인용[17])고 단정 짓기도 했다. 반면에 빌란트는 현실에 더 이상 종속되지 않는 것을 참된 그로테스크로 본다. 그로테스크는 모방이 아닌 "거친 상상력"으로부터 나오는 것이자 화가의 "머릿속에서 탄생한 것"이기 때문이다. 말하자면 빌란트는 (고트셰트처럼) 르네상스 이탈리아인들이 말한 '화가의 꿈'과 같은 맥락에서 그로테스크를 정의했다. 그로테스크는 '초자연적이고' '모순적이며', 이는 인간

서로 맞물려 있음을 지적함으로써 이를 한층 강조했다. 필딩은 1742년에 이미 『조지프 앤드루스』의 서문에서 구체적으로 캐리커처 형식의 사용을 정당화하고자 했다.

17 *Sämtliche Werke*, ed. Petersen und von Olshausen, XI, 262.

세계를 지배하는 질서가 그 안에서 파괴된다는 것을 뜻한다. 빌란트의 분석은 그로테스크에 관해 깊이 파고들지는 않지만, 그것이 관찰자에게 발휘하는 커다란 심리적 영향력을 짚어 냈다.[18] 바로 우리가 지금까지 고트프리트 켈러 혹은 그로테스크 장식예술의 영향력에 관해 대략 서술한 바와 정확히 일치하는 탁월한 분석인 것이다. 그로테스크를 대하는 관찰자의 내부에는 여러 가지 모순적인 감정들이 깨어난다. 가령 기형적인 형태에 대한 조소와 더불어 보기에도 섬뜩하고 괴이한 요소에 대한 혐오감 역시 일렁이지만, 빌란트의 분석에 의하면 그중에서도 가장 근본적인 감정은 현실세계가 파괴되며 발밑이 아득해지는 듯한 충격과 섬뜩함, 뭐라 표현할 수 없는 당혹감이다.

이로써 우리는 위의 빌란트 인용문에 직접적으로 서술되지 않은 무언가를 인지하는 동시에 보다 심오한 의미를 찾아낸 셈이 된다. 빌란트는 자연과의 유사성이라는 맥락에서의 모든 사실성이 차단된 것이야말로 참된 그로테스크라고 말했으나, 관찰자가 느끼는 충격을 현실세계의 파괴에 당면해 느끼는 당혹감으로 해석할 때 그로테스크는 인간세계와 은밀한 관계를 맺는 동시에 일정한 '사실성'을 부여받기도 한다. 옛 비평가들이 그로테스크를 냉대한 이유는 그로테스크 장식예술 및 미술을 자연과 완전히 동떨어진 것이자 주관적인 상상력에서 나온 것으로만 치부했기 때문이다. 그 배경에는 예술을 자연의 모방으로 보는 원칙적 태도가 있다. 18세기 빙켈만을 비롯해 섀프츠베리Shaftesbury와 버크Burke[19]가 그로테스크를

---

18 빌란트는 심리적인 효과—심리적 기원에 대한 고찰의 상대 개념으로서—를 미학적 현상을 정의하는 데 일부분으로 삽입하는 과정에서 시대적 추이를 따르고 있다. 당시 미학 용어 전체는 이런 관점을 통해 형성 혹은 수정되었다. 특히 게르스텐베르크와 헤르더Herder를 참조할 것.

19 Shaftesbury, *Characters*, 1737, III, 6. "Tis the perfection of certain grotesque-painters to keep as far from nature as possible." E. Burke, *A Philosophical Inquiry*

폄하한 것도 그 때문이었고, 빌란트 역시 완벽한 자연 그대로의 모습을 변형하여 "오스타데Adriaen van Ostade 식의 괴상한 그림이나 칼로 취향의 왜곡된 창작물을" 만들어 내서는 안 된다고 빈번히 강조했다. "우리 주위에서 흔히 볼 수 있는 (…) 캐리커처나 그로테스크를 창조하는 일에는 별다른 가치가 없다"[20]고 말하기도 했다. 첫 번째 인용문은 빌란트가 그러한 요소들을 현실로부터 동떨어진 주관적 창작물로만 간주하고 있음을 여실히 보여 준다. 이렇듯 그의 이성은 그로테스크를 폄훼해야 한다는 의무감을 끊임없이 일깨웠지만, 빌란트는 그로테스크를 거부하기보다는 주의 깊게 관찰하며 그것이 야기하는 감정을 분석했다. 이를 둘러싼 논의가 이론적으로 이미 종결된 것으로 여겨진 1775년 전후에도 빌란트가 번번이 이 주제를 언급했다는 점은 주목할 만하다. 앞의 인용문에서도 나타나듯 그로테스크에 보다 심오한 의미가 내포되어 있을지 모른다는 희미한 강박관념이 그를 동요시킨 듯하다. 물론 빌란트가 여기에 얼마나 심취했는지는 알 수 없지만, 그로테스크에 어떤 진리가 담겨 있다는 가정이 이 시기에 뿌리 내린 것만은 분명하다. 당시에는 물론 이후에도 그로테스크와 관련해 여러 차례 '지옥의 브뤼헐'이 언급된 데는 괴짜 화가의 상상력에 대한 경탄 이상의 의미가 숨어 있었다. 그런데 빌란트가 그로테스크 예술의 대변인으로까지 거론한 '지옥의 브뤼헐'이란 과연 어떤 인물인가?

오늘날 미술사에서는 소 피터르 브뤼헐(1564년경~1638)을 '지옥의 브뤼헐'로 부른다. 18세기에는 그의 부친이자 '농민의 브뤼헐'로 알려진 대

---

into the Sublime and the Beautiful, 1756. "All the designs … of St. Anthony were rather a sort of odd, wild grotesques than anything capable of producing a serious passion."

20 Geschichte des weisen Danischmend, *Sämtliche Werke*, Göschen, 1854, IX, 15 이후.

피터르 브뤼헐(1525/30~1569)의 작품 중 지옥의 장면을 묘사한 것이 그의 작품으로 분류되기도 했다. 이에 더해 손자 피터르 브뤼헐이 그린 지옥의 장면들은 오늘날까지도 누구의 것인지 구분이 어려울 정도로 부친이나 조부가 그린 그림들과 흡사하다. 그러나 이러한 양식의 기원은 조부인 대 피터르 브뤼헐까지만 거슬러 올라가는 것이 아니다. 당대 연구자들은 그를 '제2의 보스'로 칭했는데, 실제로도 그는 히에로니무스 보스(1450년 경~1516)의 소묘 작품들을 판화로 제작하며 보스의 형태 기법 및 관점에서 커다란 영향을 받았다.[21]

두 화가 사이의 공통점은 첫눈에도 확연히 드러난다. 몸통도 없이 동물과 인간의 사지가 이리저리 합쳐진 모습을 한 지옥의 생물체가 살금살금 걷거나 기거나 날아다니며 냉담한 태도로 사람들에게 고통을 가하는 장면이 두 사람의 작품에 똑같이 등장한다. 그러나 이런 괴생물체는 작품을 구성하는 하나의 요소에 지나지 않는다. 가령 마드리드의 프라도 미술관에 소장되어 있는 보스의 「천년왕국」[22](**그림 8**)을 예로 들어 보자. 이 작품

---

21 막스 J. 프리틀랜더Max J. Friedländer는 『피터르 브뤼헐P. Bruegel』(1921) 25쪽에서 브뤼헐의 동시대인인 구이차르디니Guicciardini가 한 말을 인용했다. "(브뤼헐은) 히에로니무스 보스의 지식과 환상의 세계에 정통한 위대한 모방자이며 '제2의 히에로니무스 보스'라는 별명도 여기서 얻은 것이다." 1617년 안트베르펜에서 발행된 판 만더르의 『예술가들의 생애』에는 다음과 같은 언급이 나온다(133쪽 b). "그는 예론 판 덴 보스(Jeroon van den Bosch, 히에로니무스 보스)를 모범 삼아 수없이 습작을 그리며 그와 같이 기괴하고 우스꽝스러운 것(soodane spockerijen en drollen)을 따라 했다. 그가 익살의 피터르라고 불리는 것도 바로 이런 이유에서이다." 잔트라르트Joachim von Sandrart의 『독일 아카데미Teutsche Academie』(1665)에는 판 만더르의 언급만 번역되어 있다. 두 사람 모두 보스에게도 브뤼헐에게도 그로테스크라는 용어를 쓰지는 않았다. 익살이라는 표현에 관해서는 다음을 참조할 것. M. Th. Bergenthal, *Elemente der Drolerie und ihre Beziehungen zur Literatur*, Dissertation, Bonn, 1936.

22 W. Fraenger, *Das 1000jährige Reich*, 1948; L. v. Baldass, *H. Bosch*, 1943; D. Bax, *Ontcijvering van Jeroen Bosch*, Den Haag, 1949; Clément Wertheim Aymès, *H. Bosch. Eine Einführung in seine geheime Symbolik*, 1957.

은 세 폭으로 구성된 제단화이다. 왼쪽 날개에는 에덴동산에서 이브가 탄생하는 장면이 그려져 있는데, 화가의 관점에서 볼 때 이는 악의 탄생을 의미한다(그림 상단의 우물 꼭대기에 걸려 있는 초승달은 이교도의 상징이다). 계속해서 중앙 패널에는 '쾌락의 정원'에서의 인간세계의 삶이, 오른쪽 날개에는 지옥이 묘사되어 있다. 전면에 있는 인간의 무리와 그림 상단의 타오르는 화염 사이에는 몇몇 세부 요소가 시선을 잡아끈다. 칼 하나를 사이에 꽂은 채 고독하게 방황하고 있는 두 개의 거대한 귀라든지(귀 주위에 얼룩처럼 작게 그려진 것은 인간의 몸뚱이이다), 거대한 백파이프로 변한 모자를 쓰고 고립되어 있는 인간의 두상도 있는데, 이 백파이프 주위로도 인간의 형상이 돌아다니고 있다.[23] 전면에 그려진 인간의 무리를 자세히 관찰해 보면 각각의 무리가 서로 구분됨을 알 수 있다. 그림에 추가된 사물들은 비록 형태와 비율이 왜곡되기는 했지만 인간의 무리들을 '게임 패거리'와 '음악 패거리' 등으로 분류할 수 있게 해 준다. 인간들 사이사이로는 지옥의 악마들이 웅크리고 앉아 있거나 기어 다닌다. 개중에는 수녀복을 덮어쓴 돼지 등 동물을 연상시키는 것도 있고 악몽에나 나올 법한 괴수도 있다. 두드러지는 것은 이 모든 지옥의 고통을 지배하는 정적이다. 심지어는 고통받는 희생자들에게서도 냉담함이 엿보인다. 이러한 분위기는 보는 이를 혼란에 빠뜨리고 소름 끼치게 한다. 지옥과 대면하는 오싹함도, 지옥에 떨어진 이에 대한 동정심도, 이런 광경을 대할 때 마땅히 깨어나야 할 경각심이나 교훈도, 그 밖의 어떤 감정적인 요소도 이 그림에는 빠져 있다. 그림에 어떤 의미를 부여하고 어떤 태도를

---

23 다고베르트 프라이Dagobert Frey는 '매너리즘의 양식과 정신'에 관한 강의에서 매너리즘과 초현실주의 간의 연관성을 강조했다. 강연 관련 기록은 다음을 참고할 것. *Kunstchronik* Jg. V, Heft 9.

취해야 할지 감상자에게는 아무런 힌트도 주어지지 않는다.

쾌락의 동산에서 일어나는 온갖 장면을 마주하고도 막막하기는 매한가지다. 뾰족한 수정탑이 거대한 이파리들을 뚫고 솟아오르고, 그 위로는 덤불이 자라거나 막대와 유리구슬이 솟아나기도 하다가 꼭대기는 곤봉이나 바늘 모양으로 끝이 난다. 그 주위에는 기묘한 생물체들이 도사리고 있다. 이름 모를 새, 날아다니는 물고기, 유리구슬 위에서 균형을 잡고 있거나 물고기를 낚는 날개 달린 인간 등, 그야말로 온갖 사물과 동식물, 인간의 구성요소들이 비율의 법칙조차 무시된 형태로 뒤섞여 인간세계를 이룬다.

당대 사람들도 이런 그림 앞에서 얼떨떨하기는 마찬가지였다. 이들은 그림에 대해 온갖 해석을 내놓았다. 어떤 사람에게 보스는 '전형적인 성인'이었던 반면, 다른 어떤 이는 그를 '영악한 이단자'로 몰았다. 최근의 미술사학자들은 온갖 방법을 동원해 해석을 시도했다. 오늘날 보스의 작품은 일반적으로 거친 상상력의 산물이 아니라 역사적 맥락과 맞물린 표현양식으로 간주된다. 예컨대 하프는 그리스도의 고뇌를 상징하는 기독교적 상징물이다. 이런 요소들은 중세의 막바지 시대를 살던 이들의 기독교적 사고와 일맥상통하는데, 가령 당대에 널리 읽혔던 성서 외전 묵시록(예컨대 2세기에 쓰인 베드로의 묵시록)이나 『툰달의 환상Visio S. Tundali』,24 성경 묵시록 등을 보면 그들의 사고방식을 이해할 수 있다. 특히 성경 묵시록은 구약성서의 아가서와 더불어 유럽 미술에서 가장 중요한 책으로 꼽히기도 한다. 그 밖에 보스의 그림에 등장하는 몇몇 형상들(예컨대 지옥 장면의 오른쪽 하단에 철갑을 쓰고 있는 형상)을 보며 감

---

24 이 작품은 1484년 보스의 거주지인 헤르토헨보스에서 인쇄본으로 간행되었다. 아일랜드 수도사의 환상 이야기 중 하나인 지옥 환상은 12세기 중반 독일에서 라틴어 산문으로 나왔으며 이후 운문 형식의 두 가지 독일어 번역본이 나왔다. 인쇄본은 다시 산문 형식을 취하였다.

상자는 곧바로 나락으로부터 솟아난 동물들에 대한 묘사(요한의 묵시록 9장 7~10절)를 떠올린다. "그 메뚜기들의 모양은 전투 준비가 갖춰진 말 같았으며 머리에는 금관 같은 것을 썼고 얼굴은 사람의 얼굴과 같았습니다. 그것들의 머리털은 여자의 머리털 같았고 이빨은 사자의 이빨과 같았습니다. 그리고 쇠로 만든 가슴 방패와 같은 것으로 가슴을 쌌고 그것들의 날개 소리는 전쟁터로 달려가는 수많은 전투 마차 소리 같았습니다. 그것들은 전갈의 꼬리와 같은 꼬리를 가졌으며 그 꼬리에는 가시가 돋쳐 있었습니다……."

어떤 이들은 보스와 브뤼헐의 그림 곳곳에 반복해서 등장하는 유리구슬과 곤봉, 무언가가 막 깨고 나오는 알에 주목하며, 이런 요소들을 연금술 혹은 이단교와 연관 지은 뒤 이를 근거로 보스의 그림을 해석했다. 그리고 마침내 정신분석학자들은 그림으로부터 자신들이 익히 알고 있던 것, 즉 콤플렉스에 사로잡힌 개인적 혹은 집단적 무의식의 상징을 찾아냈다고 주장했다. 어떤 해석에도 그럴듯한 근거는 있었다. 그러나 그림에 나타난 형태가 그 뒤에 감춰진 세계를 암시한다거나, 그림에 숨겨진 암호를 해독함으로써 거기에 명확한 의미를 부여할 수 있다는 생각이 전제되어 있을 경우 해석이 오히려 혼란을 불러일으킬 수도 있다. 보스는 외부의 다양한 영역으로부터 영감을 받은 뒤[25] — 이 점에서는 빌란트의 느낌이 옳았다고 할 수 있다 — 자신의 상상력에 의존해 그것을 표현했다. 격동의 시대를 산 보스는 자신의 머릿속에 엄습해 오는 형상들을 표현하면서도 이 그림이 제단화로서 얼마나 파격적인 구성과 효과를 지녔는지 스스로 거의 의식하지 못한 듯하다.

---

[25] 앞 페이지의 요한의 묵시록 인용문은 보스에게 영감을 준 자료를 제시하는 것일 뿐, 이것이 반드시 보스의 그림에 모델이 되었다는 의미는 아니다.

대 피터르 브뤼헐은 제단화를 그리지는 않았다. 이처럼 당시까지만 해도 당연한 것으로 여겨졌던 종교적 틀을 벗어난 일은 16세기 회화에 일어날 파격적 변화를 예고하고 있었다. 그렇다고 브뤼헐이 '자유로운' 환상에 의존해 어둠의 세계를 그린 것도 아니었다. 브뤼헐은 보스로부터 물려받은 표현기법을 활용해 어둠의 세계와 지옥과 심연을 다루되, 이것이 인간세계까지 침투해 혼란을 불러일으키도록 구성함으로써 자기만의 양식을 확립했다. 브뤼헐의 「네덜란드 속담」(**그림 7**)이나 「악녀 그리트」(**그림 9**)는 현실로부터 오려 낸 단면과 같은 구성을 하고 있어 관찰자로 하여금 그림 속으로 들어가 걸어 다닐 수도 있을 것 같은 느낌을 준다. 한스 제들마이어Hans Sedlmayr는 초기 논문에서 보스에서 브뤼헐로 이어지는 변천 과정에 대해 이렇게 서술했다.

> 브뤼헐의 미술에 나타난 생경한 광경은 보스의 악마 숭배주의Pandiabolism의 세속화된 형태라 할 수 있다. 즉 보스의 음울한 환영을 우리의 일상 세계에 주입한 것이다. (…) 브뤼헐의 예술세계 어딘가에 보스가 숨 쉬고 있다는 사실을 사람들은 이미 오래전에 간파했다. 브뤼헐이 보스의 작품을 모방하며 그림을 그리기 시작했으니 당연한 결과인지도 모른다. 그러나 브뤼헐이 보스로부터 진짜 중요한 무언가를 빌려 왔다는 사실을 사람들은 미처 눈치채지 못했다. 현세로부터 동떨어진 세상의 체험이 바로 그것이다. 보스의 그림에서 이런 생경함의 체험은 단순히 악마적인 것의 주변부에서 일어날 뿐이다. 환영과 유령, 잔혹성과 음란성, 무감각함, 기타 유사한 요소들과 마찬가지로 이것은 지옥에 존재하는 '고통'의 하나이다. 그러나 브뤼헐의 그림에서는 (…) 이것이 그림의 중심부로 옮겨 가며 ― 다시 한 번 반복하건대 ― 일종의 명료한 '발견적 전제' 역할을 함으로써 냉정한 관심을 지닌 채 일상적인 세계를 바라보게 만든다.[26]

'냉정한 관심'이라는 표현처럼 브뤼헐은 인간의 일상이 생경한 것으로 변모하는 광경을 통해 뭔가를 가르치거나 경고하거나 동정심을 불러일으키려 하지 않는다. 다만 인간 세상을 불가해하고 모호한 세계, 우스꽝스럽고 경악스럽고 소름 끼치는 세계로서 그리고 있을 뿐이다. 에리히 아우어바흐Erich Auerbach는 『미메시스Mimesis』에서 저속한 현실을 예술적 표현의 소재로 삼을 수 있는 두 가지 방법을 밝혀냈다. 첫째는 대상을 우스꽝스럽게 표현하는 것이고, 둘째는 대상을 기독교의 일화에 등장하는 특정 배경(마구간, 양치기, 작업장, 우물 등) 속에 집어넣음으로써 의미를 부여하는 것이다. 브뤼헐은 세 번째 방식을 고안해 냈다. 바로 심연을 마주할 때의 공포를 표현하는 방식, 다시 말해 그로테스크가 그것이다. 최근의 연구에서는 브뤼헐에게 영감을 준 보조 수단 중 한 가지가 언어였음이 밝혀지기도 했다. 피샤르트의 동시대인이기도 했던 브뤼헐은 언어 속에 감춰진 섬뜩함을 그림으로 재현했는데, 다양한 속담의 내용을 「네덜란드 속담」에 모아 담음으로써 혼란한 세계상을 그려 낸 것이 그 예이다. 감상자는 그림을 훑어보며 처음에는 조소할지 모른다. 그러나 그림의 한가운데, 정확히 작은 성당의 바로 아래 지점(혹은 이 누각 역시 교회 건물의 일부는 아닐까?)에 이르면 상황은 달라진다. '악마에게 고해성사를 하다'라는 네덜란드 속담이 묘사된 부분이다. 도시를 찾은 농부가 고해 신부 앞에 무릎을 꿇고 있는 장면인데, 자세히 보면 고해 신부는 신부가 아니다. 그렇다고 일반적으로 알려진 악마의 모습을 하고 있지도 않다. 괴상한 얼굴에다 머리카락이라기보다 건초 다발에 가까운 머리털을 가졌으며

---

26 *Jahrbuch der kunsthistorischen Sammlungen in Wien*, NF. VIII, 1934, p.148 이후(Die Macchia Bruegels). G. 예들리카Jedlicka는 이에 동의하여 이 글을 인용했다(Pieter Bruegel, 2. Auflage 1946). 브뤼헐에 관해 더 자세한 내용은 베르나르(Ch. Bernard, 브뤼셀, 1908)와 피스터(K. Pfister, 1921), M. J. 프리틀랜더(1921)의 논문을 참조할 것.

머리에는 뿔인지 나뭇가지인지 모를 뭔가가 돋아나 있는 괴물일 뿐이다. 그러나 창문으로 기어오르거나 미끄러지는 괴형상들은 보스의 그림에 나오는 것과 유사하다.

예들리카는 '오물 같은 돈'이라는 표현으로 「악녀 그리트」에 묘사된, 그때까지만 해도 명확하지 않던 마녀의 본질을 구체화했다. 그림에서 마녀는 기다란 국자로 자기 몸속에서 황금을 퍼서 발치에 있는 탐욕스러운 무리에게 뿌리고 있다. 등에는 유리로 된 지구의(유리 지구의나 막 깨어지는 알 등 보스의 그림에 '연금술적' 상징으로 등장하던 몇몇 요소는 브뤼헐의 작품에서도 자주 찾아볼 수 있다)가 얹힌 '부패의 배'를 짊어지고 있다. 그 뒤로는 보스도 그렸던 묵시록의 종말 장면이 펼쳐진다. 그러나 그림의 핵심 요소는 마녀가 아니라 악녀 그리트다. 원래 악마적인 본질을 가진 그리트는 당시 광대극과 소극의 등장인물이기도 했다. 브뤼헐의 그림에서도 그리트는 악마적인 섬뜩함을 풍긴다. 예들리카는 그리트가 "아마도 유럽 미술에서 가장 의미심장한 마녀"일 거라고 말하며 여기에 사용된 이질적인 요소들의 결합에 주목했다. 도망치는 동시에 공격을 취하고, 여전사이면서 노파로 그려졌고, 황폐한 모습인 동시에 처녀(베일이 이를 상징한다)이기도 하다.27 그러나 무엇보다도 예들리카는 그리트가 유럽어에서 쓰이는 수많은 비유적 표현의 현신임을 강조했다. 가령 '갑옷을 입다(in Harnisch geraten, 분노하다)', '지옥의 문전에서 무엇을 구하다', '칼을 들고 지옥의 문턱에 이르도록 약탈을 일삼다' 등이 그것이다.

---

27 예들리카의 글에서 연상되는 바가 한 가지 있다. 그는 악녀 그리트가 끌고 가는 약탈물 뭉치에 관해 이렇게 언급했다(p.93). "이 잡동사니들은 그리트의 내면적 상태를 과장해서 보여준다(이는 괴상하게 과장된 취스 뷘츨리의 반짇고리를 상기시킨다)." 뜻밖에도 우리는 취스 뷘츨리가 원칙적으로 악마적인 존재라는 우리의 해석이 옳았음을 예들리카를 통해 확인할 수 있다. 취스 뷘츨리는 이야기의 마지막 즈음에 이르러서야 젤트빌라라는 세계의 '인물'이 된다.

그리트는 검은 아가리를 벌리고 있는 지옥으로 돌진하는 중이다. 지옥의 입이라는 소재는 앞서 언급한 『툰달의 환상』이나 종교극 등을 통해 익히 알려져 있지만 브뤼헐의 표현방식은 기존의 것과 뚜렷이 구별된다. 그는 이 모티프를 온갖 사물이 뒤섞여 이루어진 얼굴의 형태로 그려 냈다. 이 형상의 이마는 톱니 모양의 성벽으로 전이되며, 귓속으로부터 나무가 자라나고, 곡선 모양으로 열을 지어 걸린 토기 냄비들이 눈썹이 된다.

18세기 학자들이 보스보다는 브뤼헐의 작품이 그로테스크하다고 보고[28] 그를 기준으로 그로테스크를 정의한 것은 옳은 판단이었다. 브뤼헐에 이르면 기존의 기독교관에서 통용되던 지옥의 모습이 사라진다. 그가 그린 것은 기독교에 등장하는 지옥도, 신의 종복으로서 인간에게 경고를 던지거나 우리를 시험하거나 벌주는 괴물들도 아니었다. 보는 사람으로 하여금 어떠한 이성적 혹은 감정적 해석도 불가능하게 만드는 심연과 모순의 세계를 창조한 것이다. 그림 앞에서 감상자가 느끼는 망연자실함은 모든 종류의 그로테스크 작품에 드러나는 본질적 특성과 상호 관련되어 있다. 그 특성이란 창작자가 작품에 어떤 의미도 부여하지 않은 채 불합리한 것을 불합리한 모습 그대로 보여 주는 것을 말한다. 그러나 그로테

---

28 플로랑트 르 콩트Florente le Comte는 처음으로 브뤼헐의 작품을 '그로테스크'라 표현한 사람 중 한 명이다(*Cabinet des singularitez d'architecture, peinture*…, 3 Bde., Paris 1699/1700). 이 문단(II, 217)은 브뤼헐을 칼로와 더불어 그로테스크 화가로 정의한다는 점에서 더욱 중요하다. 여기서 네덜란드 화가들에 대한 해석의 역사에 관해 풍부한 자료를 담고 있는 뢰나이젠H.-W. v. Löhneysen의 저서를 인용하기로 한다(*Die ältere niederländische Malerei. Künstler und Kritiker*, 1956, p.148). "그(브뤼헐)는 특히 그로테스크로 특징지어진다. 이 거장의 천재성을 채우고 있던 이 모든 희귀하고도 흥미로운 구상이 칼로에게 전승되었다 해도 과언이 아니다. 피터르 브뤼헐이 당대의 칼로였다면 칼로 역시 그 시대의 피터르 브뤼헐이라는 것도 적절한 표현이다." 물론 여기서 우리는 '그로테스크'가 뭔가 괴상하고 기이하며 우스꽝스러운 것이라는 의미를 담고 있으며, 두 화가의 풍속화적 요소 및 양식과 관련된다는 점을 간파할 수 있다. 18세기에 '그로테스크'는 풍속화에서 브뤼헐의 지옥화를 칭하는 말로 전이되었다.

스크를 보다 정확히 정의하기 위해서는 빌란트의 정의를 약간 수정하는 일이 불가피하다. 라파엘로의 그로테스크를 유쾌한 상상력의 유희가 지배하는 특별한 세계라 한다면, 빌란트의 눈에 비친 브뤼헐의 그로테스크는 특별하기는 하되 섬뜩한 환상의 제국이다. 그러나 우리는 아무것에도 얽매이지 않는 공상과 자유로운 창조의 세계(현실에는 존재하지 않는)가 그로테스크의 핵심은 아님을 재차 분명히 할 필요가 있다. 그로테스크의 세계는 현실세계인 동시에 현실세계가 아니다. 그로테스크가 조소와 더불어 섬뜩함을 유발하는 이유는 바로 우리에게 친숙한, 고정된 질서에 따라 움직이던 세계가 여기서 무시무시한 힘에 의해 생경한 것으로 변하고 혼란에 휩싸이며 모든 질서 역시 무너져 버리기 때문이다.

빌란트와 달리 나는 그로테스크와 캐리커처를 보다 명확히 구분하고자 한다. 물론 캐리커처나 풍자화는 그로테스크와 근접한 분야이며 나아가 그로테스크라는 영역을 보다 풍부하게 만드는 데 일조할 수 있다. 우스꽝스러운 형식, 다시 말해 캐리커처나 풍자화 등의 내부에서 그로테스크가 얼마나 쉽게 탄생할 수 있는지는 보다 큰 규모의 판화 연작이나 연극, 소설 등을 통해서도 재차 확인된다. 그러나 순수한 현상으로서의 그로테스크는 익살스러운 캐리커처라든지 의도성이 짙은 풍자화와는 분명히 구별된다. 비록 그러한 영역 간의 경계도 매우 광범위할뿐더러 개별 사례 분석에 있어서도 번번이 모호한 경우에 부닥치게 마련이지만 말이다.29

---

29 예컨대 고야의 「전쟁의 참화」 연작은 다분히 의도성을 띠고 있다. 그러나 고야의 심오함은—지극히 다양한 강도로 영향력을 발휘하는—그로테스크한 면을 통해서만 비로소 드러난다고 할 수 있다. 반면에 호가스의 판화 연작은 대체로 의도성이 지배적이어서 그로테스크는 이곳저곳에서 간헐적으로만 발현되는 듯하다. 유명한 「진 거리」(**그림 10**)에서는 인물들의 형상, 심지어 창가에 목을 매고 있는 인물까지도 강력한 경고와 교훈의 의미로 해석된다. 그러나 후면의 건물들이 허물어져 가는 모습에서는 세상 자체를 몰락해 가는 것으로 보는 관점 역시 드러난다.

2. 코메디아 델라르테에 나타난 '가공의' 세계

유스투스 뫼저는 1761년에 『광대 혹은 그로테스크하고 우스꽝스러운 것에 대한 변호』라는 제목의 저서를 출판했다. 여기서 그는 고전주의적 취향을 가진 미학자들의 공격에 맞서 그로테스크 예술, 나아가 미학적 범주로서의 그로테스크를 방어하고 있다. 변호는 광대의 입을 통해 이루어진다. 이 광대는 누구인가? 그는 저 천박하고 상스러우며 저급한 음담패설이나 일삼는 한스부르스트(Hanswurst, 16세기 독일 소극의 대표적 희극 역—역주)와 혼동하지 말아 달라며 자기를 소개한다. 자신의 가문은 콜롬비네Colombine, 판탈로네Pantalone, 일 도토레Il Dottore, 일 카피타노 Il Capitano 등보다 귀족적이기 때문이다. 이들은 모두 코메디아 델라르테에 등장하는 희극적 인물이다. 코메디아 델라르테의 세계는 그로테스크로 불리며, 화자인 광대는 극 중에서 그로테스크의 본질을 직접 정의한다. 그의 말에 따르면 그것은 나름의 독립적인 세계이다. 오로지 "무대 위의 삼라만상이 그로테스크할 때"30 광대도 자신의 본질을 찾을 수 있다. 이 세계는 "나름의 완벽성"을 갖추고 있다. 이는 매우 의미심장한 표현인데, 이로써 그들만의 작은 영역이 이상적인 자연의 모방을 예술의 근본으로 삼는 고전주의의 지배권으로부터 벗어나기 때문이다. 아름다움과 숭고함을 결정짓는 기준은 이곳에는 적용되지 않는다. 뫼저는 예술은 교훈적이어야 한다는 원칙이 지배하는 영역으로부터도 그로테스크를 철저히 분리했다. 그의 소책자는 한편으로는 당대의 변화하는 예술적 취향의 전조를 나타내지만, 다른 한편으로는 그다지 깊이 파고들지 않을뿐더러 곧 자가당착에 빠져 버린다. 제목에서부터 이미 짐작할 수 있듯이 여기서는 그로

---

30 바로 이 점은 전혀 다른 양식의 몇몇 극에 익살극의 요소를 가미한 몰리에르Molière를 비판할 근거가 되기도 한다.

테스크와 우스꽝스러움의 의미가 뒤섞여 버린다. 유스투스 뫼저는 또 희극의 익살스러운 측면이 즐거움 및 (일정 정도 심오한) 유쾌함을 향한 영혼의 갈구에서 비롯되는 것으로 보았는데,[31] 이로써 그는 교훈의 미학을 뛰어넘기는 하되 여전히 (일반적으로 기대되는) 기능적 측면을 기준으로 예술의 본질을 정의하려는 기존의 사고방식에서 벗어나지 못하고 있다. 심지어 구조 분석에 이르면 코메디아 델라르테를 비롯해 여타 희극들이 지닌 해학적인 면을 "영향력 없는 위대함"이라 칭하며 과장으로 치부하고, 미술에서의 캐리커처와 직접적으로 비교하기도 한다.[32] 나아가 호가스의 풍자화를 예로 들면서도, 그것이 교훈적 기능을 중시하는 관점에서 비롯된 행위라는 사실을 의식하지 못한다. 그러나 몇몇 부분, 예컨대 코메디아 델라르테를 두 번씩이나 "가공의 세계"로 칭하는 데서는 여전히 뫼저가 코메디아 델라르테의 본질 및 그것에 내포된 그로테스크적 특성을 뚜렷이 감지하고 있음이 증명된다.

코메디아 델라르테를 그로테스크한 예술양식으로 해석한 유스투스 뫼저의 의견이 전적으로 합당한 것임에는 의심할 여지가 없다. 지나가는 말이긴 했지만 디드로 역시 뫼저에 앞서 같은 의견을 내비친 적이 있다(45쪽 참고). 비록 그로테스크에 대한 뫼저의 정의에는 미흡한 데가 있지만 그의 직감만은 분명히 옳은 것이었으므로 그러한 정의가 나온 경로를 좀 더 더듬어 볼 필요가 있다. 코메디아 델라르테를 정확히 이해한다는 것은

---

31 유쾌한 영혼, 다시 말해 자유롭고 긍정적으로 세상을 대하는 태도는 아나크레온Anacreon(그리스의 서정시인)풍 작품의 예술관에서도 중심 요소였으며, 빌란트는 물론 예술의 영향력에 관해 고찰하던 괴테의 미학적 관념 속에서 다시금 화두로 떠올랐다.(Wolfgang Kayser, Goethes Auffassung von der Bedeutung der Kunst, *Zeitschrift Goethe*, 1954 참고)

32 "과장된 형태로 특징지어지는 회화에서의 캐리커처가 바로 내가 인간의 관습을 묘사하는 방식이다."

물론 쉽지 않다. 독일에서는 이 분야와 관련된 전통도 확립되어 있지 않을뿐더러(참고로 파리의 비외 콜롱비에 가에 있는 극장에서는 오늘날에도 코메디아 델라르테 공연이 열린다), 코메디아 델라르테가 독일 연극에 무시할 수 없는 영향을 미쳤음에도 독문학사에서는 이를 그다지 비중 있게 다루지 않는다.[33] 코메디아 델라르테에 관한 연구를 더욱 어렵게 만드는 또 하나의 요인은 바로 극의 대사가 각본 없이 즉흥적으로 만들어진다는 점이다. 처음부터 정해져 있는 것은 대강의 줄거리뿐이다. 그러나 디드로가 이미 강조한 바와 같이 이 극에서 대사는 상황 설정이나 배우의 연기만큼 큰 의미를 지니지 않는다. 코메디아 델라르테의 특성은 대본을 통해서가 아니라 공연 방식, 구체적으로 말하자면 움직임의 유형을 통해 파악할 수 있기 때문이다. 배우들이 진정한 예술가여야 하며 물 한 컵을 들고 공중제비를 돌면서 한 방울도 흘리지 않을 정도로 노련해야 한다는 말이 무슨 뜻인지 여기서 짐작할 수 있다. 이러한 사실은 그 자체로도 이미 희화화되고 왜곡된 등장인물들이 — 가령 판탈로네는 여자에게 눈이 멀고 속임수에 쉽게 넘어가는 노인으로, 도토레는 언제나 본모습이 들통 나고 마는 허풍선이로 희화화되어 있다 — 어떤 방식으로 한층 극단적인 모습을 드러낼지 짐작할 수 있게 해 준다. 바로 '무대 위의 삼라만상'을 지배하는 기이한 동작을 통해서이다. 극의 '가공적인' 분위기는 또한 배우들이 코까지 덮어쓴 가면에 의해서도 고조된다. 이 가면이 어떤 기능을 하는지는 코메디아 델라르테에 주목한 천재적인 삽화가 자크 칼로[34]의 그림

---

33 E. Petraconne, *La commedia dell'arte: storia, tecnica, scenari*, Napoli, 1927; M. Apollonio, *Storia della commedia dell'arte*, Roma, 1930; H. Kindermann, *Die Commedia dell'arte und das deutsche Volkstheater*, 1938; *La commedia dell'arte*, *Rivista di studi teatrali*(특별호), Nr.9/10, Milano, 1954; O. Rommel, *Harlekin, Hans Wurst und Truffaldino*, 1950.

을 통해 알 수 있다. 칼로의 판화 연작 「광인들의 춤」은 공연을 보며 스케치한 것을 정확히 재현한 작품이다. 따라서 그림에 나타난 왜곡된 형상도 화가의 상상력에서 나온 것이 아니다(**그림 11·12**). 여기서 우리는 가면이 인간의 모습에 동물적인 특성을 부여하는 데 쓰인다는 사실을 쉽게 짐작할 수 있다. 새의 부리처럼 기다란 코는 뾰족한 턱과 대칭을 이루며 머리통은 뒤쪽으로 길게 튀어나온 모습을 하고 있다. 새와 흡사한 이 형상은 대개의 경우 박쥐의 혹과 닭의 깃털까지 달고 있다. 배우들의 동작 역시 스케치에 생생하게 드러난다. 한편으로 보이는 완전히 경직된 자세는 순식간에 머리부터 발끝까지 괴이하게 느껴지는 다른 동작으로 연결된다.

이제 칼로의 스케치북에서 발췌한 습작을 하나 살펴보자(**그림 13**). 이런 종류의 형상은 그의 스케치북 곳곳에서 눈에 띈다. 인간과 동물의 형상이 여기서 그로테스크한 형태로 뒤섞여 있다는 사실은 설명하지 않아도 누구나 알 수 있다. '실질적인' 그로테스크가 캐리커처 및 풍자화와 구별되는 점이 무엇인지도 바로 이 형상을 보면 드러난다. E. T. A. 호프만은 다음과 같은 글을 쓰면서 바로 이런 그림을 염두에 두고 있었던 것임에 틀림없다.

대담한 예술가여, 당신의 이상야릇하고 공상적인 그림을 아무리 보아도 질리지 않는 이유는 무엇인가? (…) 그의 그림들은 혈기왕성한 상상력이라는 마술사가 불러낸 온갖 공상적이고 기이한 형상을 그대로 반영하고 있다. (…) 인간의 요소와 동물이 상충함으로써 탄생하는 아이러니는 인간의 어리석은 행위에 조소를 던진다. 심오한 영혼만이 이런 아이러니를 창조해 낼 수 있다. 진지하고 통찰력 있는 감상자라면 동물과 인간으로부터 창조된 칼로의 그로테스크한

---

34 유스투스 뫼저는 『광대』에서 테니르스 및 다우Dou와 더불어 칼로에 관해서도 언급했다.

자크 칼로, 「광인들의 춤」 연작 중
표지 그림(위, **그림 11**)과 한 장면(아래, **그림 12**),
가운데는 습작(**그림 13**), 1621년

형상을 보면서 기이함의 베일에 가려진 은밀한 암시를 읽어 낼 수 있을 것이다. (…) 일상적인 삶의 형상을 낭만주의 정신의 세계에 투영해 볼 수 있는, 그리하여 그것을 낯설고도 기묘한 의복처럼 휘감으며 쏟아지는 빛 속에 빚어낼 수 있는 시인이나 작가는, 적어도 이 예술가를 구실 삼으며 자신은 칼로를 본받아 창작하고자 했노라고 변명할 수 있지 않겠는가?

이 글은 칼로의 연작이 탄생한 지 거의 2백여 년이 지난 뒤에 쓰였다. E. T. A. 호프만의 『칼로 풍의 환상곡Phantasiestücken in Callots Manier』 서두에서 발췌한 것으로, 장 파울은 이 책에 붙일 특별한 서문을 쓰기도 했다. 고트셰트와 빌란트에게는 비판의 대상이었던 몽상적인 특징과 자유분방한 상상력, 그리고 그것을 통해 창조된 독특한 세계가 E. T. A. 호프만에게는 이처럼 찬미의 대상이었다. 현실의 모순으로부터 촉발된, 오직 작가 혼자만이 전유하는 상상력은 현실세계를 날카롭게 꿰뚫음으로써 그와 상통하는 기질을 가진 이로 하여금 그 뒤에 숨은 참된 세계를 느끼게 해 주기 때문이다. 그런데 칼로에게서 곧장 E. T. A. 호프만으로 넘어가는 바람에 연대순이 뒤죽박죽되어 버렸다. 이를 바로잡고자 다음 장에서는 1760~1770년대로 되돌아가기로 한다. 이 시기에는 지옥의 브뤼헐 및 코메디아 델라르테의 가공의 세계를 지표로 삼음으로써 그로테스크라는 개념에 확실한 윤곽이 형성된다.

3. 질풍노도 드라마의 '그로테스크 정신'

1770년대의 이론서에는 '그로테스크'라는 단어가 종종 등장한다. 게르스텐베르크Gerstenberg는 『문학의 특수성에 관한 서신Briefe über die Merkwürdigkeiten der Literatur』에서 셰익스피어를 이렇게 찬미했다. "그는 모든 것을 가졌다. 고요하거나 역동적인 자연과 같이 화려한 영혼, 오페라와 같은 서정적 영혼, 희극적인 영혼, 심지어는 그로테스크의 영혼마저도 가지고 있다. 가장 특이한 점은 그가 이 중 무엇을 더 많이 가졌고 무엇을 적게 가졌는지 누구도 판단할 수 없다는 사실이다."[35] 여기서는 "그로테스크의 영혼"과 "희극적인 영혼"이 뚜렷이 구별되어 있다. 셰익스피어의 『뜻대로 하세요As you like it』에 나오는 자크를 그로테스크한 인물로 칭할 때도 게르스텐베르크는 그러한 구분을 확연히 의식하고 있으며, 두 가지의 차이점에 대해 일부러 언급할 필요성조차 느끼지 않는다. 마지막으로 그로테스크라는 개념이 당연하다는 듯 문학에 사용되었다는 점도 주목할 만하다. 이 점에 관해 더 이상의 사례를 나열할 필요는 없을 듯하다. 이 시대에 이르러 그로테스크를 미학의 범주에 포함시키는 일이 일상화되었음을 언급해 두는 것으로 충분하다.[36]

다른 한편으로, 총체적인 그로테스크 개념의 역사가 그로테스크라는 단어에만 한정되어서는 안 된다는 점도 명심해야 한다. 빌란트와 뫼저는 캐리커처와 풍자화, 해학극을 그로테스크와 긴밀히 관련시켜 설명했는데, 이런 개념들을 언급할 때는 그로테스크를 전적으로 또는 부분적으로 염두에 둔 경우가 흔하다. 렌츠Jakob Michael Reinhold Lenz의 경우를 예로 들어 보자. 그는 이상화된 그림을 그리는 화가보다 캐리커처 화가를 훨씬

---

[35] 셰익스피어의 예술을 그로테스크의 범주에서 다루기 시작한 사례로는 윌슨 나이트Wilson Knight의 『리어 왕King Lear』 연구가 있다(The Wheel of Fire, Cambridge, 1931). 게르스텐베르크의 '그로테스크'라는 단어 사용 및 그 의미에 관해서는 다음을 참조할 것. Klaus Gerth, Studien zur Gerstenbergschen Poetik, Dissertation, Göttingen, 1956, pp.96~99.

[36] 줄처Sulzer가 장식미술로서의 그로테스크를 다루며 즉각 개념 정의에 이른 점, 이 과정에서 몽상적인 특성을 강조한 점은 특기할 만하다. "이것은 현실에서는 결코 서로 결합될 수 없는 사물을 자유롭게 결합함으로써 마치 모험적인 꿈처럼 놀라운 광경을 탄생시킨다."(Allgemeine Theorie der schönen Künste, I, 1771, p.499) 1792년에 나온 2차 개정판에는 참고문헌 목록에서도 짐작할 수 있듯이 훌륭한 역사적 자료에 근거한 상세한 글이 덧붙어 있다.

더 높이 샀던 장본인이다. 그런데 렌츠의 이론서는 기술 방식부터가 뒤죽박죽이며, 자신의 작품들을 분류할 때조차 여러 항목 사이에서 끊임없이 왔다 갔다 한다. 결국 별다른 성과는 거두지 못했지만, 여기서 우리는 해학극과 희극을 보다 광범위하게 정의하고 '그로테스크'에도 한층 포괄적인 의미를 부여하고자 했던 렌츠의 진지한 노력을 엿볼 수 있다.

> 내가 희극이라 부르는 것은 단순히 웃음을 자아내는 공연이 아니라 모든 사람을 위한 공연이다. (⋯) 희극은 인간 사회를 그린 그림이며, 극이 진지해지면 이 그림은 우스운 것이 될 수 없다. (⋯) 따라서 우리 독일 극작가들은 희극적인 동시에 비극적인 글을 써야 한다.[37]

이론가로서 달성하지 못한 것을 렌츠는 극작가로서 이루어 냈다. 그로테스크는 당시의 사상가들을 동요시키는 한편, 어렴풋이나마 이 양식을 추구하도록 예술가들을 자극하기도 했다. 질풍노도 드라마, 그중에서도 특히 렌츠의 작품은 지금까지 규명된 것보다 훨씬 더 풍부한 그로테스크 요소로 채워져 있다. 역사적 맥락에 비추어 보면 독일 작가들은 특히 '그로테스크의 영혼'을 지녔던 셰익스피어와 별난 동작 방식을 취한 코메디아 델라르테의 가공의 세계로부터 커다란 영향을 받았다.

렌츠는 자신이 이상적인 그림보다 캐리커처 화가를 훨씬 더 높이 산다는 사실을 피력했다. 괴테는 렌츠를 이렇게 특징짓는다. "렌츠는 늘 기괴한 것을 추구하며, 이것이 그에게 끊임없는 즐거움을 선사한다."[38] 렌츠

---

37 『신 메노차』에 대해 렌츠가 직접 쓴 평론에서 인용, *Frankfurter Gelehrte Anzeigen*, 1775, p.459.

38 *Dichtung und Wahrheit*, 제14권 초반부.

의 『신新 메노차Der neue Menoza』의 등장인물들은 이름부터 캐리커처적인 성격을 띤다[폰 비덜링von Biederling('올바른 체하는') 부부, 카멜레온 백작, 폰 초프von Zopf('현학자') 씨, 치어라우Zierau('멋쟁이') 씨 등]. 이들에게서 광기처럼 비칠 만한 특색은 거의 찾아볼 수 없는데, 바로 그 점이 더욱 희극적인 느낌을 준다. 비덜링 씨가 모든 대화를 묘포苗圃나 양잠에 관한 것으로 몰고 가는 모습은 얼핏 필딩의 『톰 존스Tom Jones』에 등장하는 지주 웨스턴 씨를 떠올리게 한다. 학사 학위 소지자인 치어라우의 박식함은 의도적인 풍자나 비판일 수도 있다. 확고한 세계 개혁자이기도 했던 렌츠는 극의 주인공인 동양의 왕자를 "그나마 나은 미개인"으로 설정한 뒤(그러나 이 인물은 결국 비덜링 씨가 잃어버렸던 아들로 밝혀진다) 그의 입을 빌려 18세기 유럽을 향해 과장스러우면서도 진지한 비판을 날린다. 『가정 교사Der Hofmeister』와 『병사들Die Soldaten』에 진지한 사회 구상안 및 개혁안이 내포된 것과 마찬가지다. 그러나 순수한 해학과 풍자적 과장이라는 범주만 가지고는 이 극의 성격이 완전히 설명되지 않는다. 왕자와 빌헬미네는 자연스럽고 참된 인간으로서 여타 경직된 등장인물들과 대조를 이루지만, 두 사람의 행동 역시 어딘가 경직되어 있다. 혹은 마리오네트처럼 어떤 권력의 손아귀에 놀아나는 듯한 행동 양태를 지녔다는 편이 정확하다. 왕자가 빌헬미네에게 청혼했을 때 빌헬미네의 부모는 왕자가 있는 자리에서 딸에게 의향을 묻는다. 빌헬미네는 한참을 침묵한 끝에 대답한다.

빌헬미네 : 전 결혼하고 싶지 않아요.
비덜링 씨 : 아니, 절대 안 돼! (발을 쾅쾅 구르며) 난 네가 독신으로 살기를 바라지 않아. 내가 세상에 태어나 한다는 일이 고작 네 행복을 가로막는 것뿐이라면, 차라리 열매도 맺지 못하는 저 늙은 나무를 베어 버릴 테다! 그렇지 않습

니까, 왕자님? 어떻게 생각하십니까?

왕자 : 내게 대답을 요구하다니, 잔인하군요. 이런 고통을 참는 방법은 침묵뿐이건만. (힘없는 목소리로) 영원히 침묵하고 벙어리가 되는 것 말입니다. (자리를 뜨려 한다.)

빌헬미네 : (황급히 왕자를 잡아 세운다.) 저는 당신을 사랑해요.

왕자 : 저를 사랑한다고요! (빌헬미네의 발밑에 기절해 쓰러진다.)

빌헬미네 : (왕자에게로 쓰러지며) 아, 이분 없이는 도저히 살 수 없을 것 같아요.

비딜링 씨 : 옳지! 그가 깨어나도록 입에 한 방 먹여 줘라.

『가정 교사』에 등장하는 인물들의 행동방식도 이와 마찬가지다. 주인공 로이퍼는 늙은 마르테가 데려온 아이에게서 자신의 모습을 본다.

로이퍼 : 이제야 수수께끼가 풀리는구나! (아이를 받아 안고 거울 앞에 선다.) 이게 어떻게 내 모습이 아니란 말인가? (정신을 잃고 쓰러진다. 아이가 울기 시작한다.)

마르테 : 정신 차리세요! …… 도움을 청해야겠군. 어디가 아픈 모양이야.

주변 인물들의 대사는 상황과 더욱 극렬한 대비를 이룬다.[39] 그러나 렌츠의 극을 지배하는 행동 법칙은 바로 여기서 드러난다. 등장인물들이 스스로 행동을 취하는 순간에도 마치 어떤 보이지 않는 힘이 영향력을 발휘하는 듯 느껴진다. 렌츠는 등장인물의 행동을 유발하는 도구로 심심찮게

---

39 『가정 교사』에는 이 밖에도 특기할 만한 사례가 나온다. 한 학생이 극장에서 레싱의 『미나 폰 바른헬름Minna von Barnhelm』을 관람하고자 한다. 외투를 저당 잡힐 정도로 가난한 그는 이제 ― 한여름에 ― 늑대의 모피를 두르고 외출할 수밖에 없는데, 거리로 나서자마자 개들이 달려들어 어쩔 줄 몰라 하는 그를 뒤쫓는다. 서술자인 크닉스 양은 이 광경에 배꼽을 쥐고 웃는다.

우연을 활용했다. 매 상황의 극명한 대비 효과는 언제나 렌츠의 화두였다. 『신 메노차』에서 왕자는 결국 빌헬미나와 결혼하지만, 결혼한 지 사흘 만에 두 사람은 제3자로부터 자신들이 남매라는 이야기를 듣게 된다. 그들의 결혼에 관해 아무것도 모르는 그는 두 사람이 이 소식에 기뻐할 것이라 여긴다. 그러나 결혼식 후에 온 도시를 위해 성대한 축제까지 열었던 왕자는 이제 절망에 빠져 달아나 버린다. 독자는 왕자가 라이프치히의 걸인과 불구자들을 위해 연 다른 축제에서 그와 다시 대면한다. 이는 유혼들의 축제이자 죽음의 무도 같다. 어느 불구자가 다리를 절며 왕자에게 다가오면서 이 장면은 절정에 다다른다.

> (잔을 높이 쳐들며) 만세! 만세! 만세! (왕자에게) 존귀한 왕자님이시여! (술을 마신다. 왕자, 재빨리 퇴장)
> 모두 함께 : 존귀한 왕자님이여! (유리잔을 창밖으로 던진다.)

이런 광경들은 혼란에 휩쓸리며 생경해져 가는 세상의 모습이다. 제4막의 마지막 장면은 한층 더 극단적이다. 카멜레온 백작에게 버림받은 도나 디아나는 자신을 빌헬미네로 착각하고 껴안는 그를 살해함으로써 백작이 연 축제에 죽음의 그림자를 드리운다. 그러나 다음 장면에서는 극중 가장 섬뜩한 인물인 도나 디아나의 복수극보다 더욱 충격적인 것이 드러난다. 사람들이 방문을 부수고 들어와 이 처참한 사랑의 복수극이 만천하에 드러나는 순간 조명은 두 사람의 형상을 비춘다. 하나는 죽어 가는 백작의 형상이고 다른 하나는 백작부인을 남몰래 사랑했던 하인 구스타프의 형상이다. 그는 한구석에 목을 매어 죽어 있었다.[40]

---

40 도나 디아나와 구스타프는 괴테의 『괴츠 폰 베를리힝겐Götz von Berlichin- gen』에

제5막은 일종의 에필로그 같은 것이다. 여기에는 매우 건전하고 서민적인(렌츠는 그가 사투리를 쓰는 것으로 설정했다) 남자가 새로 등장한다. 늙은 시장인 이 인물도 초반부의 얼마 동안 혼란에 빠진다. 어느 날 하루 일과를 마치고 인형극을 즐기려는 참에 학식 있는 아들 치어라우가 인형극 따위는 참된 예술이 아님을 설파하려 들었기 때문이다. 아들의 말에 의하면 참된 예술은 "아름다운 자연"을 모방한 것이어야 하며 일정한 규칙, 특히 저 삼일치 법칙(三一致, 연극은 24시간 안에 한 장소에서 하나의 줄거리만을 다루어야 한다는 원칙—역주)을 지킴으로써 가상 세계를 표현해야 한다. 아버지는 잠시 퇴장했다가 마지막 장면에서 재등장한다. 그리고 아들에게 인형극의 즐거움을 완전히 망쳐 놓고 시간이나 재고 앉아 있는 버릇을 고쳐 놓겠다고 호언장담한다. 박식한 아들은 호되게 한 대 얻어맞는다. "앞으로 뭘 어떻게 즐겨야 하는지 내게 설교하려 들기만 해 봐라. (…) 기다려라, 진짜 아름다운 자연이 뭔지 가르쳐 줄 테니!"

이로써 이제껏 전개된 이야기의 틀, 다시 말해 극 전체를 둘러싼 극이 거의 완성되었다. 우리는 이 노인이 두 장면 사이에 연극 『신 메노차』를 보고 온 것은 아닌지 잠깐 의심하게 된다. 아들이 말한 삼일치의 법칙에 형편없이 어긋나는 연극 말이다. 어쨌거나 이로써 연극과 인형극 사이의 연결점이 맺어진 셈이다. 삼일치 법칙이 무시되었을 뿐 아니라 경직되고 양식화된 등장인물 및 독특한 행동양식이 등장하는 인형극은 코메디아 델라르테의 괴기스러운 세계와 가깝게 느껴진다. 이 점을 상기할 때 비로소

나오는 인물들을 마리오네트처럼 왜곡한 것이다. 렌츠는 후에 이 작품을 수정하면서 4막 마지막 부분에 삽입할 새로운 장면을 썼다. 렌츠의 유작(『렌츠 유작 모음집Dramatischer Nachlass』, 1884)을 발행한 바인홀트Karl Weinhold는 308쪽에서 이에 관해 다음과 같이 언급한다. "작가는 그로테스크하고 전율적인 것에 몰두한다. 백작은 한층 더 무시무시하게 과장되었으며 백작 부인의 탐욕스러운 본성은 인쇄된 판에서보다 훨씬 강렬하게 드러난다."

우리는 렌츠가 자신의 작품세계를 이해하도록 독자에게 힌트를 남긴 것임을 이해할 수 있다.41

　"나는 극단적인 인물들을 총집합시켰으며, 여기서는 깊은 비극의 감정이 웃음이나 폭소와 교차된다." 클링거Friedrich Maximilian Klinger는 자신의 작품 『질풍노도Sturm und Drang』에 등장하는 세 주인공에 대해 이렇게 썼다. 그의 동시대인들은 당황했다. 클링거 자신도 첫 공연 후 "관객들은 아무것도 이해하지 못하고 어리둥절한 채 거기 앉아 있을 뿐이었다"라고 당시의 분위기를 묘사했다. 후에 문학 이론가들은 이 작품에는 사실 비극적 요소는 전혀 없으며 약간의 희극적 요소만 있을 뿐임을 어렵지 않게 밝혀냈다. 그러나 클링거의 말 역시 문자 그대로 받아들여서는 안 된다. 렌츠가 몇몇 언급을 통해 그랬듯 클링거도 웃음과 섬뜩함을 동시에 유발하는, 비극도 희극도 아닌 제3의 것을 에둘러 표현한 것이기 때문이다. 어느 비평가가 극중의 세 인물 빌트Wild, 블라지우스Blasius, 라 푀La feu를 캐리커처에 빗댄 것도 틀린 비유는 아니었다. 이름에서 보듯이 이 등장인물들은 몇몇 고정된 특성에 기반하고 있으며(이 이름들은 각 주인

41　코메디아 델라르테 및 그 영향을 받은 질풍노도 드라마는 살아 있는 배우들이 연기하는 데 반해 인형극은 기계적으로 움직이는 목각인형이 등장한다는 점에서 그로테스크를 판단하는 기준점이 나뉜다. 인형극에는 인형극만의 세계가 존재하며, 때문에 이는 ― 뫼저의 견해와 달리 ― 그로테스크하지 않다.(다만 두 가지 극단적인 관점에서 그로테스크하다고도 볼 수 있다. 첫째 그 세계의 내부로 철저히 녹아드는 순진무구한 환상을 가진 사람에게, 둘째 인형들 및 인형극의 세계가 발산하는 생기를 후면에서 체험하는, 전문가 겸 인형을 조종하는 기술자에게 그렇다.) 그러나 코메디아 델라르테 및 그 연장선상에 있는 모든 연극의 등장인물들이 기계적으로 움직이는 꼭두각시 인형으로 변모할 때, 기계적이고 영혼이 없는 것이 살아 있는 육체와 영혼을 지닌 존재의 내부로 파고들 때, 그리하여 인간의 세계가 생경한 것으로 변모할 때 우리는 그것을 그로테스크라 부른다. 인형극의 인형들은 생명력을 부여받아 인간세계로 파고들 때 비로소 그로테스크해질 수 있다. 이후 낭만주의 예술가들은 그로테스크 작품을 창작하는 데 이러한 소재를 십분 활용했다(호프만, 장 파울, 아르님). E. Rapp, Die Marionette in der deutschen Dichtung von Sturm und Drang bis zur Romantik, Dissertation, München, 1917 참조.

공의 특징을 암시한다. '빌트'는 '야생의, 거친'을 뜻하며 '블라지우스'에는 '냉담한, 둔감한, 싫증 난' 등의 의미가, '라 뢰'에는 '불, 화염, 열기' 다시 말해 '격정'이라는 뜻이 비유적으로 담겨 있다—역주) 괴벽스럽게 양식화되어 있다. 냉담하고 허영심 강하며 끝없이 권태로워하는 블라지우스나 끊임없이 공상에 빠져 있는 라 뢰에게서 우리는 풍자적인 면을 엿보게 된다. 이것은 문학적 풍자이다. 막판에 이들 중 하나는 덤불 속의 굴로, 다른 하나는 전원의 목장으로 물러나고자 하는데, 이런 공간적 상징에서도 그러한 특성이 드러난다.

빌트는 젊은 세대가 공유하는 성향이나 감정을 품은 인물이다. 그러나 앞의 두 등장인물과 마찬가지로 매우 희화화되어 있어 보는 사람도 그를 그다지 진지하게 받아들이지 않게 된다. 이 작품이 동시대 대중은 물론 향후 문학이론가들에게도 거부감을 산 이유는 등장인물과 사건을 진지하게도 우습게도 받아들일 수 없는 불확실성을 유발하기 때문이었다. 이러한 문제의 원인으로는 작가의 구성 능력 부족이 일차적으로 거론되었다. 그러나 이 작품에 특별한 애착을 품고 있던 클링거는 이를 자신의 최고 작품으로 꼽았다. 문제는 진지함과 우스꽝스러움만이 아닌 제3의 성질을 알아보지 못한 대중에게 있다. 이 연극의 핵심은 그로테스크한 요소를 혼합하려는 것이었지 관객의 혼란을 야기하려는 것은 아니었기 때문이다. 물론 이 작품은 ― 렌츠의 작품과 달리 ― 캐리커처의 우스꽝스러움에 보다 가까운 유형의 것이기는 하다. 예를 들어 보자.

(흑인, 블라지우스의 코를 잡아당기고 막 글을 쓰려던 라 뢰의 등 뒤에 서서 방해한다.)

라 뢰 : 자네의 눈은 아름답게도 빛나는군! 히히.

블라지우스 : 흠! 버릇없는 놈팡이들 같으니!

선장 : 신사분들, 여러분과 인사를 나누었으면 합니다. 군인들이신가요?

블라지우스 : 나는 아무것도 아니오. (잠든다.)

선장 : 그거 아주 풍부한 정보군요. 그러면 당신은?

라 피 : 모든 것이죠.

선장 : 그건 부족하군요. 이쪽으로 오시오, 모든 것 씨. 몸을 좀 풀 겸 권투를
하려던 참이거든요. (라 피를 잡아끈다.)

이렇듯 괴상한 언어와 동작은 무시무시하지는 않더라도 분위기를 어딘
가 생소하게 만들며, 이를 대하는 관객들은 마음껏 웃지도 못한다. 난해
하게만 느껴지는 극중의 인물과 사건은 우리가 그로테스크에 대한 감각을
지녔을 때, 역사적 맥락에서 설명하자면 이를 코메디아 델라르테의 양식
과 연관 지을 때 비로소 납득할 만한 것으로 다가온다. 진지한 연극 혹은
해학극의 기준에 맞추어, 혹은 두 가지 모두를 기준 삼아 평가하려 드는
한 이런 연극은 무미건조하게만 느껴질 뿐이다. 역사적 맥락에 대한 이해
는 또 클링거의 가치관에 반드시 공감하지 않더라도 그것을 이해할 수 있
게 해 준다.

이제 그로테스크라는 주제를 풍부하게 뒷받침해 주는 질풍노도 드라마
의 마지막 예로 괴테를 들어 보겠다. 괴테는 『사티로스Satyros』에서 인
간과 산양이 뒤섞인 괴형상을 한 숲의 정령을 주인공으로 등장시켰다. 원
래 의도는 사람들을 기만하고 다니는 기적의 예언자(그리고 이런 것을 쉽
게 믿어 버리는 군중)를 풍자하는 것이었지만, 창작 과정에서 이런 의도
가 점점 느슨해지는 바람에 결국에는 괴테가 염두에 두고 있던 이가 헤르
더Herder였는지 혹은 카우프만Kaufmann이나 구에Goué였는지[42] 어렴

---

42 F. J. Schneider, *Goethes Satyros und der Urfaust*, 1949. 그 밖에 *Hamburger*

풋이 추측만 할 수 있게 되었다. 그러나 풍자와 캐리커처의 한가운데에는 보는 사람에게 당혹스럽고 아득한 느낌을 유발하는, 다시 말해 생경한 세계를 대면하며 조소와 더불어 나직한 섬뜩함을 느끼게 하는 세 가지 장면이 있다. 그렇잖아도 혐오스러운 괴물이 자연에 취해 마치 괴테처럼 시를 읊는 장면, 여리고 다정다감한 소녀가 이 털투성이 괴물에게 매혹되고 괴물은 더할 나위 없이 부드러운 말로 사랑에 빠진 소녀의 감정을 묘사하는 장면, 그리고 괴물이 정체가 탄로 나기 직전 놀란 군중에게 창조의 신화에 관해 설파하는 장면 등이 그렇다. 이 마지막 장면의 연설은 『파우스트 Faust』에 나오는 구절들을 연상시키며, 우리는 여기서 괴테 자신의 믿음을 읽어 낼 수 있다.

괴테는 그에 앞서 『피장파장Die Mitschuldigen』에서 코메디아 델라르테의 행동양식과 가깝고 한층 가벼운 극 스타일을 시도했다.[43] 결말에서 고결한 연인이 끝내 맺어지지 못하고, 진심으로 사랑할 줄 아는 동시에 충심의 사랑을 받기도 하는 소피가 파렴치한 남편에게 여전히 얽매여 있는 모습을 보며 독자는 이중적인 감정에 사로잡힌다. 그러나 이런 감정은 괴테가 청년 시절에 쓴 초고의 후기 수정본에서 비로소 느낄 수 있다. 여기서 괴테는 코메디아 델라르테의 행동양식에 부합되는 장면을 삭제하고 ("득달같이 벽감 속으로 들어간다", "당혹감에 극도로 일그러진 표정으로" 등의 연출 지시를 포함) 명료한 감정적 관점 및 평가의 여지를 부여했다. 이로써 관중은 극중 누구에게 공감하고 호감을 느껴야 할지 분명히 판단할 수 있게 된 동시에 예의 이중적인 감정에도 사로잡힌다.

괴테가 수정을 통해 코메디아 델라르테 식의 특징을 지워 버린 것은 독

Goethe- Ausgabe 제4권 주석 부분 참조.

  43 *Hamburger Goethe-Ausgabe* 제4권 주석 부분 참조.

일 문학, 특히 괴테 문학의 진보를 반영한다. 후년에 고전주의 쪽으로 기운 괴테는 극단성보다 신비로움을 선호했으며 무엇이든 기괴한 것에 대해 혐오감을 표출했다. 그의 글에서 기괴함은 종종 그로테스크와 유사어로 등장한다.44 노년의 괴테가 쓴 담시들, 『동서 디반Westöstlicher Divan』, 『파우스트』 후편에 이르러서야 우리는 그로테스크를 다시 접하게 된다. 그러나 그로테스크라는 개념은 그새 이미 새로운 전기를 거친 뒤였다.

---

44 괴테는 사보나롤라Savonarola를 "고딕 양식의 건물에 달린 가고일처럼 르네상스의 밝은 세계로 불쑥 솟구쳐 나온 기괴하고 공상적인 괴물"이라고 칭했다. 망상과 연관 짓는 표현 역시 찾아볼 수 있다. "짐승, 망상, 그로테스크, 그 밖의 어리석은 것들."(*Schriften zur Kunst*, *Weimarer Ausgabe*, 49, p.224.)

3장 낭만주의 시대의 그로테스크

1. 이론

프리드리히 슐레겔

초기 낭만주의 예술관에 관한 핵심적인 저작인 프리드리히 슐레겔 Friedrich Schlegel의 『시학에 관한 담론Gespräch über die Poesie』(1800)에서는 그로테스크의 개념이 오랜 논의를 거치며 중심 화두로 자리 잡고 있다. 그의 형이자 문학사가였던 아우구스트 빌헬름 슐레겔August Wilhelm Schlegel이 이 저작의 사상과 용어에 얼마나 큰 영향을 미쳤는지는 알 수 없는 일이다. 그러나 이 책의 일부이자 그로테스크에 관해 언급되어 있는 '소설에 대한 편지' 부분에서 그로테스크 개념은 18세기의 확장된 의미보다는 초기의 관점, 특히 라파엘로의 그로테스크를 기준으로 사용된 듯 보이며, A. W. 슐레겔이 1800년 이전에 이미 이런 사고방식을 지니고 있었음을 보여 주는 증거가 있다. 예컨대 1797년의 어느 담화에서 A. W. 슐레겔은 "그는 순간적이고 때로는 그로테스크한 형태를 통해 우습고 섬세하며 변덕스러운 여러 장면들을 나란히 그려 냈다"[45]라고 언급한 적이 있다. 1798년 『아테네움Athenäum』(슐레겔 형제가 발행한 낭만주의 문예지―역주)의 어느 단편 기고문에는 다음과 같은 문구가 실려 있기도 하다. "또한 가장 탁월하고도 섬세한 변덕이 빚어낸 저 매혹적이리만치 그로테스크한 색채의 협주곡이 거대한 표면 위에 감돌곤 한다."[46] 이 글은 화자가 그로테스크 장식미술을 염두에 두고 있음을 짐작하게 한다. 그와 같은 연결고리가 어디서 비롯된 것인지도 추적이 가능하다.

1789년에 괴테는 빌란트가 창간한 정기간행물 『독일의 사자使者Der Teutsche Merkur』에 「아라베스크에 대하여Von Arabesken」라는 논문을 발표했다. 여기서 괴테 ― 빙켈만의 사상과는 거리가 먼 ― 는 다소 소극적인 태도로나마 고대 그로테스크 벽화가 전적으로 정통성 있고 매혹적인 예술의 장르임을 인정한다. 이때 그가 그로테스크와 아라베스크를 동일한 양식으로 간주한 것은 당시 독일을 비롯한 각 언어권에서의 용어 사용을 고려할 때 틀린 것은 아니었다.(『시학에 관한 담론』에서도 두 가지는 동일한 양식으로 취급된다.) 이어 괴테는 라파엘로가 고대 벽화를 혁신한 데 대해 찬사를 던지며 논문을 끝맺는다.

그로부터 얼마 후 고전주의 신봉자들의 왜곡과 공격에 맞서 그로테스크 장식미술을 변호하는 글이 또 하나 발표되었다. 저자는 괴팅겐의 미술사학자 피오릴로Johann Dominicus Fiorillo였다.[47] 미술사학계 최초의 그

---

45 A. W. Schlegel, Schattenspiele, *Werke*, ed. Böcking, XI, p.92.

46 같은 책, ed. Böcking, VIII, p.31. 미노어Jakob Minor는 이를 프리드리히 슐레겔의 표현으로 간주했다(*Fr. Schlegels Jugendschriften*, Fragment 379). 그러나 "섬세한 변덕"이라는 표현을 보면 이 문장과 앞의 인용문이 동일한 인물에서 나온 것임을 짐작할 수 있다.

47 *Über den Grotesken*, Göttingen, 1791. 피오릴로의 글은 그로테스크라는 주제에

로테스크 대변자이기도 한 그는 이후 얼마 지나지 않아 괴팅겐에서 수학한 바켄로더Wilhelm Wackenroder와 티크Ludwig Tieck의 스승이 되었다. 피오릴로는 두 제자를 르네상스 미술의 광대한 세계로 이끌었다. 바켄로더는 『예술을 사랑하는 한 수사의 심정 토로Herzensausgießungen eines kunstliebenden Klosterbruders』가 스승으로부터 전수받은 지식에 기반을 두고 쓰인 것이라며 피오릴로에게 공을 돌리기도 했다. '화가 연대기' 장의 말미에서 그는 피오릴로의 분신으로 추정되는 이국 수도사(이탈리아에서 출생한 피오릴로는 독일어가 불완전했다)를 등장시킴으로써 스승을 기리는 기념비를 세웠다. 피오릴로는 또한 제자들을 그로테스크의 예술세계로 안내한 장본인이기도 하다. 이 점은 티크의 소설 『프란츠 슈테른발트의 방랑Franz Sternbalds Wanderungen』에서 화가 루도비코가 단순히 장식미술에만 한정되지 않는 새로운 미술 양식을 고안하는 내용에 암시되어 있다. "그다음에는 온갖 종의 동물들이 뒤섞이다가 식물의 모습으로 끝나는 극도로 기이한 형상들을 어지럽고 불가사의한 구도로 그려 넣을 것이다. 인간의 형상과 기묘하게 닮은, 그리하여 온갖 감각과 열정을 유쾌하고도 끔찍하게 드러내는 곤충과 벌레를 표현하고 싶었다."[48]

마찬가지로 괴팅겐에서 수학한 A. W. 슐레겔은 피오릴로와 더욱 가까운 수제자가 되었다. 이들의 친분은 피오릴로가 『미술의 역사Geschichte der Malerei』를 집필할 때 슐레겔이 도움을 주면서 수년 동안 유지되었다.[49] 앞서 언급한 인용문에서도 보이듯이 그로테스크에 대한 슐레겔의

관해 저술한, 객관성이 결여된 리엠A. Riehm의 논문(Über den Grotesken, *Monatsschrift der Akademie der Künste*, 1788)에 대한 대응으로 나온 것이다. 더불어 Stieglitz, *Über den Gebrauch der Grotesken und Arabesken*, 1790을 참조할 것. 피오릴로와 관련해서는 *Goethe-Handbuch*, 2. Auflage, A. Zastrau, p.1955 이후를 참조할 것

48 *Deutsche Literatur in Entwicklungsreihen*, *Romantik*, Bd. 6, p.226.

이해가 일차적으로 라파엘로를 기준 삼고 있는 것 역시 피오릴로에게서 미술사를 수학하며 받은 영향으로 볼 수 있다.

『시학에 관한 담론』에서 아라베스크의 개념은 신화에 관해 이야기하는 루도비코의 입을 통해 최초로 등장한다. 이 부분은 담론의 몇몇 핵심 부분 중 하나로, 여기에 복합되어 있는 여러 가지 단상들은 책 전반을 통해 개별적으로 다루어진다. 루도비코는 신화를 "자연이 빚은 예술작품"으로 칭한다. 그의 눈에 신화는 세르반테스나 셰익스피어의 작품에 바탕이 된 "낭만주의 문학의 위대한 기지"와 같은 구조를 지닌 것으로 보인다. 『시학에 관한 담론』의 사상적 세계에서는 그러한 작품들이 낭만주의 시학의 최고봉으로 꼽힌다. "예술적으로 구성된 혼란, 모순되는 사물의 매혹적 대칭, 가장 세세한 부분에조차 살아 숨 쉬며 끝없이 이어지는 정열과 모순의 경이로운 교차. 내 눈에는 이 모든 것이 이미 간접적인 신화로 보인다." 그리고 그는 다음과 같은 표현을 통해 이 특별한 구조에 마침내 하나의 명칭을 부여한다. "이것이 조직되는 방식은 인간의 환상세계에서 가장 오래되고 원시적인 형태라 할 수 있는 아라베스크의 조직 방식과 같다."

말하자면 슐레겔에게 아라베스크는 하나의 형태이자 구조이다. 이처럼 추상적인 표현의 기저에 깔려 있던 핵심은 뒤에 이르러 비로소 구체적으로 드러난다. '소설에 대한 편지'에서 안토니오가 미술의 "위대한" 시대, 다시 말해 진정 "환상적인" 미술의 시대에 탄생한 "라파엘로의 아라베스크"를 언급하는 부분이 그렇다. 아라베스크라는 용어는 편지 전체에서 그로테스크와 동의어로 사용되지만, 오늘날 문학 이론에서 두 가지는 서로 다른 것으로 평가 분류된다. 괴테와 피오릴로가 아라베스크 및 그로테스

---

49 A. W. 슐레겔은 괴테가 괴팅겐에 머물던 때 처음으로 이루어진 괴테와 피오릴로 간의 접촉이 유지되도록 도와주기도 했다.

크를 공식적인 예술양식으로 인정하되 다소 하급의 것으로 단정지은 것과 마찬가지로 여기서도 아라베스크는 하위 예술로 간주되고 있다. 가령 디드로의 『숙명론자 자크와 그의 주인Jacques le fataliste et son maître』은 예술작품임에 틀림없지만 "고품격의 문학이라기보다는 아라베스크에 지나지 않는다. 그렇다고 해서 내가 이것의 가치를 낮게 매기는 것은 아니다. 아라베스크 역시 나름의 특수성과 본질을 지닌 문학의 표현양식이기 때문이다." 고품격의 문학이란 "신적인 기지와 상상력"이 지배하는 아리오스토, 세르반테스, 셰익스피어 등의 예술을 지칭하며 아라베스크는 이처럼 위대한 예술이라든지 새로운 시대를 이해하도록 돕는 도구의 기능을 한다. 슐레겔에 따르면 당대에는 오직 음악 분야에서만 위대한 예술작품이 탄생했을 뿐 문학은 황무지로 남아 있었다. 이런 상황에서 디드로와 스턴, 장 파울 등의 아라베스크 문학가들은 적어도 사람들의 상상력을 자극한다는 것이 그의 견해였다. 아라베스크는 — 이를 변두리 예술로 치부한 괴테의 평도 이로써 수정이 불가피해진다 — 문학의 "자연형"이자 모든 고품격 예술의 근간이다. 그의 동시대 문학가들은 고품격의 작품을 탄생시킬 재능은 부족했지만 "그러한 그로테스크와 고백록(장 파울이나 스턴의 것과 같은)은 비非낭만주의적인 우리 시대가 낳은 유일한 낭만주의적 산물이다."

이 말을 해석하는 일은 쉽지 않다. 스턴이나 장 파울은 분명 그로테스크 문학가로 분류될 수 있다. 당시에 이미 출간되어 있던 작품들 외에도 이를 입증하는 장 파울의 유산은 수없이 많다. 발밑이 아득해지는 느낌을 유발하는 강렬한 대비, 밀랍인형과 악마적이고 기계적인 존재들의 으스스한 어우러짐, 문득문득 덮쳐 오는, 생경하게 변해 가는 세계와 대면할 때의 오싹함 등을 우리는 장 파울의 글 이곳저곳에서 발견할 수 있다. 그중에서도 가장 인상적인 사례는 저 높은 우주로부터 신의 존재를 부정하는 죽은 그리스도의 음성이 울려 퍼지는 섬뜩한 장면이다. 마찬가지로 스턴을 그로테스크 문학가로 분류하는 데도 강하게 공감하지 않을 수 없다. 『트리스트럼 섄디』의 구성방식 및 내용을 완벽하게 이해하는 데 해학과 풍자, 환상적인 독단 혹은 독단적인 환상이라는 표현만으로는 역부족이다. 무질서한 화술이라든지 서술자에게서 내비치는 자의성을 보면 서술자가 낯설고도 섬뜩한 무언가에 지배받고 있다는 느낌을 받게 된다. 이 미지의 존재는 또한 사물에 깃든 악의 및 인간들 사이의 소원함과 은밀한 동맹을 맺고 있는 듯 보인다. 그런데 프리드리히 슐레겔도 이 작품에서 같은 것을 느꼈을까? 그 역시 스턴과 장 파울의 그로테스크를 같은 방식으로 해석했을까?

『시학에 관한 담론』에 정의된 그로테스크의 개념은 매우 모호하기는 하지만 여전히 그 본질과 관련해 많은 것을 담고 있다. 다양한 요소의 혼합, 혼란, 환상적인 요소, 그리고 일종의 생경한 세계까지도 여기에 포함된다. 그러나 한 가지 빠진 것이 있으니 아득함과 심연, 현실의 질서가 파괴되는 광경을 보며 밀려드는 전율이 바로 그렇다. 그로테스크에 나타나는 "환상의 혼란"은 화자에게는 "매혹적인" 혼란이다. 상상력이 어떤 특별한 조류에 휩쓸리며 그것의 흐름에 동화되기 때문이다. 이 흐름 속에서는 현실은 물론 예술작품 속의 "인물과 사건, 상황"이 "한층 고아하고 무한한 것, 창조하는 자연에 숨은 유일하고 영원한 사랑과 성스러운 생명력의 비밀 문자를 암시"하는 존재가 된다. 프리드리히 슐레겔에게 존재의 심오한 비밀은 그로테스크의 섬뜩함 속에서 모습을 드러내며, 이로써 그로테스크 개념은 또 다른 의미를 부여받는다. 그로테스크 및 아라베스크에 관한 슐레겔의 이러한 해석은 역사적으로 중요한 의의를 갖게 되었다. 티크는 화가 필리프 오토 룽게Philipp Otto Runge와 수개월간 가까이 지내면서 룽게가 아라베스크의 개념에 눈을 뜨도록 도와준 장본인이다. 이로 인해 룽게는 마침내 자신의 내부에 창작열을 불러일으키던 무언가에 명확한 이름을 부여하고 이론적 기초를 마련할 수 있게 되었다. 다음은 룽게가 1802년 12월 1일 티크에게 쓴 편지의 일부이다.

> 당신이 '풍경'에 관해 피력한 바가 무엇을 의미하는지 이제 조금 이해할 수 있을 것 같습니다. 역사를 통틀어 (…) 모든 예술가들은 자연의 힘에 깃든 구성요소들이 인간의 내부에서 깨어나고 움직이는 것을 간파하고 이를 표현하고자 부단히 노력해 왔습니다. (…) 풍경에는 물론 그와 정반대의 원리를 적용할 수 있겠지요. 즉, 인간이 모든 꽃과 식물, 모든 자연 현상을 통해 자신의 존재와 특성, 열정을 발견하는 것입니다. 어떤 꽃이나 나무를 보든, 나는 이 모든 것에 나름의 인간적인 영혼과 이해력 또는 감응력이 숨어 있다는 사실을 점점 명확히 깨닫게 되며 이것이 에덴동산에서 이미 탄생한 것임을 믿어 의심치 않습니다. (…) 내가 평생 단 한 번도 인물이 빠진 꽃 그림을 그리지 않았던 것도 그 때문입니다. (…) 아라베스크와 비밀 문자는 더욱 널리 전파될 것이지만, 심지어 그 한가운데서도 풍경은 꽃피어야 합니다. (…) 이 예술은 심오한 종교적 신화로 이해하는 수밖에는 다른 도리가 없습니다.

지금까지 우리는 『시학에 관한 담론』, 좀 더 정확히는 '소설에 대한 편지'에 나타난 슐레겔의 그로테스크 개념을 해석하는 데만 집중했다. 여기서 상상력에 깃든 구원의 힘에 대한 믿음은 그로테스크의 음습함에 아침 여명과도 같은 빛을 비추고 있다. 그러나 1798년 『아테네움』 창간호에 실린 프리드리히 슐레겔의 단편 기고문에는 이와는 또 다른 해석이 등장한다. 이 글에는 그로테스크라는 단어가 여덟 번 나오며[50] 마침내 아라베

---

50 이는 『아테네움』 3호에서 또 한 번 『시학에 관한 담론』에서와 같은 의미로, 다시 말해

스크와도 명확히 구별되고 있다. 예컨대 『프란츠 슈테른발트의 방랑』과 같은 티크의 작품이나 동화극은 환상적인 요소와 경쾌함으로 가득하고 모순적인 감각 역시 가미된 "시적인 아라베스크"(단편 418호)이다. 다른 단편(125호)에는 아라베스크와 그로테스크가 낭만주의 예술의 상반된 양극으로 간주되기까지 한다. "이렇듯 나는 장 파울과 페터 레베레히트(Peter Leberecht, 티크의 필명)가 결합된 양식을 보고 싶다. 한 사람에게 부족한 것을 다른 쪽이 가졌기 때문이다. 그로테스크를 다루는 장 파울의 재능과 페터 레베레히트의 환상적인 구성이 결합되면 분명 탁월한 낭만주의 문학작품이 탄생할 것이다." 그로테스크는 여기서 무엇을 의미하는가? 단편 제75호, 305호, 389호에 언급된 바에 의하면 그로테스크란 형식과 소재 사이의 극명한 대비이자 다양한 영역이 결집된 혼합체, 패러독스의 폭발력, 우스꽝스러운 동시에 소름 끼치는 무엇이다. 18세기 미학에서처럼 이때도 캐리커처라든지 비극적인 것, 희극적인 것 등의 개념이 거론되었다. "캐리커처는 순진무구함과 그로테스크함이 수동적으로 결합된 것이다. 문학가는 이것을 비극적으로나 희극적으로 활용할 수 있다."(제396호)[51] 이를 달리 표현하면 '그로테스크란 순진무구함이 빠진 캐리커처'가 된다. 마지막으로 단편 424호에는 '비극'과 '희극'의 개념을 활용해 제3의 것을 정의하고자 하는 프리드리히 슐레겔의 의도가 드러난다. 그는 여기서 프랑스 혁명을 보는 '통상적' 관점(프랑스의 정치적 사건으로 보는 관점, 보

'기지' 혹은 '신화'와 동일한 개념선상에서 2회에 걸쳐 또다시 등장한다. W. Meinhardt, Die Romantheorie der älteren Romantik unter besonderer Berücksichtigung Fr. Schlegels, Dissertation, Göttingen, 1955 참조.

51 괴테의 『코린트의 신부Braut von Korinth』에 관한 해석에는 그로테스크라는 단어는 직접 사용되지 않지만 그와 동일한 개념이 주를 이루고 있다. "이 작품이 주는 감동은 가슴이 찢어질 듯하면서도 매혹적이다. 몇몇 부분은 거의 익살스럽다고까지 할 수 있을 정도이며, 심지어 이런 부분에서도 어마어마한 정도로 강력한 전율이 느껴진다."(제429호)

편적인 사회적 동요로 보는 관점, 단순한 혁명으로 보는 관점 등)에 맞서 새로운 관점을 내놓았다. "우리는 이 사건을 프랑스 국민성의 모든 모순이 결집되어 있는 중심이자 정점으로 볼 수 있다. 다시 말해 프랑스 국민성의 가장 뿌리 깊은 편견과 가장 강렬한 기대가 암울한 혼돈의 양상으로 결합된 이 시대 가장 처절한 그로테스크로 볼 수 있다. 이러한 요소들은 더할 나위 없이 기묘하게 얽혀들며 인류 역사의 무시무시한 비희극悲喜劇을 탄생시켰다." 여기서 그로테스크는 영원한 사랑의 조류 대신에 암울하면서도 우스꽝스러운 혼돈의 얼굴을 하고 있다. 더불어 '비희극'이라는 새로운 용어가 그로테스크와 긴밀한 관련을 맺게 되었다.

이러한 비유를 통해 우리는 앞서 다루었던 주제를 새롭게 조명할 수 있다. 슐레겔이 여기서 비희극으로 부르는 것은 엄밀히 따지면 앞에서 렌츠와 클링거가 자신들의 연극 형식에 관해 설명하고자 했던 것과 같다. 두 사람의 정의가 애매모호했을 뿐이다. 사실 르네상스 시대부터 비희극의 개념 정의는 미결의 문제이기도 했는데, 마땅히 사례로 삼을 만한 자료가 없었던 것이 원인이다. 이후에는 고전주의 예술관에 의해 이것이 혼합 양식으로 오인되면서 혹평을 받기도 했다. 레싱(예컨대 『함부르크 연극론 Hamburgische Dramaturgie』 55번 작품)이나 실러Friedrich von Schiller, 괴테 등이 그러한 예다. 그러나 슐레겔은 여러 장르가 결합된 양식이 아닌, 그 자체로서 고유의 특성을 가진 독립적인 양식으로 비희극을 정의했다. 질풍노도 드라마가 탄생하고 낭만주의적 관념이 뿌리내리면서 비희극과 그로테스크는 긴밀한 관계를 맺는다. 연극 분야에서 그로테스크의 역사는 대체로 비희극의 역사와 들어맞는다. 질풍노도 드라마의 탄생 배경에는 셰익스피어의 예술세계가 있었으며, 그의 작품 중에서도 가장 순수한 의미의 비희극으로 꼽을 수 있는 『트로일러스와 크레시다Troilus and Cressida』는 후에 데멜Richard Dehmel이 비희극의 개념을 정의하는

76

데 인용되기도 한다. 코메디아 델라르테 역시 직접적으로 혹은 몰리에르를 통해 간접적으로 이에 영향을 미쳤다. 결국은 이 모든 요소들이 다양한 방식으로 결합되며 근대 극문학에 그로테스크한 형태 및 양식을 빚어낸 것이라 할 수 있다.

"유머의 파괴적인 관념" — 장 파울

"장 파울의 그로테스크는 비낭만주의적인 우리 시대가 낳은 유일한 낭만주의적 산물이다." 그러나 정작 장 파울이 『미학 입문』에서 그로테스크에 대해 설명하기는커녕 '그로테스크'라는 단어조차 사용하지 않은 점은 매우 의외이다. 하지만 우리는 바로 이 점에 주목해야 한다. 장 파울의 그로테스크를 향한 찬사는 다소 다중적으로 갈려 있어서 그는 자신의 작품에 대한 해설서이자 변론이기도 한 『미학 입문』에 섣불리 그로테스크 개념을 포함시킬 수 없었다.[52] 그러나 용어만 직접적으로 사용하지 않았을 뿐 현상에 대한 고찰은 책 전체를 통해 완곡하게 드러나 있다. 장 파울은 그로테스크를 유머의 구성요소로 에둘러 정의하고 직접적으로는 "유머의 파괴적인 관념"이라 칭했다. 현실, 즉 현세적이고 유한한 세계 전체는 유머에 의해 파괴된다. 유머는 하늘을 향해 꼬리를 치켜든 자세로 날아오르는 벌잡이새와 같다. 새와 더불어 우리는 땅으로부터 아득히 멀어진다. 유머의 웃음에는 해소의 효과가 없다. 이는 '내부에 아직 아픔을 품고 있는 웃음'이다. 장 파울에 의하면 역사상 최고의 해학가들은 저 "우울한 민족"(영국인을 지칭)으로부터 배출되었다. 그러나 가장 위대한 해학가는

---

52 "북소리를 듣고 집합한 제국의 군대와 같은 기지 넘치는 그림의 집합체 속 그로테스크한 도자기 인형들"(제421호), "그것이 각양각색의 병적인 기지라는 점에는 동의하지만 나는 여전히 이를 비호하며, 그러한 그로테스크와 고백록이 우리 비낭만주의적인 시대의 유일한 낭만주의적 산물임을 과감하게 주장한다."(『시학에 관한 담론』)

바로 악마이다. "나는 의미심장한 생각, 악마, 미쳐 버린 세상이 그야말로 가장 위대한 해학가이자 괴짜임을 쉽게 상상할 수 있다." 그러나 장 파울은 곧 세계의 총체적 파괴를 대면하여 충격을 받고는 방어 자세를 취한다. "유머는 모레스크를 위한 모레스크로 삼기에는 지나치게 아름답지 못하다. 고뇌에 찬 웃음 때문이다. 그것은 단두대에서 처형된 이들의 화려한 옷차림과 닮아 있다." 방어 자세를 취하면서도 장 파울은 잽싸게 악마의 유머의 표본을 제시한다. 과연 그는 자신이 문학가로서 얼마나 자주, 얼마나 쉽게 이런 태도로 글을 썼는지 의식하고 있었을까? 장 파울이 이 장에서 플뢰겔의 『그로테스크하고 기묘한 것의 역사』 및 뫼저의 『광대』를 인용하고 있는 것, 그리고 각 단락마다 자기 자신의 작품은 물론 스턴, (스턴의 '조부' 격인) 라블레, 피샤르트의 작품들을 인용하고 있는 것도 놀랍지는 않다. 다음 구절에서는 마침내 생경한 세계에 관한 서술이 등장한다. "회의주의는 영혼이 주위를 둘러싼 호전적 관념의 끔찍한 무리에게로 시선을 돌릴 때 탄생한다. 곧이어 일종의 정신적 현기증이 일어나며 우리의 빠른 동작을 정지해 있는 세계 속에서 일어나는 낯선 동작으로 순식간에 변화시킨다." 이런 언급은 장 파울이 "파괴적인 유머의 파렴치함과 비슷한 어떤 것"을 문학이나 미술 이외의 영역에서도 발견할 수 있음을 증명하고자 제시한 일련의 사례에 포함되어 있다. 중세의 가면무도회, "현실적인 것과 정신적인 것, 신분과 관습이 뒤죽박죽되는 당나귀의 예배(Eselsmesse, 중세에 열리던 카니발의 일종—역주)" 등 평상시의 모든 질서가 붕괴되는 축제도 바로 그러한 예이다.

그러나 이처럼 파괴적이고 사악해 보이는 유머도 장 파울에게는 그다지 섬뜩하거나 파괴적이지만은 않았다. 벌잡이새는 하늘 높이 날아오르고, 악마는 (앞의 인용문에서는 이 단어들을 제외시켰다) "빛의 형체를 한층 두드러지게 만드는 세계의 그림자이다." 유한한 실재의 파괴는 유머가

'무한함의 관념'을 동시에 지향하기 때문에 이루어질 수 있으며, 또 그래야만 한다. 장 파울의 어법에는 유머가 극단적인 무언가를 향해 우리를 이끌어 간다는 사실을 보여 주려는 의도가 다분히 드러난다. 장 파울이 말하는 그로테스크 및 그것이 지닌 파괴적인 유머는 『시학에 관한 담론』에서 슐레겔이 정의한 그로테스크와 아라베스크를 닮았다. 장 파울은 아무리 '우스꽝스러운 것'에도 반드시 정신적 요소가 내포되어야 한다고 보았다. 플뢰겔이 거론한 두 가지 우스꽝스러운 것의 사례, 즉 "지옥의 브뤼헐이 그린 그림과 괴테의 이탈리아 기행문에 나오는 팔레르모의 팔라고니아 왕자"[53]를 장 파울이 전혀 우스꽝스러운 것으로 여기지 않았던 것도 그 때문이다. 이 두 가지는 우리가 다루는 주제와 관련해서도 흥미롭다. 그러나 유머는 우스꽝스러움처럼 정신적 요소만을 본질로 삼고 있는 게 아니라 종교성도 내포한다. 다시 말해 벌잡이새가 향하는 곳은 단순히 '하늘'이 아니라 '천국'으로도 해석된다.

　장 파울의 그로테스크 해석이 우리가 지금까지 다룬 그로테스크의 연장선상에서 벗어나 있는가? 그의 이론서에는 그런 느낌을 주는 부분이 수도 없이 많다. 하지만 유머의 파괴적인 관념을 다룬 부분은 장 파울이 사악한 유머를 얼마나 정확히 이해하고 있었는지 분명히 보여 준다. 사악한 유머는 파괴와 생경함을 야기할 뿐 우리를 천국으로 인도해 주지는 않는다. 그러나 무한함과 천국, 신의 세계, 빛의 형체에 관한 관념은 ― 장 파울은 이처럼 심오한 의미가 깃든 다양한 이미지를 사용했다 ― 그의 철학적 세계에서만큼 문학적 세계에서도 확고히 드러나는가? 내가 보기에는

53　제26장 '우스꽝스러운 것의 정의(Definitionen des Lächerlichen).' 그 밖에 괴테가 『이탈리아 기행Italienische Reise』에서 묘사한 왕자의 건축물들에 관해서는 *Deutsche Viertel-jahrsschrift* 1942년 호에 실린 로마이어K. Lohmeyer의 글을 참조할 것.

최후의 불확실성 또한 장 파울의 작품에 담긴 본질로 여겨진다. 고귀한 존재의 비상을 열정적으로 묘사하는 과정에는 언제나 위대한 순간들의 숙명인 현실적 무상함에 대한 슬픔과, 그것은 주관적인 감각에 지나지 않을 뿐 천국의 문은 영원히 열리지 않을 것이라는 고통이 뒤섞여 있다. 나아가 과연 천국을 둘러싼 담과 그 안으로 들어가는 문이 존재하기는 하는지에 대한 회의 또한 교차한다. 거룩하고 디오니소스적인 기질을 가졌던 이 작가도 때로는 나락을 묘사한 글, 즉 신의 존재가 부정되는 멸망과 공포의 야화夜話를 써야 했던 것이다. 그리고 이것은 독일어권에서 그로테스크를 가장 탁월하게 묘사한 문학작품으로 손꼽히게 되었다.

'미녀와 야수' — 빅토르 위고

슐레겔의 『시학에 관한 담론』과 장 파울의 『미학 입문』에 이어 그로테스크는 낭만주의 예술관을 담은 또 하나의 글에서 조명 받는다. 프랑스 낭만주의의 강령으로 일컬어지는 위고의 『크롬웰Cromwell』(1827) 서문이 그것이다. 이 글에서 그로테스크는 단순히 조명을 받는 데 그치는 게 아니라 총체적이고 광범위한 고찰의 핵심 주제로 등장한다. 빅토르 위고는 그로테스크를 고대 이래의 예술(말하자면 중세 예술까지 포함하여)에서 가장 중요하면서도 차별화된 양식으로 꼽았다. "여기 기존의 예술에서는 전혀 볼 수 없던 원칙, 문학에 새로이 등장한 양식이 있다. (…) 그로테스크가 바로 그것이다." 위고는 그로테스크 개념이 어디에서 비롯되었는지 고찰하던 중 독일 낭만주의를 접하게 된다. 독일 낭만주의 문학의 번역서들을 비롯해 철학자 쿠쟁Victor Cousin이 매개가 되어 주었다. 그러나 위고는 이를 한층 발전시켜 그로테스크의 개념에 지금까지와는 다른 차원의 의미 확장을 이루어 냈다.[54]

새로운 '원칙'으로서의 그로테스크에는 새로운 형식이 하나 포함된다.

"희극이 바로 그 형식이다." 그로테스크와 희극을 결부시키는 일은 얼핏 그로테스크를 '우스꽝스럽고 터무니없고 익살스러운' 것으로 치부하던 이전의 해석을 연상시킨다. 위고는 그러한 해석에 동의하되 이를 그로테스크의 여러 특성 중 일면으로만 보았다. 그리고 뫼저와 빌란트, 게르스텐베르크, 슐레겔 등이 정의한 그로테스크의 여러 단면을 활용해 프랑스어 개념의 의미를 확대한다. 위고가 정의한 그로테스크의 다른 특성은 바로 기형과 공포이다. "그로테스크는 (…) 광범위하다. 이것은 한편으로는 기형적이고 공포스러운 것을, 다른 한편으로는 우스꽝스럽고 익살스러운 것을 산출해 낸다." 『크롬웰』의 서문만으로는 위고가 그로테스크에서 항상 두 가지 측면을 동시에 보았는지 단정 짓기 어렵다. 그가 제시한 예시들 중에는 기이하고 우스꽝스럽기만 한 것도 있다. 어쨌든 확실한 것은 위고가 괴기스러움과 섬뜩함을 그로테스크의 핵심으로 간주했다는 사실이다. 그는 이러한 특성이 강조된 예시를 수도 없이 들고 있다. 또한 고대인들도 괴기스럽고 섬뜩한 것을 알고 있었음을 인정하며 그리스 신화의 히드라(목이 아홉 달린 괴물―역주)나 하르피이아(여자의 머리와 몸통에 새의 날개와 날카로운 발톱을 가진 괴물―역주), 키클롭스(정수리에 눈이 하나뿐인 거인―역주) 등을 언급했다. 다만 고대인들은 이를 예술의 변방에서만 허용하며 그나마도 미화하려 애썼다는 게 위고의 주장이다. "그리스 신화의 에우메니데스(복수의 여신―역주)보다 『맥베스Macbeth』에 나오는 마녀가 훨씬 더 섬뜩하다."

그러나 위고는 기이하고 우스꽝스러운 것과 괴기스럽고 소름 끼치는

---

54 위고는 주로 명사를 사용했다. 크나크는 박사 논문(Über den Gebrauch des Wortes grotesque, Greifswald, 1913)에서 위고의 작품에서 그로테스크라는 단어의 용법 및 등장에 관해 연구했다. 이에 비해 위고의 용어 사용법에 관한 마토레의 언급(G. Matoré, En marge de Th. Gautier, *Festschrift* für Mario Roques, Paris, 1946, p.222 이후)은 다소 미흡하다.

것만으로는 그로테스크의 본질을 완전히 규명할 수 없다고 보았다. 그리하여 그는 추한 것으로 눈을 돌렸다. 아름다움에는 오로지 하나의 형태가 존재하는 반면 추함은 헤아릴 수 없이 다양한 형태로 존재한다. 이로써 그로테스크 개념에는 보다 유연한 숙고의 여지가 생겨났다. 또한 위고가 고대 이래 문학과 미술에서의 '그로테스크의 등장과 발전' 및 전통을 추적함으로써[55] 연구 범위 역시 거의 무제한으로 확장되었다. 다만 위고가 활용한 사례들에는 한 가지 근본적인 문제가 있었다. 난쟁이라든지 고딕 양식의 가고일처럼 개별적이고 독립적인 인물상과 모티프를 그 자체로 명확한 그로테스크라 칭할 수 있는가? 기형적이고 추한 외관을 띠었다는 근거만으로 그로테스크에 포함시키기 충분한가? 그렇다면 문학에서 그로테스크라는 용어는 무운시(無韻詩, 압운이 없는 약강 오보격의 시—역주), 알렉산드랭(Alexandrin, 약강조 또는 강약조의 리듬을 띤 12음절의 시—역주), 1인칭 관찰자 시점, 5막극 등과 마찬가지로 형식상의 특징을 가리키는 개념에 그치고 만다. 때로 위고는 그로테스크를 이런 맥락에서 이해한 듯하다. 그러나 묘사된 바를 액면 그대로 성급하게 받아들이기보다 개별적인 요소가 배치된 문맥에서 답을 찾는 사람이라면 그로테스크 역시 좀 더 진지하게 고찰할 것이다. 개별적인 요소는 하나의 문맥 안에서 전체 구조의 일부분 혹은 내용 전달 수단으로 존재할 때 비로소 표현의 기능을 하며 이것이 바로 진정한 '그로테스크'이다. 그로테스크 장식미술에서도 '이치에 맞지 않는' 각각의 형상이 각 부분을 이루는 구성요소 역할을 함으로써 그림 전체에 강렬한 역동적 통일성을 부여했다.

　빅토르 위고도 물론 이런 사고방식에 익숙했다. 따라서 그는 구체적인 사례를 든 뒤 근본적인 논의에 이르면 외적인 형태에 대한 집착을 버리고

55　그는 "익살스러운 미켈란젤로"인 칼로와 코메디아 델라르테의 등장인물을 사례로 들었다.

전체 문맥으로 시선을 돌렸다. 심지어는 그로테스크의 총체적 구조로부터도 한발 나아가 이것을 보다 광범위한 전체에서 한 기능을 담당하는 요소로 보기도 했다. 그에게 그로테스크는 고귀함이라는 한 극과 배치되는 다른 한 극과도 같았다. 이렇게 빅토르 위고에게 그로테스크는 신경향 예술을 대표하는 상징에만 머물지 않고 '대비 효과를 내는 장치'의 의미도 갖게 된다. 예술의 본질적 과제는 양자를 조화롭게 결합하여 아름다움을 창출하는 것이다. 위고에 의하면 소박한 민중문학은 때로 "새로운 예술 형식이 지닌 이 놀랍고도 신비로운 본능을 발휘한다. 고대인들이었다면 『미녀와 야수La Belle et la Bête』를 창작해 내지 못했을 것이다." 그러나 예술가들 중에도 '고귀함과 그로테스크함, 끔찍함과 우스꽝스러움, 비극과 희극'을 결합시켜 역사상 최고의 예술양식인 '희곡Drama'을 탄생시킨 이가 있으니, 근세의 가장 위대한 작가 셰익스피어가 바로 그 주인공이다.[56]

고귀함의 맞은편에 섬으로써 그로테스크는 비로소 심오한 본모습을 적나라하게 드러낸다. 고귀함이 ─ 아름다움과 달리 ─ 현세로부터 한 차원 높은 세계를 보게 해 주듯이, 그로테스크에 나타난 우스꽝스럽고 왜곡된 것, 괴기스럽고 섬뜩한 것은 인간 세상을 벗어난 심연과 나락의 세계를 엿보게 해 준다. 위고는 이를 일일이 거론하지 않고도 자신의 작품을 통해 그로테스크에 그러한 의미를 부여하는 일이 정당함을 입증해 보였다. "너는 거대한 지옥의 웃음을 지녔도다"[57]와 같은 위고의 표현을 보면 프

56 빅토르 위고는 셰익스피어에 관한 논문에서도 게르스텐베르크(77쪽 참조)가 했던 말과 유사한 표현을 썼다. "셰익스피어는 비극과 희극, 송가頌歌, 소극, 광대한 신의 웃음, 전율과 공포, 한마디로 말해 '드라마'의 소유자이다."

57 빅토르 위고, 『웃는 남자L'homme qui rit』. 이로써 우리는 지옥의 웃음이라는 매우 인상적이고도 포괄적인 모티프에 이르렀다. 이것은 수많은 그로테스크 작품의 중심 소재가 되었을 뿐 아니라 그 자체로도 심오한 의미를 발산한다. 괴이하며 소름 끼치는 심연의 웃음, 브룬힐데와 텔하임의 웃음이 그것이다. 개인적 감정의 표현(예컨대 절망이라든지 하는)으로서가 아니라 생

리드리히 슐레겔과 장 파울에서처럼 위고의 그로테스크에도 '지옥 같은', '악마적인' 등의 부차적 의미가 부가될 수 있을 듯하다.

　빅토르 위고는 고귀함과 그로테스크 사이의 긴장 관계를 표현하기 위해 순수하게 영적인 것과 "짐승 같은 인간bête humaine"의 대비를 활용했다. 전자가 고귀함을 상징한다면 후자는 그로테스크적인 요소다. 여기서도 위고의 의도는 비인간적인 힘의 발현을 암시하는 것이다. 그러나 위고가 든 예시에서는 이러한 표현상의 명확성이 다소 모호해진다. 더불어 그가 착각 때문에 자신의 논리에 포함시킨 요소가 하나 드러난다. 개선 마차가 뒤집히지는 않을지 카이사르Caesar가 두려움에 떨었다거나, 소크라테스Socrates가 아이스쿨라피우스Aesculapius에게 직접 닭을 바치기로 결심하고(사형 직전 소크라테스는 친구 크리톤Criton에게 의술의 신인 아이스쿨라피우스에게 닭을 한 마리 빚졌으니 갚아 달라는 유언을 남겼다—역주) 사형 집행 당일 아침에 영혼의 영원불멸성에 대해 설파하기를 포기했다고 가정해 보자. 위고의 논리에 따르면 전복에 대한 두려움이나 닭에 대한 생각은 그 자체로 그로테스크한 것이어야 하는데, 실제로는 그렇지

소하고 비인간적인 미지의 힘에 지배당하는 징후로서의 의미가 강할수록 그로테스크한 분위기도 뚜렷해진다. 전혀 웃지 못할 상황에서 터뜨리는 웃음은 그 자체로도 이미 생경함을 자아낸다. 그러나 웃음의 장본인이 자신의 의지에 반해(혹은 전혀 상관없이) 웃을 때 그 웃음은 개인적 감정의 표현이 아니라 미지의 힘이 발현되는 것으로 해석해야 한다. 빅토르 위고에게서도 그런 웃음이 발견되며(웃음거리가 된 정부情夫는 언제나 웃고 있는 듯한 기괴한 얼굴을 하고 있다), E. T. A. 호프만에서 반복적으로 등장하는 그로테스크한 웃음도 마찬가지다. 호프만의 『4대 정령Der Elementargeist』의 한 부분을 인용해 보자. "소령이 웃는 일은 드물었지만 그때조차 그의 낯빛은 마치 우는 듯 괴이한 인상을 풍겼다. 반면에 분노에 차 있을 때는 웃는 것처럼 보였다. 그러나 이 웃음에는 가장 노련하고도 담력 있는 동료들까지 경악하게 만드는 잔혹한 뭔가가 담겨 있었다." 이 묘사에는 단어 하나하나마다 그로테스크의 특징적 의미가 담겨 있다. 한 인물로부터 인간적 측면을 제거함으로써 낯설고 비인간적인 힘에 지배당하는 존재로 변모시킨 것이 그렇다. 이보다 앞서 나오는 신체 특징의 묘사에서는 사지의 "그 어떤 부분도" 다른 부분과 들어맞지 않는다는 표현이 나오며, 화자는 이 각각의 신체 구성요소에 '비인간적인' 수식어를 붙인다.

가 못하다. '짐승 같은' 면은 대체로 우리에게 익숙한 인간의 본성이다. 위고가 든 예시 중에 그로테스크하다고 느껴지는 것이 있다면 그것은 양극성, 다시 말해 특정한 대비 효과 때문일 것이다. 그 자체로 '아름다운 것' 혹은 '드라마틱한 것'으로 승화되는 고귀함이나 그로테스크란 없다. 수수께끼 같고 섬뜩하며 '있을 수 없는' 대비가 바로 그로테스크인 것이다. 이처럼 모순적인 동시성을 인지하거나 발견하는 일에는 악마적인 뭔가가 끼어든다. 우리가 확실하다고 믿던 순간에 세계의 질서가 파괴되고 아득한 나락의 입구가 열리기 때문이다. 바로 여기서 그로테스크와 우스꽝스러움 사이의 유사성 및 차이점이 명확해진다. 우스꽝스러운 것은 무해한 방식으로 고귀함과 존엄함을 파괴한다. 그것이 부적합한 자리에 등장할 때 특히 그렇다. 그러나 어쨌건 간에 이는 우리를 확실한 현실에 머무르게 해 준다. 반면에 그로테스크는 질서를 근본적으로 무너뜨리고 발밑이 아득해지는 불안을 야기한다. 개선 마차 위에서 두려움에 떨고 있는 카이사르는 단순히 우스꽝스럽게도(심지어는 풍자적으로), 혹은 그로테스크하게도 묘사될 수 있다. 대비라는 방식 자체가 매우 애매한 구조를 지니고 있어서 무척 다양한 방식으로 표현될 수 있기 때문이다.

장 파울은 "단두대에서 처형당한 이들의 화려한 옷차림"이라는 표현에서 볼 수 있듯이 극단적으로 대비되는 요소들을 냉정한 시선으로 잡아내고, 언급되어서는 안 될 자리에조차 거리낌 없이 그것을 표현할 줄 아는 인물이었다. 빅토르 위고의 예시들은 장 파울의 '악마적인 유머' 혹은 '해학적인 악마' 개념을 분명히 되새기게 해 준다.

2. 서사적 산문

서술자로서의 악마적인 해학가

장 파울이 그의 저서에서 악마적인 해학가라는 개념을 고안해 낸 그해, 어느 소설에서는 이 악마적인 해학가가 서술자로까지 등장한다.[58] 보나벤투라Bonaventura의 탁월한 소설 『야경꾼Nachtwachen』(1804)에서 서술자는 스스로를 악마의 아들이라 칭하며 현세의 무상함에 대한 자신의 관점을 설파하고 스스로를 "풍자적"이라고 표현한다.

총 열여섯 개의 장으로 구성된 야경 이야기 가운데 마지막에서 두 번째 야경에는 서술자가 즐겨 쓰는 말이 또 한 번 나온다. "세상의 모든 조롱거리들, 심지어 불운에까지 맞서는 데 웃음보다 효과적인 수단이 또 있는가? 무장한 적이나 불행조차도 풍자의 탈을 쓴 나의 조소 앞에서는 두려워하며 달아나지 않는가! 이 지구 상과 그것의 섬세한 동반자인 달에서까지, 그런 것을 실컷 비웃어 주는 일 말고 가치 있는 일이 또 뭐란 말인가?" 그러고는 풍자의 기원에 관한 전설을 이야기한다. 악마가 '감시자'에게 복수하기 위해 세상에 웃음을 보냈다는 것이다. 사람들은 "웃음이 마침내 가면을 벗고 교활한 풍자의 얼굴로 자신을 바라볼 때까지는" 즐거움의 가면을 쓴 웃음을 기꺼이 받아들인다. 풍자는 악마의 사자이며, 그래서 풍자의 웃음은 악마적이다.

말하자면 여기서 풍자적 관점이란 우리가 평소 문학이나 미술을 통해 익히 알고 있는 것과는 다소 차이가 난다. 기존의 풍자에서는 웃음을 자아내는 왜곡된 표현 속에 경고 혹은 변화에의 권고가 지배적이며, 풍자가 주는 부정적인 인상 뒤에는 긍정적인 그림, 즉 인간에게 주어진 가능성이

---

58 W. Kohlschmidt, Nihilismus der Romantik, *Neue Schweizer Rundschau*, N. F. 21, 1953/54. 이 글은 후에 *Form und Innerlichkeit*(Bern, 1955)에 포함되어 재판되었다. '악마의 변신'을 비롯해 '암흑의' 낭만주의와 관련된 주제 및 소재에 관해서는 Mario Praz, *The Romantic Agony*, New York, 1956(이탈리아어 초판 1933)을 참조할 것. 그러나 이 책에서 독일 문학은 간혹 한 번씩 언급되는 데 그친다.

제시되어 있다. 그러나 이 글에서는 인간의 환상이 처참하고도 되돌릴 수 없이 무너지며, 세계는 곧 정신 병원이다. 우리는 "고아한 이성으로 내려다보는 삶은 지독한 병과도 같으며 세계는 정신 병원과 같다"라는 괴테의 말을 떠올리게 된다. 인생을 카니발에, 세계를 희귀한 보물 상자에 비유했던 젊은 괴테를 생각하면 다소 냉소적이고 깊은 연륜에서 나오는 말로 들린다. 물론 생각하는 존재인 인간이 다다를 수 있는 이성의 경지도 있지만, 보나벤투라의 풍자 뒤에는 아무것도 없다. 그가 여덟 번째 야경에서 "최후에서 두 번째" 가면이라 칭한 풍자의 뒤에 숨어 있는 것은 "비희극 작가의 마지막 출구이기도 한, 더 이상 웃지도 울지도 않는 최후의 굳어 버린 가면, 머리털조차 없는 해골"이다. 그러나 풍자적 관점은 삶의 모든 가면을 벗겨 버린다. "인생이란 '무無'가 단순한 과시용으로 걸쳤다가 결국에는 분노에 차 찢어 버리는 어릿광대 옷 같다." '무'는 이 책의 마지막에 등장하는 단어이다. 작가는 내용상 격렬하게 고조되는 세 개의 문장 중 마지막 문장에 이 단어를 삽입했다. 이처럼 환상을 여지없이 파괴하는 풍자는 '끔찍한' 가면과도 같다. 여덟 번째 야경에서는 여기에 '그로테스크한' 가면이라는 또 하나의 표현이 덧붙는다. 그로테스크라는 용어가 그 본질에 이토록 정확히 들어맞는 경우도 드물다.

　그로테스크한 관점은 이 소설에 통일성을 부여함은 물론 그 내용까지 결정짓는다. 외관상 소설은 여러 장면들이 나열된 형식을 취하고 있다. 전체를 요약한다거나 확장하여 서술하는 일은 둘 다 거의 불가능하다. 게다가 거의 모든 장면들은 그로테스크하다. 겉으로는 그럴싸해 보이는 것도 알고 보면 무의미하며 익숙하던 것은 생경해진다. 독자는 지금껏 확신하고 있던 세계관으로부터도, 안전하게 자신을 둘러싸고 있다고 믿어 온 전통 및 인간 공동체로부터도 내팽개쳐진다. 스타일 면에서 이 소설은 캐리커처와 같이 과장된 예리함을 지니고 있다. 독자로 하여금 마음껏 조소하게 만들려는 의도가 여기서 다분히 엿보인다. 가령 『야경꾼』의 서술자는 이야기의 어느 지점에서 시간을 외치는 대신 영원, 다시 말해 최후의 심판을 부르짖는다. 최후의 심판에서는 판사와 성직자, 심지어 도덕적인 인간들에 이르기까지 지구 상의 모든 위인들이 가면을 벗고 허둥거리며, 그 와중에 내면에 도사리고 있던 '짐승 같은 인간'의 천박한 모습을 들키고 만다. 어느 날 서술자는 음침한 악마 형상의 가면을 쓴 세 사람과 동행하는데, 이들은 자신들이 꾸미고 있는 일을 방해할 경우 파문해 버리겠다며 그를 위협한다.(악마의 가면을 쓴 이들은 성직자이나, 가면을 꿰뚫어 보는 사람에게 가면은 "그들의 지위에 꼭 들어맞는" 것으로 여겨진다. 이야기 전체를 통틀어 서술자는 익숙한 세계를 생경한 것으로 변화시키는 데 결정적인 도구로 가면이란 모티프를 활용하고 있다.)

세계는 정신 병원과 같다. 이를 거꾸로 말해도 마찬가지로 진실이 된다. 광인들이 가장 이성적인 인간인지도 모른다는 말이다. 이는 질풍노도 드라마의 전형적인 도식이기도 했는데, 『리어 왕King Lear』이 그 본보기다.(다음과 같은 베르테르의 외침과도 비교해 볼 수 있다. "하느님이시여! 당신은 인간이 이성을 배우기 전이나 그것을 도로 잃은 후에만 행복하도록 운명 지웠단 말입니까!") 보나벤투라는 이를 새로이 고찰하여 자신의 작품에서 가장 강렬한 장면들을 창조하는 데 활용했다. 세상으로부터 등 떠밀려 정신 병원에 갇힌 서술자는 예전에 무대에서 『햄릿Hamlet』을 함께 연기했던 여배우와 그곳에서 재회한다. 오필리어 역을 맡았던 여배우는 공연 도중 셰익스피어의 마력에 사로잡혀 극 속의 오필리어처럼 미쳐 버렸다. 두 사람은 정신 병원에서 자신들이 맡았던 역을 계속한다. '연극에서 벗어난 연극'으로서의 현실이 섬뜩하게 묘사되는 것으로, 이는 낭만주의에서 그토록 선호되던 '극중극' 모티프를 그야말로 탁월하게 활용한 사례이다. 그러나 오필리어는 아이를 낳은 직후에 죽고 만다.

막이 내리고 오필리어가 퇴장했다. 아무도 박수를 치지 않았다. 마치 관객이 하나도 없는 것처럼. 오필리어는 아이를 가슴에 품은 채 이미 깊은 잠에 빠져 있다. 두 사람의 얼굴은 매우 창백하고 숨소리도 내지 않는다. 죽음이 이미 두 사람에게 하얀 가면을 씌운 것이다. 나는 극도로 흥분한 채 침상 곁에 서 있다. 나의 내부에서는 거친 웃음과도 같은 분노가 일었다. (…) 시선을 들었을 때는 광인들이 반원형으로 침상을 둘러싸고 있었다. 모두들 침묵하면서도 기묘한 태도를 취하며. 어떤 이들은 미소 짓고 어떤 이들은 깊은 생각에 잠겨 있었으며, 어떤 이들은 머리를 절레절레 흔들거나 잠자는 창백한 여인과 어린아이를 바라보고 있었다. 세상의 창조주도 그 자리에 있었으나 그는 의미심장하게 손가락에 입술을 대고 있을 뿐이었다.

여기에서는 서술자조차도 말문이 막힌다. 야경은 여기서 끝난다. "이들의 무리 속에서 나는 거의 불안감을 느꼈다."

그러나 서술자는 항상 이렇게 소극적이지는 않다. 대개는 상황에 대한 서술과 평을 길게 늘어놓는다. 평가자 역할이 처음부터 서술자의 역할에 속해 있기는 하지만, 그럼에도 이 점이 이 소설의 예술적 약점인지도 모른다. 그런 역할은 야경꾼이라는 서술자의 직업 설정에서 이미 암시된다. 야경꾼은 상황을 마주하고 있는 관찰자인 동시에, 시인이었던 옛 경력을 살린 해설자이기도 하다. 심지어는 이야기 속에서 두 번에 걸쳐 평가자 역을 맡기도 한다. 풍자의 악마적 유래에 관해 이야기할 때는 꼭두각시 인형극을 하는 인물이 엿듣고 있다가 자신의 소극장에서 한스부르스트 역을 해 보지 않겠느냐고 서술자에게 제안하고, 그는 이것이야말로 자신이 타고난 역할이라고 느낀다. 철사에 엮인 마리오네트가 있는 소극장이 인생의 모델이라면 평가자 역할을 하는 한스부르스트는 책 전반에 걸쳐 드러나는 서술 방식의 모델인 것이다. 이와 더불어 같은 모티프가 두 번째로 등장할뿐더러 이번에는 이것이 서술자 자신과 통합되기까지 한다. 한스부르스트라는 상징적 인물은 앞에서도 한 번 등장한 바 있다. 이때 그는 비극『인간Der Mensch』에서 서언 및 평가를 담당했다. 이 비극은『야경꾼』에서 서술자의 유일한 친구로 등장하는 작가가 쓴 것인데, 그는 이를 출판해 줄 사람을 찾지 못했다. 한스부르스트는 서언에서 "작가가 얼마나 진지하고 비극적인 극을 쓰고자 했든 간에" 자신은 이 연극으로 관객들을 박장대소하게 만들겠다고 말한다.

이야기에 끊임없이 등장하는 평가는 위험을 초래한다. 각 장면의 그로테스크한 내용에 해설이 덧붙을 경우 거기에 특정한 의미가 부여되기 때문이다. 무상함을 반복해서 강조할 경우 섬뜩함은 점점 더 사라지게 마련이다.59 그러나 서술자의 평가나 각 장면에 관한 설명은 일차적으로 매우 독특한 방식으로 이루어진다. 다시 말해 이런 평가와 설명에서 그는 무상함이 바로 현세의 본질임을 직설적으로 언급하지 않고, 대신에 다양한 상징적 이미지 속에 본질을 은폐해 둔다. 여기서는 취스 뷘틀리에 관한 이야기에서 보았듯이 모든 사고의 논리가 파괴되고 서로 이질적인 요소들이 결합을 이루거나 뒤섞인다.60 이로써 그 자체로 그로테스크한 서술이 탄

---

59 혹자는 이런 방향으로 논의를 심화할지 모른다. 풍자가 악마에 의해 보내진 것이라면 그것의 무상함 역시 이 신화적 인물에게서 비롯된 셈이 된다. '반대자' 역할을 하는 악마가 존재한다는 사실은 동시에 '감독관'의 존재까지 암시한다. 그러나 보스의 제단화에서도 보다시피 현세의 표현은 기독교적 틀을 덧씌워 놓아도 그로테스크해질 수 있다.

60 이와 같은 이야기 진행 방식은 화자의 서술 방식에 꼭 들어맞는다. 서술자 자신도 이를 "복잡하고 다채로운" 것으로 칭하면서 여섯 번째 야경의 서두에 다음과 같이 언급한다. "다른 진지한 신교도 작가들과 언론인들이 하듯 일관되고 직설적으로 서술할 수 있다면 나는 무엇이든 할 것이다." 여기에는 무질서하고 오락가락하며 중간에 끊기거나 논점을 벗어나기도 하는 등 서술 방식이 지극히 예술적으로 활용되었으며, 우리는 여기서 스턴의『트리스트럼 섄디』의 간접적인 영향력을 볼 수 있다. 야경꾼의 구조에 관해서는 D. Nipperdey, Dissertation,

생한다. 그러나 이러한 서술 방식에 관해서는 다음에 언급하기로 하고 여기서는 더 다루지 않겠다. 이 문제가 다시금 장 파울과 스턴을 넘어 피샤르트와 라블레에 이르는 역사적 맥락과 연결된다는 점만 언급해 둔다.

하지만 "인생의 정신 병원"에 관해 『야경꾼』의 서술자가 늘어놓는 평에는[61] 매우 인간적인 면모 역시 드러나며, 풍자적인 웃음 속에 고통과 분노, 심지어는 사랑의 감정까지도 뒤섞여 있다. 서술자는 이런 인간적 면모를 분명히 의식하며 다시금 이것이(이는 『트리스트럼 섄디』의 초반부를 연상시킨다) 자신의 출신이 낳은 결과라고 설명한다. 서술자가 주장하는 대로 악마가 그의 부친이라면 모친은 공식적으로 승인된 성녀이기 때문이다. 나아가 그는 언제나 주위 환경과 대립하게 되는 자신의 모순적 본질도 이런 출신 때문이라고 밝힌다. "몇 번인가 사람들은 내가 웃었다는 이유로 나를 교회에서 쫓아냈다. 매음굴에서는 기도를 하려다가 쫓겨났다."

개별적인 장면들을 묘사할 때의 '섬뜩한' 그로테스크적 관점에 더해, 인간적인 서술자의 평에는 감정적 관점이 깃들어 있다. 물론 이는 개별 상황에 의미를 부여하기 위한 것이 아니라 지극히 인간적인 두려움, 당혹감, 폭소(그러나 조소에 가까운 이 폭소도 이내 눈물에 질식당한다) 등을 다채롭게 표현하기 위한 것이다. 말하자면 이것은 그로테스크를 약화하는 게 아니라 독자의 공감을 유발한다. 엄밀히 말해 이 이야기의 화자는 책 속으로 들어간 독자이자 한 인간이기 때문이다. 책의 마지막에 세 번이나

Göttingen, 1954를 참조할 것.

61 "인생의 정신 병원" 외에도 "장난질", "사육제의 유희", "비희극" 그리고 ― 가장 흔히 사용되는 ― "인형극" 등의 표현이 등장한다. '실제' 사건이 주인공에 의해 인형극으로 묘사될 때는 현실과의 동일화가 이루어지기도 한다. 서술자는 또한 인간이 낯선 손에 의해 조종되는 기계적인 인간으로 표현될 때 발생하는 생경함의 효과를 자주 활용한다.(예컨대 세 번째 야경에 나오는 재판관의 경우를 참조할 것.)

강조된 '무'라는 말에는 그 직전에 육친의 육신이 눈앞에서 먼지로 사라지는 순간 서술자가 외친 물음이 메아리친다. "더 이상 당신을 볼 수 없습니다, 아버지. 당신은 어디 계십니까?" 이 물음은 결국 모든 인류가 품은 의문이라 할 수 있다.

　서술자는 마지막 장에서 자신의 진짜 부모를 알게 되지만, 이야기는 이로써 끝나지 않는다. 야경이 계속되거나 결말이 보류될 수도 있다. 어쨌건 여기서는 이 소설에 관해 좀 더 자세히 언급할 필요가 있는데, 그 이유는 첫째, 역사의 흐름 속에서 반복적으로 등장하는 그로테스크 모티프를 다루는 데 이 책이 전형적인 시대적 모티프 혹은 당대의 전형적 표현양식을 수없이 제공해 주기 때문이다. 두 번째 이유는 이 책이 그로테스크를 소설이라는 커다란 틀로 완성하고자 시도한 작품이기 때문이다. 질풍노도 드라마의 작가들의 창작 동기가 보통 사회 풍자였고 작품의 기본 구조로 대부분 통합된 사건 전개 방식이 사용된 점을 상기해 보자. 『야경꾼』은 그로테스크한 시선이 책 전체를 통해 일관적인 관점으로 적용되어 있다는 점에서 새롭다. 이로써 탄생한 것은 도입과 전개, 결말의 전개 방식을 한 하나의 이야기가 아니다. 인위적으로 뒤섞인 그로테스크한 장면들이긴 하지만 어쨌든 개별적이고 독립적인 일련의 에피소드가 탄생했다. 말하자면 이 책은 장편소설이라 부르기엔 다소 느슨한 형식을 취하고 있다. 여기서는 피카레스크 소설(Picaresque novel, 악한 소설)처럼 각각의 에피소드가 순서대로 나열되되 각 에피소드는 세상의 단면을 독자에게 보여 주며, 이것이 모여 인생의 모자이크를 이룬다. 서술자의 표현을 빌리면 열여섯 번의 야경은 각각 하나의 '야상괴담Nachtstück'이다.

　보나벤투라의 가면 뒤에 숨어 있는 인물이 누구인지 우리는 아직 알지 못한다. 책에 대한 기록이나 실질적 증거가 없는 이상, 혹은 소설 속에 녹아든 작가의 정신세계를 독자가 완벽히 분석하지 못하는 이상은 장 파울의 것 이상으로 이와 가까운 작품세계를 찾아내기란 어려울 것이다. 장 파울이 악마적인 해학가를 구상한 것은 『미학 입문』이 처음은 아니었다. 청년 시절 쓴 풍자 문학작품(『악마의 기록 선집Auswahl aus des Teufels Papieren』)에서도 악마가 덕망 있는 한지우스의 펜을 조종한다. 물론 이런 구상안은 아직 악마적 관점을 형성한다기보다 초보 습작의 엉뚱한 스타일을 정당화하는 구실로 작용한다. 그러나 이후 작품에 그로테스크한 분위기를 형성하는 섬뜩한 해학가가 등장한다. 이러한 소재는 장 파울 최후의 명작이자 우리가 그의 그로테스크 양식을 대표하는 사례로 다룰 『혜성 혹은 니콜라우스 마크그라프Der Komet oder Nikolaus Markgraf』에서도 볼 수 있다. 그러나 장 파울 본인은, '어느 기이한 이야기'라는 부제가 붙은 이 작품을 완성함으로써 그가 '위대하고 기묘한 소설'을 독일 문학계에 공여했다는 평을 거부했다. 스스로가 애초부터 그런 기대를 품고 긴 기간의 집필에 들어갔음에도 그랬다. 이 소설이 그런 헌사를 받기에 부족한 이유는 단편적인 특성 자체에 있지는 않다. 그런 특성은 괴기스러운 내용을 다룬 소설에서는 흔한 일이기 때문이다. 가령 고골Nikolai Gogol 의 『죽은 혼Myortvye dushi』에서도 이 특성은 결점으로 작용하지 않았다. 문제는 그보다 작가가 집필을 지나치게 일찍 마무리하는 바람에 세 권으로 구성된 소설이 구조적으로 완벽한 조화를 이루지 못했다는 점이었다.

장 파울은 보나벤투라와 달리 악마적인 해학가의 관점을 서술자에게 직접 부여하지 않았다. 이전의 다른 작품들에서처럼 이 관점은 이야기 내의 특정 등장인물에게 주어진다. 그 주인공은 제3권에 가서야 모습을 드러내며 이후에야 비로소 지배적인 입지를 확립한다. 장 파울은 이 인물의 웅대한 연설을 통해 최소한 지나치게 이른 결말을 보완해 줄 적절한 강조점을 부여하고자 했다. 이 연설은 또한 대문호 장 파울이 독자에게 전하는 마지막 연설이기도 하다.

연설의 주인공인 '가죽인간Ledermensch'은 그 등장부터 벌써 그로테스크하다.

점점 짙어지는 안개로 뒤덮인 은하수의 어느 밝은 지점을 별안간 온통 가죽옷으로 차려입은 깡마르고 창백하며 키가 큰 남자가 가로질러 갔다. 그는 뿔처럼 솟은 머리털과 길고 검은 수염을 하고 있었으며, 성큼성큼 뒷걸음을 쳐 안개 속으로 모습을 감추었다가 다시 나타나곤 했다. 그렇게 나타났다가 사라지기를 몇 번이나 반복한 끝에 그는 마침내 이글거리는 눈동자와 극도로 창백한 얼굴로 니콜라우스의 곁에 바싹 멈추어 섰다. 그러고는 때마침 지나치던 고용인이 "왕자님 만세!"를 외치자 느릿느릿 입을 열었다. "만세를 누릴 왕자는 없다. 세계를 지배하는 것은 인간이 아니라 세상의 군주여야 한다." "너도 거기 있었군, 방랑하는 유대인 녀석?" 고용인이 대꾸했다. "내 이름은 카인이다. 이 뱀이 보이지 않는가?" 남자는 자신의 이마를 손가락으로 가리키며 대꾸했다. 이마에는 막 뛰어오르려 하는 붉은 뱀이 그려져 있었다. "악마란 바로 너를 두고 하는 말이다. 넌 평생 음식 한 입, 물 한 모금 먹어 본 적이 없지!" 고용인이 희끄무레한 어둠 속에서 등 뒤에 대고 소리쳤다.

이렇게 허깨비처럼 출몰하며 보는 사람을 소름 끼치게 하는 이들을 도시 주민들은 '방랑하는 유대인'이나 '악마'로 불렀으며, 그들 스스로는 자신을 '카인', '세계의 군주' 혹은 '바알세불의 자식'으로 칭했다. 이 인물은 혹시 단순히 악령에 씌어 미쳐 버린 몽유병 환자는 아니었을까? 장 파울 자신도 이런 해석을 제시하지만, 그렇다고 '단순히'라는 표현이 이미지를 약화시키는 것은 아니다. 도리어 '악령' 즉 광적인 영혼은 한층 섬뜩한 느낌을 주며 — 장 파울은 이 부분에서 그 어느 때보다 깊은 심연을 창조해 낸다 — 독자가 그것의 발현을 체험함으로써 소설의 결말은 비로소 완연히 그로테스크한 본질을 부여받는다. 자칭 군주인 니콜라우스 마크그라프 및 그의 신하들을 향한 악마적 관점의 연설은 그 자체로는 참된 그로테스크가 아니며 기껏해야 그로테스크한 분위기를 풍길 뿐이다. 바로 이 부분에서 독자는 어떤 사상이나 관점을 피력하는 연설이 아니라 소설에서 다루어지는 사건에 실질적인 그로테스크가 존재함을 깨닫게 된다. 연설을 그로테스크하게 만드는 것은 ― 보나벤투라의 『야경꾼』에서 야경꾼이 한 연설들이 그랬듯 ― 그것이 행해지는 방식일 뿐이다. 숨 가쁘게 진행되며, 가깝거나 먼 것을 뒤섞어 버리고, 마침내는 모든 논리적 연결고리와 탄탄한 문장 구조를 파괴해 버리는 이 화법은 그 자체로서 완결된 사건이자 인간의 이해로는 정복할 수 없는 사건이다.

그러나 장 파울은 여기서 만족하지 않고 진정 그로테스크한 결말에 도달하는 데 한층 더 심혈을 기울인다. 카인이 연설하던 도중 은밀한 최면에 노출되어 잠들도록 설정한 것이다. 그는 최면에 빠진 채 굴뚝 안을 타고 올라가며, 구경꾼들은 별안간 낯선 목소리가 놀랍도록 다정다감하게 울려 퍼지는 것을 듣게 된다. 마치 전혀 딴 사람이 말을 하는 것 같다. 목소리는 자신이 세상과 인간을 진정으로 사랑하며, 서재에 앉아 머릿속으로 죄악을 저지른 벌로 악령에 씌었다고 설명한다.(그러면 그는 신분을 숨기고 있던 시인인가? 소설에서 이미 리히터라는 인물로 등장했던 장 파울이 또 다른 모습으로 스스로 글 속에 등장하려는 것인가?) 목소리는 또, 자신이 "영원한 자애의 신"을 느끼며 신을 향해 간절히 이렇게 기도하고 있다고도 말한다. "모든 인간의 아버지시여, 저 또한 당신의 아들이나이다. (…) 아버지여, 저를 버리지 마시옵소서." 그러나 그 순간 종이 울리며 그에게 걸렸던 마법이 풀린다. "이 불행한 남자는 최면에서 깨어나 굴러떨어졌다. 얼굴과 양손에는 까맣게 검댕이 묻고 머리칼은 분노로 쭈뼛 곤두섰으며, 부풀어 오른 이마에서는 붉은 뱀이 튀어오를 듯 꿈틀거렸다.

그리고 그는 기쁨에 차 외쳤다. '나의 아버지 바알세불이여, 내가 당신 곁으로 돌아왔나이다. 왜 저를 버리려 했사옵니까?'" 소설은 다음과 같은 문장으로 끝이 난다. "모두들 그에게서 멀찍이 물러났다. 두려움 때문이 아니라 경악해서였다." 그가 최면에 걸려 한 말이 진실인가, 아니면 최면에서 깨어나 한 말이 진실인가? 혹은 여기서 '이것 아니면 저것'의 법칙이 유효하기나 한가? 마음으로는 신의 자식이면서 이마에 악마의 자식이라는 표식을 한 이 인물의 광기와 이중인격을 단순한 병으로 치부할 수 있을까? 그것이 우리 모두의 본질을 비추는 거울은 아닌가? 인간이 일상에 만족하며 안주하려 들지 않고 자신의 이중적 기원에서 오는 긴장 상태를 고스란히 받아들이려 할 때, 그러면서도 그것을 견뎌 낼 능력을 갖추지 못했을 때 불가피하게 이런 병이 발발하는 것은 아닐까? 광기는 우리가 타고난 숙명인가? 일상의 삶이 복수를 꾸미고 인간을 시커먼 굴뚝 속으로 몰아넣는 것은 가혹하면서도 우스꽝스러운 우리의 숙명인가?

'카인'의 이야기로 소설에 그로테스크한 결말을 부여한 노련함만큼이나 앞서 언급한 카인의 첫 등장 장면에 대한 준비 또한 철저하다. 이 부분을 한번 살펴보는 일도 나름대로 의미 있을 것이다. 비록 완성된 단계는 아니지만 이후 그로테스크의 역사를 다루는 과정에서 자주 등장하게 될 그로테스크 모티프가 여기에 부분적으로 형성되어 있기 때문이다. 공간적으로 통합된 한 사회 집단 내에서 질서가 와해된다거나 생소함이 도시 전체를 장악해 버리는 점이 바로 그것이다. 지금까지 우리는 이런 모티프의 흔적만을 볼 수 있었다.('도시'라는 소재 자체가 18세기 이후에야 비로소 소설 속에 뿌리내렸기 때문이기도 하다.) 가령 보나벤투라의 소설에서 야경꾼이 최후의 심판의 날이 밝아 옴을 알리면서 도시 전체가 혼란에 휩싸이는 장면이 그 예이다.(빌란트의 『압데라 사람들 이야기Die Abderiten』는 이 맥락에서 예로 들기에 적절하지 못하다. 이 소설에 나오는 도시 국가 압데라에서는 어차피 광기가 지배적이며 따라서 그로테스크는 개별적인 타격을 통해서만 발현되기 때문이다.) 장 파울은 이 그로테스크 모티프를 광범위하게 다룬 최초의 작가이되 후대의 그로테스크 예술가들이 흔히 생경함을 표현하기 위해 활용했던 최후의 심판, 전쟁, 화재, 지진, 전염병 등을 끌어들이지는 않았다. 장 파울이 사용한 것은 자연이 지닌 또 다른 위력, 바로 안개였다. '지독한' 안개, 18세기를 통틀어 가장 '짙은' 안개였다고도 할 수 있다. 그러나 장 파울의 안개는 각 상황에 이미 녹아들어 있는 혼란을 가중시킬 뿐이다. 니콜라우스 마크그라프(주인공의 성인 Markgraf는 '후작'이라는 지위를 가리킨다—역주)라는 이름을 가진 시민 계급 출신의 주인공은 군주를 자칭한다. 하루아침에 부자가 되면서 수많은 신하들을 고용할 수 있게 된 그는 신하들과 "휴대용 수도首都"를 대동한 채 얼굴 모르는 아버지를 찾아 여정에 나선다. 이윽고 그는 어느 진짜 군주가 다스리는 영지의 수도에 입성하려 한다. 군주가 아직 그의 이름을 모르기 때문에 그는 하젠코프(Hasenkopff, '토끼Hase'와 '머리kopf'라는 단어의 결합—역주) 백작이라는 "그로테스크한 별칭"62을 쓰기로 한다. 그의 친구이자 시종장인 인물은 주인의 귀족 신분이 광인의 강박관념에서 나왔다고 귀띔해 통행권을 얻어 낸다. 이 소문은 금세 소도시 전체에 파다하게 퍼진다. 게다가 하필 가짜 군주가 입성하는 바로 그 순간에 진짜 군주의 후계자가 탄생해 거리는 환호하는 군중으로 넘쳐난다. 이처럼 구제할 도리 없이 혼란한 와중에, 북적대는 거리에는 마주친 상대가

---

62 그로테스크라는 단어는 소설 전체를 통틀어 오로지 이 부분에만 나온다. 서술자가 등장인물로 나오는 작가의 입으로 이를 언급하게 하는 점은 매우 의미심장하다. "우직한 리히터는 (…) 이 그로테스크한 별칭을 나쁘게 여기기는커녕 제법 괜찮다고 생각했다." 곧이어 서술자가 덧붙인 말("이 젊은이에게 특이하고 낯설게 여겨진 것은 오히려 일상적인 물건들이었다") 역시 이 개념의 의미 및 그로테스크를 향한 장 파울의 애착과 관련해 의미 있는 것이라 할 수 있다.

한 발만 지나쳐도 보이지 않을 만큼 짙은 안개까지 내려앉아 있다. 장 파울은 헤아릴 수 없이 많은, 기묘한 마주침과 혼란스러운 오해의 상황들을 세세히 기술한다. 그러나 그로테스크를 살릴 기회는 일단 접어 둔 채 여기서는 "안개의 고통과 기쁨" 같은 표현을 통해 혼란스러운 희극을 창출하는 데 만족한다. 나아가 여자들에게 상냥한 시종장의 이야기(이 부분에서 쓰인 언어는 유희적이고 뒤죽박죽이다) 부분을 삽입함으로써, 가죽인간이 그로테스크하게 등장하여 섬뜩함과 공포를 자아내고 잽싸게 다시 사라지는 장면이 나오기 전 일종의 휴지기 역할을 하도록 만든다.

『혜성 혹은 니콜라우스 마크그라프』에는 광인 및 질서가 와해된 도시 외에 또 하나의 그로테스크 모티프가 등장한다. 바로 낭만주의에서 매우 자주 사용된 밀랍인형이다. 이 소설에는 주인공이 사랑하는 여인(한 번 순간적으로 본 것이 전부인)의 흉상이 나오는데, 주인공은 이것을 훔쳐서 그 실제 주인공을 찾는 길에 가지고 나선다. 이 과정에서의 그로테스크한 장면들은 여기서 다루지 않기로 하고, 대신에 다수 낭만주의자들의 감정을 대변하는 서술자의 말을 짧게 인용한다. "밀랍인형은 아무리 무표정한 얼굴을 하고 있어도 그 생생함만으로도 우리를 소름 끼치게 한다."[63]

그러나 『혜성 혹은 니콜라우스 마크그라프』는 그로테스크 문학의 구조적 문제를 또 한 번 상기시킨다. 즉, 장편소설에서 그로테스크는 주로 에피소드나 개별 장면의 형태로 나타난다는 것이다. 그것이 소설 전체에 구조적 틀을 제공해 주기에는 역부족인 듯하다. 우리는 이미 전체 구조가 여러 개의 야경 이야기로 분산되는 보나벤투라의 『야경꾼』을 통해 이러한 한계를 관찰했다. 그러나 다소 짤막한 형식의 문학에서라면 이야기는 달라진다. 이런 형식에서는 그로테스크가 글 전체를 통해 완벽한 틀을 갖출

---

63 *Sämtliche Werke. Historisch-kritische Ausgabe*, Bd. XV, p.298.

수 있음을 증명하는 낭만주의 작가가 있다. E. T. A. 호프만이 그 장본인인데, 그로부터 비롯된 독특한 장르는 명칭에서부터 그것을 고안한 천재적인 작가와의 관계를 보여 준다. 호프만이 그의 단편 모음집에 붙인 명칭, '야화Die Nachtgeschichten'가 바로 그것이다.[64]

그로테스크 야화

호프만의 야화집은 1817년에 발간되었다. 이에 앞서 발간된 『칼로 풍의 환상곡』은 제목이나 작가 서문에서도 보이듯이 칼로에게 경의를 표하는 의미를 담고 있으며, 이 책에서 다루는 사례와도 긴밀히 연관되어 있다. 실제로도 호프만의 작품들은 야화집 이전부터 그로테스크로 넘쳐났다. 그중 대다수는 우리가 앞서 다루었던 주제들과 간접적으로 연관되어 있을 뿐 아니라 호프만이 이들을 직접적으로 인용하는 경우도 심심찮다. 칼로의 이름을 제목에 삽입한 것을 비롯해 지옥의 브뤼헐이 여러 차례 언급되기도 하고, 때로는 두 이름이 나란히 등장하기도 한다. "마시면 안 된다! 그 여자를 자세히 한번 보라!" 이것은 『섣달그믐날 밤의 모험 Abenteuer in der Sylvesternacht』에 나오는 아름다운 율리아에 대한 경고

---

64 이 명칭에는 이러한 예술의 장르들이 공유하는 기원이 암시되어 있다. 야화Nacht-geschichte와 야상괴담Nachtstück(이상의 두 독일어에 해당하는 정확한 한국어 용어가 명확하지 않은 관계로 전자는 원어의 뜻에 맞는 한국식 단어로 표기했으며, 후자는 성균관대 이정준의 논문 「문학 속의 인조인간과 계몽주의 비판」(2009)에서 사용된 '야상괴담'이라는 표현을 빌렸다―역주) 외에도 당대에는 '야경화(夜景畵, Nachtgemälde)'라는 표현이 반복적으로 등장했다. '야화'를 주제로 글을 쓸 때는 괴기소설뿐 아니라 카라바조Caravaggio로부터 비롯된 야경화 역시 고려되어야 한다. 작품 속에서 다루어지는 밤은 일차적으로 낮의 대립 개념이며, 이와 더불어 미술에서는 인공적인 빛이 활용됨을 뜻한다. 밤이라는 소재는 또 섬뜩하고 전율스러운 무엇, 그리고 마의 세력이 발현되는 시간을 의미하기도 한다. 미술사에서 야경화 분야를 대표하는 예술가로는 판화를 통해 유명해진 「악몽」(**그림 14**, 최초작 1781년, 후속작 1815/20년)을 그린 하인리히 퓌슬리Heinrich Füssli를 꼽을 수 있다. E. Beutler, J. H. Füssli, *Vorträge und Schriften des Freien Deutschen Hochstifts*, Frankfurt a. M., Bd. 2, 1939 참조.

이다. "브뤼헐과 칼로의 경고하는 그림에 그녀가 나오는 걸 보지 못했는
가?" 이 경고의 목소리가 나오는 꿈은 그야말로 완벽한 그로테스크의 전
형을 보여 준다. 꿈속에서 나무와 식물들의 크기는 제멋대로이고, "꼬마"
는 다람쥐로 변하며 다른 사람들은 괴기스럽게 살아 기어 다니는 설탕 인
형으로 변한다. 이 장면은 꿈의 주인공이 비명을 지르며 깨어날 때까지
계속된다. 여기서 칼로 및 그로테스크 장식미술의 모티프가 활용되고 있
다면, 『악마의 묘약Die Elixiere des Teufels』에 나오는 꿈속의 장면은 보
스나 브뤼헐이 그린 지옥화를 글로 옮겼다는 느낌을 준다.

> 막 기도를 올리려던 참에 어디선가 감각을 어지럽히는 속삭임과 부스럭거리는
> 소리가 들려왔다. 내가 알던 사람들이 괴이한 몰골로 변해 갔다. 머리통들이
> 귀에서 자라난 메뚜기 다리로 사방을 기어 다니며 나를 보고 음흉스럽게 웃었
> 다. 기묘한 새들 — 인간의 얼굴을 한 까마귀들이 소란스럽게 공중을 날아다녔
> 다. 나는 B 도시 출신의 콘서트마스터와 그의 누이를 알아보았다. 여자는 거칠
> 게 왈츠를 추고 있었고 남자는 바이올린으로 변한 자신의 가슴을 쓸며 그에 맞
> 추어 연주를 하고 있었다. 흉측한 도마뱀 얼굴을 한 벨캄포가 날개 달린 징그
> 러운 벌레를 타고 내게 다가오더니 벌겋게 달아오른 쇠빗으로 내 수염을 빗어
> 주겠다고 말했다. (…) 악마는 찢어지는 소리로 웃음을 터뜨렸다. "너는 이제
> 완전히 내 손아귀에 있다!"

이 소설에서 아우렐리아가 악마로 변신하는 반면 『섣달그믐날 밤의 모
험』에서는 그로테스크한 등장인물 다페르투토 박사가 악마로, 율리아는
악마의 피조물로 드러난다. 그런데 독자가 이 사실을 알게 되는 순간 그
로테스크한 장면은 별안간 그 생경함을 잃으며 그로테스크의 본질 역시
다소 흐려진다. 독자는 당혹감에서 벗어난다. 악마가 악마 그대로의 형상

으로 모습을 드러낼 때 독자는 악마의 어떤 간계에도 대응할 마음의 준비가 되기 때문이다. 아무것도 알지 못하는 상태에서 책을 펼쳤을 때 위력적으로 덮쳐 오던 그로테스크한 힘은 독서를 마치고 내용을 곱씹어 볼 때, 혹은 같은 책을 반복해서 읽을 때는 경감되거나 사라지고 없다. 『어느 유명인의 삶에서Aus dem Leben eines bekannten Mannes』에 등장하는 이방인은 예의 바른 태도로 베를린 시민들의 호감을 산다. 그러나 거리를 가로지를 때 동정심에 찬 누군가가 도와주려고 손을 내밀기만 하면 그는 육 척 높이와 열두 걸음 너비로 거리를 뛰어넘는다. 밤중에 수의를 입고 문을 두드리거나 극도로 괴벽스러운 행동을 하고는, 뒤늦게 그런 행동에 관해 별로 납득도 가지 않는 해명을 할 때도 있다. 이 모든 장면은 생경한 분위기를 연출한다. 나중에서야 그가 악마였다는 사실을 알게 될 때(이 소설은 1551년도의 베를린 연감에 근거한 것으로 설정되어 있다) 독자는 금세 허탈감에 빠지며, 향후에 이 이야기를 또다시 읽을 의욕도 사라진다. 그런데 "브뤼헐과 칼로의 경고하는 그림" 같은 표현이나 『칼로 풍의 환상곡』의 서문을 보면 호프만이 그러한 화가들의 작품을 특별한 방식으로, 다시 말해 이들의 그로테스크한 특징에 매혹되었음에도 기독교적 교훈을 담고 있는 작품으로 해석하려 했음을 알 수 있다. 그의 환상소설 및 기타 작품들(대개는 초기의 작품)에 나오는 수많은 등장인물들이 이를 입증한다. 비록 호프만은 초반부에서 극도로 으스스하고 생경한 세계를 표현하는 일에 커다란 애착을 품고 있었고 실제로도 그런 표현에 심혈을 기울였지만, "비밀스러운 영계靈界"에 대한 명확한 설명이나 구성이 결국은 그로테스크한 분위기를 경감시키고 만다. 그럼에도 불구하고 호프만의 작품들 속에는 완전무결한 그로테스크가 아직 충분히 남아 있다. 악마의 영역과는 거리가 먼 부분, 향후 독자가 소설의 내용을 재고할 때도 딱히 조명하지 않을 부분이라고 하여 거기에 그로테스크를 활용하지 않기에는 그에 대한 호프만의 집념이 지나치게 강했다.

빅토르 위고가 『섣달그믐날 밤의 모험』을 읽었더라면 이야기의 초반부에서 고귀한 것과 그로테스크한 것이 결합된(그리고 그로테스크한 고조를 통해 결국은 심원한 무언가로 발전하는) 훌륭한 사례를 발견했을지도 모른다. 여기에는 이야기의 서술자가 사랑하는 여인과 재회하고 흥분에 찬 장면이 나온다. 여인은 그 어느 때보다도 천사처럼 보이고, 배경에는 "모차르트Mozart의 섬세한 교향곡"이 울려 퍼진다.

> 이제 영원히 당신을 놓지 않으리, 당신의 사랑은 (…) 예술과 시 속에 사는 고아한 삶을 불러일으키는…… (…) 그러나 당신도 영원히 내 것이 되기 위해 온 것이 아니오? ─ 그 순간 거미의 다리와 개구리처럼 튀어나온 눈을 한 조악한 생물체가 뒤뚱거리며 들어와 거북스럽게 새된 소리로 터무니없이 웃으며 외쳤다. "도대체 이 여편네가 어딜 간 거지?"

이렇게 호프만은 칼로의 판화 작품에서 쉽게 발견할 수 있을 법한 '동물과 인간의 모습이 뒤섞인 그로테스크한 형상'을 단 몇 마디의 문장으로 예리하게 그려냈다. 동시에 이 괴물을 천사 같은 여인의 남편으로, 그것도 서술자가 드디어 여인과 영원히 맺어진다고 착각하는 바로 그 순간에 등장시킴으로써 그로테스크한 분위기를 한층 고조시킨다. 이런 상황에서 주인공이 광기에 사로잡히는 것도 무리는 아니다. 그는 모자와 외투도 잊은 채 집 밖으로 뛰쳐나와 버린다.

그로테스크 장식미술, 보스, 브뤼헐, 칼로 이 모두의 그로테스크 요소가 호프만의 작품에 결집되어 있다. 그 밖에도 앞서 우리가 그로테스크와 관련지었던 두 가지 예술양식 역시 호프만에게서 발견된다. 첫째로 코메디아 델라르테에서 살펴본 것과 같은 괴이한 등장인물의 괴이한 행동양식은 호프만의 거의 모든 작품에서 사례를 찾을 수 있다. "주인이 거울을 가리자 왜소하고 깡마른 남자가, 무겁게 서두르는 동작이라고 할까, 하여간 어색한 속도로 뛰어 들어왔다. 남자가 입은 기묘한 갈색빛이 도는 외투는 그가 방 안으로 껑충 뛰어드는 바람에 잔주름이 잡히며 기이하게 그의 몸에 휘감겼다. 주름 속에서 수많은 형상이 만들어졌다 뭉그러지는 모습이 불빛 속에 드러났다." 이 인용문은 『섣달그믐날 밤의 모험』에서 발췌한 것이다. 마지막으로 호프만은 그로테스크한 형상으로 변신하는 캐리커처 역시 같은 작품에 삽입했다. 여기서 독자는 막 지옥의 그로테스크를 체험한 참이다. 악마들이 나타나 서술자를 유혹하고, 그는 아내와 아이를 악마에게 양도하고 자신의 영혼을 영원히 타락시키려 한다. 아내의 선한 영혼이 마지막 순간에 그를 구해 낸다. 이윽고 그는 아내의 침대 곁으로 다가가 작별 인사를 나눈다. 작별의 말은 속물적인 '가정주부'의 캐리커처로 시작해 그로테스크로 끝난다. "뉘른베르크에 들르거든 애정 어린 아버지로서 화려한 장난감 병정과 생강빵을 사 보내요. 잘 지내요, 사랑하는 에라스무스! ― 아내는 반대편으로 돌아누워 잠이 들었다." 이 단락의 의도는 현실적인 감각과 무감함의 결합을 풍자하려는 것뿐만 아니라, 비인간적이고 꼭두각시 같은 행동방식을 묘사함으로써 세계를 생경하고 우스꽝스러우면서도 섬뜩하게 보이도록 만드는 데 있다.

이처럼 호프만의 작품세계에는 지금까지 우리가 살펴본 3백 년 역사에 등장했던 모든 종류의 그로테스크가 있다. 호프만은 그로테스크한 장면을 다루는 데 대가였다. 그러나 다른 한편으로 우리는 결말에 이르러 그로테스크가 다소 약화되는 경향이 있다는 인상을 받기도 한다. 결말에서는 그때까지 다룬 이야기들이 결국 어떤 의미를 담고 있는 것으로 판명되는데, 돌발적이고 적대적이며 세상을 소원하게 만들어 버리는 힘이 대부분 악마의 유혹으로 밝혀진다는 점이 그렇다. 악마적인 등장인물들은 심연이 아닌 지옥으로부터 솟아난 존재이다. 물론 이런 지옥의 신화는 모호하게 표현되지만 어쨌건 이를 통해 그로테스크의 섬뜩한 색채가 흐려지는 것은 사실이다. 『황금 항아리Der goldene Topf』에서도 마찬가지이다. 일단 각각의 장면들은 완벽한 그로테스크의 본보기라 할 만하다('지옥의 브뤼헐'이라는 이름은 여기서도 등장한다). 그러나 전체적으로 보면 우화적인 메르헨Märchen의 성격을 띤다. 작가는 예술가의 영혼을 두고 다투는 빛의 힘과 어둠의 힘이 무엇인지에 관해 명확한 설명을 독자에게 제공한다. 여기서 각각의 그로테스크한 장면이 보다 큰 문맥과 어떤 관계에 있는가라는 문제가 다시 한 번 대두된다. 그로테스크에 이끌려 들어가기는 쉬우나 거기서 도로 빠져나오려면 외부의 도움이 필요하다. 나락으로 떨어지는 것이 그로테스크이므로, 이야기가 계속해서 전개되려면 그 무대가 되어줄 또 다른 차원이 준비되어 있어야 하기 때문이다. 그래서 호프만은 그로테스크한 장면을 꿈속의 장면으로 묘사하기를 즐겼다. 꿈꾸는 주인공은 비명을 지르며 잠에서 깨어나고, 침대 밖으로 나오는 순간 그는 다른 차원으로 들어선다. 여기서 켈러가 빗 제조공들이 풍기는 그로테스크한 분위기를 젤트빌라라는 밝은 세계, 즉 모순적이고 풍자적으로 표현된 세계에 집어넣었음을 상기해 보자. 괴테가 『사티로스』에서, 렌츠가 몇몇 희곡에서 그로테스크한 장면들을 은닉하기 위해 사용한 보다 '큰 전체'도 풍자였다. 클링거는 '극단적인 인물들'의 그로테스크한 세계를 구성하는 틀로 서로 적대적이던 두 가문의 깨달음과 화해의 역사를 활용함으로써 소설을 완성한다. 여기서는 '전체'와 그로테스크한 장면들 사이의 관계가 확실히 포괄적인 풍자소설에 비해 느슨하게 맺어져 있다. 호프만은 악마의 유혹에 관한 이야기(혹은 『황금 항아리』 같은 유혹과 구원의 이야기)를 수평선상에서 전개시키며 그로테스크한 장면들이 지닌 수직선상의 움직임과 균형을 맞추는 일을 즐겼다. 그러나 악마의 유혹과 관련된 이야기의 특징인 교훈적 의미 부여는 결과적으로 그로테스크의 효과를 손상했다.

그로테스크 자체가 구조적 틀이 될 수 있는가의 문제, 좀 더 조심스럽게 표현하자면 그로테스크가 교훈적인 이야기나 심지어 풍자보다도 그것과 친화되기 쉬운 보다 큰 문맥에서 표현될 수 있는가라는 문제에 대한 답은 20세기 작품들을 통해서야 비로소 밝혀진 것은 아니다. 슈니츨러 Arthur Schnitzler, 피란델로Luigi Pirandello, 베케트Samuel Beckett 등의 희곡 및 카프카의 소설들은 대표적인 20세기의 그로테스크임에 틀림없지만, 그에 앞서 보나벤투라는 여러 이야기가 나열된 모자이크 소설의 느슨한 형태를 그로테스크에 최초로 활용했다. 호프만이 자신의 '환상소설'들에 보스나 브뤼헐의 경고하는 그림을 등장시킨 반면 보나벤투라는 '야상괴담' 전체에 어떤 의미 부여도 하지 않았다.

호프만의 『모래 사나이Der Sandmann』는 나타나엘이 나락으로 떨어지며 끝을 맺는다.[65] 그의 삶에 끼어든 악의 힘은 악마가 아니라 청우계 판매상인 코폴라였다. 코폴라는 나타나엘에게 매우 적대적인 인상을 준 변호사 코펠리우스와 동일 인물인 것으로 추정된다(호프만의 작품에서 정체성에 대한 의혹은 좀처럼 풀리는 일이 없다). 코펠리우스의 외모에 대한 나타나엘의 묘사는 다시금 동물과 인간의 형상이 혼합된 칼로 풍의 그로테스크한 모습을 상기시킨다. 그러나 나타나엘의 머릿속에서 코펠리우스는 어릴 적 유모가 이야기해 준 '모래 사나이'의 모습과 겹친다. 모래 사나이는 "아이들이 잠자리에 들지 않으려 하면 쫓아와서 두 손 가득한 모래를 눈에 뿌린 다음, 피투성이가 되어 튀어나온 눈알을 자루에 담아 자

---

65 소설의 마지막 문단은 불합리를 암시하는 것이라기보다 클라라를 그 세계로부터 배제시키는 의미를 내포하고 있다. "명랑하고 유쾌한 품성"을 지닌 클라라는 결국 그 품성에 맞는 "차분하고 검소한 행복"을 찾는다. 감정적 여운을 남기는 이 객관적인 서술에는 단순한 기쁨이나 경탄 이상의 의미가 있다.

기 자식에게 먹이러 반달로 돌아간다. 둥지 속에 사는 모래 사나이의 자식들은 부엉이처럼 굽은 부리를 하고 있다." 그저 유모가 들려준 흔해 빠진 옛날이야기일 뿐이다. 그러나 그 안에 다른 의미가 숨어 있는 것은 아닐까? 나타나엘의 부모가 모래 사나이라 부르던 코펠리우스는 이 숙명적인 조우에서, 소년이 숨어 엿듣고 있는 동안 소년의 눈을 주시한다. 그리고 "이글거리는 붉은 모래알"을 나타나엘의 눈에 뿌리고 눈알을 뽑아 가려 한다. 눈은 이야기 전체를 통해 핵심 모티프로 등장하며 인형이라는 모티프와도 거듭 연결된다. 약혼녀 클라라의 눈동자는 구름 한 점 없이 짙푸른 하늘을 비추는 호수 같다. 어느 날 밤 나타나엘은 자신이 약혼녀와 제단 앞에 서 있는 꿈을 꾸는데, 이때 코펠리우스가 다가와 클라라의 눈을 만지자 눈알이 시뻘건 불꽃처럼 튀어나와 나타나엘의 가슴으로 날아든다. 자동인형 올림피아는 사지는 물론 걸음걸이와 목소리까지 완벽한 사람의 모습을 하고 있다. 다만 눈동자에 "생기가 없을" 뿐이다. 청우계 판매상은 나타나엘에게 선명하게 연마한 안경, 그러니까 인공적으로 시력을 강화해 줄 도구를 소개한다. 나타나엘은 결국 망원경 하나를 사서 언제나 지니고 다닌다. 흐리고 생경한 나타나엘의 시선을 상징하는 것이기도 하다. 아니면 나타나엘이 단지 남들보다 예리하게 볼 수 있는 눈을 가진 것뿐인지도 모른다. 마침내 나타나엘은 클라라가 "우리를 향해 다가오는 것처럼 보인다"고 표현한 기이한 덤불에서 망원경으로 코펠리우스의 모습을 보게 된다. 그리고 나타나엘은 코펠리우스가 있는 탑 아래로 뛰어내린다. 이처럼 사건이 강렬하게 묘사되는 것은 그로테스크의 전형적 특징이며, 읽는 사람에게 고야나 칼로의 동판화에 보이는 차갑고 날카로운 필치를 상기시키기도 한다. 눈알이 분리된다는 것부터가 소름 끼치고 생경한 느낌을 주지만, 나아가 이것은 독자가 이야기를 통해 발견한 눈의 상징적 의미, 즉 영혼의 발현이자 세계와의 연결고리이며 '실질적인 생명력'이라는 의미를 완전히 수용할 것을 강요하는 것이기도 하다.

살아 있는 인형 올림피아와의 조우는 이야기를 통틀어 가장 그로테스크한 장면 중 하나이다. 인형의 기계적인 생명력은 다른 이들에게는 우스꽝스러운 동시에 섬뜩하게 느껴지지만(인형의 수수께끼는 서술자 자신이 직접 설명하는 것이 아니라 사건 자체를 통해 밝혀진다) 망원경을 통해 인형을 보고 사랑에 빠진 나타나엘에게는 그런 것이 보이지 않는다. 나타나엘은 올림피아의 기계적인 면을 보지 못한 채 인형의 곁에서 극도의 황홀경에 빠진다. 그리고 모든 것이 착각이었음을 깨닫는 순간 광기에 사로잡힌다. 흥분한 그의 내면은 통제할 수 없을 만치 광폭한 반면, 현실과의 연결고리는 너무나 미미하다. 이후 "무시무시하고 끔찍한 꿈"에서 깨어나 자신에게 몸을 굽히고 있는 클라라를 보았을 때 그의 영혼은 다시금 치유되는 듯하다. 그러나 탑 위에 서서 자신을 향해 다가오는 덤불을 보는 순간 나타나엘은 마침내 영원히 정신을 놓아 버린다.

광기는 세계가 생경해지는 과정의 절정이다. 이 소설은 재능 있고 상상력이 풍부하며 예술적인 한 인간(나타나엘은 시인이다)의 내면이 그의 현실적 삶을 차츰 압도해 가는 과정을 그리고 있다. 이 과정은 주인공이 어느 섬뜩한 힘과 조우하면서 시작되고(이러한 영향력 역시 작가에 의해 사전부터 준비되어 있던 것이다), 그것과 재회하면서 가속화된다. 하지만 정작 그 힘(코폴라, 코펠리우스)이 여기에 직접적으로 개입하는 일은 없다. 마치 촉매제처럼 작용할 뿐이다. 취스 빈슬리가 빗 제조공들을 둘러싼 생경한 세계에서 촉매제 역할을 한 것과 유사하다. 두 소설은 또한 특정한 죄악과 관련되어 있다는 점에서도 비교할 만하다. 아주 약간 지나친 정의감이 부적절한 상황에서 발휘될 때(빗 제조공 이야기의 서술자는 동료들의 "비인간적인" 계획이라는 표현을 썼다) 섬뜩한 힘은 그러한 자극에 곧장 반응을 보인다. 어린 나타나엘도 모래 사나이를 엿보려 커튼 뒤에 숨음으로써 그러한 실수를 범하고 만 것이다. 그러나 죄와 벌은 이야기에서 아무런 인과 관계도 맺지 않을뿐더러 그러한 도덕적 범주는 기본적으로 사건을 이해하는 데 도움이 되지도 않는다. 등장인물의 본질에 애초부터 '죄'가 포함되어 있기 때문이다. 나타나엘이라는 인물에게서는 심지어 부친이 저지른 죄까지 발현된다. 부친은 연금술을 실험함으로써 스스로를 코펠리우스의 손아귀로 몰아넣고 결국은 목숨을 잃게 되는데, 그러한 실험 자체가 현실의 이면에 숨은 비밀스러운 힘을 들춰내려는 욕구에서 나온 것이다. 호프만 소설 특유의 섬뜩함은 풍부한 내적 자질을 지닌 예술가가 바로 그 자질로 인해 피폐해지고 그를 세상으로부터 동떨어지게 만드는 미지의 힘에 접근하고 노출되는 데 있다. 호프만의 작품에서 예술가는 항상 섬뜩한 미지의 힘과 접촉을 시도하며, 이처럼 현실의 표면을 뚫기 위한 시도를 함으로써 스스로 세계로부터 단절된다.

이와 같이 생경한 세계에 관한 이야기를 다루면서 호프만은 그로테스크한 장면의 삽입을 가능하게 해 줄뿐더러 나아가 그것을 필요로 하기까지 하는 수평적인 전개 방식을 발견했다. 이런 방식에서는 악마 혹은 악마의 가면도 등장시킬 필요가 없다. 호프만의 완벽한 노련함은 독자로 하여금 초자연적이고 비현실적으로 느껴지는 코펠리우스와 코폴라의 등장 및 행동에 대해 뭐라 확신하지 못하도록 만들며, 이를 있을 법한 것으로 받아들이게끔 유도한다. 가령 호프만은 글의 초반부에 클라라가 편지를 쓰는 장면을 삽입함으로써 독자에게 클라라의 존재를 알린다. 편지에서 클라라는 건전한 이해력을 가진 인간의 관점으로 나타나엘의 유년기 경험 및 청우계 판매상과의 비통한 조우에 관해 서술하고 있다. 암흑의 힘은 오로지 누군가가 그것을 내적으로 받아들이고 자아의 일부를 내줄 때 괴력을 발휘한다는 클라라의 경고에 독자는 어느 정도 공감하게 된다. 클라라의 설명에 의하면 이런 사람은 이내 이 "망령"을 현실세계에 투영하며,

108

스스로 만들고 키워 낸 환각에 자신이 숙명적으로 얽매여 있다고 느낀다. 반면에 "명랑한" 기질에는 이런 위험 요소가 접근조차 하지 못 한다. 이로써 호프만은 독자로 하여금 클라라가 설명하는 "암흑의 힘"을 믿게 만듦은 물론 나타나엘의 경험이 한층 더 소름 끼치게 느껴지도록 하는 효과까지 얻는다. 나타나엘이 코폴라의 섬뜩한 인상을 과장한 것이라면, 그것이 바로 그의 최후를 야기한 생경한 힘이 발현될 전조가 아니었을까? 인형 올림피아를 살아 있는 인간으로 여기고 그녀의 사랑을 받는다고 믿으며 마침내는 사랑을 고백하는 장면은 어쩌면 순전히 우스꽝스럽게만 보일 수도 있다.[66] 그러나 호프만의 글에서 이것은 우스꽝스러운 동시에 섬뜩하게 느껴지는 완벽한 그로테스크가 된다. 마지막으로 호프만이 거둔 또 다른 성과는 현실을 어찌 받아들여야 할지 모를 끊임없는 불확실성을 독자에게 심어 주었다는 점이다. 코펠리우스의 정체는 과연 무엇이며 그가 코폴라의 모습으로 귀환할 것인지, 망원경에 숨겨진 비밀은 무엇인지 등 무엇 하나 명확히 밝혀지지 않는다.[67] 초반부의 편지 이후부터 등장하는 서술자는 일견 평범한 화법을 사용하는 듯 보인다. 자신을 가엾은 나타나엘

---

66 호프만과 하우프Wilhelm Hauff는 유사한 모티프(인간으로 분한 원숭이)를 거의 우스꽝스럽고 풍자적으로만 느껴지게끔 다루었다. 그러나 이러한 모티프의 집합체(자동인형, 인형, 변장한 동물)는 그 자체로 그로테스크하다. 집주인이 집 안으로 들어서는 사람들에게 일시적인 착각을 일으킬 만한 실물 크기의 인형을 안락의자에 앉혀 놓는 것은 단순한 장난으로만 치부하기 어렵다. 지금까지 지녔던 감각에 대한 확신을 뒤흔드는 일은 어마어마한 섬뜩함을 야기한다.

67 다만 호프만은 코펠리우스가 악마일 수도 있다는 가능성을 최소한 순간적으로나마 암시하는 일을 잊지 않는다. 올림피아를 둘러싸고 한바탕 소동이 일어난 뒤 스팔란치니 교수는 나타나엘을 향해 말한다. "네 눈! ─ 그가 네 눈알을 훔쳐 갔어! ─ 흉악범 같으니! 저주받을 녀석!" 그러나 코펠리우스가 실제로 이 젊은이의 눈알을 뽑은 것은 아니라는 설명을 통해 독자는 망원경 거래가 눈알의 거래 ─ "흉악범, 저주받을 녀석"이라는 표현에는 종교적인 흔적도 보인다 ─, 다시 말해 악마와의 제휴로 해석됨을 알 수 있다. 더불어 여기에는 전통적인 모티프가 엿보인다. 즉 악마가 자신의 창조물에 생기를 불어넣어 인간의 세계로 침투시키기 위해 한 인간으로부터 무언가를 취득하는 것이다. 그러나 호프만은 이를 어렴풋이 암시하는 데서 그치고 있다.

의 친구로 소개하면서 사건 전체를 조망하듯 이야기를 전개하지만, 사건으로부터 거리를 유지하던 태도는 점차 사라진다. 이윽고 그는 사건에 바짝 접근하면서 때로는 등장인물과 혼연일체가 되어 그들의 관점에서 서술하거나, 사건에 완전히 몰입된 목격자로 변신하기도 한다. 이처럼 새로운 서술 관점은 호프만이 이룩한 위업 중 하나로 이후에도 널리 영향을 미쳤다.[68] 그러나 이 서술자는 이야기의 도입부에서 자신도 외부 세계와 갈등을 빚을 가능성이 있는 사람들 중 하나라고(그의 직업은 '작가'이다) 소개하며 풍부한 상상력을 가진 독자의 감정에 호소한다. 그럼으로써 독자는 나타나엘에게 친근감을 갖게 되며 나아가 그의 불행한 운명이 자신에게도 일어날 수 있을 것이라 느끼게 된다.

에드거 앨런 포의 『그로테스크하고 아라베스크한 이야기들』

E. T. A. 호프만 외에 에드거 앨런 포도 그로테스크를 내포한 새로운 소설 양식을 고안했으며, 이 역시 호프만 못지않게 후대 작가들에게 큰 영향을 끼쳤다. 심지어 그는 자신의 작품 중 스물다섯 편을 모은 첫 단편 선집에 『그로테스크하고 아라베스크한 이야기들Tales of the Grotesque and Arabesque』(1840)이라는 제목을 붙이기까지 했다. 기존의 학자들은

---

68 『모래 사나이』에는 이것이 충분히 엄격하게 적용되지 않았다. 올림피아가 기계인형임이 밝혀진 뒤 서술자는 속임수에 걸려든 '사회'의 내부에서 이것이 어떤 결과를 초래하는지 기술한다. 인간이 얼마나 다른 인간의 존재에 대한 "가증스러운 불신"으로 가득 차 있는지, 사랑하는 대상의 생명력을 얼마나 부조리하게 시험하려 드는지, 그리고 차 마시는 자리에서 자동인형이 아니라는 "다른 이들의 확신을 사기 위해" 얼마나 "지독하게 하품을 해" 대는지가 기술된다. 『섣달그믐날 밤의 모험』에 나오는 속물적인 가정주부에 대한 풍자와 마찬가지로 여기서도 사회 풍자가 그로테스크로 전환된다. 그러나 광기에 관한 이야기의 경우에는 이러한 그로테스크 양식의 형식상, 분위기상 격차가 방해 요인이 된다. 냉정하게 거리를 두고 우월한 위치에서 사건을 꿰뚫는 서술자는 그 외의 경우에는 전혀 다른 태도를 취한다는 점을 고려할 때 형식상의 통일성을 파괴하는 효과를 초래한다.

110

포의 작품세계가 호프만에게 크게 종속되어 있다고 여긴 반면, 오늘날 일부 학자들은 이런 이론적 연결고리를 약화시키거나 아예 끊어 버려야 한다고 주장한다. 그러나 애매하기는 모든 가설이 마찬가지다. 소설 양식과 모티프, 구조에 대해 보다 세분화된 비판적 방법론을 적용하여 두 작가의 작품을 이해함으로써 영향과 종속에 대한 어중간한 사고를 극복하지 않는 한 어떤 이론도 설득력을 얻을 수 없다. 물론 에드거 앨런 포가 독일 출신의 선대 작가였던 호프만에 대해 익히 알고 있었음은 의심할 여지가 없다. 1840년에 쓴 『그로테스크하고 아라베스크한 이야기들』의 서두에서는 독일의 이류 괴기소설 작가들에 대한 지식까지 언급하며 이렇게 설명한다. "오늘날 흔히 알려진 '환상소설'(여기서 그는 호프만의 환상소설을 염두에 두고 있는 것으로 보인다)이 대개 독일적이거나 그 비슷한 것이라는 사실을 인정하자. 독일주의라는 단어가 이를 대변하는 표현이 되었을 정도다. 과거의 내가 독일적인 것과는 거리가 멀었던 만큼이나 미래의 나는 완전히 독일적이 되어 있을지도 모른다."[69] 그러나 그는 여기에 다음과 같은 말 또한 덧붙였다. "내 작품 가운데 많은 것이 전율에 기반하고 있다면 그 전율은 독일에서가 아니라 나의 영혼 깊숙한 곳으로부터 나온 것이다."[70] 이 말은 전적으로 일리가 있다. 나아가 우리는 야화라는 장르를 개척한 이가 사실은 호프만도 에드거 앨런 포도 아니며, 선구자 역할을 한 다른 작품들이 있었음을 기억해야 한다. 게다가 당대의 잡지에는 이미 온

---

[69] 이 서문은 매우 중요한 의미가 있음에도, 납득할 수 없는 이유로 모든 판본에서 빠져 있다. 따라서 위 인용문의 영어 원문을 소개할 필요가 있다. "Let us admit, for the moment, that the 'phantasy-piece' now given, are Germanic or what not. Thus Germanism is 'the vein' for the time being. Tomorrow I may be anything but German, as yesterday I was everything else."

[70] "If in many of my productions terror has been the thesis, I maintain that terror is not of Germany but of the soul."

갖 종류의 괴담들이 넘치도록 실려 있었다.71 선구 분야들 중에는 특히 괴기소설Schauer-roman, 혹은 고딕 소설Gothic Novel이 있다. 호프만은 자신의 소설에 실러의 『유령을 본 사람Der Geisterseher』이나 카를 그로세Carl Grosse의 『수호신Der Genius』을 언급했고, 에드거 앨런 포는 간혹 소설가 앤 래드클리프Ann Radcliffe를 거론하곤 했다. 두 사람 모두 공포소설의 개척자인 호레이스 월폴Horace Walpole과 그의 대표작인 『오트란토 성The Castle of Otranto』을 알고 있었음은 물론이다.

에드거 앨런 포는 단편집의 제목에서 '그로테스크'와 '아라베스크'라는 단어를 거의 동의어로 사용했는데, 아마도 월터 스콧Walter Scott을 통해 그로테스크라는 용어와 그 개념을 배웠기 때문인 듯하다. 스콧은 「E. T. A. 호프만의 소설」(*Foreign Review*, 1827)이라는 논문에서 호프만을 가리켜 "환상적인 것 혹은 초자연적으로 그로테스크한 것을 최초로 글 속에 구체화한 탁월한 예술가"라 칭했다. 그리고 같은 단락에서 그로테스크라는 개념을 다음과 같이 정의한다. "실제로 호프만의 작품에 나타난 그로테스크는 아라베스크 미술과 부분적으로 유사한 면을 지녔다. 아라베스크는 켄타우로스나 그리핀, 스핑크스, 키메라, 대괴조大怪鳥, 그 밖에 낭만주의의 상상력이 만들어 낸 온갖 괴상하고 기형적인 형상을 활용함으로써 탄생한다. 감상자는 무한한 상상력의 결과물에 현혹되어 버린다. 실질적으로 인간의 이해력을 통해 근접하거나 해석할 수 있는 그 무엇도 여기에

---

71 아펠Johann August Apel과 라운Friedrich Laun, 혹은 슐체Friedrich August Schulze가 1814년 이후 발행한 『유령 이야기Gespensterbuch』에 실린 단편들은 다양한 면에서 가치가 있다. 『신비한 이야기Wunderbuch』라는 제목으로 발간된 후속작에는 푸케 Friedrich de la Motte Fouqué도 발행인으로 참여했다. 초기 미국 잡지에 실렸던 포의 단편들이 다른 괴기소설들과 더불어 여기에 실렸다. 호손Hawthorne과 워싱턴 어빙Washington Irving은 에드거 앨런 포의 모범이 되었다.

는 없지만 형형색색의 현란한 대비는 작품 전체의 효과를 더욱 증폭시킨다." 스콧은 이어 호프만이 초자연적인 것을 "불합리한 것"과 혼동한 점, 그리고 그의 "취향과 열정이 지나치게 그로테스크하고 환상적인 것"에 지배당한 점을 아쉬워했다.

그로테스크에 관한 스콧의 정의에는 중요한 의의가 있다. 그로테스크를 문학의 범주에 포함시키고 있다는 점도 그렇고, 아라베스크 미술을 발판 삼아 그로테스크의 정의에 도달했다는 점에서도 마찬가지다. 당시 영어권에서는 이러한 의미 적용이 아직 이루어지지 않았었다. 그 전까지 한동안 영국인들은 ― 그로테스크 장식미술과는 별개로 ― 17세기 프랑스어권에서 그랬던 것처럼 왜곡되고 우스꽝스러운 형상을 그로테스크한 것으로 칭했다. 풍경에도 그로테스크하다는 수식어를 붙이는 경우가 있었는데, 이때 그로테스크라는 단어는 무질서하고 으스스하며 어두침침한 것을 뜻했다.[72] 유명한 비평가 해즐릿William Hazlitt의 "우리 문학은 (…) 고딕스럽고 그로테스크하다"라는 표현은 그때까지 사용되던 그로테스크의 개념을 보다 확장했다는 점에서 의미가 있다.[73] 특정한 대상(장식, 형상, 풍경)의 수식어로만 사용되던 그로테스크를 독립시켜 일반적 범주로 한 단계 높인 셈이기 때문이다. '고딕'이라는 용어와 나란히 언급된 점으로 미루어 여기에는 '으스스한', '음침한'의 의미가 들어 있다. 이는 한 작품을 지배하는 분위기와, 작가가 독자에게서 의도적으로 유도해 낸 인상을 가리키는 다분히 애매한 표현이다. 그러나 스콧은 특정한 인상을 지칭하는 데 그치지 않고 명확하게 설정된 문학적(또는 미술적) 현실의 구조를 가

---

72 이런 용법은 독일어에서도 발견된다. 렌츠의 『숲의 은자Der Waldbruder』 서두 부분에는 "그로테스크한 첩첩산중"이라는 표현이 나온다.

73 『신 영어사전New English Dictionary』(Oxford, 1901)은 '그로테스크'의 옛 개념을 명기하고 있지만, 스콧(과 포)의 문장이 함께 인용됨으로써 이 단어에 내포된 의미가 전이된다.

리키는 데도 이 단어를 사용했다. 이로써 그로테스크는 음침한 분위기를 연상시키는 것이 아니라 불합리하고 환상적이며 생경한 세계와 마주할 때의 당혹감과 심원함을 연상시키는 효과를 얻었다.

에드거 앨런 포의 단편선 제목에서 가장 먼저 눈에 띄는 점은 이전까지 그로테스크라는 단어의 저변에 깔려 있던 경멸의 어조가 사라졌다는 것이다. 심지어 스콧의 표현에도 이런 어조는 아직 남아 있었다. 아라베스크를 문학의 한 범주로 수용했다는 점 역시 눈에 띈다.(독일에서는 이것이 1800년경 프리드리히 슐레겔을 통해 이미 달성되었다.)[74] 다만 이 제목에서 그로테스크는 구조적 맥락에 중점을 둔 스콧의 용법보다는 특정 분위기의 표현에 중점을 둔 해즐릿의 용법에 가깝게 쓰였다. 서문의 첫머리에 쓰인 문장이 이를 증명한다. "그로테스크와 아라베스크는 여기에 실린 단편들을 지배하는 분위기를 대체로 정확히 표현하는 용어들이다." 더불어 그는 "음울"과 "독일주의"라는 수식어를 덧붙임으로써 '분위기'를 가리키는 의미를 한층 명확히 했다.

그러나 에드거 앨런 포는 그로테스크라는 단어를 스콧의 용법과 가까운 의미로도 사용했다. 1841년 E. T. A. 호프만에 관한 스콧의 논문은 당시 포의 거주지였던 필라델피아 시에서 발간된 스콧 에세이집 제2편에 실려 두 번째로(그리고 미국 땅에서는 최초로) 세상 빛을 보았다. 에드거 앨런 포는 늦어도 이 무렵에는 이 논문을 접했을 것으로 추정된다. (나아가 그는 이 논문을 통해 독일 문학을 새로이 접하게 되었다. 스콧이 호프만의 『장자 상속권Das Majorat』 및 『모래 사나이』의 줄거리를 자세히 기

---

74 퀸A. H. Quinn은 포가 아라베스크를 "막강한 상상력"과 연관 짓는 반면 그로테스크는 종종 "우스꽝스럽고 풍자적인 것"으로 치부한다고 단정 지었다.(*E. A. Poe*, New York, 1942) 그러나 나는 퀸의 해석이 옳다고 여기지 않는다.

술하고 여러 페이지에 걸쳐 번역본을 소개한 덕분이었다. 이 무렵 쓰인 포의 단편들에는 위 두 작품의 영향력이 여실히 드러난다.) 1842년 출간된 단편『붉은 죽음의 가면The Masque of the Red Death』에는 그로테스크에 대한 분석적 정의가 포함되어 있는데, 이는 스콧의 해석을 뛰어넘음은 물론 기존의 어떤 작가가 내놓은 것보다도 완벽하고 정확한 정의라 해도 무방하다. 이탈리아의 프로스페로 공은 무시무시한 흑사병을 피해 추종자들과 함께 어느 수도원으로 들어가 은신한다. 그리고 그의 괴기스러운 취향에 맞추어 지어진 일곱 개의 홀에서 성대한 연회를 열기 위해 모든 방을 자신이 지시하는 대로 꾸밀 것을 명령한다. 연회의 참석자들이 쓸 복장도 그의 지시대로 만들어진다.

> 그것들은 참으로 그로테스크했다. 현란함과 화려함, 짜릿함과 상상력이 넘쳐났다. 그중 대다수는 이후 「에르나니Hernani」의 무대에도 늘 등장했다. 뒤틀린 사지에 뒤틀린 자세를 한 아라베스크 복장도 있었다. 광인들이나 생각해 낼 법한 격렬한 상상력이 넘쳐났다. 아름답거나 방탕하거나 기묘한 형상들이 넘쳐났으며, 어떤 것은 소름 끼쳤고, 혐오스러운 것도 적지 않았다. 일곱 개의 홀을 누비는 것은 그야말로 꿈속의 무리였다. 이것은 ― 이 꿈들은 ― 이곳저곳을 돌아다니며 방의 분위기에 물들었고, 오케스트라의 거친 음악은 마치 그 발걸음의 메아리처럼 들렸다.

소재의 왜곡, 다양한 영역의 혼합, 아름다운 것과 기이한 것, 소름 끼치는 것과 혐오스러운 것이 한 덩어리로 거칠게 녹아드는 광경, 환상적이고 몽상적인 세계로의 이입(포는 '백일몽'에 관해 언급하곤 했다) 등, 장면을 구성하는 모든 것이 그로테스크의 개념으로 귀결된다. 이 세계는 이미 종말을 몰고 오는 '붉은 가면을 쓴 죽음'이라는 음산한 존재를 맞아들일 준비가 되어 있다.

포의 또 다른 단편 『모르그 가의 살인The Murders in the Rue Morgue』에서는 두 모녀가 살해당한 후의 방 안 상태가 "인간세계의 것과 완전히 동떨어진 전율스러운 그로테스크"로 짧게 묘사되어 있다. 말하자면 포는 그로테스크라는 단어를 두 가지 차원에서 사용하였다. 첫째는 현실세계의 질서가 파괴된 상태를 가리키는 표현으로, 둘째는 충격적이고 납득 불가능한 것, 말로는 설명되지 않는 음산한 무엇, 환상적이고 기이한 것에 관해 서술된 이야기 전체의 '분위기'를 지칭하는 단어로 사용한 것이다. 여기서는 E. T. A. 호프만의 작품(및 괴기문학 작품들)에서도 볼 수 있었던 소재가 수없이 눈에 띈다. 도플갱어(포의 『검은 고양이The Black Cat』에서는 심지어 이 소재가 섬뜩한 동물의 영역으로까지 확대된다), 죽음을 부르는 예술작품, 먼 것과 과거의 것이 뭐라 설명할 수 없는 형태로 현존하며 섬세한 영혼을 파멸로 이끈다는 설정 등이 그렇다. 그러나 호프만과 에드거 앨런 포의 작품을 혼동할 일은 결코 없다. 일단 포는 혐오스럽고 잔혹하며 범죄적인 것으로 이끌리는 특징적 경향이 두드러진다. 『검은 고양이』(1841년 혹은 1842년 완성되어 1843년 출간)는 몇 가지 측면에서 『모래 사나이』를 연상시키기는 한다. 포는 이 소설을 적어도 스콧의 논문을 통해 알고 있었음에 틀림없다. 호프만의 소설에서 비밀에 휩싸인 모래 사나이(코펠리우스)가 등장하면서 서술자를 둘러싼 세계가 생경해지는 것과 마찬가지로 포의 소설에서는 검은 고양이의 비밀스러운 존재가 이러한 현상을 야기한다. 양자의 등장과 더불어 죄악이 탄생하고, 두 이야기 모두에서 적개심의 주체가 후에 불가사의하게 재등장하면서 세계는 별안간 생경해지고 결국은 파멸로 이어진다. 그러나 포의 작품에서는 주인공을 나락으로 몰아가는 광기 대신에 주인공이 자신의 아내를 잔인하게 살해하는 장면이 그려진다. 살해 과정, 시체를 매장하고 발견하는 장면에 대한 상세한 묘사는 잔혹함으로 인해 그로테스크가 무색해질 정도로 강렬한 인상을 남긴다. 『모르그 가의 살인』의 그로테스크에도 범죄가 주는 충격이 압도적이다. 게다가 여기서는 도저히 인간이 저지른 것으로 보이지 않던 사건의 비밀이 뒤팽의 날카로운 추리력으로 완벽하게 풀리기까지 한다. 바로 여기에 호프만과의 또 다른 차이점이 드러난다. 호프만의 소설에서는 인간의 이해력이 불가사의함에 맞서 힘을 잃는다. 반면에 포의 여러 단편소설에서는 명민한 추리력을 가진 인물이 이에 맞서며 추적에 나선다. 불가사의하던 것은 이로써 예리한 감각을 가진 인간이라면 얼마든 풀어낼 수 있는 수수께끼로 변한다. 『도둑맞은 편지The Purloined Letter』에서는 타락한 장관이 경찰의 모든 수사를 압도하는 반면에(장관은 수학자이자 작가이기도 하다) 경찰은 오로지 경험에만 의존해 추리를 한다. 그러나 장관의 맞수가 될 만큼 노련한 뒤팽은 도리어 이 점을 활용해 장관을 함정으로 몰아넣을 계략을 세운다. 두 사람은 모두 뛰어난 문학적 추론 능력을 갖춘 인물의 전형이다. 이처럼 추론 능력을 토대로 한 창작은 『창작의 철리哲理The Philosophy of Composition』에서 『갈까마귀The Raven』의 창작 동기로 추정되는 설명을 늘어놓는 서술자에게도 이입되어 있다. (해결 가능한) 수수께끼 범죄와 천재적인 형사에 의한 사건 해결이라는 두 요소는 에드거 앨런 포에게 추리소설의 창시자라는 명성을 안겨주었다. 이런 유의 작품은 더 이상 '그로테스크한 이야기'의 범주에 들어가지 않는다. 다만 몇몇 등장인물의 탁월한 추리 능력 및 언제나 팽팽한 긴장감을 유지하며 대단원을 향해 치닫는 서사 구조는 이전의 그로테스크 작품들에서도 이미 그 흔적을 찾을 수 있었다. 하지만 바로 여기서 우리는 에드거 앨런 포와 호프만의 세 번째 차이점을 발견할 수 있다. 결말을 향해 숨 가쁘게 치닫는 구조로 인해, 포의 소설에는 그 자체로 독립적이며 예술적으로 다듬어진 장면이 거의 끼어들 틈이 없다. 반면에 호프만은 바로 이러한 장면을 다루는 데 대가였다.

"당신 생각은 어떻소?" 뒤팽은 살인 사건이 일어난 방의 상태를 "그로테스크한 광경"이라 표현한 뒤 이렇게 묻는다. 『검은 고양이』에서는 화재로 불타 버린 건물 중 유일하게 남아 있는 벽면에 죽은 지 한참 지난 고양이의 형상이 나타난다. 그러나 형상이 어떻게 생겨났는지에 대한 서술자의 즉각적인 추리에 의해 이 소름 끼치는 수수께끼는 금세 풀린다. 앞서 인용했던 『붉은 죽음의 가면』의 일부 역시 이야기에 핵심이 되는 장면이 아니라 짧고 간략한 묘사에 불과하다. 사건은 다음 문장이 이어짐과 동시에 계속 진행되며 숨 가쁘게 결말을 향해 나아간다. 이렇듯 포의 그로테스크한 이야기들과 호프만의 환상소설은 규모나 서술방식, 구조에서 명백히 구별된다. 물론 후대 작가인 포가 호프만의 영향을 받았다는 사실에는 논란의 여지가 없다. 그러나 그는 선대의 유산으로부터 지극히 독창적이고 새로운 것을 창작해 냄으로써 후세에 자신만의 영향력을 남겼다.[75]

3. 연극

아힘 폰 아르님

이 시대의 문학에서 더 많은 그로테스크 창작 사례를 선별해 내는 일은 그다지 어렵지 않다. 여기서 살펴볼 또 하나의 사례는 지금까지 우리가 얻은 지식을 검토하고 차별화하는 기회로 작용한다는 점에서도 가치가 있다. 그로테스크라는 용어의 의미를 엄격하게 적용할 수 없는 작품에서도 그것이 감지되는 경우가 적지 않다. 가령 『금발의 에크베르트Der Blonde

---

75 H. H. Kühnelt, *Die Bedeutung E. A. Poes für die englische Literatur*, Innsbruck, 1949; Pierre Cambiaire, *The Influence of E. A. Poe in France*, New York, 1927; Léon Lemonnier, *E. Poe et les Conteurs Français*, Paris, 1947 참조.

Eckbert』를 비롯한 티크의 몇몇 작품에서는 개인의 의미가 파괴되고 등장인물들이 서로 융합되면서 주인공의 주위를 둘러싼 세계가 지극히 생경해진다. 그럼에도 『금발의 에크베르트』에는 그로테스크라는 표현이 적합하지 않다. 서술방식에서도 짐작할 수 있듯이 심원함을 생성해 내는 일 자체는 여기서 그다지 큰 부분을 차지하지 않기 때문이다. 그보다도 티크는 섬뜩한 분위기의 농도를 조절하는 데 주의를 기울이고 있는데, 심지어는 매혹적이고 서정적이며 감상적이기까지 한 분위기가 더 지배적일 때도 있다. 동화적인 분위기가 발산되는 것조차 허용된다. 그러므로 프리드리히 슐레겔이 그로테스크를 표현하는 장 파울의 재능을 티크의 상상력과 대비시킨 일은 지극히 현명한 통찰력에서 나온 것이었다. 티크는 세계를 생경하게 만드는 것이 아니라 마술처럼 독자를 사로잡는다. 섬뜩함 역시 독자의 정서를 시적인 흐름 속에 녹아들게끔 만드는 수단으로 쓰일 뿐이다. 마리안네 탈만Marianne Thalmann은 최근 티크의 후기 '사실주의' 작품을 이전의 '낭만주의'로부터 지나치게 분리해서는 안 된다고 강조하기도 했다. 티크의 후기 작품인 『그림Die Gemälde』에는 담화의 참가자들 중 한 사람이 그로테스크에 관해(이 부분의 화제가 그로테스크였다) 언급하는 부분이 나오는데, 어쩌면 티크는 여기서 등장인물의 입을 빌려 자신이 꾸준히 견지해 온 견해를 피력하고 있는지도 모른다.

무시무시한 것, 불합리한 것, 몰취미한 것은 곧 무한성을 의미합니다. (…) 왜냐하면 이런 것에는 한계가 없기 때문이지요. 한계는 모든 것을 이성적으로 만듭니다. 아름다움, 고상함, 자유, 예술과 열정도 마찬가지이지요. 그러나 어리석은 자들은 여기에 초월적이고 말로는 형용할 수 없는 무언가가 곁들여진다는 근거를 들어 이것이 절대적인 것이라 여기지요. 그러고는 오만한 신화주의에 젖어 자연과 상상력에 죄를 범하는 것입니다. 여기 이 기둥에 지옥의 브뤼헐이 그린 무시무시한 그림을 보십시오. 그가 진리와 의미를 보는 눈을 버렸기 때문에, 그리고 자연으로부터 완전히 등을 돌리고 어리석음과 비합리성을 열정과 통찰력으로 착각했기 때문에 나는 그를 기괴한 작품을 빚어내는 예술가들 가운데 최고로 칩니다. 이성을 바깥에 버려둔 채 단호히 문을 잠가 버렸기 때문이지요. 그리고 저기 줄리오 로마노Julio Romano의 벽화가 있는 만토바의 거대한 홀을 보십시오. (…) 인간세계의 것, 아름다운 것, 동물 세계의 것, 뻔뻔스러운 것이 대담하게 뒤섞여 있지 않습니까? 이를 깊이 파고든 후에야 여러분은 진정한 시인이라면 우리 영혼의 기묘하고 불가해한 감정들로부터 무엇을 창조할 수 있는지 비로소 알게 될 것입니다.

아르님Achim v. Arnim의 작품에서도 그로테스크와 근접한 무언가를 자주 느낄 수 있다. 그러나 말 그대로 근접할 뿐이다. 아르님의 『이집트의 이사벨라Isabella von Ägypten』에서는 집시 여인, 마녀, 게으름뱅이, 골렘Golem, 육군 원수로 변장한 맨드레이크 뿌리(사람의 형상을 닮았다―역주) 등이 마차 안에 나란히 앉아 있다. 하이네Heinrich Heine는 프랑스인들에게 참된 괴기문학이 무엇인지 설명하며 바로 이 소설을 인용했다. "모르그(Morgue, 시체 안치소)와 묘지, 쿠르 드 미라클(Cour de Miracle, 옛 파리의 빈민가―역주), 중세의 흑사병 환자 수용소를 몽땅 턴다 해도 브라케에서 브뤼셀로 가는 마차 한 대 안에 모여 앉은 무리만 한 것은 나오지 않을 것입니다. 프랑스인들은 소름 끼치는 것이 자신들의 전유물이 아니며 프랑스 땅은 망령들에게 적합한 장소도 아님을 직시해야 합니다." 그러나 독자들은 차분하고 거의 편안하기까지 한 아르님의 서술방식을 통해 그의 소설 속 세계 역시 소름 끼치는 것이 아님을 눈치챈다. 아르님은 이미 문학적 형태로 빚어져 있는 민간 설화의 소재를 즐겨 차용하며 이들을 미화하거나 때로는 상상에 의해 새로운 특색을 추가하기도 했다. 다만 그는 겉으로 드러나는 것 뒤에 숨은 정신적 본질의 '상징', '영원한 공동체'에 대한 암시, '보다 높은 차원의 세계'에 대한 예지 등을 이야기 속에 생생하게 살려 두는 데 항상 주의를 기울였다. 『왕관의 수호자Die Kronenwächter』에도 그로테스크를 느끼게 하는 요소가 몇 가지 있다. 독문학자 코르프Hermann August Korff는 브뤼헐의 그림들을 떠올리며 이 소설을 분석하면서 그로테스크라는 단어를 거듭 사용했다.[76] 코르프에 의하면 아르님에게 과거란 "그의 상상력이 찾아다니는 것들, 다시 말해 진기하고 별난 것, 특히 그로테스크하고 바로크적이며 기이한 자연이 지닌 희귀한 것들의 보고寶庫"이다. 여기서 눈에 띄는 것은 코르프가 '그로테스크'를 다소 색다른 의미로 사용했으며 '진기한'과 거의 동의어로 취급하고 있다는 점이다.[77] 게다가 코르프가 언급하는 그림들은 지옥의 브뤼헐보다는 농부의 브뤼헐이 그린 작품을 연상시킨다.

아르님의 작품들 중에서도 『상속권자들Die Majoratsherren』은 단연 눈에 띄는 단편이다. 덧붙이자면 독일어권에서 가장 위대한 그로테스크 소설들 중 하나로 손꼽을 만한 작품이기도 하다. 이 소설은 서술방식부터가 눈에 띈다. 신중하고 침착한 초반부의 어조는 본론인 나흘 밤낮에 관한

---

76 365쪽(*Geist der Goethezeit*, Bd. IV)에는 '그로테스크'라는 단어가 일곱 번 사용된다.

77 19~20세기 독일어의 용법에서 그로테스크는 '진기한kurios'과 연관되는 경우가 많았다. 특히 진기한 것의 집합체가 그로테스크한 것으로 표현되곤 했다. (테오도어 폰타네Theodor Fontane의 『슈테힐린Stechlin』에 이런 사례가 나온다. 나는 진기한 물건들로 가득한 박물관에 관한 프레겔D. Pregel의 언급을 통해 이러한 사실을 깨닫게 되었다. *Gesammelte Werke*, Erste Serie, Bd. X, p.367.) 그 이유를 추측하기는 어렵지 않다. 그 자체로 진기한 물건들이 무질서하게 쌓인 광경은 전체적으로 생경한 세계의 분위기를 낸다. 물론 진기함이 두드러지며 무언가에 대비되는 효과를 내는 경우는 생소함에도 제약이 가해지므로 이런 문맥에서는 그로테스크라는 단어의 본질이 완전하게 표현된다고 볼 수 없다. 그로테스크가 '진기한'과 동일한 표현으로 사용되는 경우는 팔크Falk가 1806~1807년 고타에서 발행한 연감(*Grotesken, Satyren und Naivitäten*)에서도 발견할 수 있다.

이야기가 시작되고 주인공이 등장하는 즉시 사라진다. 서술자는 단순한 이야기의 보고자로 변하며 등장인물에 비해 알고 있는 것이 더 많지도 않다. 그 밖에 주인공의 관점에서 서술하거나 아예 주인공과 여타 등장인물들의 직접적인 대화에 이야기의 진행을 내맡기기도 한다. 다음과 같이 서술자가 보다 포괄적인 언급을 하는 부분은 이탤릭체로 강조되어 있기까지 하다. "그리고 이 세계라는 구조의 곳곳을 통해, 환상 속에서만 감지할 수 있는 보다 높은 차원의 세계가 모습을 드러낸다. 두 세계 사이의 중개인 역할을 하는 환상 속에서……" 그러나 이러한 고지는 사건이 일어나는 순간, 예컨대 상속권자가 병든 에스테르가 겪는 죽음과의 사투를 지켜보며 죽음의 사자가 그녀의 날개 달린 영혼을 하늘로 데려가는 장면을 목격하는 순간 등에만 국한된다. 사건 전체와 관련된 의미는 이 부분에 전혀 드러나지 않는다. 상속권자는 상상력을 통해 현실세계 뒤에 숨은 고차원의 세계를 보는 게 아니다. '제2의 눈'을 부여받은 덕분에 매 순간 인간과 사물, 상황의 이면에 있는 본질이 그의 눈앞에 펼쳐지는 것이다.(참고로 이는 강요된 것으로, 완전히 수동적이 되어 어떤 행동도 취할 수 없다는 사실은 그에게 고통일 뿐이다.) 그가 보는 것은 언제나 밝고 숭고하지만은 않다. 대개의 경우 음산하고 악한 것, 때로는 악마적인 것조차 보아야 한다. 의사가 마차를 타고 왕진을 가는 광경에서 보통 사람의 눈에 보이는 것은 마부석에 앉은 깡마른 마부와 마차 주위를 날아다니는 새들, 그리고 마차를 향해 짖어 대는 떠돌이 개 따위뿐이다. 그러나 그의 눈에는 이 장면이 이렇게 보인다.

마부석에는 죽음이 앉아 있고 말들 주위로는 굶주림과 고통이 떠돌고 있어요. 외다리거나 외팔이인 혼령들이 마차 주위를 날아다니며 잔인한 의사에게 팔과 다리를 돌려 달라고 소리쳐요. 의사는 식인종처럼 탐욕스럽게 혼령들을 쳐다

봐요. 그를 비난하던 혼령들은 아우성치며 그의 등 뒤로 달려들어요. 이들은 그의 손에 일찍 목숨을 잃은 사람들의 영혼이에요.

늙은 하녀의 방에서는 "매우 오싹한" 기운이 그를 덮친다.

작은 사다리에 앉아 울어 대는 청개구리에는 불길한 혼령이 씐 듯했다. 화분에 심긴 꽃들은 청초함과는 거리가 멀었다. 여남은 명이나 되는 늙은 외교관들의 모습이 꽃다발에서 솟아나는 것처럼 보였기 때문이다. 그러나 무엇보다도 그를 괴롭힌 것은 검은 푸들이었다. 푸들은 그에게 겁을 먹고 있는 듯했지만 그에게는 푸들이 악마의 화신처럼 보였다.

그야말로 고야의 그림에나 나올 법한 장면이다. 고야의 것과 가장 가까운 정신세계를 가진 동시대인을 꼽으라면 진짜 그로테스크한 장면을 다룰 때의 아르님을 꼽을 수 있다. 아르님이 창조해 낸 장면들은 전쟁이 만연하던 프랑스 혁명 이후에 탄생한 것이 아니라 혼란스러운 혁명기가 시작되기 전, 부패할 대로 부패하고 타락한 시대에 나왔다는 점만 다를 뿐이다.

사흘 밤 연속으로 상속권자는 이른바 유대인 소녀인 에스테르의 환상 속에서 울린 총성을 듣는다.(이는 에스테르의 애인이 자살할 때 울린 총성이었는데, 투시 능력이 있는 두 사람에게는 이것이 몇 번이고 재현된다. 시간적 순서란 이들에게 아무 의미도 없다.) 이어 상속권자는 사지가 있는 "허상들"을 보게 된다. 에스테르의 "사교적인 광기"가 이들로 하여금 그녀의 방을 차지하고 이리저리 돌아다니며 말을 하도록 만들었기 때문이다. 둘째 날 밤에는 상속권자 자신의 도플갱어도 그중에 끼게 된다. 이 광경을 바라보는 동안 그는 "마치 벗다가 뒤집힌 장갑 한 짝처럼 안팎이 뒤바뀐" 기분을 느낀다. 사흘 밤의 이야기는 점점 고조되어 마침내 마지막

날 밤에 이르면 소설 전체에서 가장 그로테스크한 장면이 펼쳐진다. 에스테르의 사교적인 광기가 마침내는 가면무도회를 연 것이다.

> 그녀는 잽싸게 짤막한 무도복을 입고 불꽃처럼 새빨간 가장복 외투를 걸친 뒤 가면까지 쓰고는 다른 참석자들이 오기를 기다렸다. 분위기는 지난밤과 비슷했지만 한층 더 거칠었다. 그로테스크한 분장, 악마, 굴뚝 청소부, 기사, 거대한 닭들이 우글거리며 온갖 언어로 고함을 쳐 댔다.

독자는 여기서 그로테스크의 원형인 보스나 브뤼헐의 작품 속 무리를 떠올리거나 에드거 앨런 포의 『붉은 죽음의 가면』에 나오는 가장무도회 장면을 상기할지도 모른다. 두 작가 모두 가장무도회 장면을 '그로테스크하다'고 표현한다. 주목할 만한 공통점이지만, 그렇다고 한 사람이 다른 한쪽에 영향을 미쳤다는 뜻은 아니다. 아르님의 소설 속 세계에서는 보다 완벽한 생경함이 느껴진다. 에드거 앨런 포의 가장무도회는 여전히 현실이지만 아르님의 것은 광기가 만들어 낸 환상세계이기 때문이다. '투시력'을 지닌 사람에게는 이 세계가 물질적인 현실세계로 나타난다. 이때 종교적 의미 부여는 불가능하다. 종교성이 표상을 통해 암시되는 장면들도 있기는 하지만(가령 에스테르의 천사성, 늙은 하녀 주위의 악마적인 분위기 등이 그렇다. 상속권자의 눈에는 에스테르의 타락한 계모 바스티가 항상 까마귀나 맹금류와 같은 새의 형상과 뒤섞여 보이기도 한다) 매우 모호한 수준에 그칠 뿐이다. 장면 묘사가 상속권자의 관점에서만 행해지기 때문이다. 뒤바뀐 상속권자들의 파멸에 관한 이 소설에서 종교적·신화적 상징(아담, 이브, 릴리트, 죽음의 사자 등)들은 유령이나 악마의 상징과 하나로 녹아들며, 역사적 상징까지 이에 추가된다. 가령 첫눈에는 묘하게 호감이 가는 인물들의 주위로 섬뜩한 범죄성과 타락(다만 이 '투시자' 자신이 서자라는 사실이 밝혀지면서 소설의 분위기는 나락으로 떨어진다)이 보인다는 설정에 서술자의 특별한 관심사가 담겨 있는데, 바로 이런 등장인물들이 조만간 프랑스 혁명을 맞게 될 부패한 세계를 반영하는 구체적 예시이기 때문이다. 그러나 이것으로도 죄와 벌이라는 차원에서의 의미 부여는 여전히 불가능하다. 이야기의 화자는 혁명을 반기지도 정당화하지도 않을뿐더러 그에 관해 가타부타 설명조차 하지 않는다. 그에게 혁명이 가져올 변화는 딱히 이전의 것에 비해 건전한 질서로 여겨지지도 않는다. 상속권자에게 건전한 질서란 현실세계에 존재하지 않는 듯하다. 탐욕스러운 노파 바스티는 어떤 사람이나 사물도 견뎌 낼 수 있는 인물이다. 마침내 바스티는 "새로운 정부의 지지를 얻어" 오래된 상속 주택을 구입한 뒤 염화암모늄 공장으로 개조한다. 지극히 건조하게 들리는 결말의 이런 문장에는 알고 보면 쓰디쓴 모순과 음울한 냉소가 담겨 있다.

> 이렇게 해서 상속 건물은 이웃들에게는 불편하지만 매우 유용한 가치를 얻게
> 되었다. 그리고 기존의 봉건법은 신용 체계로 대체되었다.

이 말은 마치 인간세계에서 벌어지는 무의미한 천태만상을 향한 사탄의 조소처럼 들린다.

아르님의 위대한 '야화'라 할 수 있는 『상속권자들』은 그의 소설 중에서도 매우 독특한 작품이다. 다른 작품에서는 (신실한) 서술자의 우월한 관점이나 용의주도함을 포기하는 일이 거의 없었기 때문이다. 이런 서술자가 이야기를 지배할 경우 그로테스크는 제대로 발현될 수 없다. 드라마의 경우는 이와 근본적으로 다르다. 드라마에는 차분한 목소리로 이야기를 이끌어 가며 기이한 분위기를 저지하고 그로테스크의 위협적인 면을 차단해 줄 중재적 서술자가 애초부터 빠져 있다. 이야기 속의 세계가 사

건의 극적인 전개에 따라 점점 더 황금빛으로 빛나는 구조를 띠어 갈수록 아르님은 초반부를 한층 더 음침하고 사악하게 그려 낸다. 이 과정에서 아르님의 상상력은 점점 더 완전무결한 그로테스크 장면들을 산출한다. 이는 특히 이중극『할레와 예루살렘Halle und Jerusalem』의 초반부에서 두드러진다. 정확히 설명하면 등장인물들이 보다 높은 세계로부터 내려온 전갈을 이해하고 세상이 광명을 얻는 부분까지가 그렇다.

그러한 구조는 도입부에서 떠돌이 유대인이라는 신화적 인물이 현실적인(혹은 약간 왜곡되게 그려졌다고 하는 편이 옳겠다) 중산층 및 학생들의 세계로 들어오면서 이미 시작된다. 왜곡이 점점 심화되면서 이내 그로테스크한 장면이 이어진다. 초반부에서는 최종 토론회를 거쳐 박사모를 쓰게 될 바그너를 위해 환영식이 준비되고 음악가들이 고용되는데, 거칠고 방자한 카르데니오는 원래 바그너의 논쟁 상대로 지정되어 있던 이에게 격투 끝에 중상을 입힌 뒤 스스로 그를 대신해 토론회에 나선다. 다음은 학생들이 무리 지어 건물 밖으로 빠져나오는 장면이다.

(제자들이 슬퍼하며 바그너의 시신을 옮긴다. 음악가는 트롬본으로 장중한 음악을 연주하지만, 몇몇 학생들이 여전히 바그너를 깨워 보려 하는 바람에 행렬은 중단된다. 슈미트와 베커는 군중으로부터 빠져나온다.)

슈미트 : 아, 정말 힘든 날이군. 내 눈으로 본 광경인데도 믿을 수가 없어.

주피우스 : 이보게, 형제, 저들은 왜 바그너를 데려가려는 건가?

슈미트 : 악마가 그의 목을 비틀었다고 저들이 말하거든 절대 믿지 말게나. 저 사람들은 분명 그렇게 말할 거야. 하지만 그건 진실이 아니네. 확언하건대 그는 자신의 위대함 때문에 죽은 거야. 그의 논쟁이 야기한 무시무시한 결과라네. 결론을 맺으려던 참이었는데, 그 순간에 영원히 머물러 버린 게지. 자네가 그의 죽음에 책임이 있네, 카르데니오.

이후 카르데니오가 자신에게 패한 고인을 향해 열정적인 헌사를 바치고 나자(헌사의 마지막에서 그는 "주먹을 꽉 쥐고" 이리저리 서성인다), 고인의 정절에 관해 극단적인 일화를 늘어놓는 "수다쟁이" 여자가 뒤따른다(그녀는 카르데니오가 관 위에 얹은 학생모 곁에 은매화로 만든 화환까지 놓는다). 어느 음식점에서 몰려나온 다른 음악가 무리는 아무것도 모른 채, 동료가 트롬본으로 「이제 그 육신을 묻어 주오」를 연주하는 동안 신나는 행진곡을 연주한다. 바로 이 순간 모든 것은 혼란에 휩싸인다. 고리대금업을 하는 유대인 나탄(제2막 5장에서 9장까지 등장)이 나오는 일련의 장면들 역시 그로테스크하게 끝난다. 나탄은 아무 의미도 없는 서명을 해 준 대가로 카르데니오에게 1천 탈러(Taler, 옛 독일의 화폐 단위—역주)를 빌려주고 그로 인해 죽음을 맞이하는 인물이다. 애초부터 나탄과 그의 아내인 에델헨, 그리고 자녀들은 마리오네트처럼 풍자적이고 왜곡된 모습으로 그려졌다. 그리고 이런 모습이 고조되면서 마침내 그로테스크로 발전한다.

나탄 : 난 곧 죽을 거요.

에델헨 : 며칠만 더 일찍 죽지 그랬수.

나탄 : 정말로 죽는다니까. (죽는다.)

에델헨 : 아이고, 저런! 죽은 체하는 것 좀 보게. (아이들과 하인들을 향해 외친다) 셸름, 네가 좀 깨워 봐라, 내 지참금을 돌려받아야겠다. (나탄을 때린다. 아이들도 나탄에게 달려든다.)

아이 : 아버지는 몸을 굳힐 줄도 아나 봐요.

에델헨 : 셸름, 이 밥이나 축내는 멍청아, 한가롭게 농담이나 하고 싶니? — 그런데 이 사람 진짜로 죽었잖아! — 내 사랑하는 남편, 나의 히르셸, 사랑스러운

나탄, 일어나 봐요! — 다른 어떤 남편도 갖고 싶지 않은데. 이 사람이 내 다섯 번째 남자였는데 또 죽어 버리다니. 그것도 이렇게 빨리. 맹세의 표시로 이 옷을 찢어 버리겠어.

아이들 : 찢지 말아요, 엄마.

에델헨 : 다른 남자는 싫어. 찢을 테야.

아이들 : 찢지 말아요.

에델헨 : 찢을 거야.

아이들 : 찢지 말아요.

에델헨 : 찢을 거야. — 아니, 찢지 않겠다.

이러한 상황 종결에는 단순한 희화화 이상의 의미가 있다. 나탄을 둘러싸고 있던 작은 세계는 카르데니오 및 '방랑하는 유대인'(그는 위 인용문 바로 앞 장면에서 유대인을 향해 유대인에 관한 거창한 연설을 한다)의 등장을 통해 활짝 열리며 극 전체와 연결된다. 타락하고 혼란스러운 것으로 그려진 이 세계 여기저기서 그로테스크가 모습을 드러낸다. 주인공들이 하늘의 계시를 듣고 정신을 차린 뒤에도 왜곡된 반反세계의 모습은 계속해서 극중에 남는다. 심지어 아르님은 구원의 힘이라는 소재를 부활시킴으로써 극중의 왜곡된 상을 한층 환상적인 것으로 고양시킨다. 1막에 나오는 디네만, 퀴멜튀르케, 바이젠호이저 등의 등장인물은 인형극의 마리오네트처럼 극도로 기이한 언행을 보인다. 이들이 사막에서 3층 높이의 키를 한 처녀 '키메라'와 그녀가 데리고 다니는 황새를 맞닥뜨리는 장면, 그리고 일행 중 두 사람이 처녀에게 죽임을 당했다가 곧 되살아나는 장면에서는 초현실주의의 극단적 창작물과 비교할 만한 그로테스크가 탄생한다. 아르님과 더불어, 얼마 후 등장한 에드거 앨런 포는 보스와 브뤼헐, 퓌슬리, 그리고 고야가 그림으로 그려 낸 생경한 세계를 문학으로 표현하는 데 성공했다.

아르님의 희곡은 당대에는 매우 독특한 것으로 여겨졌지만, 문학사의 흐름에는 매우 잘 들어맞는다. 다만 희곡의 일반적인 바탕에서 벗어났다는 점이 독특할 뿐이다. 『할레와 예루살렘』은 티크(『성 게노베바의 생애와 죽음Leben und Tod der heiligen Genoveva』)와 베르너Zacharias Werner(『발트해의 십자가Kreuz an der Ostsee』, 『반다Wanda』), 브렌타노Clemens Brentano(『프라하 건설Gründung Prags』) 등이 칼데론Pedro Calderón de la Barca의 영향을 받아 창작한 문화 — 신화적 희곡 유형에 속한다. 『파우스트』 2편과 이머만Karl Leberecht Immermann의 『메를린Merlin』 역시 이 유형으로 분류할 수 있다. 아르님은 신화적 사건의 주인공으로 기존 신화에 등장하는 인물이 아닌 카르데니오나 리잔데르, 올림피아, 첼린데 등의 일반인을 활용하는 실수를 범했지만, 오히려 이로써 아르님만의 환상적인 그로테스크가 탄생할 수 있었다. 아르님은 이러한 세계라면 마리오네트 같은 바그너와 나탄, 디네만, 나아가 황새를 데리고 다니는 처녀 키메라까지도 존재할 수 있을 것이라 여겼다.[78] 독자로서는 이런 소재를 아무리 잘 이해할 수 있다 하더라도 그와 같은 시도가 과연 성공할지에 대한 의문은 억누를 수 없을 것이다. 이 이야기에서 아르님이

---

[78] 아르님의 등장인물들은 작가 자신에게도 심오한 의미를 갖는 것으로 볼 수 있다. 이들은 아르님이 높이 샀던 그리피우스Andreas Gryphius의 등장인물을 재구성한 것이기 때문이다. 말하자면 — 그의 관점에서는 — 이 등장인물들은 민족정신의 문학적 뿌리로부터 비롯된 것이다. 물론 그렇다고 해서 이들이 성 게노베바, 반다, 리부사 등의 신화적 인물에 버금가는 위치까지 올랐다는 것은 아니다. 그 밖에도 문화-신화적인 연극이 음울한 반反세계를 창조하는 데 집중할 때 이는 대체로 그로테스크를 탄생시키는 데 적합한 자양분을 제공한다. 차카리아스 베르너에게서는 대개 격정이 그로테스크의 발현을 저해하고 있지만, 브렌타노의 『프라하 건설』 4장에서 차르트 신에게 충성을 맹세하는 장면이라든지(브렌타노가 덧붙인 신상神像에 대한 묘사는 그로테스크한 분위기를 자아낸다) 『파우스트』 2편에서 사나운 세 사나이 혹은 정령들이 등장하는 장면은 그로테스크의 창조에 성공한 좋은 사례이다.

시도하는 요소들은 서로 들어맞지 않을뿐더러 현실적인 1막과 환상적인 2막 사이의 갑작스러운 스타일 변화부터가 미덥지 못한 느낌을 준다. 특히 2막은 점점 더 서사시적인 흐름을 보이기까지 한다. 독일 희곡의 역사에서 아르님의 희곡은 이질적인 한 점과 같다. 환상적인 신화와 인형극 양식의 결합이라는 시도는 실패로 돌아갔다. 신화적 특성이 칼데론의 영향이라면 인형극과 같은 풍자와 현실성은 렌츠의 영향을 받은 것이다.

아르님이 구상한 희곡의 형식이 무엇인가에 관한 질문에 답을 찾는 데 아르님 본인의 언급은 별 도움이 되지 않는다.(사실 아르님에 관한 한은 그런 질문 자체가 무의미하다.) 그러나 적어도 그는 자신이 선호했거나 작품 속에 살리고자 했던 몇몇 희곡의 유형을 분명히 거론하고 있다. 가령 그리피우스의 바로크 희곡에서 사육제극이나 인형극(아르님은 자신의 희곡 『아펠만 부자父子Die Appelmänner』를 인형극이라 칭했다)에 이르는 옛 독일 희곡들이 그것이다. 질풍노도 드라마, 특히 렌츠의 영향 역시 무시할 수 없다. 아르님은 1805년에 이미 브렌타노에게 "1770년대에 쓰인 렌츠의 소박한 희곡 『신 메노차』"를 추천하기도 했다. 브렌타노 역시 렌츠의 작품들 중 그로테스크 요소가 가장 풍부하게 담긴 이 작품으로부터 깊은 인상을 받았다. 마찬가지로 렌츠의 작품인 『가정 교사』도 빼놓을 수 없다. G. 쾨르너Körner처럼 예리한 비평가도 『할레와 예루살렘』을 읽으며 몇 번이고 렌츠의 『가정 교사』를 떠올렸다.[79] 렌츠와 아르님 모두 실

---

79 쇠네만F. Schönemann은 쾨르너의 언급으로부터 비롯된 기대감이 그다지 충족되지 않았다고 말한다(*L. A. von Arnims geistige Entwicklung*, 1912, pp.70, 94). 그러나 쇠네만은 순수한 병렬적 추적 방식을 취하고 있다. 이런 방식으로도 물론 『할레와 예루살렘』과 렌츠의 희곡들 간의 몇 가지 관계가 유추되지만, 이 관계란 형식상의 명확한 유사성을 추론해 내는 데는 그다지 의미가 없다. 쇠네만은 그러한 유사성에 대해 어떤 통찰력이나 방법론적 도구도 갖추고 있지 못하다.

패한 점이 있다면 인형극의 기괴한 스타일을 진지한 희곡에 완전히 적용하지 못했다는 점이다. 혹은 그로테스크한 장면을 표현하는 데 적합한 비희극의 양식을 확립하지 못했다는 표현도 옳을 듯하다. 그러나 이들의 후대 중에 이것을 성취한 작가가 한 사람 있다. 그는 아르님 식의 신화극 대신 질풍노도 극작가인 렌츠의 '희극'을 기반으로 삼았을 뿐 아니라 어느 단편소설을 통해 렌츠의 특성과 운명을 다루기도 했다.

"그로테스크하군, 그로테스크해!" — 뷔히너의 『보이체크』

"나는 모든 것에서 삶과 존재의 가능성을 추구한다. 그걸로 충분하다. 결과물이 아름다운지 추한지는 논할 필요가 없다. 작품에 생명이 깃들어 있다는 느낌은 아름답고 추함을 초월해 예술에서 단 하나의 평가 기준이 된다." 뷔히너Georg Büchner의 소설 『렌츠』에서 렌츠는 자신의 예술적 원칙을 이렇게 표명한다. 이는 의심할 여지없이 뷔히너 자신의 의견이기도 하다. 그의 편지에도 이와 유사한 관점이 여러 차례 등장한다. 그러나 그처럼 엄격한 사실주의를 표방하는 표현이 뷔히너의 작품 해석에 확실한 기반이 된다는 결론을 내리기에는 이르다. 자연주의 작가들이 뷔히너를 재발견하고 선구자로 삼았다는 기존의 해석도 미흡하기는 마찬가지이다. 물론 그 자체는 논란의 여지가 없는 진실이다. 그러나 이는 뷔히너의 작품에서 엄격한 사실주의가 발견된다는 점을 입증한다기보다 자연주의 작가들이 과연 엄격한 사실주의를 표방했는가 하는 의문을 낳을 뿐이다. 앞의 인용문과 같은 문장을 보다 큰 문맥에서 읽어 보면, 뷔히너 — 렌츠가 실제 상황에 대한 정확한 관찰 및 사실적인 묘사를 작품의 근간으로 여기지 않았음을 금세 알 수 있다. 렌츠는 대상에 깊이 파고들 것, 그리고 인간의 통찰력을 활용할 것을 명확히 강조하고 있다. 단, 그러기 위해서는 확고하고 일관성 있는 태도가 전제된다.

개개인이 지닌 고유의 본질을 꿰뚫기 위해서는 인간에 대한 애정이 필수적이다. 누구도 얕보거나 추하게 여겨서는 안 된다. 그렇게 할 수 있을 때 우리는 비로소 상대방을 이해할 수 있다.

다른 한편으로, 예술작품에는 현실에서는 볼 수 없는 무언가가 깃들어 있어야 한다. "내가 가장 선호하는 작가와 화가란, 그들이 빚은 구조물로부터 감상자가 감흥을 느낄 수 있을 만큼 자연을 가장 실제적으로 표현하는 이들이다." 말하자면 예술작품은 특별하면서도 실물에서 느낄 수 있는 것과 유사한 감동을 감상자에게 부여해야 한다. 이러한 기능은 '구조물'로서의 특성과 맞물려 있는 것으로 볼 수 있다. 요약하면 뷔히너의 미학적 관점은 한 작품에 일정한 형태, 말하자면 일관성과 방향, 선별, 한계가 뚜렷이 드러날 때 그것의 예술성을 인정했다. 1836년 1월 1일자의 편지에서도 그는 자연을 정확히 재현하는 데 분명한 한계를 두어야 함을 주지하고 있다. "내 모습을 그릴 때 나는 실제 형상은 물론 나의 역사에도 부합되게 표현한다."

작품에 통일성을 부여하기 위해서는 현실이 투영된 관점을 취해야 한다는 것이 뷔히너 미학의 핵심이다. '이상주의자들'이 추구한 것처럼(그러한 예로 렌츠는 라파엘로를 들었으며 뷔히너는 어느 편지에서 실러를 언급했다) 표면적인 관점으로 창작하는 것은 "인간의 본성에 대한 최악의 모욕이다." 뷔히너의 소설에 나오는 "나는 개성 있는 화가, 심지어는 캐리커처 화가를 이상주의 화가보다 열 배는 높게 평가한다"라는 문장은 렌츠의 실제 언급에서 따온 것이다. 그러나 이런 관념은 예술가들이 '사실주의적인' 관점을 통해 '실재'를 극대화하거나 과장하는 것까지도 정당화해준다. 렌츠는 이 방법을 작품에 적극 활용했다. 뷔히너도 '감흥을 주는 예

132

술작품'에 대한 구상을 통해 이론적으로 예술가들에게 그와 같은 가능성을 열어 주었을 뿐 아니라, 렌츠 못지않게 자신의 작품에 이를 최대한 적용했다. 『보이체크Woyzeck』의 단순한 등장인물들이 쓰는 언어를 사실적이고 순수하며 자연스러운 것, 다시 말해 '가공되지 않은 자연적 표현'이라든지 기타 평론가들의 표현대로 정의하기 위해서는 당대의 아류 희곡에 쓰인 언어를 면밀히 관찰해야 한다. 이 언어는 다른 모든 문학의 언어와 마찬가지로 인위적이다.

> "현세의 모든 것은 공허하지. 황금도 언젠가는 썩어 없어지고, 내 불멸의 영혼
> 에서는 브랜디의 악취가 풍긴다네……."
> "빌어먹을! 어디 군악대장을 번식시켜 볼까!"
> "우리 코가 두 개의 술병이라면 서로의 목구멍에 들이부을 수 있을 것을."

이 문장들은 『보이체크』에 등장하는 주변 인물들의 대화에서 무작위로 인용한 것이다. 이런 표현에서 독자는 아마 실제 일상에서 흔히 볼 수 있는 군악대장이나 도제를 떠올리기보다는 뷔히너가 무한정 찬사를 보냈던 셰익스피어의 언어를 연상할지 모른다.

뷔히너가 『보이체크』에서 택한 관점이자 이 작품에 예술성을 부여하는 관점은 무엇인가? 여기서 다시 뷔히너의 편지를 인용해 보자.

> "나는 역사의 끔찍한 숙명론에 의해 파괴된 느낌입니다. 나는 인간의 본성에서
> 는 경악스러운 획일성을, 인간관계에서는 숙명적인 폭력성을 발견합니다. 이
> 는 모든 사람에게 해당되는 동시에 누구에게도 해당되지 않습니다. 개개인은
> 파도 속의 미세한 거품이며, 위대함이란 우연에 불과하고, 천재들이 지배하는
> 세상은 인형극이자 엄격한 법에 맞서는 우스꽝스러운 투쟁입니다. 우리는 기

껏해야 이 법을 인지할 수 있을 뿐, 그것을 정복한다는 것은 불가능합니다."
"우리의 내면에서 거짓을 일삼고 살인을 저지르며 도둑질을 하는 것은 무엇일
까요?" "아, 울부짖는 불쌍한 우리 음악가들이여! 고문에 신음하는 이유가 오
로지, 구름 사이로 스며들어 멀리멀리 울려 퍼지다가 거룩한 귓가에 선율 같은
미풍으로 사그라지기 위해서란 말입니까?"

이런 문장들에서는 '숙명론', 다시 말해 인간에 대한 구속이라든지 무
엇을 하도록 운명 지워지거나 강요되는 일에 대한 경악이 배어난다. 동시
에 음울하고 섬뜩하며 보이지 않게 우리를 엄습하는, 인간의 어떤 의미
부여도 무색하게 만들어 버리는 힘에 대한 공포 역시 엿보인다. 뷔히너의
편지에서 발견되는 토포스(Topos, 문학에서 반복되어 등장하는 주제나
개념 혹은 진부한 표현—역주)는 그의 작품 속 인물들의 입을 통해서도 들
을 수 있다. 세계를 인형극으로 간주하는 것이 그것이다.[80] 위 문장들에
나타난 몇 가지 언어적 표현에는 보다 넓은 정신사의 맥락이 암시되어 있
다. 인형극이라는 단어가 뷔히너의 글에서 얼마나 쓰디쓰고 괴롭고 고통
스럽게 들리는지 인지하지 못할 독자는 없을 것이다. 인간의 역할을 정하
고 인형처럼 조종하는 존재가 더 이상 신이 아니라 인식 불가능하고 무의
미한 '무엇'이기 때문이다. 기존에는 문학작품에서만 사용되던 이러한 회
의론은(가령 보나벤투라의 『야경꾼』에 등장하는 서술자에서처럼) 여기서
는 한 젊은이의 절망으로 표출된다. 막강한 '무엇'에 대한 두려움과 더불

---

80 토포스의 역사와 관련해서는 E. Rapp, *Die Marionette in der deutschen Dichtung
vom Sturm und Drang bis zur Romantik*, 1924; R. Majut, *Lebensbühne und
Marionette*, 1931; J. Obenauer, *Die Problematik des ästhetischen Menschen*,
1933; E. R. Curtius, *Lateinische Literatur und europäisches Mittelalter*, 2. Auflage,
1954를 참조할 것.

어 현세의 모든 것이 공허하며 인간의 모든 행위와 고통까지도 무의미하다는 감정이 유발되고, 마침내는 당통Georges Jacques Danton도 던진 바 있는 고뇌에 찬 의문이 탄생한다. "우리는 세상을 지배하는 몰록(Moloch, 아이를 제물로 바치고 섬긴 고대의 신─역주)의 이글거리는 손아귀에 유린당하고 신들이 유희 삼아 빛으로 간지럼을 태우던 아이들인가?" 말하자면 인간의 웃음은 신들을 즐겁게 하기 위한 고통의 표현이라는 소리다. 장 파울의 악마적인 해학가라면 이 질문에 그렇다고 대답할 것이다. 뷔히너 자신은 그처럼 심원한 환멸과 방향 감각의 상실을 다룬 예술가로 다른 이를 들고 있다. 그가 약혼녀에게 쓴, 우리의 신음이 거룩한 귀에 선율 같은 미풍으로 울릴 것인지 묻고 있는 편지에서 그는 다음과 같이 그 예술가에 대해 언급한다. "내 목소리와 거울에 비친 내 모습이 두렵소. 내가 칼로와 호프만의 모델이 될 수도 있었을 거라 생각지 않소, 내 사랑?"

칼로와 호프만, 여기서 우리는 익숙한 이름들과 재회하게 된다. 그러나 단순히 이름을 거론하는 데서 그칠 수는 없다. 칼로에 대한 해석은 매우 광범위한 역사를 지니며, 뷔히너는 호프만의 환상소설에 담긴 불가사의한 기이함은 물론 야화의 괴기스러움 이상을 의미하고 있다. 물론 이것이 특정 인물을 향한 편지글임을 간과해서는 안 된다. 편지란 대개 과장되고 양식화되어 있으며 서간체다운 인위성을 내포하기 마련이다. 그러나 그런 표현들이 진지한 감흥에서 비롯되었다는 사실만은 의심할 여지가 없으며, 나아가 편지에 나타난 모습이 뷔히너의 전부인 것도 아니다. 이런 모습 말고도 자연과학을 열정적으로 탐구하고 가르친 뷔히너, "하나의 형태로부터 다른 형태로 변신하고, 영원히 피고 지며 변화하는 무한한 아름다움"을 렌즈보다도 정확히 파악하고 있던 뷔히너, 그리고 "더 많은 기관들을 활용해 한층 고양된 형태로 피어나고 울려 퍼지고 감지하는, 대신에 그만큼 깊은 영향력을 발휘하는 형용할 수 없는 조화"를 아는 뷔히너 역시 무시할 수 없다.

뷔히너의 표현을 빌리자면 "인형극의 관점" 혹은 "칼로-호프만의 관점"으로 칭할 수 있는 저 새로운 관점은 마침내 『보이체크』의 세계를 탄생시키고 이에 통일성을 부여하며 의도적으로 과장까지 하는 관점으로 발전한다.

미지의 힘에 마리오네트처럼 조종되는 인간의 모습은 특히 중대장과 박사라는 인물에서 쉽게 읽을 수 있다. 의문의 여지없이 이 등장인물들에는 풍자성이 가미되어 있다. 다시 말해 이들은 지배 계급을 캐리커처화한 인물이다. 그러나 풍자적 측면은 이런 계급의 전형적인 특성을 과장하는 데 있지 않다. 가령 중대장은 스스로 광적이고 침울하다고 고백한다. 그는 또 보이체크가 "선량한 인간이기에" 그를 "선량하게" 대한다고 말하는데, 사실 그는 원체 선한 인간에 대해 여러 이야기를 늘어놓는 사람이다.[81] 그것이 인간의 핵심, 혹은 문제의 핵심이라고 말할 수도 있다. 중대장은 이런 공식으로서의 공식에 집착하면서 정작 스스로는 그에 의거해 행동하지 않는다. 선량한 인간에 대한 관념을 터득한 적도 없고, 나무인형 같은 인물답게 확신, 발전, 인성 등의 개념 따위는 입에 올리지도 않으며, 알맹이가 빠진 인간이기에 그 자신으로서 존재하는 일이란 없다. 박사의 언행을 결정하는 강박관념은 광적인 수준이 되어 버린 '실험에 대한 믿음'이다. 심지어는 주변 인물들까지도 나름의 강박관념에 의해 움직이는 듯 보인다. 군악대장의 외모와 어투는 군악대장의 종우種牛에 비유할 만하며, 도제는 브랜디의 악취를 풍기는 영혼을 지닌 인물이다. 보이체크가 살해 계획을 세우고 실행하는 장면에서도 우리는 외부로부터 유입된

---

81 알반 베르크는 오페라 「보체크」에서 이를 한층 과장하고 있다. 이 오페라는 '음악에서의 그로테스크'를 연구하기에 좋은 사례이다.

강박관념이 인간을 지배하는 과정을 체험한다. 보이체크의 행동을 조종하고 그의 사지를 통제하는 것은 바로 그 강박관념의 끈이다. 뷔히너의 소설에 그려진 렌츠 역시 강박관념의 지배를 받는다. 이야기의 화자는, 렌츠로 하여금 죽은 아이를 되살리려 애쓰게 만드는 것이 병적인 강박증이라고 표현했다. 뷔히너는 또 자기 자신에게도 이러한 공식을 적용하고 있는데, 철학 강의 계획에 관해 언급할 때가 바로 그렇다. 우리는 여기서 겉보기에는 그저 우스꽝스럽게만 느껴지는 인형극 같은 설정에 심오한 의미와 통찰력이 깃들어 있음을 다시금 깨닫게 된다. 이것은 관객에게 웃음을 유발하는 동시에, 인간이 더 이상 자기 자신으로 존재할 수 없는 미지의 세계를 마주할 때의 충격을 안겨 준다.

『보이체크』의 등장인물들을 설정하는 세련된 일관성에서 뷔히너는 선대인 클링거와 렌츠를 한참 능가한다. 어느 비평가는 "중산층 등장인물들이 서민 등장인물들과 다른 양식으로 그려졌다"[82]고 평가했지만, 이는 그릇된 판단이다. 중대장과 박사는 섬뜩하면서도 충격적으로, 보이체크는 하찮은 인물로 그려졌지만 이것은 전자가 지닌 '고도의 근엄함'과 후자의 보잘것없음을 암시하는 것이 아니라 비희극 특유의 심원한 생경함을 유발하는 장치이다.[83] 또한 모든 등장인물, 그중에서도 특히 위에 언급된 세 인물이 코메디아 델라르테[84] 식의 기괴한 행동 양태를 보인다는 점에도

---

82 K. Viëtor, *Georg Büchner*, 1949, p.192.

83 보이체크와 마리는 단지 영혼을 지녔다는 점에서 다른 모든 등장인물들과 구별된다. 이들은 온갖 인간 행위의 허무함을 감지하고 있으며 자기 자신의 존재 및 세계 때문에 고통 받는다. 보이체크와 마리의 고뇌하는 모습은 희곡의 주요한 형식상 구성요소이며, 이 요소에 내포된 의미는 비희극의 의미를 한층 심화해 준다. 이 의미를 극의 형식으로부터 찾는 일은 우리의 주요 과제이기도 하다.

84 『보이체크』와 코메디아 델라르테의 관계는 쿠프슈W. Kupsch의 논문(Woyzeck, 1920)에서 상세히 논의되었다. 그러나 몇몇 학자들의 반박을 산 이후로(Hans Winkler, *G. Büchners*

주목할 필요가 있다. 중대장의 소심함과 타성, 쉽게 식어 버리기 일쑤인 박사의 열정, 보이체크의 강박적인 조급함은 대화와 상황 설명에도 잘 드러난다. 여기서 '거리' 장면의 마지막 부분을 살펴보기로 한다. 여기에 묘사된 언어와 행동양식은 극 전체의 스타일을 구체적으로 보여 주는 대표적 사례들 중 하나이다. 특히 중대장이 내뱉는 마지막 말은 우리가 논의하는 주제를 고스란히 압축, 암시하고 있다.

> 보이체크 : 저는 가 보겠습니다. 별일이 다 일어날 수 있겠죠. 인간이라니! 별일이 다 가능하다고요. — 날씨가 좋군요, 중대장님. 저기 고른 회색빛의 아름다운 하늘을 보십시오. 통나무를 하나 박아 넣고 매달리고 싶게 만드는군요. '예' 그리고 또 '예', 그리고 '아니오' 사이에서 흔들리는 생각 때문에 말이지요. 중대장님, '예'입니까, '아니오'입니까? '아니오'가 '예'의 책임이거나 '예'가 '아니오'의 책임일 수도 있습니까? 한번 곰곰이 생각해 봐야겠습니다. (성큼성큼 퇴장한다. 처음에는 천천히, 그러다 점점 빠른 속도로.)
> 박사 : (허둥지둥 뒤따르며) 훌륭해, 보이체크! 추가 수당을 주지!
> 중대장 : 저 인간들 때문에 머리가 어지럽군. 빠르기도 하지! 키 큰 녀석은 마치 거미 다리가 드리우는 그림자처럼 성큼성큼 걷질 않나, 작은 쪽은 뒤뚱거리지 않나. 큰 녀석이 번개라면 작은 녀석은 천둥이군. 하하……. 그로테스크하군, 그로테스크해!

중대장의 암시적인 상황 설명에는 매 단어마다 허를 찌르는 데가 있다. 그의 한 마디 한 마디가 세계를 동물의 영역으로, 불분명한 영역으로(예

Woyzeck, 1925; R. Majut, *Lebensbühne und Marionette*, 1931; R. Majut, *Studien um G. Büchner*, 1932) 이 논의는 더 이상 학계의 주목을 받지 못하게 되었다.

컨대 "뒤뚱거린다"라는 표현처럼), 혹은 인간 영역 밖의 대기 중으로 이끌고 들어가며 점점 더 생경하게 만들기 때문이다.

같은 작품의 이전 버전을 보면 다른 부분에도 그로테스크라는 단어가 등장한다. '시민 광장, 노천' 장면에서 한 선전원이 자신의 점성술사 당나귀와 낭만주의자 말, 군인 원숭이의 이성이 금수만도 못한 인간의 어리석음보다 낫다고 선전하는 부분이다. 뷔히너는 이처럼 선전원의 입을 빌려 다양한 영역을 뒤섞어 버린 뒤, 한 구경꾼의 입을 통해 의미심장한 말을 남긴다. "나는 그로테스크의 친구요."(여기에 덧붙는 "나는 무신론자거든"이라는 말을 다른 구경꾼이 맞받아친다. "나는 기독교적이고 교의적인 무신론자지. 그 당나귀를 좀 봐야겠군.")

선전원의 언어에는 『보이체크』에 유독 많이 등장하는 독특한 화법(노래 가사, 도제의 풍자적인 설교, 불륜을 저지른 마리가 인용하는 성경 구절, 백치나 할머니가 들려주는 동화 등)이 깃들어 있다. 각각의 독립적인 언어 형태가 서로 조화를 이루며 전체의 흐름에 통합되는 것도 『보이체크』의 형식적 통일성에 일조하는 요소이다. 할머니의 동화에 암시된 모든 인간의 침울한 고립과 무기력함은 물론, 선전원이 자기만의 한 조각 세계를 묘사하는 그로테스크한 면까지도 이 전체에 포괄된다. 이 두 가지는 서로 결합을 이룬다. 외로운 어린아이에 관한 할머니의 동화를 완전히 생경해져 버린 세계와 결합하는 방식만큼 형식에 대한 뷔히너의 감각을 잘 보여 주는 것은 없다.

……마침내 달에 도착해 보니 달은 썩은 나뭇조각일 뿐이었단다. (…) 해에 도착해 보니 해는 시든 해바라기일 뿐이었고, 별들로 가 보니 작은 황금빛 모기들이었단다. 붉은등때까치가 자두나무에 박아 둔 먹이처럼 모기들은 하늘에 박혀 있었지. 지구로 되돌아가려 했지만 지구는 이미 깨진 항아리같이 뒤죽박

죽이었단다. 아이는 완전히 혼자였어. 아이는 주저앉아 울어 버렸지. 그리고
아직까지 그 자리에 홀로 앉아 있단다.

낭만주의 희극

뷔히너의 『보이체크』가 렌츠로부터 시작된 장르를 한층 포괄적으로 완
성한 작품이라면, 그의 『레온체와 레나Leonce und Lena』는 낭만주의 희
극에 정점을 찍은 작품이다. 이 장르의 역사는 다소 모호한 데가 있다. 이
장르 최초의 작품은 브렌타노의 『폰세 데 레온Ponce de León』이지만 사
실은 실러가 시초라는 편이 옳다. 실러는 1800년 괴테가 발표한 희곡 현
상 공모의 지침을 작성한 장본인이었고, 바로 이것이 브렌타노의 희극이
탄생하는 계기가 되었기 때문이다. "사람들은 독일의 순수 희극, 다시 말
해 해학극이 감상적인 극에 의해 지나치게 밀려났다고 비판하는데 이는
옳은 말이다. 우리 희극의 가장 큰 오점은 바로 감정과 관습적인 감상에
지나치게 치중하고 있다는 점이다." 이러한 비판은 감정적 효과에 강조점
을 두던 이플란트August Wilhelm Iffland와 코체부August von Kotzebue
의 연극을 정면으로 겨냥한 것이었다. 순수 희극은 감동을 주거나 감정적
측면에 얽매여서는 안 되며, 그보다는 "인간의 정서를 해방시키고 살찌우
는 역할"을 하는 것이 희극의 "숭고한 과제"라고 실러는 논문 「소박문학
과 감상문학에 대하여Über naive und senti- mentalische Dichtung」에서
밝히고 있다. 스스로는 희극을 쓸 생각이 없었지만, 실러는 희극에서는
그 어떤 것도 대상에 의해 이끌려서는 안 되며 오로지 작가가 모든 것을
결정해야 한다는 생각을 품고 있었다. 그리고 마침내 다음과 같이 기이한
단정을 내리기에 이르렀다. "비극이 보다 중요한 지점에서 출발하는 반
면, 희극은 하나의 중요한 목적점을 향해 간다고 말할 수 있다. 그리고 목
적을 달성함과 동시에 희극은 모든 비극을 쓸데없고 불가능한 것으로 만

들어 버린다." 이어서 희극의 역할이 또 한 번 언급된다. "희극의 목적은 인간이 추구하는 가장 고아한 경지에 이르는 일이다. 다시 말해 격정으로부터 해방되며 언제나 맑고 차분한 정신으로 자신의 주위 및 자기 자신을 관조하는 일, 숙명보다는 우연과 자주 마주치는 일, 그리고 남의 악의에 분노하거나 울기보다는 엉뚱함을 보고 웃는 일을 말한다."

실러는 미학자의 관점에서는 정신적 해방을 추구하는 한편, 작가의 관점에서는 희극의 두 가지 양식을 구별한다. "음모희극Intrigenstücke에서는 등장인물이 단순히 사건을 위해 창조되며, 성격희극Charackter- stücke에서는 사건이 등장인물을 위해 창조된다." 그러나 공모전에서 찾던 것은 어느 쪽에도 속하지 않는 순수 희극이었다. 공모전의 공지는 괴테를 강하게 연상시키는 유화적인 어조로 기대감을 표출하며 끝맺는다. "진정한 천재라면 두 가지 양식의 장점을 훌륭히 결합할 수 있을 것이다."

과연 실러가 말한 두 가지 양식과 그것의 절충 형태가 전부였을까? 괴테의 비극 『에그몬트Egmont』에 대한 평에서 실러는 진지한 극 양식에 관한 간명한 시론으로 서두를 연다. 여기에는 행위극Handlungs-drama과 성격극Charackterdrama, 격정극Leidenschaftsdrama의 세 가지 유형이 있다. 이 중에서 행위극과 성격극은 앞서 언급한 희극의 두 가지 유형에 정확히 상응한다. 그렇다면 격정이 극중 세계의 본질이 되는 세 번째 유형에 상응하는 희극은 없는 것일까? 격정이 극의 본질을 형성한다는 점을 상기하면 없을지도 모른다. 앞서 말했듯이 희극의 목적은 정신의 해방이기 때문이다. 그러나 극의 본질을 이루는 것이(실러는 이를 "재료"라 칭했다) 행위도 성격도 아닌 극중 세계 전체라는 점에서는 어떤가? 이 세계 전체는 어떤 개별 요소에도 얽매이지 않으며, 전체를 아우르는 활기를 통해 정신적 해방과 쾌활함, 편안함을 만들어 낸다. 상황 및 등장인물은 이처럼 독립적인 극중 세계의 구성요소일 뿐이다.

브렌타노는 바로 이런 선상에서 창작을 시도함으로써 낭만주의 희극이 갈 길을 제시했다. 『폰세 데 레온』에 드러난 역동적인 세계와 변화무쌍한 음색으로 울리는 사랑의 분위기는 분명 특별한 창작 방식에 의해 탄생한 것이다. 브렌타노는 이 작품을 『좋을 대로 하세요Laßt es euch gefallen』라는 제목으로 공모전에 제출했다. 이 제목에는 브렌타노는 물론 그의 후대까지 사로잡은 희곡, 셰익스피어의 『뜻대로 하세요』가 그대로 투영되어 있다. 셰익스피어의 희곡에 녹아든 동화적 향취 속에서는 모든 분란이 잦아들고 연인들은 서로를 찾으며, 악한 이들은 교화되고 버림받은 이들도 제자리를 찾는다. 번득이는 재치와 여름날 같은 즐거움 속에서 침울하고 어두운 그림자도 사라진다. 다만 자크는 침울한 인물이다. 게르스텐베르크는 그를 "그로테스크한" 인물로 정의했다. 극중 다른 인물의 눈에 그는 괴짜로 보인다. 타인을 기피하고 사람들의 고뇌나 기쁨을 공유하지도 않는 듯 보이는 것은 물론, 세상 모든 것을 삐뚤고 왜곡된 시선으로 보기 때문이다. 그러나 동시에 그는 사물을 꿰뚫어 볼 줄 안다. 자크의 고백에 따르면 그의 침울함은 학자나 음악가, 조신朝臣, 정부情夫 등의 것처럼 특정한 침울함이 아니라, "각양각색의 재료가 혼합되어 나온 것이자 각양각색의 사물로부터 뽑아낸 것"이다. 한마디로 세상을 가장 많이 보고 많은 것을 경험했으며 "세상은 연극 무대이고 모든 여자와 남자는 배우일 뿐"이라는 진리를 아는 이의 침울함이다. 셰익스피어는 '세상은 연극theatrum mundi'이라는 표현을 나름의 이야기로 개진하는 데 자크라는 인물을 선택했다. 극의 마지막에서 모든 것이 바로잡히고 등장인물들이 제자리를 찾을 때도 자크는 홀로 고독한 동굴에 머무른다.

브렌타노는 작품에서 그만큼의 풍부함과 일관성을 이루어 내지는 못했다. 침울함은 흔적도 찾아볼 수 없고(폰세에게서 나타나는 그늘진 측면은 침울함이라기보다 젊은이다운 심리적 동요처럼 느껴진다) 모든 것이 셰익스피어에 비해 가볍다. 대신 좀 더 활기찬 느낌을 주기는 한다. 혼란과 변장이 넘쳐서 등장인물들이 자신의 진짜 옷을 입고 등장하는 경우가 거의 없다. 독자는 초반에 이미 판탈로네와 광대가 등장하는 가장무도회의 북적임에 휘말린다. 이처럼 코메디아 델라르테(혹은 적어도 고치Carlo Gozzi의 희극)의 핵심 요소가 지배적인 탓에 셰익스피어의 영향력은 보다 협소하고 단일하게 나타난다. 다만 이 요소는 코메디아 델라르테에 나오는 기괴한 움직임을 표현하기보다는 역동적인 분위기를 자아내는 데 그친다. 다음은 『폰세 데 레온』의 제3막에서 발췌한 것이다.

15장

포르포리노, 무대를 살금살금 가로질러 도망치며 몸짓으로 두 기사의 도착을 눈치챘음을 표현한다.

16장

폰세가 외투도 걸치지 않고 모자도 쓰지 않은 채 오른쪽에서 왼쪽으로 잽싸게 무대를 가로지른다. 아킬라르가 피곤한 모습으로 등장해 무거운 짐을 짊어지고 터벅터벅 걷는다. 그가 쓴 순례자 모자 위에는 폰세의 모자가 얹혀 있고, 손에는 순례자 지팡이 두 개와 외투 두 벌, 그리고 류트를 들고 있다. 이윽고 걸음을 멈춘 그는 무대 안쪽에 대고 폰세를 부른다.

아킬라 : 사랑에 눈먼 저 녀석 보게, 미친 듯이 뛰는구먼. 이봐, 폰세, 멈추게나. 난 한 발짝도 더 움직이지 않겠네.

폰세 : (무대 안쪽에서) 다 와 가네. 그게 마치 자석으로 된 산처럼 나를 끌어당기지 않나.

아킬라르 : 다 왔다고? 난 아무것도 안 보이는걸. 내 피곤한 꼴과 자네의 여유로움만 빼고 말이네.

독자는 여기서 『보이체크』의 중대장이 "그로테스크"하다고 표현한 '거리' 장면의 마지막 부분을 떠올릴지 모른다. 물론 그로테스크라는 말은 여기에 그다지 어울리지 않는다. 사랑에 빠진 남자의 조급함과 피곤함에 절어 느릿느릿 걷는 친구의 모습이 대비를 이루는데, 이런 행동방식은 이 장면은 물론 극 전체에서도 중요한 의미를 갖지만 『보이체크』의 등장인물들에게서 보이는 섬뜩한 괴벽과는 거리가 멀다. 언어 사용에서도 마찬가지로 브렌타노는 셰익스피어의 희극에 나오는 다양한 어조를 단순화하고, 자크의 침울한 어조가 아니라 광대 터치스톤의 뒤틀린 어조를 사용했다. 그러나 여기서 브렌타노가 쓴 풍부하고 자유분방한 언어 표현양식 덕분에 18세기 미학자들이 경멸하던 언어유희라는 도구가 문학의 표현 수단으로 자리 잡을 수 있었으며,[85] 더불어 이는 낭만주의 희극의 상징이 되었다.

뷔히너의 『레온체와 레나』에서는 언어유희가 발레리오라는 인물의 특징적인 화법으로 나타난다(물론 레온체도 이에 동화될 수 있는 잠재력을 가졌다). 발레리오가 삶의 어떤 속박도 거부하듯이, 그의 언어도 모든 속박에서 벗어나 있다. 『폰세 데 레온』에서 가장무도회의 가면을 쓰고 등장해 모든 상황을 익살스럽게 평하던 광대가 여기서 구체적인 인물로 재탄생한 것이라 할 수 있다.[86] 그러나 바로 그가 특정 인물로 등장한다는 점

---

85 언어유희의 부활은 16세기 게르스텐베르크의 『문학의 특수성에 관한 서신』이 발단이 되어 이루어졌다(셰익스피어의 사례). 반면에 고전주의적 관점을 지닌 학자들은 모리츠B. K. Ph. Moritz가 1793년에 행한 강의(Vorlesungen über den Stil)에서도 증명되듯 이를 또다시 저급한 양식으로 분류했다. 브렌타노 이전 낭만주의에서의 언어유희, 특히 슐레겔 형제의 언어유희에 관해서는 G. Roethe, Brentanos Ponce de Leon, eine Säkularstudie, *Abhandlung der Gesellschaft der Wissenschaft zu Göttingen*, 1904, p.14 이후를 참조할 것. 브렌타노는 자신의 희극을 아렘베르크 대공에게 바치며 헌사에 이렇게 썼다. "저는 또한 독일어에 민활함과 언어유희가 결여되어 있다는 귀공의 언급을 기억하고 있습니다. 당시나 지금이나 저는 공의 의견에 동의하지 않습니다."

86 코메디아 델라르테와의 관계는 Kupsch, *Woyzeck*, 1920; Renker, *G. Büchner und*

과, 그의 익살이 나머지 상황과 극단을 이룬다는 점으로부터 강력한 대비 효과가 탄생하며, 이로써 우스꽝스럽다고만은 할 수 없는 일촉즉발의 긴장감이 생성된다. 빅토르 위고 역시 추구했던 '고귀함'과 '그로테스크'의 대비가 내는 극단적인 효과는 가령 레온체가 제정신을 잃고 강물로 뛰어들려는 순간 발레리오가 달려들어 그를 붙잡는 장면에서 볼 수 있다.

> 레온체 : 날 내버려 둬!
> 발레리오 : 정신을 차리고 강물부터 가만히 내버려 두겠다고 약속한다면 놓아 드리지요.

뷔히너는 작품에 등장하는 인물들을 브렌타노의 단순화된 언어로부터 해방시키는 동시에 자신의 짧은 희곡 전체를 『뜻대로 하세요』에서 볼 수 있는 것 못지않게 풍부한 긴장감으로 채웠다. 레온체는 침울한 자크와 유사한 인물로 설정되었다. 다만 레온체의 침울함은 세상사의 고통과 권태에 대한 역겨움으로 인해 한층 날카로워져 있다. 첫 장면에서부터 이미 레온체와 가정 교사 사이에는 긴장감이 형성되는데, 이런 긴장감 뒤에는 뭔가 섬뜩한 것이 숨어 표면상의 우스꽝스러움을 무색하게 만든다. 궁정 사회의 인물들은 분위기와 언어, 행동, 태도에서 코메디아 델라르테의 풍자적 성격을 강하게 지니고 있다. 분명 이들은 때때로 예리한 사회적·정치적 비판이 엿보이는 풍자의 영역에서 움직인다. 그러나 어느 순간부터 이들 주위로 『보이체크』의 의사와 중대장에게서 느껴지듯이 아득한 심연

---

das Lustspiel der Romantik, 1924; R. Majut, Lebensbühne und Marionette, 1931; R. Majut, Studien um Büchner, 1932를 참조할 것.(마지막 문헌에서는 티크를 매개로 삼는 고치와의 직·간접적인 관련성에 관해서도 다루어진다.)

이 휘감아 오면서 풍자극은 일순간 그로테스크 극으로 전환된다. 마지막에 발레리오가 기지 넘치는 연설로 두 연인을 인도하는 장면을 보면 그가 이 세계에 꼭 들어맞는 인물임을 느끼게 된다. 특히 그가 두 사람을 자동인형에 비유하는 것은 그로테스크의 본질에 매우 잘 부합한다.[87]

발레리오 : 그런데 사실 저는 존엄하고 품위 있는 여러분들에게 유명한 자동인형 둘이 도착했음을 알리려던 참입니다. 그리고 저 역시 세 번째 자동인형이자 가장 특이한 인형일지 모른다는 사실도요. 비록 제 자신이 누구인지 스스로도 모르지만 말입니다. 하지만 놀라실 필요는 없습니다. 제가 지금 무슨 이야기를 하고 있는 건지도 모르겠거든요. 심지어는 제가 그걸 모른다는 것조차 모릅니다. 제가 연설을 하도록 누군가 조종을 하고 있고, 이 모든 이야기를 늘어놓는 저도 실은 밀대나 기관에 지나지 않을지도 모르지요. (콧소리를 섞어) 여기를 보십시오.

그러나 극의 실제적인 핵심은 레온체와 레나가 그로테스크한 세계의 한가운데서 마주치는 장면이다. 정확히 표현하면 서로를 만나는 것은 인물이 아니라 ─ 여기서 뷔히너는 셰익스피어에 필적하는 위대함의 경지에 이르며 19세기를 통틀어 유례를 찾아볼 수 없는 문학적 업적을 완성한다 ─ 두 사람 사이에서야 비로소 조화롭게 울리는 언어인지도 모른다. 이 언어는 두 사람의 머리 위로 내려앉으며, 거의 치명적이기까지 한, 그리고 그들의 삶의 근원이기도 한 꿈처럼 고요히 녹아든다.

---

87 이 장면 및 브렌타노와 E. T. A. 호프만의 관계에 관해서는 R. Majut, *Lebensbühne und Marionette*, 1931, p.125 이후에서 상세히 다루어진다.

4장 19세기의 그로테스크

1. 19세기 미학에서의 그로테스크 해석

그로테스크의 역사에서 낭만주의 이후 19세기는 논할 것이 그다지 많지 않다. 우선은 이 시대의 미학에서 그로테스크라는 개념이 어떻게 정의되었는지 살펴보기로 하겠다. 특히 헤겔Georg Wilhelm Friedrich Hegel을 자세하게 다룰 예정이지만, 그렇다고 그의 미학이 이 주제와 관련해 특별한 의미를 지녔다거나 후대의 그로테스크 연구에 특별히 큰 영향력을 행사했다는 뜻은 아니다. 그보다는 헤겔이 그 깊이를 측정하는 방식으로 그로테스크를 분석한 마지막 사상가라는 점에 의미가 있다. 헤겔 이후의 미학자들은 더는 이 부분에 주목하지 않았다.

헤겔은 '그로테스크'와 '아라베스크'라는 용어를 엄격히 구분해 사용했다. 헤겔에게 '아라베스크'[88]는 그로테스크와 아라베스크가 융합된 장식

---

88 *Vorlesungen über Ästhetik*, Bd. I, Jubiläums-Ausgabe, ed. H. Glockner, Bd.

미술을 지칭하는 용어로, 그는 "비틀린 식물의 형상 및 식물로부터 솟아나고 그와 뒤얽힌 동물과 인간의 형상, 또는 식물로 전이되는 동물의 형상"을 아라베스크로 칭했다. 여기서 우리는 즉시 라파엘로의 그로테스크 벽화를 '아라베스크'로 칭하며 그것이 지닌 "우아함과 기지와 다양성과 고상함"을 칭송한 괴테를 떠올리게 된다. 나아가 헤겔은 아라베스크를 단순한 '상상력의 유희' 이상으로 보았다. "아라베스크가 갖는 상징적 의미가 있다면 바로 자연의 다양한 영역이 서로 융합된다는 점을 들 수 있을 것이다." 그러나 헤겔이 이를 긍정적으로 평가한 데는 보다 심오한 이유가 있었다. 그는 비트루비우스를 비롯해 바사리와 빙켈만이 '자연에 반한다'는 이유로 그로테스크 장식미술을 혹평한 점을 언급한 적이 있다. 헤겔이 그러한 부자연스러움을 변호하면서 그 근거를 유보해 두었다는 점은 특징적이다. 자연적으로 있을 수 없는 형태라는 것이 고전주의자들의 비판의 근거였지만 헤겔은 개별적인 모티프를 양식화하는 데도 찬성하는 편이었다. 다만 이것을 식물의 경우에 한정하고 있을 뿐이다.

> 자연에 반하는 형태를 창조하는 것은 예술의 권리일 뿐 아니라 건축에서는 의무이기도 하다. 그렇게 함으로써 건축 예술에 부적합한 요소를 실제 건축 양식에 활용할 수 있으며, 나아가 그러한 요소가 건축물과 조화를 이룰 수도 있기 때문이다. (…) 잎사귀 모티프를 건축물에 활용하려면 원래 규칙적이었던 잎사귀의 형태를 좀 더 둥글거나 직선적인 형태로 변형하게 된다. 사람들은 이를 식물이 가진 자연적 형태의 왜곡이라거나 부자연스러움, 뻣뻣함 등으로 칭할지 모르지만, 실은 실제 건축에 부합되는 변형으로 간주하는 편이 옳다.

XIII. p.301 이후.

헤겔은 모든 건축물이 두 가지 원리에서 비롯된다고 보았다. 첫째는 '자연의 형태'(예컨대 원기둥은 나무둥치의 형태를 따온 것)이며, 둘째는 '직선', '직각', '평면'과 같이 인간 이성의 필요에 따라 만들어 낸 형태이다. 따라서 그는 자연에 반하는 장식미술, 다시 말해 기하학적으로 양식화된 아라베스크를 대체로 납득할 만한 '합(合, Synthese)'으로 간주했다. 그러나 앞서 이미 언급했듯이 그는 식물의 형태에 한해서만 장식적인 양식화를 허용했는데, "식물은 아직 감정을 가진 개인이 아니기 때문"이란 것이 그 이유였다.

이로써 헤겔이 늘 '그로테스크'라는 용어를 다소 멸시하는 의미로 사용한 이유도 나온 셈이다. 그는 장대한 내용을 담은 『미학 강의Vorlesungen über die Ästhetik』 제2부 중 '환상적인 상징 표현'의 여러 단원, 특히 인도 예술에 관한 단원에서 이 단어를 거듭 사용한다. 여기서 헤겔은 — A. W. 슐레겔의 『극예술과 문학에 관한 강의Vorlesungen über dramatische Kunst und Literatur』에서보다 훨씬 더 광범위하게 — 예술의 역사로부터 상징 표현의 체계를 발견해 내고자 했다. 헤겔에 의하면 '환상적인 상징 표현'의 예술작품은 감각적이고 개별적인 것과 일반적이고 정신적인 것 사이의 경계를 감지하고 하나의 상징 내에서 양자를 묶을 수 있을 경우 예술로 간주할 수 있다. 그러나 이러한 상징은 지극히 자의적이고 불합리하며 환상적이다. 헤겔은 바로 그런 형상을 '그로테스크'로 정의하고 그로테스크의 특징을 세 가지로 정리했다. 첫째, 그로테스크는 다양한 영역을 부적절하게 혼합한 것이다.("인도 예술은 자연의 요소와 인간의 요소를 그로테스크하게 혼합한 수준에 머물러 있어 양자 중 어느 쪽도 적절하게 표현되지 못하며 양자가 서로의 형태를 손상한다." "상충되는 요소들의 혼합물에 나타난 황량함과 그로테스크함.") 둘째, 그로테스크는 '무절제'이자 '왜곡'이다.("감각적인 개체로서의 보편성을 획득하기 위해 각 형상은 [인도 예술에서] 무시무시하고 그로테스크하게 마구잡이로 왜곡되었다.") 셋째, 그로테스크는 "머리나 팔을 여러 개 그려 넣는 식으로 한 가지 특정한 요소를 부자연스럽게 복제"한다. 그러나 개인의 영역을 초월한 보다 강력한 권위의 영역을 추구하는 것이 그로테스크의 본질이다. 헤겔은 인도의 그로테스크 예술에 나타난 기호를 완전히 상징적인 것으로는 인정하지 않았는데, 실체적인 것과 그 뒤에 숨은 의미가 "실질적인 관계를 맺고 있지 않으며 상호 유사성도 없기" 때문이었다. 또한 당시 인도의 역사적 발전 단계에서 강력한 권위의 영역이란 아직 온갖 힘이 복잡다단하게 뒤섞인 혼돈 상태에 지나지 않기 때문이라고도 했다. 이를 보다 상세히 설명하기 위해 헤겔은 인도의 여러 신통기神統記를 고대 그리스의 헤시오도스Hesiodos가 쓴 신통기와 비교하며 후자가 "훨씬 명료하고 구체적이며, 따라서 독자는 언제나 모든 상황과 그 의미를 무리 없이 이해할 수 있다"는 결론을 내린다.[89]

헤겔의 그로테스크 정의에서 주목할 만한 점은 그가 이 용어를 초자연적이고 초인간적인 무언가와 연관 짓고 있다는 사실이다. 1760년부터 그로테스크에는 이런 의미가 점점 강하게 자리 잡았으며, 대신에 우스꽝스러움과 관련된 의미는 점차 사라져 갔다. 또 한 가지, 헤겔의 범역사주의적 사고 내에서 그로테스크가 특정한 역사적 상황과 맞물린다는 점도 주목할 만하다. 다시 말해 헤겔의 해석에서 그로테스크는 고전주의와 철학

---

89 낭만주의 예술에서 이미 내적인 주관성의 우선이라는 원칙에 따라 균형을 잃어 가던 조화와 적절성이 이 사조의 마지막에 이르러 완전히 해체되었다고 한다면, 고전주의 이후에 거론되던 '환상Phantastik'의 의미는 고전주의 이전의 것과 일맥상통한다고 볼 수 있다. 헤겔에게 십자군 원정은 기독교가 지배하던 중세의 '총체적 모험'이었으며, 그는 이를 그로테스크라는 개념에도 들어맞을 법한 표현들을 통해 묘사했다. 물론 이 단어는 직접적으로 사용되지 않았으며, "스스로의 내부로 침투한 환상적인 모험", "모순된 요소들이 서로 조화됨 없이 결합되어 실행되었다", "영혼의 사멸" 등의 표현이 쓰였다.

이 등장하기 이전의 관념이 빚은 표현양식으로 여겨진다.[90]

직접적인 논쟁을 통한 것은 아니지만 프리드리히 테오도어 피셔 Friedrich Theodor Vischer는 위의 두 가지 논점을 모두 반박했다. 피셔는 『미학 또는 미의 학문Aesthetik oder Wissenschaft des Schönen』에서 형식상의 그로테스크를, 서로 구분되는 영역들이 예술작품 속의 형상에 혼합된 것으로 정의했다.("형상들의 그로테스크한 얽힘", "기계적인 것과 동식물이 인간의 형상으로 전이되거나 그 반대의 현상이 일어난다", "동물의 형상이 인간의 형상과 뒤섞이고, 생명이 있는 것이 비유기체와 뒤섞인다.") 그러나 이러한 혼합은 (초시간적인) 유머의 분위기로부터 비롯된다. 유머는 그로테스크를 탄생시키는 실질적인 원동력이며 우스꽝스럽고 기이한 형상은 그로테스크의 본질적 특징이다. 심지어 피셔는 『미학』에서 "그로테스크는 불가사의한 외양을 한 우스꽝스러움"이라고 정의하고 다른 부분에서는 그로테스크를 "신화적인 우스꽝스러움"으로 칭하기도 했다. 이런 표현들은 특기할 만하다. 피셔는 이제 그로테스크를 악마 숭배라든지 신화적 관념에서 비롯된 것으로 여기지 않았다. 신화적이고 불가사의한 요소 역시 유머를 창출하는 수단에 지나지 않는다. 이렇게 탄생한 유머는 유희적이고 목적에 얽매이지 않는[91] 상상력으로부터 나온 "지극

---

90 이로써 헤겔이 그로테스크라는 단어를 어원학적 뿌리와 무관하게, 1800년 전후 흔히 그랬듯 그로테스크 장식을 아라베스크로 칭했던 이유도 설명된다. 그러나 언어 용법은 그 전철을 밟지 않았다. 미술사에서는 그러한 장식미술을 가리킬 때 그로테스크라는 명칭이 일관되게 사용됐으며, 19세기 중반부터는 다시금 원래의 명칭이 널리 쓰이기 시작했다. 1851~1853년에 간행된 러스킨의 『베네치아의 돌Stones of Venice』에는 그로테스크 장식이 상세히 묘사되고 설명까지 곁들여져 있다. 독일에서는 얼마 지나지 않아 슈마르조Schmarsow가 그 뒤를 이었다.

91 피셔 역시 그로테스크와 캐리커처 간의 관계를 인지한 것으로 보인다. 그러나 그는 그로테스크 캐리커처의 사실주의적 측면을 자유롭고 유머러스한 상상력에 비해 거의 무의미한 것으로 보았다. 해학적인 요소가 드러남에 따라 풍자적인 목적은 퇴색된다.

히 자유로운 자의"로 "자연에의 얽매임"을 끊어 버린다. 피셔는 그처럼 환상적인 유머에서 낯설고 섬뜩하며 심원한 무언가를 감지한 것이 분명하다. 다양한 영역들을 뒤섞고 "명료한 윤곽선을 거친 형태로 뭉뚱그려 버리는 광기"를 수차례에 걸쳐 언급하고 있기 때문이다. 다만 광기라는 명사에 일관되게 "생기로운"이라는 형용사를 덧붙임으로써 위협적이고 비인간적인 인상을 걷어 낸다.

이쯤에서 그로테스크의 개념에 관한 역사는 전환기를 맞는다. 그로테스크가 환상적이고 우스꽝스러운 것으로 전락하면서 심지어는 '저급한 우스꽝스러움'이나 '기이한 우스꽝스러움'으로까지 취급되기에 이른다. 이 단어가 전문용어의 지위를 잃어버리고 애매모호한 의미로 사용되기 시작한 이유도 여기서 추론할 수 있다. 미학자들의 개념 정의에는 예술작품에 표현된 그로테스크의 참된 의미에 대한 고려가 충분치 않았고, 미술사와 문학사를 연구하던 학자들은 스스로 수치스럽게 여기면서도 항상 철학적 미학자들의 추상 언어를 모방하려는 경향에서 벗어나지 못한 탓이다.

예술에 대해 섬세한 감각을 지녔던 피셔는 적어도 그로테스크에 깃든 섬뜩하고 생경하며 비인간적인 무언가를 감지할 수 있었지만, 그 스스로 이를 외면하였고 해석하거나 언급하는 일도 기피했다. 그로테스크의 본질을 설명하고자 피셔가 든 사례(플뢰겔도 언급한 바 있는 어느 베네치아 익살극의 한 장면)에는 '신화적' 요소는 물론 환상적인 요소까지 거의 빠져 있었다. 19세기 후반기의 미학자들은 피셔가 닦아 놓은 전철을 그대로 밟았다. 헤겔에게만 해도 아직 주요 관심사였던 그로테스크의 형이상학적 의미에 관해서는 새로운 해석이 나오기는커녕 누구 하나 주의조차 기울이지 않았고, 그나마 포괄적이던 피셔의 유머에 관한 정의 역시 측정 가능한 웃음의 심리적 효과 이론에 밀려 그로테스크 개념을 정의하는 데 밑바탕으로 채택되지 못했다. 에버하르트Eberhard, 크라우제Krause, 쾨스틀린Köstlin, 카리에르Carrière, 렘케Lemcke, 위버호르스트Überhorst 등도 그로테스크를 우스꽝스러움, 나아가 저급한 우스꽝스러움의 하위 요소로 전락시킨 미학자들이다. 이들의 이론을 일일이 파고드는 일은 무의미하므로 생략하겠다. 그로테스크에 나타난 왜곡을 의도적이고 목적에 부합된 과장으로 해석하는 목소리도 간간이 있었다. 가령 하르트만Eduard von Hartmann조차도 이를 환상적인 풍자와 동일한 것으로 취급했다. 슈네간스Heinrich Schneegans는 『그로테스크 풍자의 역사Geschichte der grotesken Satire』(1894)의 서두에서 그로테스크의 선구자들을 모두 언급한 뒤,[92] 그로테스크란 "풍자의 특별한 유형", 다시 말해 "있을 수 없는 수준까지 과장된 풍자"라는 결론에 도달했다. 책의 뒷부분에 이르면 이런 문장까지 등장한다. "그로테스크한 그림은 항상 납득할 수 있어야 한다. 풍자화는 언제나 명료하고 명쾌해야 함은 물론 한눈에 들어올 만큼 강렬해야 한다." 이후의 미학에서 그로테스크의 개념 정의는 1770~1830년 사이에 이룩된 정점에 한 번도 도달하지 못했다. 그로테스크에게 주어진 것은 이제 저급한 우스꽝스러움이라는 오명뿐이었다.

2. '사실주의적' 그로테스크 : 켈러, 피셔, 부슈

미학의 개념 정의에 드러나는, 그로테스크를 하찮은 것으로 여기는 태도는 낭만주의 이후의 19세기 인문학자들이 형성한 일반적 틀과도 잘 맞

---

92 그 외 Beate Krudewig, Das Groteske in der Ästhetik seit Kant, Dissertation, Bonn, 1934를 참조. 이 논문은 자료 모음 이상의 의미는 없다. 페치R. Petsch는 미학자들이 내린 기존의 정의가 미흡함을 강조했다(Das Groteske, *Deutsche Literaturwissenschaft*, 1940). 그러나 그가 내린 정의도 모호하기는 마찬가지다. "그로테스크란 (…) 심오하고 은밀한 가치관, 특히 우리가 일상에서 느끼는 것보다 팽팽히 긴장되고 심오한 세계관을 통해 과장법을 상징적으로 활용한 것(이다.)"

아떨어진다. 이후의 예술 분야에서 순수 그로테스크를 거의 찾아볼 수 없게 된 것, 그리고 발견한다 해도 완곡한 형태로 혹은 다른 형상들과 겹쳐 표현된 경우가 대부분인 것도 새삼스러운 일은 아니다. 독일의 창작예술 분야만 두고 볼 때, 그중에서도 특히 지배적인 시민문학 및 예술에 주목한다면 이런 경향이 더욱 뚜렷하게 확인된다. 그러나 그로테스크의 역사에 관한 지식을 바탕으로 면밀히 관찰하면 여기서도 그로테스크적인 요소를 적잖이 발견할 수 있다. 예의 편협한 시선 때문에 간과했거나 낭만주의를 유치하게 본뜬 것으로 치부해 버렸을 뿐이다. 가령 장 파울과 호프만을 모범으로 삼은 슈티프터Adalbert Stifter의 초기 작품에는 그로테스크에 근접한 스타일이 곳곳에서 뚜렷이 드러난다. 『보헤미아의 숲Der Hochwald』에 이어 출간된 『바보의 성Die Narrenburg』은 더는 습작으로 부를 수도 없을뿐더러, 선대인 티크의 『클라우젠부르크Die Klausenburg』나 호프만의 『장자 상속권』과의 연관성을 언급할 때도 단순한 종속 관계의 맥락에서만 이해해서는 안 된다. 이 작품을 통해 독자는 슈티프터의 다른 작품에 드러난 차분한 서술방식이 의도적으로 다듬어진 것임을 깨닫게 된다. 그러나 『바보의 성』에서 발견되는 모든 구성요소(선천적인 괴팍스러움을 표현함으로써 한층 극단화한 백치 모티프, 잡다한 양식이 부자연스럽게 혼합되어 좁은 성 내부를 채우고 있는 광경, 외모와 행동거지 모두 기이하고 섬뜩한 느낌을 주는 고독한 성지기 캐릭터 등)가 그다지 독창적이지 못하며, 엄밀히 따져 그로테스크와 유사한 분위기를 연출할 뿐 순수 그로테스크의 수준에는 도달하지 못하고 있다는 사실도 인정해야 한다. 낭만주의의 영향은 또한 뫼리케Eduard Friedrich Mörike의 『화가 놀텐Maler Nolten』에도 적잖이 드러나는데, 여기서는 그로테스크적인 구성(고문관 및 자살로 생을 마감하는 연극배우 라르켄스 등에게서 발견되는)이 슈티프터에서보다 한층 강하게 드러나 있다.[93]

154

좀 더 적절한 예로 고트프리트 켈러의 『젤트빌라 사람들』 연작을 보자. 새로운 그로테스크 양식을 찾아볼 수 없기는 여기도 마찬가지다. 켈러는 심지어 낭만주의 작가들이 활용했던 풍부한 그로테스크 표현 가능성 중에서 등장인물의 구성만을 제한적으로 받아들였다. 그러나 그가 의미 있고 세련된 방식으로 이를 변형, 자신의 작품에 적용했다는 점은 분명하다.

E. T. A. 호프만의 그로테스크한 등장인물들을 되짚어 보면 이들이 세 가지 유형으로 나뉨을 알 수 있다. 첫째는 외형적으로(외모 혹은 행동 측면에서) 그로테스크한 인물이다. 예컨대 『섣달그믐날 밤의 모험』에 등장하는 천사같이 아름다운 여인의 남편을 떠올려 보라. 그는 서술자가 흠모하던 여인에게 영원한 사랑을 맹세하는 순간 나타난다. "그 순간 거미의 다리와 개구리처럼 튀어나온 눈을 한 조악한 생물체가 뒤뚱거리며 들어와 거북스럽게 새된 소리로 터무니없이 웃으며 외쳤다. '도대체 이 여편네가 어딜 간 거지?'" 앞서도 언급했지만 이처럼 인간과 동물이 조합된 그로테스크한 형상은 칼로의 작품에서 비롯된 것이다. E. T. A. 호프만의 글에서 이는 대개 천사 같은 아름다움과 극렬한 대비를 이루며 등장한다.

두 번째 유형은 괴벽스러운 예술가이다. 이들 역시 대부분 괴상한 외모라든지 낯설고 어설픈 표정, 혹은 기묘한 행동방식이 특징이다. 이들은 모두 초월적인 아름다움을 체험했으며, 숙명적인 힘 혹은 어둠의 힘에 노출되어 있거나 광기의 위협을 받는다(악장 요한네스 크라이슬러와 기사 글루크 등). 헤르만 마이어Herman Meyer는 장 파울의 『티탄Titan』에서

---

93 반면 슈토름Theodor Storm은 그로테스크를 한층 완화된 형태로 다루었다. 그가 슈미트Erich Schmidt에게 보낸 서신 참조(*Werke*, ed. A. Köster, Bd. 8, p.273). "도덕적이거나 미학적인 추함은 — 경악의 수준까지 이르지 않는 한 — 예술가가 유머를 통해 표현함으로써, 즉 유머를 통해 새로이 태어남으로써만 예술(특히 문학)에 활용될 수 있다. 이로써 우리가 '그로테스크'라 부르는 것이 탄생한다."

신을 찾아다니는 쇼페가 호프만의 등장인물들의 전형이 되었다고 보았는데, 이는 옳은 의견이다.(참고로 쇼페는 한 대사에서 자신이 코메디아 델라르테 애호가라고 밝히기도 한다.)

그로테스크한 외모와 행동거지를 한 세 번째 유형은 바로 '악마적인' 인물이다.[94] 실제 악마가 인간의 모습으로 나타난 경우(『어느 유명인의 삶에서』에 등장하는 이방인처럼) 그로테스크한 분위기는 쉽사리 흐려진다. 그래서 호프만은 『모래 사나이』의 코펠리우스에서 그런 흔적이 보이지 않도록 심혈을 기울였다. 그 밖에도 호프만의 작품에서는 이런 유형을 쉽게 찾아볼 수 있다. 이들은 사건에 직접 개입하거나 초자연적인 힘을 사용하지 않지만 존재 자체만으로도 주변에 죽음의 그림자를 드리운다. 일반적으로 이런 유형은 기계적인 것의 비밀에 정통하다. 호프만이 한 등장인물의 입을 통해 표현한 바에 따르면 이러한 기계성은 "자연의 비밀스러운 힘과 접촉함으로써 설명하기 힘든 영향력을 발휘한다."(그에 앞서 장 파울도 자동인형이나 밀랍인형, 기이한 장치 등을 통해 이러한 요소를 활용했다.)

켈러의 『젤트빌라 사람들』에는 세 가지 유형의 인물이 모두 등장한다. 「행복의 개척자Der Schmied seines Glückes」의 주인공 존 카비스는 외딴 대저택에서 어린아이의 비명 소리를 듣고 그쪽으로 향하다가, 그로테스크하게 장식된 방에서 별안간 리투믈라이라는 특이한 이름의 왜소한 남자와 마주친다.

---

94 헤르만 마이어는 이 유형을 탁월하게 분석했다(*Der Typus des Sonderlings in der deutschen Literatur*, Amsterdam, 1943). 본서에서도 켈러와 라베에 관한 내용을 다루는 데는 마이어의 광범위한 분석에 의존했다. 이 시대 전체와 관련해서는 Lee B. Jennings, The Grotesque Element in Post-romantic German Prose, 1832~1887, Dissertation, University of Illinois, 1955를 참조할 것.

옆방의 문을 열자 조상들을 모신 커다란 홀이 나타났다. 방은 바닥에서 천장까지 빽빽이 초상화로 채워져 있었다. 바닥에는 다양한 색깔의 육각형 타일이 깔려 있었고 석고로 된 천장에는 실물 크기의 인간과 동물의 형상, 과일 화환과 휘장들이 거의 공중에 떠 있다시피 새겨져 있었다. 열 척 높이나 되는 벽난로의 거울 앞에 키가 작고 체구는 새끼염소만 한 백발의 노인이 진홍색의 벨벳 잠옷을 입고 얼굴에는 비누거품을 칠한 채 서 있었다. 그는 성마르게 허우적거리고 울부짖으며 외쳐 댔다. "면도를 할 수가 없어! 면도를 못 하겠다고! 면도칼이 들지 않아! 아무도 나를 도와주지 않는다니까! 오, 맙소사, 오, 맙소사!"

이처럼 괴상한 등장에도 불구하고 이 인물에 대해 알아 갈수록 처음의 생경한 느낌은 사라지고 진부한 문학적 도식(아내에게 배신당하고도 결국은 승리를 자축하는 인물)이 이를 대체한다. 이후 그가 주인공을 행복의 최고조까지 끌어올렸다가 도로 내팽개치며 그의 운명을 좌지우지하는 것도 악마적이거나 그로테스크한 것과는 거리가 멀고, 그저 존 카비스가 건방진 행동에 대한 대가로 정당한 벌을 받는 것처럼 보일 뿐이다. 게다가 이는 옳은 길을 가는 도중에 넘어져 맛보는 작은 고통에 불과하다. 주인공은 소설의 결말에서 "단순하고 우직한 노동의 기쁨을 뒤늦게야 깨닫게" 될 뿐 파멸을 맞지도 않는다.

「마을의 로메오와 율리아Romeo und Julia auf dem Dorfe」에 나오는 검은 바이올리니스트를 보고 독자는 그가 호프만이 창조한 괴벽스러운 예술가의 후손 격임을 어렵지 않게 알 수 있다. 여기서도 켈러는 특별한 인물의 출현이 다른 요소와 극명한 대비 효과를 내도록 사전에 세심하게 계획했다. 어느 고요한 여름날, 자신들이 사랑에 빠졌다는 것조차 아직 인식하지 못하는 한 쌍의 연인이 "행복에 겨워 평화롭게" "별자리처럼 (…)

양지바른 언덕 위를 지나 언덕 뒤편으로 걸어간다." 이때 "불현듯" "검은 별"이 나타나고, 그것의 "기이한 마력"에 사로잡힌 두 사람은 이 "음산한 남자를 자기도 모르게 뒤따라간다." 비유적이고 애매한 표현("인 듯했다" 등)을 통해 소극적으로 묘사되기는 했지만, 어쨌든 이 인물은 인간과 동물과 기계적인 것이 뒤섞인 모습을 하고 있다.

> 정말로 그는 여위고 검은 얼굴에 곱자처럼 튀어나온 괴상한 코를 하고 있었다. 사실 코라기보다는 얼굴에 박힌 튼튼한 빗장이나 곤봉이라는 편이 나을 듯싶었다. 코 아래쪽에는 작고 둥근 구멍처럼 뚫린 입이 기이하게 벌어졌다 오므라졌다 하며 쉴 새 없이 숨을 내쉬거나 휘파람을 불거나 쉭쉭 소리를 냈다. 게다가 그가 쓰고 있는 둥글지도 모나지도 않은 희한한 모양의 작은 펠트 모자는 머리 위에 고정되어 있음에도 매 순간 모양이 변하는 것처럼 보였다. 남자의 눈동자는 여기저기 뛰어다니는 두 마리 토끼처럼 끊임없이 움직였기 때문에 흰자위 말고는 거의 아무것도 보이지 않을 정도였다.

물론 켈러는 여기서 예술적인 기질이 등장인물에게 야기하는 문제를 다루지는 않았고, 대신에 권리를 박탈당하거나 삶의 근간을 잃는 이들을 조명한다. 리투플라이의 이야기에서처럼 이 단편에서도 켈러는 추방된 자를 부랑아들, 즉 삶의 기반을 잃은 자들을 대표하는 인물로 내세움으로써 (앞의 인용문에 나오는 젊은 연인도 뒤에 다시 한 번 이들의 영역에 휘말린다) 등장인물을 명료하고도 거의 연속적인 인과관계에 끌어다 앉히고 있다. 다만 이러한 인과성은 ―「행복의 개척자」와는 대조적으로 ― 어두운 심연을 가리고 있는 표면에 지나지 않는다. 이 작품의 남녀 주인공 브렌헨과 잘리의 이야기에「행복의 개척자」보다 깊은 의미를 부여하는 것도 이 심연이다. 이야기 속의 사건을 촉발한 요인은 대체로 가시적인 것처럼 느껴지지만, 여러 사건이 한꺼번에 드러남으로써 도리어 모든 것이 불분명해진다. 그러나 켈러는 동시에, 이야기의 구성에서 기원을 설명하기 힘든 초자연적인 힘(예컨대 사랑의 열정, 음악에 깃든 구원의 힘, 부정한 행위가 벌어지는 들판 위에 은밀한 권위로 지배력을 행사하는 부정의 마력 등)이 사건의 방향을 결정짓도록 만든다. 검은 바이올리니스트는 신성한 권위와 어둠의 힘에 동시에 노출되어 내면적으로 양분된 예술가의 상징이 아니라, 연인의 내부에 파고들어 이들을 파멸로 몰고 가는 초자연적인 힘의 현신이다. '사실적으로는' 여전히 상속권을 박탈당한 음악가의 탈을 쓰고 있지만 그의 실체는 악마이다. 인간을 유혹하고 행복감을 안겨 주다가 집어삼켜 버리는, 인간세계 어디에나 도사리고 있는 심연의 악마인 것이다. 브렌헨의 비웃음을 사던 낯설고 기괴한 외모 뒤로 이미 섬뜩한 힘의 발현이 예고되고 있었다.

검은 바이올리니스트라는 인물에는 괴짜 음악가의 모습과 호프만의 '악마적 형상'이 결합되어 있다. 취스 뷘츨리 역시 실체는 악마나 다름없으며, 이로써 켈러가 취스 뷘츨리라는 인물에게서 그로테스크를 구현하고 있는가라는 초기의 질문에 대한 답도 나온 셈이다. '마술의 힘'이라는 수식어를 달고 이야기에 등장하지만, 동물에 관해 두서없이 늘어놓는 취스 뷘츨리의 이야기 끝에는 그녀의 악마적인 본질이 번뜩이며 모습을 드러낸다. "고양이와 비둘기들이 나를 잘 따르는 것만 봐도 내가 영리하면서도 순박하고 교활하면서도 순진무구하다는 사실이 증명되지." 물론 젤트빌라의 빨래하는 여자의 딸로 소개된 취스 뷘츨리는 검은 바이올리니스트에 비하면 훨씬 덜 위협적인 인상을 준다. 또한 그로테스크한 중국식 사원 모형이 포함된 그녀의 소지품들도 하나하나 출처가 밝혀지면서 어느새 친숙하게 느껴진다. 취스 자신은 디트리히의 계략에 넘어감과 동시에 결국은 진부한 문학적 도식(속임수에 걸려든 사기꾼, 드센 아내)에 끼워 맞춰진다. 그로테스크는 여기서 풍자와 모순으로 재차 전환된다. 하지만 이 소설은 세 빗 제조공의 내면 및 그들 주위를 둘러싼 세계가 생경해지는 과정을 다루는 방식에서 같은 장르에 속하는 다른 모든 작품을 능가한다. 독자는 켈러의 작품 속 화자가 늘어놓는 생생하고도 생소한 비유를 보며 예술적인 자의식 혹은 본능적 확신에 감탄해야 하는 것인지 혼란을 느낀다. 이 작품에서도 비유(성냥개비, 세 마리 청어를 덮은 종잇장, 세 자루의 연필, 별똥별, 겁에 질린 말 등)는 켈러가 가장 선호하는 표현 수단이다. 기계적인 것이라는 소재에 대한 광신도 빠뜨릴 수 없다. 똑같은 유형의 빗 제조공 세 명이 한자리에 모이는 데서부터 시작해 취스의 권력을 강조하는 "여러 악기를 동시에 연주하는 거장"이라는 비유에도 이 요소는 엿보인다.

켈러는 그로테스크를 창조하는 과정에서 악마적인 것을 의인화하고 물질적인 것을 구체화했다. 한마디로 자신만의 그로테스크 양식을 고안했다고 할 수 있다. 켈러를 사실주의와 연관 지을 수도 있지만, 그의 작품세계에 드러난 사실성에는 실체를 파악할 수 없는 섬뜩한 암흑의 힘이 내포되어 있다는 것 역시 간과해서는 안 된다. 또한 예리한 시선을 지녔으며 쾌활하게 웃기도 하고 독자에게 웃음을 선사하기 좋아하는 서술자가 심원한 세계를 대할 때의 전율에도 익숙하다는 사실을 기억해야 한다.

그러나 라베Wilhelm Raabe의 작품세계에 등장하는 서술자에게는 이런 전율이 낯설다. 이 세계에는 이야기에 끼어들어 생경한 분위기를 만들어내는 섬뜩한 '무엇'이 빠져 있다. 라베의 세계는 — 아마도 작가의 세계관 때문이 아니라 창작 방식 때문이겠지만 — 인물의 영역, 다시 말해 등장인물의 선하거나 악한 본성에서 끝난다. 그러나 이로 인해 그로테스크는 기이하고 괴상한 것으로 변한다. 겉보기에는 여전히 그로테스크한 괴짜 등장인물이라도 악마적인 본질은 내포하고 있지 않으며, 대신 풍부한 감성과 상처받기 쉬운 내면을 지니고 있다. 그로테스크는 그러한 내면을 방어하기 위한 가면일 뿐이다. 라베의 작품 어디서든 우리는 원칙적으로 장 파울과 E. T. A. 호프만이 창조한 등장인물의 유형을 만나게 된다(이런 경향은 낭만주의 이후 한 세기 내내 나타났다). 이야기의 서술자가 장 파울을 몇 번씩 거론하는 경우도 있다. 『슈페를링 거리의 연대기Die Chronik der Sperlingsgasse』에도 그런 유형의 인물이 등장하는데, "기괴한 바로크 가면"을 쓴 비머 박사와 괴벽스러운 화가 겸 캐리커처 화가인 슈트로벨이 그 주인공이다. 서술자 역할을 하는 바흐홀더는 한 페이지 전체에 걸쳐 슈트로벨의 방을 묘사하며, 방 안의 광경이 유스티누스 케르너(Justinus Kerner, 그로테스크한 작품을 쓴 독일의 시인이자 작가—역주)의 얼어붙은 상상력보다 "훨씬 더 기괴하게" 느껴졌다고 말한다. 그러나 이처럼 뜻 모를 표현에도 불구하고 독자는 방 안의 모습이 비록 무질서하기는 하지만 정취 있고 거의 안락하기까지 하다는 사실을 알아챌 수 있다. 취스 뷘츌리의 집기들과 비교해 볼 때, 하나같이 주인의 영혼이 스며들어 있는 이 방의 물건들은 낯설고 고립된 느낌을 주기보다는 내밀하고 따뜻하며 매우 개인적인 분위기를 만드는 데 일조한다. 서술자는 여기서 "이질적"이라는 단어를 매우 모호한 의미로 사용하고 있다.

한때는 틀림없이 다리가 네 개였을 터이나 지금은 세 개만 남은 책상이 이 안락의자 가까이에 세워져 있었다. 빈 맥주잔과 반쯤 비어 있는 담뱃갑, 작은 재료 접시, 낙서가 휘갈겨진 종이, 그 밖에 이질적인(!) 물건들이 지극히 흥미로운(!) 모습으로 뒤섞여 책상 위를 빼곡히 채우고 있었다. 방 안에는 모양이 제각각인 의자 세 개도 있었다. (…) 한쪽 구석에는 산책하기 좋아하는 이 캐리커처 화가의 지팡이가 세워져 있고, 그 꼭대기에는 챙이 넓은 펠트 모자가 걸쳐져 있다. 커다란 여행 가방을 걸어 놓은 다른 쪽 구석의 벽에는 기괴한 스케치들이 압정에 꽂힌 채 일렬로 늘어서 있었다. 모든 것이 그야말로 유머와 기이한 모순의 뒤죽박죽이었다.

마지막에서 서술자는 또 한 번 과도하게 개입한다. 방 안의 풍경에는 매우 명확한 의미가 있으며, 이는 서술자가 뒤에 "바로크" 인물인 비머 박사의 특성으로 칭한 "독일적인 정서"와 근본적으로 같은 것이다. 비록 뒤에 이르면 긍정적인 인상이 다소 줄어들기는 하지만, 라베의 작품에 등장하는 친근한 동시에 기이하기도 한 인물들은 대개 이런 유형이다. 이들은 일단 매우 풍요로운 내면을 지니고 있으며, 독자는 서술자를 통해 이에 관해 자세히 알게 된다. 그러나 지나치게 정확한 묘사는 결과적으로 E. T. A. 호프만의 첫 번째 유형에 속하는 그로테스크한 특성을 사라지게 만든다. 라베는 등장인물을 구상하는 데 거의 이 유형만을 적절히 변형하여 사용했을 뿐 두 번째 유형은 극히 드물게 사용했다. 『핑켄로데의 아이들 Die Kinder von Finkenrode』에 삽입된 광적인 음악가 발링거는 어느 비평가의 말마따나 "전적으로 낭만주의적 유산에 의해 창조된" 인물이다. 다른 한편으로 호프만의 소설에 나오는 요한네스 크라이슬러와 비교해 보면 라베의 작품세계가 등장인물의 영역에 분명히 한정되어 있음이 재차 확인된다. 라베는 이 영역을 초월하는 일이 좀처럼 없다. 섬세한 영혼을 가진 예술가를 지배하는 빛의 힘이나 암흑의 힘 등은 등장하지 않는다. 광기란 사람들의 비웃음을 사는 개인적인 병일 뿐 인간 본성의 섬뜩한 단면을 적나라하게 드러내는 숙명은 아니다.

그러나 19세기 독일 문학이 그로테스크를 창조하는 데 비단 낭만주의의 등장인물 유형에 의존하기만 한 건 아니다. 문학가들은 낭만주의에서는 거의 찾아볼 수 없었던 새로운 요소를 그로테스크라는 장르에 개척해 냈다. 프리드리히 테오도어 피셔는 이를 "사물의 악의Tücke des Objekts"

라 칭했다.[95] 특별히 천부적인 소질을 지닌 예술가나 신을 찾는 이만 어둠의 힘을 접하는 것이 아니다. 가령 켈러의 작품에서는 지극히 평범하고 일상적인 인물도 이 힘의 희생양이 된다. 물론 여기에도 불운을 불러들이는 일종의 '자극제'가 있고, 이로써 어떤 (물론 근본적으로 불충분하지만) 도덕적 의미 부여도 가능해진다. 예컨대 세 명의 빗 제조공 이야기에서는 '약간 지나친 정의감'이 부적절한 장소에서 발휘되었다는 것이 동인이 되었고, 「마을의 로메오와 율리아」에서는 아버지들의 죄가, 「행복의 개척자」에서는 행운에 집착한 존 카비스의 태도가 문제였다. 이쯤에서 우리 인간들이 꼭 어떤 자극을 받지 않고도 끊임없이 어떤 악의적인 힘에 휘둘리며 살아간다는 사실이 드러난다. 우리가 일상에서 접하는 사소하고 익숙해 보이는 사물이 별안간 생소하고 사악하며 악마의 지배를 받는 것으로 정체를 드러내는 것이다. 이는 언제 어느 때든, 특히 그것이 가장 민감하게 작용하는 순간에(빌헬름 부슈는 여기에 "민감하게 작용하는 곳에서"라는 말을 덧붙이기도 했다) 인간을 급습한다. 피셔의 소설 『아우흐 아이너Auch Einer』 곳곳에서는 주인공 A. E.가 자신만의 철학을 구상하는데, 여기서 중력의 법칙, 정역학 따위의 "영혼이 빠진" 용어를 사용하는 기존의 물리학은 형이상학, 다시 말해 "영계의 학문"이자 "보편적인 편향"과 "사물의 악의"에 관한 학문으로 대체된다. 심지어 그는 창조 이론을 통째로 구상하기도 한다. 여기서 자연은 "여성성을 지닌 원시적 존재의 산물"로 표현된다. 자연에는 아름답고 사랑스럽고 유연하고 섬세한 것뿐 아니라 불쾌하고 혐오스럽고 잔혹하고 파괴적인 것 역시 존재한다는 사실, 혈

---

95 헤르만 마이어는 장 파울과 E. T. A. 호프만의 작품에 '사물의 악의'가 최초로 나타난다는 점을 정확히 지적하고 있다(*Der Typus des Sonderlings in der deutschen Literatur*, p.172). 또한 쇼펜하우어Arthur Schopenhauer는 이렇게 말하기도 했다. "우리가 손대는 모든 것은 저마다 나름의 의지를 지니고 있기에 저항한다."

통 좋은 개에게도 광견병이 덤으로 주어진다는 사실, "예술적인 외관"을 지닌 아름다운 동물 말고도 "멧돼지, 두꺼비, 촌충, 이, 벼룩, 빈대"가 존재한다는 사실이 이로써 비로소 설명된다는 것이다. 자연 세계를 지배하는 법칙을 '약육강식 체계'로 칭하는 것도 지나치게 온건한 표현이다. "동물들이 먹잇감을 그냥 죽이는 게 아니라 쓸데없이 재미삼아 몇 시간이고 며칠이고 괴롭힌다는 사실을 상기할 필요가 있다." 인간에게서는 이런 현상이 더욱 심화된다. "인간은 지력을 활용해 동물뿐 아니라 자신의 동족에게도 특별한 방식으로 고통을 주는 방법을 궁리해 냈다." 그러나 인간의 등장과 더불어 "자연의 법칙에는 차질이 빚어지고" 말았다.

> 인간은 또한 보다 고차원에 있는, 남성성을 지닌 또 다른 신적인 존재이자 빛의 정령의 손에 이끌려 (…) 점점 더 여성성을 지닌 원시 존재나 다른 정령들이 알지 못했던 것을 고안해 냈습니다. 법, 국가, 학문, 박애, 그리고 예술이 그것이지요. (…) 그러나 진창과도 같은 세계의 산물인 악귀들은 이에 분노해 끔찍한 복수를 결심하고 사물에 스며들었습니다. 그 후의 일은 당신도 알고 있을 것입니다. 그로 인해 인간이 어떤 고통에 시달리는지 말이지요. (…) 그러니 사물에 들어앉아 있는 악마를 탓하지 않고 악마에 씐 사물을 탓하는 건 그릇된 태도라고밖에 할 수 없습니다.

이와 같은 악마주의적 세계관은 장 파울이나 빅토르 위고의 작품에 나오는 악마적인 해학가의 관점을 연상시킨다. 그런 관점으로 묘사되는 장면에서는 끊임없이 그로테스크한 분위기가 솟아나지만, 그렇다고 이런 관점이 진지하게 받아들여지지는 않는다. 우리는 A. E.의 이론을 풍자(틀림없이 헤겔을 염두에 둔)로 간주하거나 '이성적인 분노'에 사로잡힌 괴짜의 엉뚱한 철학으로 웃어넘길 수 있다. 소설의 틀을 이루는 관점은 독자와 같은 편에 서 있는 서술자의 '평범한' 관점이다. 초기에 이들의 머릿속에서는 사소한 것을 물고 늘어지는 주인공의 사고방식에 대한 짜증과 그에 대한 인간적 호감이 갈등을 일으키지만, A. E.의 풍부한 내면에 대해 자세히 알아 갈수록 독자의 마음은 호감 쪽으로 기울어진다. 다만 이와 더불어 주인공이 주는 기이한 느낌은 점차 사라진다. 말하자면 이 괴짜 주인공은 라베 식 괴짜의 전형과 많은 공통점을 보인다.

물론 뭔가 동요를 일으키는 부분은 여전히 남아 있다. 삐딱한 사고방식과 풍자적인 내용에도 불구하고 우리는 그 안에서 진지하고 대체로 정당하기까지 한 무언가를 감지하며, 마침내는 이야기 속의 정황을 통해 이를 끊임없이 확인하게 된다. A. E.의 이야기들뿐 아니라 서술자의 눈앞에 펼쳐지는 장면들도 그 증거가 된다. 하지만 여기서조차 위협적인 분위기는 점차 자취를 감춘다. 사물이 끊임없이 악의를 발산하며 인간을 해칠 기회를 노리는 동안 그것이 원래 지니고 있던 섬뜩한 느낌이나 진짜 악마성은 오히려 사라지는 것이다. 인간은 사물의 악의가 어떤 상황을 야기할지 예상하고 그것이 유도해 낼 행위에도 대비할 수 있다. 더군다나 우리는 이런 사물을 일상의 가장 기본적인 영역에서 마주친다. "연필, 펜, 잉크병, 종이, 시가, 유리병, 전등" 등은 피셔의 소설 속 주인공이 일차적으로 언급하는 악의적인 사물의 예이다. 사건들이 대부분 이처럼 극히 사소한 수준에 머물기 때문에 독자 역시 마음껏 웃을 수 있다. 『아우흐 아이너』에서 그로테스크는 해학적인 요소에 가려 거의 흔적을 찾아볼 수 없으며, 이로써 피셔의 소설은 그의 이론에 한층 가까워진다.

물론 소설에는 주인공이 언명하려는 듯 보이는 악마주의 이상의 것이 이따금 드러난다. 이야기의 초반에 A. E.는 사악한 단추가 그에게 걸어온 "장난"에 관해 이야기한다.

나는 내 의지와는 전혀 상관없이 어느 결혼식 피로연에 참석하게 되었다. 온갖 음식으로 뒤덮인 커다란 은쟁반이 내 앞으로 날라져 왔다. 나는 쟁반의 가장자리가 탁자 바깥으로 약간 튀어나와 내 가슴 쪽을 향하고 있다는 것을 미처 눈치채지 못했다. 옆에 앉아 있던 부인이 포크를 떨어뜨려 그것을 집어 올리려는 순간이었다. 내 정장의 단추 하나가 악마처럼 교활하게 쟁반 아래로 기어 들어가더니 내가 재빨리 상체를 일으키는 순간 갑작스레 그것을 뒤집어 버렸다. 쟁반 위에 있던 소스와 온갖 절임류, 그중에 있던 검붉은 액체까지 모든 것이 와장창 소리를 내며 나뒹굴거나 흘러내리거나 탁자 위로 흩어졌다. 나는 허둥지둥 어찌해 보려다가 포도주 병을 쳐서 넘어뜨렸다. 내 왼쪽에 앉아 있던 신부의 새하얀 웨딩드레스 위로 포도주가 쏟아졌다. 일어서려던 나는 오른쪽에 있던 부인의 발가락을 세게 밟고 말았다. 누군가 도와주려 손을 내밀다가 채소접시를 뒤집고, 다른 누군가는 유리잔을 넘어뜨렸다. 아, 그야말로 아수라장이자 난리법석이자 비극적인 대참사였다. 온갖 무상한 것으로 이루어진, 가뜩이나 부서지기 쉬운 이 세상이 완전히 산산조각 나려는 참이었다. 비장함이 나를 사로잡았다. 일단 나는 샴페인병을 들고 창가로 다가가서는 창문을 열고 병을 높이 쳐들었다. 신랑이 내 팔을 잡았다. 화가 치솟고 분노가 들끓었다. 신부는 거의 졸도할 지경이었다. 더 이상 이야기하고 싶지 않다. 상황이 우스꽝스러운 지경에까지 이르렀기 때문이다.

마지막 문장에서 독자는 상황이 웃음을 유발하는 것으로 뒤바뀌었음을 감지한다. 사건 묘사에 포함된, 한층 강조된 부적합한 표현("비극적인", "부서지기 쉬운 세상이 산산조각 나려는 참이었다", "비장함", "우스꽝스러운" 등) 자체가 그런 표현 및 서술자를 향해 독자의 주의를 돌리고 있다. 그러나 이 이야기에는 애초부터 사악한 단추가 저지른 장난 이상의 의미가 있다. 악마주의만으로는 전혀 설명할 수 없는 요인이 사건에 개입한

166

것이다. 세부적인 요소의 누적이라는 악마적 장치가 그것이다. 일단 불씨가 댕겨지면 이 장치는 사납게 휘몰아치며 한 영역의 질서를 통째로 뒤흔들어 버린다. 그로테스크 이론가이기도 했던 피셔는 이러한 법칙을 간파하고 퇴퍼(Rodolphe Töpffer, 1799~1846. 스위스의 삽화가이자 작가—역주)에 관한 논문(1846년 「현대 연보Jahrbuch der Gegenwart」에 수록)에서 이에 관해 언급하기도 했다. "우연이 빚어내는 광적인 유희는 (…) 한 인간이 최초로 운명에 노출되고 거기에 얽혀들면서부터 시작된다. 미친 듯이 굴러가는 세계의 수레바퀴는 그의 손가락 끝, 혹은 옷자락을 거칠게 낚아채고 냉혹하게 끌고 간다." 같은 논문에서 그는 이 법칙을 "소용돌이"로 칭하기도 했다. "(이 소용돌이는) 고요한 움직임으로부터 시작해 끊임없이 확장되며 세상의 절반을 소용돌이의 중심으로 끌고 들어간다." 우리는 앞서 인용한 『아우흐 아이너』의 장면을 그로테스크한 그림으로 상상해 볼 수 있다. 이때 화가는 피셔의 소설 속 서술자처럼 해석을 극단화하지 않고 객체로서의 사건 자체만을 과장해야 한다. 그런데 이미 이런 표현방식을 사용한 사람이 있다. 바로 빌헬름 부슈다.

부슈의 여러 언급으로부터 우리는 피셔의 소설 속 주인공이 대변한 것과 유사하면서도 한층 구체적인 세계관을 유추해 낼 수 있다. 예를 들어 부슈가 1895년 12월 렌바흐Franz von Lenbach에게 쓴 편지에는 전통적인 물리학을 '형이상학'으로 대체하고자 한 A. E.의 구상과 동일한 사고방식이 드러나 있다.[96] "내가 이따금 재미 삼아 심취하는 학문에서는 인

───────────

96 크리스텔 룸페Christel Lumpe의 논문(Das Groteske im Werk Wilhelm Buschs, Götthingen, 1953, p.8)에서 인용. 이후에도 여러 면에서 이 논문의 도움을 받았다. 그 밖에 H. Cremer, Die Bildergeschichten Wilhelm Buschs, Dissertation, München, 1937; M. Untermann, Das Groteske bei Wedekind, Thomas Mann, Heinrich Mann, Morgenstern und Wilhelm Busch, Dissertation, Königsberg, 1929를 참조할 것.

간이 지금껏 딛고 있던 죽은 토대가 조금씩 살아나고 있다는 느낌이 드네. 가장 사소한 사물에 이르기까지 모든 것에 깃들어 있는 생명력은 내게 익숙한 어떤 사고방식과 잘 맞아떨어진다네." 여기서 "가장 사소한 사물의 생명력"을 우리는 앞서 논했던 사물의 악의로 해석할 수 있다. 다만 빌헬름 부슈의 사고방식에서는 이것이 한층 역동적이고 잔혹하다. 더군다나 그에게는 "역동적인 잔인성"이 일상의 하부 영역에서만 제한적으로 발현되지도 않는다. "역동적인 잔인성의 눈동자가 번뜩이는 것을 한 번이라도 본 사람에게는, 천왕성에 단 하나뿐인 괴상한 악당이 구원의 힘을 저지할 수 있다거나 단 한 마리의 악마가 천구을 가득 채운 성자보다 강할지도 모른다는 끔찍한 생각이 엄습해 올 것이네."(1880년 12월 13일 서신)

그러나 그로테스크와 관련된 문제에서는 그런 언급이나 고백이 기껏해야 작품을 해석하는 데 보조 자료로 활용될 뿐이다. 연구자들은 대개 이런 언급에 숨은 속뜻에 주목함으로써 해석의 열쇠를 찾고자 한다. 그러나 실질적인 해답은 작품 자체에 있다. 빌헬름 부슈를 어느 집 책꽂이에서나 찾아볼 수 있는 유머소설의 대가로 간주한 기존의 해석이 피상적인 것임은 이미 오래전에 밝혀졌지만, 부슈를 그로테스크의 대가로 보는 의견도 편협하기는 마찬가지다. 부슈의 작품들을 살펴보면 그가 피셔처럼 그로테스크를 유머러스한 방식으로 표현했다는 점이 눈에 띈다. 우리에게 익숙한 구성방식을 견지하고 있기 때문에 독자는 그로테스크가 주는 생경한 느낌에서 지속적으로 탈피할 수 있다. 부슈의 작품에서 해학과 풍자가 빠지는 경우는 드물며, 그로테스크 자체는 온건하게 표현된다. 또한 앞서 인용한 편지에 언급된 바와는 달리 부슈는 주로 세상의 한 가지 단면, 즉 시골스럽고 소시민적인 영역만을 제한적으로 다루었다. 또한 사건으로부터 거리를 둠으로써 관찰자에게는 확신과 자유과 주어진다. 물론 이야기의 진행에 사용된 사건의 강도는 피셔의 『아우흐 아이너』에 사용된 것보다 강렬하다. 가령 부슈의 작품에서 죽음은 흔히 일어나는 사건이다. 다만 죽음이 긴박감을 주는 경우는 거의 없고, 애초부터 독특하게 설정된 세계에서 지극히 독특한 방식으로 발생하기 때문에 그로테스크의 특징인 생경한 효과도 나지 않는다. 독자는 작가의 자유분방한 상상력에 흥겨워지고 홀가분한 마음으로 이야기를 따라가며, 그의 작품세계에서 묻어나는 엉뚱함에도 뭔가 교훈적인 의도가 있을 것이라는 (거의 무의식적인) 예상을 작가가 통쾌하게 깨 버릴 때도 피식 웃어넘길 수 있다. 부슈의 작품들 중 다수에서는 풍자적인 우화가 내적인 형식으로서 기반을 이루고 있다. 사건의 강도가 피셔의 작품에 비해 강렬하듯이(비록 그러다가 다시 유화되기는 하지만) 사물의 악의도 한층 더 교활할뿐더러, 이 요소는 피셔의 소설에 비해 현실과도 가깝게 다루어졌다. 부슈의 이야기들은 사물의 호전성이 지배적 법칙으로 존재하는 현실의 단면들과 일관성 있는 조합을 이룬다. 그러나 이것도 온건하게 표현되어 있기는 마찬가지다. 관찰자인 우리도 그러한 법칙에 이미 익숙하다. 우리는 아직 아무것도 모르는 등장인물들을 대하며 느끼는 우월감을 누리기만 하면 된다. 우리는 우리만큼이나 많은 것을 알고 있는 서술자 혹은 삽화가와 은밀한 동맹을 맺고 있는 셈으로, 작가의 의도를 언제나 즉각 눈치챌 수 있다. 가령 그림 한구석에 뭔가 뾰족한 물체가 등장한다면 보나마나 그 물체는 콧구멍이라든지 그 밖에 신체의 예민한 부위를 찌를 것이다. 서술자가 지극히 사무적인 투로 이렇게 기술하는 장면을 예로 들어 보자.

"자, 쿤라트, 가 봐! 행운을 빌어!"
그로부터 멀지 않은 곳에 다리가 하나 있었다.

이때 우리는 누군가 물에 빠질 것이라는 예상을 하게 되고, 실제로 그 일이 벌어지는 것을 보며 즐거워한다. 이런 즐거움은 행복한 어린 시절의 추억을 연상함으로써 솟아난다.

작품의 구성에서 이미 드러나는 그로테스크의 온건화는 소재에서도 관찰된다. 부슈는 피셔나 켈러, 라베보다 훨씬 광범위한 동물 모티프를 사용했으며 피셔도 이를 칭송한 바 있다. "부슈가 창조한 한스 후케바인은 심연의 괴물이자 악몽에나 나올 법한 괴수이다. (…) 부슈는 자연을 (…) 탁월하게 과장해 몽환적인 모습으로 변화시켰다." 그러나 우리는 여기서 그로테스크에 관해 정통하고 그것을 확고히 정의할 줄도 아는 인물인 피셔가 부슈의 작품을 과장되게 해석하고 있음을 눈치챌 수 있다. "심연의 괴물", "악몽" 등의 단어는 까마귀 한스 후케바인의 교활함을 다소 악마적인 것으로 해석하는 표현이다. 그러나 후케바인은 까마귀 둥지에서 태어났지 지옥에서 태어난 존재가 아니다.

그로테스크는 사물의 악의나 교활한 동물에서보다 피셔가 "세상의 절반을 집어삼키는 소용돌이"로 표현했던 법칙이 지배할 때 더 효과적으로 드러난다. 아주 작은 자극만으로도 상황은 순식간에 고조되어 완전한 혼란 상태로 끝을 맺는다. 이야기를 이런 방향으로 몰고 가려 할 때면 부슈는 낭만주의 작가들(아르님, 에드거 앨런 포)을 비롯해 피셔도 사용한 바 있는 축제 모티프를 활용했다. 축제는 그 자체로도 특별한 효과를 낸다. 진기함, 변장이 불러오는 마술의 효과, 참가자로 하여금 축제를 지배하는 초자연적인 무언가를 수용하게 만드는 것이 축제의 본질이기 때문이다. 본능 깊숙이 도사리고 있던 악마는 이처럼 내적으로 느슨해진 상황을 일종의 자극 혹은 활동을 개시하기 위한 호출로 받아들인다. 세상을 낯선 것으로 만들고 혼란을 야기하는 '그로테스크한' 축제는 그로테스크 문학에서 반복적으로 등장하는 소재로, 점점 심원해지며 해체되어 버리는 도시라는 모티프와도 밀접한 관계가 있다. 우리는 각기 다른 시기에 이런 소재가 어떻게 다루어졌는지를 비교함으로써 스타일상의 차이를 쉽게 찾아낼 수도 있다. 부슈의 작품에서는 이 소재가 유머러스하고 위협적이지 않게 다루어졌다는 점이 특징적이다. 충분한 거리를 두고 시골 축제를 관찰함으로써, 독자는 확신과 자유를 잃지 않고도 거기에 예외 없이 등장하는 해학을 즐길 수 있다. 그러나 이때 나오는 웃음은 부슈 식으로 보자면 일반적인 웃음, 즉 "상대적인 편안함의 표현"(『내가 나에 대하여Von mir über mich』에서 인용)에 지나지 않는다. 같은 단락에서 발췌한 다음 문장에는 그의 독자들이 지닌 일반적 가치관을 비판하는 어조가 깃들어 있다.

> 우리가 어마어마한 고통을 겪지 않는 한, 그처럼 (가상으로) 빚어진 존재는 좀처럼 우리의 공감을 얻을 수 없다. 독자는 사건을 관조하면서 세상의 고통은 물론 순진무구한 예술가와도 멀리 떨어져 편안히 있을 따름이다.

그러나 부슈의 작품에도 생경한 세계는 존재하며, 독자는 이를 얕보거나 외면해 버릴 수 없다. 이 세계를 지배하는 법칙을 우리는 — 물론 아직 그로테스크로 정의할 수 없는 범위에서 — '서로 조화될 수 없는 것들의 통합'으로 부를 수 있다. 이 법칙에 관해서는 앞에서도 반복적으로 다루었다. 칼로의 그로테스크는 물론 단두대에서 처형당하는 이의 옷을 장식하고 있는 '꽃'에서 심미적인 마력을 느끼는 장 파울의 악마적인 해학가도 여기에 속한다. 이 두 가지 사례는 특히 이 법칙을 표현하는 두 가지 방식을 대표하기도 한다. 조화될 수 없는 요소들의 통합은 대상 자체로부터 이루어지거나 이야기 속 상황에 대한 등장인물(혹은 서술자)의 반응으로서 나타날 수도 있다. 그러한 통합이 사실상 일어날 수 없거나 인간의 능력 혹은 이해력을 능가하는 경우, 한마디로 말해 비인간적일 경우 우리는 그로테스크에 한발 다가서게 된다. 부슈는 때때로 두 가지 방식을 모두 활용했는데, 대표적인 예가 부슈의 그림책 『얼음 페터Eispeter』이다. 다만 연필로 그린 스케치를 거친 목판화로 옮기는 과정에서 원본의 효과가 많이 상실되었다.

유난히 추운 1812년 겨울(글의 서두에 나오는 이 표현에서 독자는 즉각 이것이 실증적 정보임을 알아챌 수 있다) 페터는 어른들의 경고를 무시하고 스케이트를 타러 나간다. 그런데 바위 위에 앉아 스케이트 끈을 묶고 막 일어서려는 순간 바위에 얼어붙어 있던 바지가 찢어진다. 그 바람에 넘어진 페터는 얼음 한가운데 난 구멍에 빠지지만, 물에서 겨우 빠져나온 뒤 흠뻑 젖은 채로 계속해서 얼음을 지친다. 그러는 사이에 온몸을 적신 물이 차츰 고드름으로 변하고 마침내 페터는 "얼어붙은 호저豪猪"처럼 변해 그 자리에 멈춰 선다. 그로부터 몇 시간이 지나서야 페터를 발견한 아버지와 삼촌은 슬퍼하며 얼어붙은 페터의 몸을 집으로 옮겨 난로 옆에 세워 둔다. 페터의 부모는 이윽고 얼음이 녹으며 서서히 아들의 모습이 나타나는 것을 보고 기뻐한다. 그러나 얼음과 함께 녹아내린 페터는 방바닥에 웅덩이처럼 고여 겨우 형체만 알아볼 수 있게 되어 버린다. 부모는 고인 물을 항아리에 퍼 담는다.

그렇지, 그래! 돌로 만든 이 항아리에
페터를 퍼 담는다네.
처음에는 돌처럼 굳었다가
버터처럼 흐물흐물 녹아 버린 페터를.

(이렇듯 서투른 문구는 『얼음 페터』가 부슈의 초기 작품임을 추측할 수 있게 해 준다.) 마지막 삽화에는 텅 빈 지하실이 그려져 있다(**그림 15**). 처음으로 그림에 인물이 빠져 있고 대신에 세 개의 항아리가 시선을 끈다. 왼

쪽과 오른쪽의 항아리에는 각각 '치즈', '오이'라고 적힌 딱지가, 조명이 비추듯 밝게 그려진 한가운데의 밀봉된 항아리에는 '페터'라는 이름이 붙어 있다. 이름표 밑에는 세 개의 십자가도 그려져 있다. 화가의 시점도 다른 그림과는 완전히 다르다. 항아리들이 매우 크게 그려진 점으로 미루어 아주 가까운 시점에서 관찰한 것임을 알 수 있다. 그림에 강렬하게 묘사된 부모의 근심과 슬픔은 안타깝지만, 페터가 얼어붙었다가 녹는 이야기는 교훈적인 목적으로 현실을 과장하는 부슈 특유의 방식으로 쓰여 읽는 사람의 조소를 자아낸다. 독자가 느끼는 이 같은 감정의 교차를 흔적도 없이 사라지게 만드는 것이 바로 이 마지막 삽화이다. 죽은 이의 유해는 누구에게나 어딘지 성스럽게 느껴지기 마련이다. 그런데 그토록 애지중지하던 자식의 유해를 항아리에 넣어 지하실의 오이지와 치즈 항아리 사이에 저장하는(과연 언제까지 저장될지가 의문이다. 그런 용기에 저장된 것은 언젠가는 꺼내져 사용되기 마련이기 때문이다) 부모의 모습에서는 ― 읽는 이의 웃음을 유발하기도 하지만 ― 섬뜩한 무언가가 내비친다. 게다가 이 장면에 덧붙은 설명은 무시무시한 느낌을 한층 가중시킨다. 서술자는 장면을 요약하며 형식적으로 독자의 기대를 충족시키지만, 다른 한편으로는 마치 물질 상태의 어떤 것이 화학적으로 변화하는 과정을 설명하듯 지극히 냉담한 태도를 취하고 있다.

부슈는 그림으로 표현된 장면과 그것을 묘사하는 글 사이에 이처럼 간극을 조성하는 방식을 즐겨 사용했다. 우회적인 표현도 농담의 특별한 한 방식이듯 이러한 간극 역시 우스꽝스러움을 연출하는 데 효과적일 수 있다. 부슈의 『자연사 입문Naturgeschichtliches Alphabet』에 나오는 다음 시구도 그러한 예이다.

개똥벌레는 우리를 즐겁게 하지만

표범은 훨씬 덜한 즐거움을 준다네.

위 시구의 두 번째 행은 매우 일반적인 내용을 담고 있을 뿐 위협적인 느낌은 전혀 주지 않는다. 그러나 삽화를 보면 충격적인 장면이 구체적이고도 긴박하게 펼쳐진다. 영문을 모르는 흑인을 막 덮치려는 사나운 맹수가 그려져 있는 것이다. 이러한 간극이 우스꽝스럽게 느껴지는 이유는 특히 독자가 위협을 '표현된' 그대로 받아들임으로써 그다지 심각하지 않게 여기기 때문이다. 이국적인 소재 또한 거리감을 확고히 다지는 데 일조한다. 그러나 문자로 묘사된 것과 그림으로 표현된 것 사이의 간극이 인간의 이해가 받아들일 수 있는 척도를 넘어 비인간적인 것이 될 때 생경함이 탄생하고, 독자는 낭떠러지로 떨어지듯 아득한 느낌을 받는다.

그런데 이런 순간은 언제 발생하는가? 우리가 비인간적인 세계를 감지하는 순간은 언제인가? 이런 점에서 단순히 우스꽝스러운 것과 그로테스크한 것은 형식상 구분이 매우 어렵다. 둘 다 같은 것을 매개로 사용하기 때문이다. 둘의 차이는 바로 내용에 있다(물론 이것은 작품의 구성을 통해 가시화되기도 한다). 독자는 양자가 불러오는 효과를 통해 그 차이를 가장 쉽게 이해할 수 있다. 순수 그로테스크 작품의 경우 독자는 어느 한 지점, 즉 사건에 특정한 의미가 부여되는 지점에서 이야기에 개입하게 된다. 반면에 해학적인 작품에서는 독자가 사건과 일정한 거리를 유지하기 때문에 끝까지 확신과 객관성을 잃지 않을 수 있다. 『얼음 페터』를 분석하면 독자가 개입하게 되는 지점을 정확히 짚어 낼 수 있다. 비록 희화화되기는 했지만 부모가 슬퍼하는 장면이 그렇다. 이야기에 개입됨과 동시에 지금까지 독자에게 자유로운 입지를 허용해 주던 거리감은 사라진다. 누구에게나 익숙한 식료품 저장고를 그린 마지막 그림에서는 이런 거리가 더욱 좁혀진다(이야기 초반부에 나온 실증적 정보 역시 참조할 것). 매우 가까운 시점에서 그려진 대상은 독자에게도 한층 가깝게 와 닿는다. 이처럼 '조화될 수 없는 것들의 통합'이라는 측면에서 우스꽝스러운 것과 그로테스크한 것 사이에는 일정한 관계가 형성되어 있으며, 이 관계는 그로테스크가 종종 우스꽝스러움의 하위 요소로 치부되는 이유 역시 짐작할 수 있게 해 준다. 그러나 위에 설명한 개입의 순간을 기준으로 두 가지는 서로 정확히 구별된다.

지금까지 여러 단계에 걸쳐 빌헬름 부슈의 작품에 나타난 그로테스크를 살펴보았다. 이제 그중 마지막 단계만 남아 있다. 『에두아르트의 꿈 Eduards Traum』(1891)은 부슈의 그로테스크 작품 중에서도 가장 완벽한 것으로 꼽을 수 있다. 삽화 없이 문장으로만 구성된 이 소설은 19세기 초 발간된 보나벤투라의 『야경꾼』과 쌍벽을 이루는 19세기 말의 작품이다.

육체가 잠자는 동안 — "에두아르트, 코 좀 그만 골 수 없어?"는 이야기 전체를 이끌어 가는 핵심 문구이다 — 에두아르트의 영혼은 한 개의 점이 되어 세계를 떠돌아다닌다. 시골과 도시, 경제와 학문, 예술과 정치에 이르기까지 그야말로 다양한 세계가 펼쳐진다. 심지어 독자는 대수와 기하의 영역을 둘러보거나 다른 행성들과 낙원을 날아다니기도 하며 마침내는 알레고리의 세계로 들어간다. 넓은 도로가 터널로 이어지는가 하면, 좁고 보잘것없는 길이 산골짜기로 뻗어 올라가다가 이윽고 '사원의 도시'에 이른다. 도시로 들어가는 성문은 아무 순례자에게나 열리지 않는다. 에두아르트 역시 성안으로 들어가지 못 한다. 한 순례자의 말에 따르면 그에게는 "심장이 없기 때문"이다. 악마에게 쫓기던 그는 자신의 육신으로 뛰어들어 잠에서 깨어난다.

우리는 이야기의 결말로부터 작품 전체에 대한 해석을 이끌어 낼 수 있다. 이 작품에 묘사된 세계는 보나벤투라의 『야경꾼』에 나오는 것과 같은 정신 병원도 아니고 미지의 손에 의해 조종되는 인형극도 아니다. 심장도 자비도 사랑도 없는 세계일 뿐이다. 이곳의 인간들은 체중도 형체도 없는 듯 환영처럼 획획 스치며 날아다닌다. 마음이라는 것이 존재하지 않기 때문에 끈끈한 인간관계도, 유대감이나 공동체도 존재하지 않는다. 인간들은 서로 부딪치고 때리고 속이며 서로를 파괴한다. 이처럼 연속적인 장면들은 때로 남을 속인 사기꾼이 다음 장면에서 속임을 당하는 식으로 이어지기도 한다. 그렇다고 이 모든 것에 하나의 의미를 부여할 만큼 뚜렷한 윤리적 관점을 찾아볼 수 있는 것도 아니다. 관찰자 역할을 하는 에두아르트의 서술에도 어떠한 의미가 될 만한 도덕관은 빠져 있으며, 서술자가 뭔가를 해석하는 경우에는 오히려 모든 것이 뒤죽박죽되어 버릴 뿐이다. 이런 식으로 독자는 그로테스크의 세계로 이끌려 들어간다.

> 2층에는 사람 좋아 보이는 늙은 부부가 등불 아래 앉아 있었다. 결혼한 지 벌써 50년이 다 된 부부였다. 부인이 재채기를 했다. "고양이가 재채기를 했나?" 남편이 물었다. "당나귀가 말을 걸고 있나?" 부인이 대꾸했다. 바로 이거다! 말년에 이렇게 느긋할 수만 있다면 사랑에 한번 빠져 보는 것도 나쁘지 않다.

이런 경우 독자들은 풍자를 떠올릴지도 모른다. 다시 말해 내용과 반대되는 모순적인 뜻이 담겨 있는 것으로 해석할 수도 있다. 문학이나 정치에서 빌려 온 장면들도 이런 식으로 풍자의 효과를 낸다. 그러나 섣부른 해석은 금물이다. 부슈는 이 이야기를 통해 인간적인 온정을 일깨우려는 것이 아니라 변화시킬 수 없는 한 세계의 모습을 있는 그대로 보여 주고자 했을 뿐이다. 인간에게 주어진 행동 양태로서의 인간적인 온정에 대한 이야기는, 소설의 결말에 이르러 에두아르트가 아내와 아이들에게 둘러싸인 가운데 잠에서 깨어나는 장면에서 풍자로 돌변한다. "내 기쁨을 무엇에 비할 수 있으랴! 나는 내 심장을 되찾았고, 엘리제와 에밀도 각자의 심장을 가지고 있으니 말이다." 우리는 이 말에 담겨 있는 모순을 간파하는 동시에 부부 사이의 '다정한' 관계 역시 느끼게 된다. 서술자는 마지막 말을 통해 이를 한층 분명히 한다. "농담은 그만두기로 하고, 독자들이여, 심장을 가진 사람만이 스스로가 쓸모없다는 사실을 진심으로 느끼고 말할 수 있는 법이다. 나머지는 알아서 드러나기 마련이다."

그러나 비단 무정함만이 세상의 질서를 파괴하고 이야기 속에 나열된, 서로 연관된 장면들을 생경하게 느껴지게끔 만드는 것은 아니다. 여기에 실린 이야기들은 꿈속의 장면이다. 꿈에서는 현실세계를 지배하는 모든 질서가 사라진다. 인간을 괴롭히고 고통스럽게 하고 파괴하는 모든 일에 사물과 동물들이 관여한다. 여기서 탄생하는 초현실적인 장면들은 인간세계의 모습인 동시에 전혀 낯선 세계의 모습이기도 하기에, 보는 사람을 소름 끼치게 만든다. 그러한 예로 이야기에 등장하는 한 장면을 인용한다.

이윽고 나는 느릿느릿 어느 중요한 도시를 향해 갔다. 도시 위로 솟은 뾰족한 탑과 연기를 내뿜는 굴뚝들을 나는 어제 이미 먼발치로 보았다.

오후의 급행열차가 다리를 지나 이쪽으로 돌진해 오고 있었다.

첫 번째 객실에는 사업을 끝내고 익명으로 외국을 여행하려는 노련한 사업가가 앉아 있었다.

두 번째 객실에는 수줍은 신혼부부 한 쌍이 타고 있었다. 세 번째 객실도 마찬가지였다.

네 번째 객실에서는 포도주 판매상 세 명이 각자 누굴 만나건 반복하는 레퍼토리를 늘어놓고 있었다. 다섯 번째와 여섯 번째 객실에도 각각 세 명이 타고 있었다.

다른 모든 객실은 소매치기 일당이 차지하고 있었다. 이들은 어느 국제 음악 축제를 찾아가는 중이었다.

선로에 몇몇 사람들이 서 있었다. 절망에 빠진 노인, 모자도 없이 서 있는 어느 여인, 빈털터리 노름꾼, 희망을 잃은 한 쌍의 연인, 나쁜 성적을 받은 두 소녀였다.

열차가 지나가고 나자 역무원 하나가 다가와 그들의 머리를 주워 모았다. 그의 집에는 이미 머리로 가득 찬 바구니가 있었다.

이렇듯 부슈는 후에 초현실주의적 혁신으로 불리게 될 무언가를 『에두아르트의 꿈』을 통해 미리 선보였다. 그러나 그의 작품을 보스와 브뤼헐의 귀환으로 칭한다 해도 틀린 표현이 아니다.(기독교적 틀을 벗어나는 그의 작품세계는 이들과 정확히 들어맞는다.) 따라서 『에두아르트의 꿈』은 결코 무시할 수 없는 문학적 입지를 차지한다고 볼 수 있다. 이 작품의 성공은 작가의 문학적 재능보다는 관점에 내재된 힘에서 비롯된 것이다.

3. 독일 이외의 '사실주의' 문학에 나타난 그로테스크

지금까지 살펴본 19세기 독일 문학에서의 그로테스크에 이어 이제 독일 이외의 문학 및 미술에서의 그로테스크에 관해 보충할 필요가 있다. 다만 이 분야에 관한 기존의 연구 업적이 없는 관계로 몇 가지 내용을 훑어보는 데서 그치기로 한다.

장 파울은 『미학 입문』에서 유럽 민족들 중 그로테스크에 대한 감각을 타고난 민족으로 스페인인과 더불어 영국인을 꼽았다. 비록 빅토리아 시대의 예술계에서 그로테스크가 그다지 환영받는 분야는 아니었지만 19세기 영국 문학을 훑어보면 장 파울의 말이 사실임이 입증된다. 에드워드 리어Edward Lear가 『난센스 시집Laureate of Nonsense』 중 「자화상Self-Portrait」의 마지막 연에서 스페인어에 대한 친숙함을 표시한 것도 결코 우연이 아니다. "그는 스페인어를 읽되 말하지는 못한다네."

리어[97]의 작품에서 독자는 독특하면서도 환상적으로 왜곡된 세계와 마주친다. 독일 문학에 익숙한 독자라면 부슈를 떠올릴지도 모르는데, 실제로도 두 사람은 생애부터가 묘하게 서로 맞물려 있다. 리어는 부슈가 태어나기 20년 전인 1812년에 출생해 역시 부슈의 사망 20년 전인 1888년에 사망했다. 두 사람 모두 처음에는 풍경화가가 되고자 했으나 결국은 자작시를 덧붙인 삽화집의 작가로 명성을 얻었다. 라블레와 피샤르트, 모르겐슈테른, 제임스 조이스James Joyce에 버금가는 매력적이고 환상적인 문장력과 문학적 창작 재능의 소유자였던 점도 공통적이다. 리어는 『난센스 식물학Nonsense Botany』과 『난센스 알파벳Nonsense Alphabets』(부슈 역시 환상적인 작품세계를 구상하는 데 이와 유사한 자연과학 교수법을 발판으로 삼았다)에서 식물의 형상에 인간과 동물, 무생물의 특징이 뒤섞인 온갖 괴상한 식물을 상상해 냈다. "피기아위기아 피라미달리스 Piggiawiggia Pyramidalis"라는 식물은 멀리서 보면 흡사 은방울꽃과 비슷하지만 꽃송이 대신에 작은 돼지들이 줄기에 매달려 있다. 『난센스 그림과 시Nonsense Pictures and Rhymes』에 펼쳐지는 세계도 지극히 초현실적이다.[98] 이 책에 실린 리어 특유의 '리머릭'(Limerick, 아일랜드에서 유래한 5행시—역주)은 모두 '옛날 옛적에 한 노인이 살았으니……' 식의 '증명하는' 어구로 시작되며, 독자가 미처 예상하지 못했던 온갖 사물이 시 안에 결합되어 있다. 『이상한 나라의 앨리스Alice's Adventures in

---

97 *The Complete Nonsense of Edward Lear*, coll. by Holbrook Jackson, New York, 1951.

98 H. Jackson, p. XXIII 참조. "그에게 이처럼 환상적인 세계는 우리 모두가 일정 정도, 혹은 스스로 인정하고자 하는 것보다 훨씬 더 많은 정도로 품고 있는 욕구를 충족해 주는 것인지도 모르며, 그는 이것을 선취함으로써 이를 우리 시대의 초현실주의자들과 공유하고 있는 것으로 보인다."

Wonderland』와 『거울 나라의 앨리스Through the Looking-Glass and What Alice Found There』, 『환영Phantasmagoria』 등을 쓴 루이스 캐럴 Lewis Carroll의 환상세계도 그에 못지않을뿐더러 한층 밀도 높고 다채롭기까지 하다. 그의 동화적인 세계는 그림Grimm 형제의 동화집에 등장하는 것과는 비교할 수 없이 낯선 분위기를 발산하며, 서술방식에서도 그림 형제의 것처럼 무조건적이고 순진무구한 경신輕信은 찾아볼 수 없다. 달콤함과 공포가 뒤섞인 샤갈Marc Chagall의 공상적인 예술은 루이스 캐럴의 연장선상에 있는 것으로 간주할 수 있다. 실제로도 초현실주의 예술가들은 캐럴을 자신들의 시조 격으로 여겼다.

익숙한 형태를 생경한 것으로 만드는 일은(등장인물의 이름에서도 이미 알 수 있듯이 캐럴과 리어는 언어 형태를 생소하게 변형했다) 곧 환상세계와 현실세계 사이에 은밀하고도 충격적인 그로테스크의 가교를 놓는 것과도 같다. 리어와 캐럴이 현실로부터 곧바로 환상세계로 뛰어드는 반면, 디킨스Charles Dickens는 우선 익숙한 일상으로 독자를 이끈다. 디킨스의 초기 작품인 『보즈의 스케치Sketches by Boz』 이후 런던은 장편과 단편을 통틀어 그가 가장 선호하는 배경이 되었다. 다만 그의 작품 속에서 만나게 되는 런던과 영국은 매우 특별하다. 디킨스의 작품세계는 그와 비교해 사색적이고 감각적이었던 후대 작가 빌헬름 라베와 달리 인물의 특징을 종착역으로 삼지 않는다. 디킨스의 등장인물은 오히려 라베의 등장인물에 비해 다소 평면적이고 기계적이기까지 하다. 대신 한층 역동적이고 분주하며 항상 무언가에 몰두한다. 그처럼 활동적인 에너지는 개인적인 특징이라기보다 끊임없이 활동하도록 이들을 몰아대는 초인적인 힘의 발현이라 하는 편이 옳다. 서술자는 이처럼 무한하고 근본적인 힘이 역동적으로 혹은 과도하게 작용하며 세상을 움직이는 광경을 볼 줄 아는 특별한 시선을 지녔다. 이러한 힘은 비단 인간의 내부에서만 영향력을 발휘하는 것이 아니다. 세심하게 묘사된 일상의 한가운데서 죽은 이의 창백하게 빛나는 얼굴이 냉정하고 상상력이라고는 없는 늙은 구두쇠의 집 현관문을 두드린다는 것은 라베의 소설에서는 찾아볼 수 없는 설정이다. 그런데 디킨스는 『크리스마스 캐럴Christmas Carol』을 비롯해 그의 첫 장편소설인 『피크위크 클럽의 기록Pickwick Papers』를 제외하고는 세계를 생경하게 만드는 데 항상 '초자연적인' 무언가를 활용하지는 않았다.(두 소설에서도 책 전체를 포괄하는 의미상의 기반을 형성하기 위해 소설 속에 삽입된 이야기에 이를 활용한 것뿐이다.) 디킨스의 작품 어느 부분이 그로테스크적인 특색을 띠는지, 이것이 어떤 유형에 속하며 어떻게 구성되었는지의 문제는 그 자체로도 흥미로울 뿐 아니라 독일의 '사실주의적' 그로테스크와도 비교해 볼 가치가 있는 주제이지만 여기서는 논하지 않고 넘어가기로 한다.

영국 문학을 일별함으로써 재차 확인되듯이 '사실주의'에도 그로테스크는 존재한다.[99] 비록 초자연적인 것을 거부함으로써 소재 선택의 폭이 좁아졌음은 물론 유머러스한 표현을 사용해 그로테스크 특유의 위협적인 특성까지 잠재우기는 하지만 말이다. 러시아 문학으로 눈을 돌려 보면 여기에 드러난 '낭만주의적' 그로테스크에서 '사실주의적' 그로테스크로의 변천 과정이 독일 문학과 놀라울 만큼 일치한다는 사실을 첫눈에 알 수 있다. 그러나 러시아의 문학이 1830년대까지도 눈에 띄게 독일 낭만주의에 의존하고 있었음을 상기해 보면 납득이 가는 현상이다. '러시아 사실주의 문학의 아버지'로 불리는 고골의 작품에는 그 변화의 전조가 가장 뚜렷이 나타난다.

---

99 그 밖에 L.B. Campbell, The Grotesque in the Poetry of Robert Browning, Dissertation, Texas University, 1907을 참조할 것.

고골의 초기 단편들과 독일 낭만주의의 긴밀한 연관성은 특히 슈텐더-페터젠Adolf Stender-Petersen에 의해 밝혀졌다. 고골의 첫 단편선인 『디 칸카 근교의 야화Vechera na khutore bliz Dikan'ki』 중 「성 요한제 전야 Vecher nakanune Ivana Kupala」는 티크의 「사랑의 마법Liebeszauber」을 러시아의 상황에 맞추어 옮긴 작품이다. 이 작품의 서정적인 분위기는 우리의 주제와 맞지 않지만, 같은 단편집에 실린 「무서운 복수Strashnaya myest」에는 우리에게 이미 익숙한 그로테스크한 인물이 등장한다. 파멸을 불러오는 악마적인 마술사가 그 주인공이다. 이때까지도 초자연적인 힘을 지닌 존재로 설정된 이 인물은 괴상한 옷차림에 이르기까지 호프만의 단편 「이그나츠 데너Ignaz Denner」에 등장하는 트라바키오 박사를 연상시킨다. 그 밖에도 고골은 이 단편에 나오는 다른 등장인물들 및 전체적인 전개 과정까지도 호프만을 본뜨고 있다. 호프만은 1830년대 러시아에서 가장 많이 읽힌 작가 중 하나로, 그의 작품들은 이미 수많은 번역본을 통해 유명해져 있었다. 고골이 상트페테르부르크에서의 경험을 바탕으로 쓴 단편들에도 호프만의 영향력은 여전히 짙게 남아 있다. 이때는 생생하게 묘사된 대도시라는 배경에 환상적인 이야기를 삽입하는 호프만 특유의 방식이 고골에게 커다란 영향을 미쳤다. 그러나 이처럼 강한 의존도에도 불구하고 이 무렵의 고골은 호프만의 개별적인 단편을 흉내 내기보다는 나름대로 다양한 모티프를 찾아내기 시작하며, 「광인 일기Zapiski sumasshedshego」에 이르면 마침내 그 차이가 뚜렷해진다. 고골이 묘사하는 광기는 예술가의 것이 아니라 어느 사무원의 것이다. 다시 말해 고골은 아름다움에 탐닉하도록 운명 지워진 이의 광기가 아니라 사회적 현상으로서의 광기를 다룬다. 숨 막히도록 냉혹한 환경이 이 가엾은 사내를 광기로 몰아넣고, 병적인 광기는 이내 그를 파괴하기에 이른다. 그러나 모든 광적인 상상은 결코 외부의 압박이나 억압에서 오는 것이 아니다.

독자는 종종 광기의 망상적이고 섬뜩한 측면을 다룰 때 작가가 느끼는 희열을 감지할 수 있다. 그로테스크적인 특징은 대체로 드러나기는 하지만 단편적인 장면에서 그칠 뿐이며(광인이 개들의 대화를 알아듣고 개들의 서신 교환을 추적하는 부분에서는 다시금 호프만의 영향력이 감지된다) 내적 구조상으로는 그로테스크가 다루어지지도 않을뿐더러 다룰 필요성도 그다지 없어 보인다.

「외투Shinel」에서도 마찬가지로 사회 비판이 이야기의 주를 이루며, 그 위에 환상적인 요소가 덧씌워진 것처럼 느껴진다. 불쌍한 말단 관리가 애써 구한 새 외투를 도둑맞고 법적인 해결책도 찾지 못한 채 죽음을 맞으면서, 이야기는 서술자 스스로도 말하듯이 예상치 못한 전환점을 거쳐 초자연적인 영역으로 넘어간다. 죽은 말단 관리의 유령이 산 사람들의 외투를 벗겨 간다는 것이다. 그로테스크한 특성이 발현되기에는 도덕적 교훈을 주려는 의도가 너무 뚜렷하다. 그러나 「코Nos」라는 작품에서는 좀 더 순수한 그로테스크를 발견할 수 있다. 어느 날 아침 식사를 하던 이발사가 빵 속에서 핏기가 가신 코를 발견한다. 술에 취해 손님의 코를 잘라 버린 것일까? 이발사는 코를 꽁꽁 싸서 거리에 내다 버리지만 소포는 번번이 그에게 되돌아오고, 마침내 이발사는 그것을 강물에 던져 버린다. 같은 날 아침, 잠에서 깬 팔등관 코발료프는 자신의 코가 사라졌음을 깨닫고 이로 인해 갖가지 난처한 상황에 처하게 된다. 그러다 거리에서 별안간 오등관 제복을 입은 자신의 코와 마주치는데, 코는 코발료프가 거는 말을 무시하고 사라져 버린다. 사라진 코를 되찾으려는 온갖 노력은 번번이 허사로 돌아간다. 신문에 광고를 내려다 거절당하고 경찰에 도움을 요청해도 무시만 당할 뿐이다. 그러는 사이에 이 일이 도시 전체에 알려지고 사람들을 흥분의 도가니로 몰아넣는다. 며칠 뒤에 경찰이 그의 코를 찾아 주었지만 이번에는 코를 제자리에 붙이려는 온갖 노력이 물거품이

된다. 그러나 4월 7일 아침, 잠에서 깨어나자 어느새 코가 제자리에 붙어 있다. 결말 부분에서 서술자로서는 납득할 수 없는 것이 한둘이 아니지만, 뭐니 뭐니 해도 가장 이해할 수 없는 것은 서술자 자신이 그처럼 아무짝에도 쓸모없는 이야기를 골랐다는 사실이다. 하지만 "살다 보면 이런 일도 일어나는 법이다. 물론 극히 드문 경우지만, 어쨌든 이런 일도 있다."

이것이 진짜 그로테스크이다. 우리는 자유롭게 세상을 누비고 다니는 신체의 일부분에 대해 이미 보스나 모르겐슈테른을 통해 익히 알고 있다. 독자를 오싹하게 만드는 요소도 빠지지 않는다. 가령 이발사가 이 불길한 존재로부터 벗어나지 못하는 부분이나 팔등관이 세상에서 단절되는 점이 그렇다. 그러나 작품의 구성 면에서는 물론, 심연으로 빠져드는 대신 원래의 상황으로 되돌아가는 내용 전개를 통해서도 이 작품이 그로테스크를 완화하고 유머러스함을 살리고 있다는 점을 쉽게 알 수 있다.[100]

---

100 우리의 해석은 슈텐더-페터젠의 것과 배치된다(Gogol und die deutsche Romantik, *Euphorion*, XXIV, 1922). 그는 이 단편을 낭만주의의 한 모티프(그림자 없는 인간, 거울에 모습이 비치지 않는 인간)를 패러디한 것으로 본다. 그러나 이러한 소재의 동일성은 이야기에서 볼 수 없다. 고골의 작품에서 특히 중요한 것은 코의 독립적 존재 및 도시 전체의 혼란이다. 슈텐더-페터젠의 해석은 더 포괄적인 의미에서 나왔다. 즉, 고골이 이 패러디를 통해 정신적·문학적 구속 및 의존성과 초창기의 방황에서 벗어났다는 것이다. "티크와 호프만을 한쪽에 놓고 고골을 다른 한쪽에 놓는 구조에서는 양자 간에 내밀한 이해의 고리가 형성되는 일이 불가능했다." 러시아 사실주의의 아버지로까지 추앙된 완숙기의 고골은 "전혀 환상적이지 않으며", "어떤 의미에서는 전혀 독일적이지 못한 대신 매우 러시아적"이라는 것이 그의 견해다. 비교문학사 연구가 다시금 민족적 편견에 물든 것이라 할 수 있다. 사실 고골의 작품에서 사실주의적 측면은 이미 상트페테르부르크 시절의 단편에도 드러날뿐더러 이는 슈텐더-페터젠 자신도 인정하듯이 호프만의 영향에서 비롯된 것이다. 후기의 사실주의에 환상적인 특성이 결여되어 있지 않다면 민족적 특성에 대한 관념도 부적절한 것으로 판명됨은 물론 '사실주의'라는 범주도 와해될 것이다. 이 문제는 1922년 이래 점점 부각되고 있다. 참고로 오늘날 학계에서는 고골의 소설을 피카레스크 소설의 러시아식 유형으로 간주한다. 역사적 관점에서 볼 때 나레즈니Vasily Narezhny의 소설 『러시아의 질 블라스 혹은 군주 치스차코프의 모험』(1814)은 고골의 『죽은 혼 혹은 치치코프의 모험』에 가교가 되었다고 할 수 있다. E. Müller-Kamp, Wirkungen und Gegen-

단편집을 발표하고 난 뒤 고골은 희곡과 장편으로 돌아선다. 이 같은 전향을 작가의 내적인 변화라든지 나아가 과거와의 단절로 볼 수 있을까? 물론 이때 탄생한 새로운 작품들이 사실주의의 시초로 간주되기는 하지만, 사실주의적 서술방식이나 사회 비판적인 태도는 상트페테르부르크 시절의 단편들에도 이미 특징적으로 드러나고 있었다. 그렇다면 새로운 사실주의의 특징은 무엇인가? 고골의 작품에서 정말로 모든 '환상적' 요소가 사라졌는가? 과연 고골의 작품에 '사실주의'라는 용어를 적용할 수나 있는가? 사실주의란 그 자체로 과학적인 설명이 가능한 세계를 지칭하며 문학 용어로는 사실 그대로를 작품 속에 재현하는 양식을 뜻한다. 이 책은 그로테스크에 관련된 문제만을 제한적으로 다루고 있지만, 우리가 찾는 답은 이처럼 광범위한 질문에 답하는 데도 의미가 있을 것이다.

『죽은 혼』은 제목부터가 독자를 으스스하게 만든다. 그런데 이 제목이 정말로 주인공 치치코프가 사들이는 죽은 영혼들을 지칭하는 것인지, 아니면 그가 교류하고자 하는 살아 있는 사람들까지 가리키는지가(혹은 후자만을 뜻하는 것일 수도 있다) 문제이다. 작가는 매우 일관적인 관점을 취한다. 다시 말해 독자가 대면하는 세계는 썩어 빠지고 타락해 있다. 인간들이 벌이는 온갖 향연은 우스꽝스럽게 뒤틀린 몸짓이 넘쳐나는 죽음의 무도와 비슷하고, 주인공의 외딴 농장들은 서술자의 묘사에 의하면 빛이 없는 암흑의 세계와도 같다. 그중 어느 농장에 딸린 저택에 대한 묘사를 인용해 보자.

치치코프는 넓고 어두컴컴한 복도로 들어섰다. 지하실로부터 차가운 공기가

---

wirkungen des westlichen Geistes in der russischen Literatur des 19. Jahrhunderts, *Beiträge zur geistigen Überlieferung*, 1947, p.350 이후 참조.

뿜어져 나오고 있었다. 복도는 마찬가지로 어두운 어느 방으로 이어졌다. 방 안에 빛이라고는 문 아래의 가느다란 틈으로 새어 들어오는 한 줄기 빛이 전부였다. 이 문을 열자 마침내 밝은 공간이 나타났다. 그러나 치치코프는 그곳의 무질서한 광경에 놀라 우뚝 멈추어 섰다. 온 집 안의 바닥을 닦느라 가구란 가구는 몽땅 이 방에 가져다 쌓아 둔 것 같았다. 탁자 위에는 팔걸이가 떨어져 나간 의자가 세워져 있고, 그 옆에 놓인 시계에는 잠든 듯 멈추어 버린 추에 거미 한 마리가 거미줄을 치고 있었다. 한쪽 면이 벽에 기대어진 유리 찬장은 은으로 된 집기와 유리병, 우아한 중국 도자기 따위로 가득했다. 찬장 곁에는 화려하게 나전螺鈿 장식이 된 접이식 책상도 있었지만, 나선 장식은 여기저기 떨어져 나가고 움푹 팬 자리로 아교풀의 흔적만 누런빛의 웃음을 흘렸다. 책상 위에는 갖가지 독특한 집기들이 뒤섞여 있었다. 뭔가 빽빽이 적힌 종이 더미 위에는 달걀 모양의 손잡이가 달린 대리석 서진이 녹색으로 변색된 채 놓여 있고, 돼지가죽으로 된 표지를 달고 가장자리는 붉은색으로 덧대어진 낡고 커다란 책 한 권, 말라비틀어져 거의 개암만 한 크기로 쪼그라든 레몬 한 개, 안락의자 팔걸이에서 떨어진 조각도 하나 있었다. 누군가 편지로 덮어 놓은 포도주잔에는 미심쩍은 액체 속에 죽은 파리 세 마리가 둥둥 떠다녔다. 어디에 쓰인 것인지 모를 누더기 한 조각, 마를 대로 말라붙은 잉크 얼룩이 묻은 굵은 펜 두 개, 누렇게 변색된 이쑤시개도 있었다.

천장 한가운데에는 샹들리에가 아마 천에 덮여 있었는데, 이 덮개는 먼지에 뒤덮이다 못해 거의 누에고치처럼 보였다. 한구석에는 책상 위를 차지할 자격을 얻지 못한 잡동사니들이 탑처럼 쌓여 있었다. 그 내용물이 무엇인지 분간하는 일은 쉽지 않았다. 먼지가 어찌나 두껍게 쌓였는지, 이 잡동사니 더미를 뒤적였다가는 돈 안 들이고 회색 장갑이라도 얻을 판이었다. 이 방 안에 피와 살을 가진 인간이 있을 것이라고는 그 누구도 생각하지 못했다.[101]

그런데 예상을 깨고 그 방 안에 있던 인물은 어찌나 기괴한 외모를 지녔던지 치치코프는 한동안 그가 이 집의 하인인지 주인인지, 남자인지 여자인지조차 분간할 수 없었다. 독자들도 짐작하겠지만, 앞의 묘사에서 죽은 사물이 생기를 부여받듯이(잠든 시계추, 벽에 기대어 있는 찬장, 웃음을 흘리는 듯한 아교풀의 흔적 등) 이번에는 동물적인 것과 기계적인 것이 인간의 형상에 섞여 들어간다(철사로 만든 말빗 같은 머리털, 쥐를 연상시키는 눈 등). 이 인물은 호프만의 작품에 나오는 그로테스크한 인물들을, 방 안의 어지러운 광경은 라베의 정취 있는 방보다는 온갖 잡다한 물건들이 넘치도록 뒤섞인 취스 뷘츨리의 집기를 연상시킨다.(참고로 켈러의 작품은 이보다 늦게 출간되었다.) 농장의 주인인 늙고 고독한 여인의 외모는 물론 은신하는 형태도 그와 유사하다. 서술자는 이후에 이 여인이 도시에 갈 때 타고 가는 마차를 고집스럽게 "네 바퀴 달린 호박"으로 부르기도 한다. 이 이야기에서는 파멸을 부르는 악마적인 존재도, 고골이 상트페테르부르크에서 쓴 작품들에 나오던 초자연적인 존재도 찾아볼 수 없다. 이런 등장인물들은 지금껏 이 책에서 서술한 망령의 무리에나 섞일 만하며, 이들의 주위에서 생경함은 한층 더 짙어진다. 심지어 해학적이고 풍자적인 묘사가 주를 이루는 부분에서도 생경한 느낌은 사라지지 않는다. 풍자적인 서술방식조차 지나치게 예리한 데가 있어 심원한 분위기를 야기하는 동시에 작품을 그로테스크에 접근시키기 때문이다. "이처럼 동요를 불러일으키는 꿈이 우리에게 가장 익숙한 일상에 침투할 때, 여기에는 어딘지 악마적인 마력이 탄생한다." 빌헬름 부슈는 이와 유사한 소설을 읽은 뒤 이렇게 평하기도 했다.[102]

---

101 *Gesammelte Werke*, Aufbau-Verlag Berlin, 1952, Bd. IV, p.182 이후.
102 1884년 10월 14일자 서간.

지금까지 우리는 『죽은 혼』에 나오는 세계에만 주목하고 주인공에 관해서는 미루어 두었다.103 주인공에게서도 마찬가지로 그로테스크가 발현될 가능성은 엿보인다. 다만 초기에는 잠복하고 있다가 결말에 이르러 서술자가 주인공을 분석하고 그의 상황에 관해 보고할 때에야 드러날 뿐이다. 치치코프는 죽은 혼은 아니지만 고귀한 영혼도 못 된다. 작가들은 '고귀한 영혼들'의 품격을 떨어뜨려 족쇄를 찬 "서커스의 말로 전락시켰다." "이제 불한당들에게도 족쇄를 채울 때다." 그런데 치치코프는 보통 불한당의 영혼을 가진 것도 아니다. 그렇다고 단순히 '돈 버는 데 천재적인' 인물인 것만도 아니다. 이런 설명만으로는 치치코프라는 인물을 파악할 수 없다. "그를 움직이는 것은 열정이다. 스스로 선택한 것은 아니지만 그는 처음 세상 빛을 보는 순간부터 이미 열정을 지니고 있었다. (…) 보다 고상한 의지는 이런 열정을 마음속에 심어주며, 열정에 의해 지배되는 자는 멀리서 끊임없이 울려 퍼지는 유혹의 목소리를 듣는다. (…) 이런 인간들은 원대한 인생의 행로를 가도록 운명 지워졌다." 독자는 이야기가 결말에 이르러서야 새로운 국면을 맞는 것을 볼 수 있다. 초월적인 힘에 지배되는 인물, 큰일을 할 운명을 타고난 선택된 인물로 치치코프를 설정한 것은 소설 전체를 통틀어 한 번도 드러나지 않던 요소였다. 독자들은 뒤늦게 주인공의 과거가 기술되고 난 후에야 이를 알게 된다. 본론에서는 죽은 영혼을 사들이는 인물로만 등장하며, 우리는 그의 사업이 성공하는지 마는지조차 알 수 없다. 이 고장 및 그곳의 중심 도시에서 모험을 하며 독자들이 세상의 단면을 볼 수 있는 기회를 제공하는 것이 치치코프의 주

---

103 그로테스크의 형식을 이해하는 데 중요한 요소인 이야기의 서술방식은 여기서 논하지 않기로 한다. "나를 지배하는 암흑의 힘이 이를 원한다"라는 서술자의 고백이 많은 것을 시사한다는 사실만 언급하고 넘어가겠다.

된 역할이었다. 그러나 막판에는 공간 중심의 소설에서 인물 중심의 소설로 성격이 바뀐다.(이야기는 고골이 태워 버린 제2부 원고에서 연장되고 있었다. 여기서는 부자가 된 불한당이 도덕적인 연금생활자로 변하는 과정이 다루어졌다.) 고골의 구상안이 실현되고 하나의 통일된 양식을 형성할 수 있었던 것은 이 소설의 이전과 이후에 쓰인 다른 작품들을 통해서였다. 돈키호테와 아버지 샌디, 토비 삼촌(『트리스트럼 샌디』에 나오는 등장인물—역주), 피크위크와 코르튬 씨(쿠르트 클루게Kurt Kluge의 소설 『코르튬 씨Der Herr Kortüm』의 주인공—역주), 그 밖에 수많은 소설 속 인물들을 움직인 것은 개인의 영역을 초월한 지속적이고도 확고한 정열이었다. 이들은 모두 소설을 초월해 신화적인 인물로 승화되었다(치치코프는 그러한 과정을 거치는 중이었다). 인간과 세계 간의 불협화음에 대한 묘사가 항상 기이한 장면을 연출하듯이 이 열정이 내뿜는 불변의 역동성 역시 일종의 강박관념으로 비칠 수 있다. 하지만 등장인물의 내면에서 초인간적인 요소가 발견될수록 그는 우리에게 생소하게 다가오며, 바로 이때 우리는 그로테스크에 한발 가까워진다. 작품 속의 세계가 서술자의 관점에 의해 생경한 분위기를 띠어 갈 때는 이런 과정이 축소되기도 한다. 삽화가들은 대개 이것을 더욱 극단적으로 표현하므로 위에 언급된 작품들 속의 삽화를 면밀히 연구하고 비교해 보는 일도 가치가 있다. (『죽은 혼』의 삽화는 샤갈이 그렸다.) 가령 『돈키호테』에 수록된 대다수 삽화가 이야기 자체보다 그로테스크한 분위기를 풍긴다는 점은 주목할 만하다. 이 소설 속의 현실은 우리가 익히 알고 있는 질서정연한 세계와 다를 바 없다. 그러나 삽화에서는 그러한 문맥이 파괴되고 각각의 장면이 독립적인 영역을 이루며 주인공을 둘러싼 불협화음의 법칙에 종속된다. 글에서 개천 위에 매달려 있는 산초는 그림에서는 아득한 나락의 꼭대기에 매달려 있다.

5장 현대의 그로테스크

1. 연극 : 베데킨트, 슈니츨러, '그로테스크 연극'

19세기 사실주의에서 그로테스크는 거의 낭만주의의 순화된 형태로 유지되었으며, 적어도 독일 문학에서는 이전에 비해 그로테스크를 찾아보기 어려웠다. 그러나 현대로 들어서면서 상황은 급변했다. 16세기 (장식미술의) 그로테스크가 "매너리즘 장식미술에서 등장한 모든 반反고전주의적 시도의 자양분"[104]으로 통했다면, 유사한 표현을 써서 20세기 미술과 문학의 광범위한 영역에 자양분이 된 것도 그로테스크였다. 이 시대에는 헤아릴 수 없이 많은 작품이 쏟아져 나왔기 때문에 여기서는 몇몇 중요한 작품을 다루는 것으로 만족해야 할 듯하다. 이 사례들은 매우 다양하고 서로 동떨어진 여러 영역으로부터 선별할 것이다.

---

104 Erik Forssman, *Säule und Ornament*, Stockholm, 1956, p.97.

독일에서 '현대'의 시작은 매우 두드러진다. 1891년에서 1893년까지 3년 동안 탄생한 작품들에 이미 20세기를 지배할 새로운 예술적 경향의 전조가 나타나고 있었다.(현대 예술이 실질적으로 위세를 떨치기 시작한 것은 제1차 세계대전이 발발하기 직전부터였다.) 현대 예술의 다양성은 어마어마해서, 오늘날 이것을 다루려면 여러 사조를 개별적으로 설명하거나 시대순으로 나누어야 할 정도다. 그러나 당시에는 이 모든 것의 전조가 한꺼번에 찾아왔다. 자연주의 희곡이 탄생했으며(하우프트만Gerhart Hauptmann의 『외로운 사람들Einsame Menschen』과 『직조공Die Weber』, 홀츠Arno Holz와 슐라프Johannes Schlaf의 공저인 『젤리케 가Die Familie Selicke』), 소설에서도 홀츠와 슐라프(『새로운 선로Neue Gleise』), 하우프트만(『사도Der Apostel』) 등이 새로운 길을 개척했다. 슈테판 게오르게 Stefan George는 『예술 회보Blätter für die Kunst』를 창간하고, 호프만스탈Hugo von Hofmannsthal은 첫 서정시와 서정적 희곡(『바보와 죽음Der Tor und der Tod』) 작품들을 발표했다. 리하르트 데멜과 다우텐다이Max Dauthendey(『자외선Untraviolett』)는 표현주의를 예고하고 있었다. 그러나 이런 경향들은 우리 주제와는 거리가 멀뿐더러 이를 가지고는 그로테스크를 논할 여지가 없으므로 이 정도 언급하는 데서 그치도록 하겠다. 다만 1893년에는 초현실주의적인 특징을 띤 빌헬름 부슈의 『에두아르트의 꿈』과 베데킨트Frank Wedekind의 새로운 희곡 작품이 발간되었고, 여기서 우리는 비로소 그로테스크를 접하게 된다.[105]

이들의 작품은 우리에게 익숙하게 다가온다. 베데킨트의 『눈뜨는 봄

---

[105] M. Untermann, Das Groteske bei Wedekind, Thomas Mann, Heinrich Mann, Morgenstern und Wilhelm Busch, Dissertation, Königsberg, 1929; E. Schweizer, Das Groteske und das Drama Wedekinds, Dissertation, Tübingen, 1932.

Frühlings Erwachen』에서 회의를 여는 교사들은 뷔히너의 『보이체크』에 나오는 중대장 및 박사와 같은 유형의 인물들이다. 베데킨트의 작품도 풍자로 시작되는데, 이는 뷔히너의 것보다 예리하고 냉소적일뿐더러 격정적인 측면에서는 눈에 띄게 주관적이기도 하다. 그러나 이처럼 희화화된 왜곡은 여기서도 풍자의 토대로부터 분리되어 나름의 효과를 발휘하며, 인간의 본질을 경직되고 기계적인 마리오네트로 변화시킨다. 이처럼 더는 풍자에 의존할 필요가 없을 정도로 독자적인 왜곡이 등장인물의 외관은 물론 행동과 사고방식, 언어까지 결정짓는다. "유행병처럼 번지는 자살은 (…) 오늘날까지도, 지성인이 되기 위해 교육받는 과정에서 형성된 존재조건에 이 고등학생을 묶어 두는 데 동원된 온갖 수단을 비웃었다." 여기서 우리는 다시금 가상적인 코메디아 델라르테의 영역으로 되돌아온다. 그로테스크의 효과를 내기 위해 『눈뜨는 봄』의 마지막 장에 초자연적인 요소를 삽입한 베데킨트는(죽은 모리츠 슈티펠은 "자신의 머리를 겨드랑이에 끼고 무덤 위를 뚜벅뚜벅 걸어" 다가와서는 옛 친구와 "복면을 쓴 남자"와 이야기를 나눈다) 이내 이 분야에서 선별한 표현 수단만을 제한적으로 사용하게 된다. 물론 자신의 연극에 더 이상 광대라든지 콜롬비네, 판탈로네 등에 새로운 옷을 입혀 등장시키지는 않는다. 대신 새로운 배역, 정확히 말해 소규모의 배역 세트를 마련해 모든 작품에 등장시키는데, 이는 흔히 동일한 이름으로 등장했다. 『지령Der Erdgeist』의 서막에 나오는 다음 구절은 이들이 어떻게 양식화되었는지 잘 보여 준다.

진정한 동물, 야생적이고 아름다운 동물,
숙녀들이여, 이는 오로지 내게서만 볼 수 있다오!

그리고 나서 조련사는 ― 이 배역은 극작가 자신이 분한 것이다 ― 동물들을 소개한다. 호랑이, 곰, 원숭이, 낙타, "온갖 영역의 벌레들", 무엇보다 중요한 뱀도 있다.

> 재난을 불러오고 유혹하고 타락시키고 독살하기 위해,
> 아무도 모르게 살인을 저지르기 위해,
> 바로 이것이 뱀이 창조된 이유라오.

이로써 극의 관점이 분명해진다(이는 서막에서도 설명되고 있다). 바로 인위성과 허식을 꿰뚫고 인간의 본성, 즉 '원형'에 주목하는 것이다. 얼핏 보기에는 인간의 내면에 있는 동물적인 성질을 드러냄으로써 생경한 효과와 섬뜩함을 고조하려는 것처럼 느껴지지만, 실제로는 거의 정반대의 효과가 나타난다. 『지령』 서막에 나오는 동물들은 악마적인 지옥의 짐승이 아니라 기독교적 윤리에서 수천 년에 걸쳐 특별한 상징으로 자리 잡아 온 알레고리들이다. 관객들은 연극을 보는 동안 이런 의미를 잊어버릴 수도 있으나, 바로 그때쯤 작가가 개입해 자신의 배역들로 하여금 사리를 따지고 도덕적 교훈을 설파하도록 만든다. 작가는 결코 서막에서 스스로 소개한 것처럼 '냉정한' 인물로 머물지 않는다. 이렇게 해서 자기 머리를 겨드랑이에 낀 모리츠 슈티펠이 청중들에게 훈계하는 복면 신사에게 귀를 기울이는 장면까지 온다. "유령의 말도 틀린 것은 아닙니다. 사람은 자신의 존엄성을 소홀히 해서는 안 되지요. 나는 도덕이란 두 가지 가상적인 위대함의 구체적 산물이라고 생각합니다. '의무'와 '의지'가 바로 그것입니다. 이것의 산물을 도덕이라 부르며 이는 현실에서 부정될 수 없습니다." 극에서 이런 장면은 반복적으로 등장하는데, 특히 작가가 '참된 본성'을 꿰뚫어 보는 부분에서는 빠지지 않는다. 그는 이것을 그저 관객들에게 내보이는 것이 아니라 무엇을 보아야 하는지 분명히 인식시킨다. 사람들을

일깨우고 그들에게 경고를 던지는 것이 그의 본래 의도이기 때문에 그는 끊임없이 관객을 향해 연설을 한다. 이렇게 함으로써 왜곡된 극은 그저 그로테스크한 것으로 그치지 않고 일종의 변형된 종교서 역할을 하게 된다. 물론 '전율적인 본성'이라는 소재가 수단이 아닌 목적이 될 때도 있었다. 이에 심취한 베데킨트는 이따금 극작가로서의 원초적 본능에 이끌려 순수 그로테스크를 창조해 내기도 했다. 그러나 자신의 견해와 신조를 어떤 형태로 표현하든 간에 훈계와 이성에 대한 설파를 포기하는 법은 없다. 작가가 세계관에 대한 집착을 자제하고 낯선 소재를 사용해 충격 효과를 내는 데만 집중한 작품들이 더 통일성 있게 느껴지는 것도 그 때문이다. 우리도 익히 알고 있는, 왜곡을 표현 수단으로 삼는 희극은 예컨대 프리츠 슈비게를링Fritz Schwigerling의 '소극'(『사랑의 묘약Der Liebestrank』)에 영향을 미치기도 했다. 그러나 그보다 한층 기지 넘치는 극작가 버나드 쇼Bernard Shaw는 베데킨트의 영향력을 한풀 꺾는 데 한몫했다.

렌츠와 뷔히너, 베데킨트는 모두 인형의 은유를 통해 등장인물을 설정하는 극작술을 사용함으로써 그로테스크에 근접한 작품을 탄생시켰다. 다음 시구 역시 이와 유사한 분위기를 띤다는 점에서 주목할 필요가 있다.

아무리 거창하고 심오해 보인다 한들
우리가 지구 상에서 행하는 것 중 연극 아닌 것이 무엇이랴!
(…)
꿈과 현실, 진실과 거짓이 모두 뒤섞이니
확실한 것이란 아무 데도 없구나.
우리는 남에 대해서도 나에 대해서도 알지 못하고 연극을 할 뿐,
영리한 자만이 이런 진실을 알고 있는 법.

이는 슈니츨러의 단막극 『파라셀수스Paracelsus』에서 주인공이 마지막으로 읊는 대사이자 극의 의미가 함축되어 있는 문구이기도 하다. 얼핏 보기에는 단순히 '세상은 연극'이라는 사고방식의 표현인 것 같지만, 이 대사에는 명백한 차별성이 눈에 띈다. "우리는 연극을 할 뿐"이라는 표현이 핵심이다. 다시 말해 연극을 하되 누군가에 의해 조종되지는 않는다는 뜻이다. 마리오네트를 조종하는 미지의 힘도, 제멋대로 끼어들어 인간을 통제하는 비밀스러운 존재도, 인간에게 괴상한 움직임을 유발하여 낯설게 보이도록 만드는 조종 끈도 여기에는 빠져 있다. 따라서 여기에 그로테스크의 효과를 내려면 렌츠나 뷔히너, 베데킨트가 사용했던 희화화와 풍자의 방식 외에 다른 수단을 사용하는 수밖에 없다. 그러나 위협적인 암흑과 심연도, 섬뜩함과 두려움을 야기하는 불확실성도 없이 오로지 영리한 인간의 차분한 회의감만이 지배하는 공간에서 과연 그로테스크가 탄생할 수 있을까?(가령 슈니츨러는 어느 소설에서 아내의 배신을 담담하게 받아들이는 남편을 "지혜로운 자"로 칭하기까지 한다.)

단막극 『파라셀수스』는 1899년 '그로테스크'라는 부제가 붙은 『녹색 앵무새Der grüne Kakadu』와 더불어 출간되었다. 실제와 허상이 뒤섞이는 가운데 슈니츨러는 기지 넘치면서도 정제된 방식으로 '극중극'이라는 모티프를 활용한다. 극중극은 엘리자베스 시대(1558~1603)의 극작가들은 물론 이후의 낭만주의 작가들이 관객의 현실감을 교란하기 위해 사용한 방법이기도 하다.106 슈니츨러의 작품 속 현실은 시작부터 비현실적인

---

106 Joachim Voigt, Das Spiel im Spiel. Versuch einer Formbestimmung an Beispielen aus dem deutschen, englischen und spanischen Drama, Dissertation, Göttingen, 1954. 더불어 Dagobert Frey, Zuschauer und Bühne. Eine Untersuchung über das Realitätsproblem des Schauspiels, *Kunstwissenschaftliche Grundfragen*, Wien, 1946도 참조할 것.

요소를 띠고 있다. 파리의 지하 선술집 주인이 귀족 손님들을 즐겁게 해 주기 위해 배우들과 함께 어느 술집에서 일어나는 범죄 사건에 관한 연극을 펼친다. 연극의 가면 뒤에서 그는 현실에서라면 용납되지 않는 태도로 손님들을 대하기도 한다. 그런데 어느새 배우들 사이로 ─ 이때는 바로 바스티유 감옥이 습격을 받은 날 저녁이다 ─ 진짜 범죄자가 하나 섞여 들고, 연극을 보던 손님들 중 어느 후작부인은 섬뜩한 느낌에 사로잡힌다. 그녀의 현실은 허상이 되고 가상 세계가 그녀의 현실이 된다. 이윽고 극의 주인공이 등장하여 특혜를 누리는 귀족이자 자신의 연적인 남자를 살해하는 장면을 연기한다. 이쯤 되자 선술집 주인과 그의 친구들조차 혼란에 빠진다. 그의 연적이 실제로 특혜 받은 귀족이기 때문이었다. 혼자만그 사실을 모르고 있던 배우는 동료들의 귀띔을 받고서야 진실을 알게 된다. 그리고 그 귀족이 들어서자 실제로 그를 살해한다. 이와 더불어 혁명이 발발하면서 귀족들은 선술집에서 쫓겨나고 가상의 세계도 파괴된다.

이 모든 것은 우리가 다루는 그로테스크 개념과는 거의 관계가 없다. 슈니츨러는 바스티유 습격일과 연극 속의 선술집 살인 사건이라는 소재를 선별함으로써 허상과 현실이 마구 뒤섞이면서 끊임없이 착각을 야기하는 세계의 단면을 보여 준다. 그러나 이는 말 그대로 눈속임일 뿐이다. 관객으로서 우리는 그러한 착각을 즐길 수 있다. 극이 끝나고 현실로 돌아오는 순간 모든 것이 연극이었을 뿐임을 상기하기 때문이다. 이러한 세계의 단면 및 거기에 담긴 내용은 작가의 기지 넘치는 창작물이라는 의미를 넘어 특정한 시대의 사회적 상황을 상징하기도 하며, 사건이 관객에게 더 많은 착각을 불러일으킬수록 연극이 지닌 현실은 보다 풍부하고 견고해진다. 하지만 이것이 우리의 세계관을 근본적으로 뒤흔들어 놓는 것은 아니다. 이는 등장인물을 통해 입증된다. 막이 내려진 뒤에도 우리는 개별적인 등장인물의 특징을 정확히 짚어 낼 수 있기 때문이다.

이 책의 주제에 큰 도움이 되는 것은 아니지만 어쨌든 우리는 슈니츨러의 『초록 앵무새』를 다루는 데 지면을 할애했다. 작가가 어떤 의미로 여기에 '그로테스크'라는 부제를 덧붙였는지 묻기 위해서만은 아니다. 그보다는 슈니츨러가 다룬 것과 같은 존재와 허상의 문제가 그로부터 수년 뒤에 실제 그로테스크 연극에 등장했기 때문이다.107 당대 사람들은 이를 '그로테스크 연극(Il Teatro del Grottesco)'이라 불렀으며 오늘날 문학사에서는 1916~1925년 사이에 활동한 이탈리아 극작가 집단의 작품이 여기에 속하는 것으로 분류된다. 루이지 키아렐리Luigi Chiarelli는 1916년 로마에서 '그로테스크'라는 부제를 단 『가면과 얼굴La maschera e il volto』을 무대에 올림으로써 그로테스크 연극의 서막을 열었다. 그 밖에도 안토넬리Luigi Antonelli, 카바키올리Enrico Cavacchioli, 파우스토 마리아 마르티니Fausto Maria Martini, 니코데미Dario Nicodemi, 로소 디 산 세콘도 Rosso di San Secondo 등이 그로테스크 극작가 집단에 속한다. 루이지 피란델로Luigi Pirandello는 그중 특히 중요한 작가이다. 그로테스크 연극에 공통적으로 깃든 정신은 다음과 같이 정의될 수 있다.108

……모든 것이 공허하고 무상하며 인간은 운명의 손에 좌우되는 인형에 지나지 않는다는 절대적 신념이다. 인간의 모든 고통과 즐거움과 행위 역시 맹목적인 숙명이 지배하는 암울하고 전율적인 세계의 허상일 뿐이다.

---

107 그로테스크 연극에 영향을 준 극작가로는 아일랜드 작가 싱John Millington Synge(『서쪽 나라에서 온 난봉꾼Playboy of the Western World』)이나 러시아 작가 안드레예프 Leonid Nikolaevich Andreev(『검은 가면』)가 언급된다. 그러나 슈니츨러는 이들과 비교할 수 없이 지대한 영향을 미쳤다.

108 Adriano Tilgher, *Studi sul teatro contemporaneo*, 3. Auflage, Roma, 1928, p.119.

이런 사고방식과 신조[109]는 극의 제목에도 이미 반영되어 있다. 『가면과 얼굴』을 비롯해 키아렐리의 『키메라Chimere』, 안토넬리의 『자신을 만난 사나이L'uomo che incontrò se stesso』와 『꿈속의 가겟방La bottega dei sogni』, 로소 디 산 세콘도의 『마리오네트, 그 무슨 정열인가!Marionette, che passione!』 등이 그 예이다. 그러나 이 모든 것도 이탈리아 그로테스크 연극에서 다루어지는 인간의 내면적 분열이라는 현상을 충분히 표현하지는 못한다. 이 현상은 연극에 존재의 불확실성 및 생경한 분위기를 부여한다. "우리 내면에서 거짓과 살인과 도둑질을 일삼는 것은 무엇인가?" 뷔히너의 『당통의 죽음Dantons Tod』에서 주인공이 던진 질문이다. 보이체크가 자기 자신으로부터 거리를 두고 관조할 만큼 성숙했다면 그 역시 이런 의문을 품었을지 모른다. 그로테스크 극작가들이 등장인물을 구성하는 데 인간의 내적 분열은 불변의 기본원칙이었다. 단일한 인간성에 대한 관념은 근본적으로 배제되었다. 어떤 이들은 니체Friedrich Nietzsche나 프로이트Sigmund Freud의 영향력이 작용한 것으로 해석하기도 했지만, 그로테스크 연극의 등장인물에는 실존하는 자아와 무의식에 존재하는 충동적 자아 두 가지만 내포되어 있지는 않다. 이들의 내면은 그보다 훨씬 다층적으로 분열되어 있다.

최초의 '그로테스크' 희곡인 키아렐리의 『가면과 얼굴』에는 한 인간의 사회적으로 드러난 외형(가면)과 '본질적인 자아'(얼굴) 사이의 상반된 모습이 그려져 있다. 불륜을 저지른 아내는 남편의 손에 죽어 마땅하다고 여기던 한 남자가 실제로 자신의 아내를 살해해야 할 상황을 맞는다. 그

---

109 독일의 본에서 언어학 논문으로 박사 학위를 받고 일정 기간 문학사가로 재직한 점으로 미루어 루이지 피란델로는 독일 낭만주의에 대한 지식을 충분히 갖추고 있던 것으로 추정된다. 그러나 이러한 사실에 근거해 그의 작품을 설명하기는 어려우며 이를 '그로테스크 연극'과 연관 짓기는 더더욱 어렵다.

는 이내 내적 갈등을 겪게 된다. 아내를 사랑하는 그의 내면은 그녀를 용서하고 싶어 하지만 그가 신봉하는 사회적 관습, 즉 그가 쓰고 있는 '가면'은 아내를 살해하도록 부추긴다. 주인공은 거짓 살인을 꾸밈으로써 양자 사이의 합의점을 찾으려 시도한다. 살인 혐의로 고소된 뒤에도 절친한 친구인 변호사의 노련한 솜씨로 이내 풀려난다. 그러나 집으로 돌아온 아내가 무심코 저지른 실수로 모든 사실이 탄로 나고, 서로 화해했지만 속임수에 대한 처벌을 피할 수 없게 된 부부는 달아나야 할 상황에 처한다.

우리는 이 작품이 진지하게 혹은 유쾌하게 연출될 경우를 모두 상상해 볼 수 있다. 키아렐리는 두 가지 방식을 혼합했다('그로테스크' 연극은 모두 이런 비희극을 지향한다). 제1막에서 관객은 등장인물들이 풍자적으로 과장된 것은 사회 비판을 의도한 것이라고 여기게 된다. 그러나 상황과 사건 자체도 왜곡된다. 극중 무죄 판정을 받고 귀가한 남편은 문득 세상이 뒤죽박죽되는 듯 느끼는데, 키아렐리는 바로 이 장면에 '그로테스크'라는 단어를 삽입한다. 아내를 살해한 자에게 여기저기서 경의를 표해 오는 것이다. 집 안이 온통 꽃다발로 넘쳐나고 바구니 한가득 편지가 도착하며, 친구들은 환호로 그를 맞는다. 여인네들은 노골적으로 열광하고 판사와 배심원들은 축하 행렬에 앞장선다. 그러나 그로테스크는 여기서 비롯되는 게 아니라 조화될 수 없는 요소들의 혼합으로부터 탄생한다. "삶에서 가장 잔혹한 사건은 무시무시한 그로테스크와 나란히 존재한다. 파렴치한 가면의 웃음 뒤에는 흔히 어마어마한 고통이 흐느끼고 있다." 부조리함은 이렇게 점점 더 누적된다. 모든 죄를 부도덕한 아내에게 뒤집어씌움으로써 무죄 판결을 이끌어 낸 변호사는 그 스스로가 불륜을 저지른 장본인임이 드러난다. 주인공의 아내는 남편에 대한 애정 때문에 집으로 돌아오는데, 그녀가 도착한 시각은 마침 그녀의 장례식이 치러지던 순간이었다(사람들은 호수에서 발견된 시신이 그녀의 것이라고 여겼다). 부부는 서로의 애정을 확인하지만 세상은 이제 두 사람을 떼어 놓으려 한다. 주인공을 정의의 살인자로 칭송했던 친구들은 그의 진짜 결백이 드러나자 속임수를 썼다며 재판에 회부하고 옥에 가두려 든다. '가면'들의 부조리한 놀음에 '익살극과 비극'이 뒤섞인다. 키아렐리가 사회 비판을 초월해 지적하려던 점도 바로 이것이다. 세계는 그처럼 부조리한 역할놀이에 의해 움직일 뿐이다. 익살극과 비극, 가면과 얼굴이 서로 분리될 수 없음을 깨닫는 순간 우리는 냉소적인 웃음을 머금게 된다. 가면을 벗기려다가는 얼굴까지 떨어져 나갈 것이다. 버나드 맨더빌(Bernard Mandeville, 영국의 의사 겸 도덕 사상가—역주)이 『꿀벌의 우화The Fable of the Bees』를 통해 세계가 기능하는 데 불의와 죄악과 범죄가 필수적이라는 가설을 증명했을 때, 진보에 대한 믿음이 만연하던 18세기 사람들은 동요했다. 그러나 맨더빌의 세계에는 아직 선과 악, 그리고 선한 자와 악한 자의 구분이라도 남아 있었다. 키아렐리의 연극에서는 그러한 분열이 자아의 내부에서 일어나고 낯선 것, 즉 가면이 개인의 구성요소가 된다. 두 가지를 분리할 수 있는 사람, 『가면과 얼굴』의 부부처럼 가면을 벗어 버리고 '이중성'으로부터 탈피하는 데 성공한 사람은 이 세상에서 설 자리를 잃는다. 부부의 도피는 곧 세상으로부터의 도피이자, 극의 마지막에서 설명되듯이 "사회와 친구들, 법률, 모든 것으로부터 멀리" 달아나는 일이다.

통합될 수 없는 여러 자아의 분열은 생경한 자아를 탄생시킨다. 이는 피란델로의 중심 화두였다. 피란델로의 작품 『엔리코 4세Enrico IV』의 주인공은 가면에 얽매인 인물로, 결말에서도 그에게 남은 유일한 도피 방법은 다시금 가면 뒤로 숨어 버리는 것뿐이다. 『작가를 찾는 6인의 등장인물Sei personaggi in cerca d'autore』의 서문에서 피란델로는 형태가 없는 움직임으로서의 삶과 실체로서의 삶(다시 말해 상태나 상황, 행위, 그리고 그로부터 빚어지는 개인적 역사성으로 구성된 삶) 사이의 모순을 토대로 고유의 철학을 수립했다. 극에 등장하는 아버지는 우연히 양녀에게 나약하고 굴욕적인 모습을 보인 뒤 그녀의 머릿속에 굳어진 자신에 대한 이미지를 타파해 보려 헛되이, 점점 더 절망적으로 몸부림친다. 피란델로는 이 작품에서 — 슈니츨러를 능가할 정도로 — 다양한 층의 가상 세계가 상호 침투하거나 누적되도록 구성함으로써 움직임과 형태, 실체와 허상의 문제를 한층 확장했다. 극장을 찾은 관객들은 무대 위에서 극중극으로서의 리허설이 펼쳐지는 모습을 보게 된다. 이때 여섯 명의 등장인물이 나타나, 작가의 창조물인 자신들이 본극이나 극중극보다도, 심지어는 관객들의 현실보다도 현실적임을 강조한다. 당사자의 설명에 의하면 이들은 자신들의 작가가 아직 창작하지 않은 초시간적인 연극을 하려는 참이다.[110] 배우들은 그들을 따라 다양한 장면을 연출한다. 마치 거울과 같은 이 광경 속에서 인생의 흐름은 독특한 형태, 즉 예술만이 가질 수 있는 특징적 형태로 굳어진다.(여기서 예술적 형태의 확립이라는 새로운 문제 또한 등장한다.) 마침내는 관객들마저 '연극의 관객' 역할을 하기에 이른다. 이로써 피란델로의 작품은 티크와 슈니츨러가 극중극이라는 모티프를 통해 얻은 모든 성과를 능가하게 된다. 극작술뿐 아니라 내용 면에서도 한층 심화되어 관객들로 하여금 현실에 대한 확신을 잃게 만들 정도이다.

그럼에도 이런 현상이 일어나지 않는다거나 극 속에 그로테스크가 충분히 살아나지 않는다면 이는 작가가 끊임없이 문제의식의 영역으로 되돌아가고 있는 탓이다. 그의 등장인물들은 자꾸만 자신들의 본질적 문제라든지 실체와 허상의 문제를 논하려 든다. 또한 작가는 관객으로 하여금 자신이 처한 임의적 상황을 파악할 수 없는 사람들 — 가령 무대감독 등

---

110 전통적인 '극 구성방식'의 해체는 개인적 특성이라는 개념의 해체에 상응한다. 6인의 '초시간적인 연극' 역시 독립적인 상황들로만 구성되어 있기 때문이다.

— 을 위해 이러한 과제를 행하도록 종용한다. 결말에 이르러서도 피란델로는 작품의 의미에 대해 따로 설명을 덧붙이지 않는다. 그러나 거의 모든 장면(눈에 띄게 표시되어 있지는 않지만)에 상념의 여지를 부여하고 이것을 각 문제점과 연계된 범주에 맞추어 넣음으로써, 결국은 극중의 생소한 세계가 그로테스크로까지 발전하는 것을 방해한다. 물론 그의 연극에도 그로테스크한 부분은 간혹 등장하는데, 특히 — 이는 매우 주목할 만한 부분이기도 하다 — 무언극이 그렇다. 여기서는 연출 지시에 사용된 언어부터가 많은 것을 시사한다. 가령 막판에 이르러 "악몽에서 벗어난" 것 같다고 느끼던 무대감독이, 다음 순간 조명이 바뀌면서 여섯 등장인물의 "거대하고도 선명한" 그림자가 무대 위로 들어서는 것을 보고 다시금 악몽에 사로잡히는 부분이 그렇다. 혹은 극이 거의 끝나 갈 무렵 아들 배역이 "은밀한 주문에 걸린 듯" 움직일 수 없게 되는 장면을 예로 들 수도 있다. 이런 부분에서 우리는 등장인물의 대사를 통해 알 수 있는 것의 범주가 (우리가 관객으로서 관여하고 있는) 극중의 세계를 이해하는 데 충분치 않음을 깨닫게 된다. 예기치 못하게 개입하여 극중 세계를 한층 생경하게 만들어 버리는 다른 어떤 힘이 깊숙이 자리 잡고 있는 것이다. 그중에서도 가장 인상적인 그로테스크는 바로 마담 파체의 갑작스러운 출현 부분이다. 자기 이름이 거론되는 와중에 등장한 마담 파체는 6인의 등장인물에도, 극단에도 속하지 않는다. 그녀가 어느 세계의 단층에 속하는지도 미지수일뿐더러 기묘한 이름부터가('파체Pace'는 '평화'라는 뜻이다—역주) 그녀를 어디로도 분류하지 못하게 만든다. 이 인물에 대한 상징적 해석은 금세 난관에 부딪힌다. 설명에 의하면 마담 파체는 "그 장면으로부터 창조되고 형성되었다." 그녀의 출현은 그 자체로 그로테스크하다.

무대 후면에 있는 문이 열리고 마담 파체가 몇 걸음 걸어 나온다. 엄청나게 뚱

뚱한 독부毒婦이다. 빨간색 양털로 된 화려한 머리장식을 쓰고 한쪽에는 빛나는 장미꽃 한 송이를 스페인 식으로 꽂고 있다. 짙은 화장을 하고 천박한 우아함을 풍기는 빨간색 비단옷을 입었으며, 한 손에는 새털부채를, 높이 치켜든 다른 한 손에는 불을 붙인 담배를 두 손가락 사이에 끼워 들고 있다. 마담 파체가 등장하는 순간 배우들과 무대감독은 별안간 무대를 벗어나 계단으로 뛰어내려와서는 달아날 곳을 찾아 복도 쪽을 향한다.

이처럼 충격적인 상황은 마담 파체가 입을 열고 이탈리아어화된 스페인어로 이야기를 시작하면서 폭소로 뒤바뀐다.

피란델로의 두어 작품을 제외한 그로테스크 연극이 이탈리아 이외의 지역에서 거의 알려지지 않았던 원인은 — 위대한 극작가가 없었던 것 외에도 — 연극에 반복해서 거론되던 문제들이 거의 확대되지 못했다는 데 있다. 그로테스크 연극이 구성되던 방식, 즉 등장인물의 통일성을 해체하는 방식은 극중의 세계를 생경하게 만들기에는 지나치게 온건하고 미약했다. 다음 장에서 거론될 같은 세기 다른 분야의 작가들, 그리고 특히 화가들은 그로테스크 극작가들과는 비교할 수 없는 성과를 거두었다.111

2. 공포소설가 : '괴기문학', 마이링크, 카프카

이탈리아에 그로테스크 극작가들이 있었다면 1910~1925년 사이 독

---

111 피란델로의 작품은 전쟁 이후 몇 년 동안에도 여러 차례 무대에 올려졌다. 그러나 유럽 및 미국의 현대 연극이 피란델로에게 강하게 종속되어 있다는 실비오 단치코Silvio d'Ancico의 견해(Fortuna di Pirandello, *Rivista di Studi Teatrali*, Milano, 1952)는 지나치게 과장된 것이다. 매클린톡L. MacClintock은 이런 해석을 책의 제목에까지 넣었다(*The age of Pirandello*, London, 1952). 피란델로에 관해서는 Mario Wandruszka, *Deutsche Vierteljahresschrift*, 1954; Ulrich Leo, *Romanische Forschungen*, 1952도 함께 참조할 것.

일에는 '그로테스크 소설가'로 칭할 만한 작가들이 있었다. 이러한 명칭은 당시에도 이 작가들 사이에 통용되고 있었다. 슈트로블Karl Hans Strobl은 단편집 『공포의 책Das unheimliche Buch』(1913) 서문에서 유머와 공포를 상상력이 낳은 쌍둥이에 비유했다. '사실 관계'에 만족하지 않는다는 점, 세계에 대한 합리주의적 해석을 불신한다는 점, 변형과 강조와 양식화를 활용해 '인생을 주관적으로' 다룬다는 점 등에서 양자는 공통적이다. "두 가지 모두 최고로 섬세한 영혼과 예리한 통찰력, 확고한 손을 필요로 한다." 슈트로블은 공포소설가가 엄청난 공포나 환각에 시달리며 창작을 한다는 편견을 거부했다.

공포소설가는 보통 사람들에 비해 내면적으로 더 강하게 단련되어 있어야 하며, 소설을 구성하고 형성하는 능력이 다른 어느 작가보다도 뛰어나야 한다. 공포에 대한 최초의 경험이 어마어마한 전율과 충격으로 그를 덮치기 때문에, 별안간 소름 끼치는 비밀이 소설가의 눈앞에 펼쳐지며 아득한 암흑 속으로 그를 이끌고 들어가기 때문에, 그리고 공포소설가란 심연과 어둠을 다루는 사람이기 때문이다.

그는 "강인한 이들만이 공포의 매력에 도취된다"는 보들레르Charles Pierre Baudelaire의 말을 인용하거나 히에로니무스 보스와 브뤼헐 같은 옛 거장들을 언급하기도 했다. 그리고 이제는 그 자신이 상상력의 두 가지 가능성을 결합해 애초부터 추구하던 목표에 도달한다.

공포의 세계로 뛰어들어 악마와 한판 승부를 벌이고자 하는 욕망이 이러한 거장들의 내부에 있는 어마어마한 건전함과 용기와 자부심으로부터 솟아오르고 있음을 누가 부인할 수 있으랴! 또한 이들의 곁에는 유머가 형제인 공포와 더불어 언제나 함께하고 있다는 사실도! 유머는 때로 공포와 분리되어 있는 듯 보이지만 때로는 이와 결합해 지극히 독특하고도 근사한 무언가를 탄생시킨 다. 그로테스크가 바로 그것이다.

슈트로블은 또 다음과 같이 말하기도 했다. "문학의 산파나 세탁부(뒤 에도 이와 유사한 노골적인 비유가 한 차례 더 이어진다) 등만이 유머와 공포가 서로 조화될 수 없다고 여긴다. 그러나 호프만과 에드거 앨런 포 를 비롯한 공포소설의 거장들은 그 반대가 진실임을 입증한다."

강령의 성격을 띠는 이러한 문구는 다양한 측면에서 흥미를 끈다. 슈트 로블은 여러 가지를 강조하고 있다. 공포를 예술적 형태로 구상하는 일에 는 냉정한 자의식과 단호한 통제가 요구된다는 점이 그 첫째이며(포의 『창작의 철리』에도 이와 유사한 내용이 나온다), 둘째는 유머가 그로테스 크의 주요 구성요소라는 점이다. 셋째로 유머와 공포가 지극히 건전한 정 신으로부터 샘솟는다는 점도 강조되는데, 슈트로블은 니체를 상기시키는 "삶을 지배하는 힘을 향한 남성적이고 주체적인 의지"라는 말로 이러한 건전함을 표현했다. 마지막으로 보스나 브뤼헐 등의 화가와 호프만과 포 를 비롯한 작가들이 지난 세월 동안 창조한 것을 혁신하고자 하는 의지도 두드러진다. 때는 바야흐로 보스와 브뤼헐이 재조명되고 호프만과 포가 사후 명성을 누리기 시작한 시대였다. 이런 사조를 일으킨 주인공은 공포 와 그로테스크를 다룬 옛 거장들의 작품을 새로이 발간하고 이 분야의 당 대 후계자들을 세상에 알리는 데 주력한 게오르크 뮐러Georg Müller 출 판사였다. 여기에 초석을 놓은 작가는 에베르스Hanns Heinz Ewers였는 데, 그는 1905년에 에드거 앨런 포에 관한 연구서를 발표한 이후 단편집 『전율Das Grauen』, 『신들린 사람들Die Besessenen』을 통해 유명해진다. 이후에도 장편소설(『마술 견습생Die Zauberlehrling』, 『알라우네Alraune』,

『흡혈귀Der Vampir』)을 비롯해 단편집(『십자가에 못 박힌 탄호이저와 다른 그로테스크Der gekreuzigte Tannhäuser und andere Grotesken』, 1917) 등이 끊임없이 게오르크 뮐러 출판사를 통해 발표되었다. 그 밖에도 그로테스크의 고전이라 불릴 만한 호프만과 포의 작품은 물론 프랑스 작가들의 작품 역시 독일어로 번역 출간되었다. 빌리에 드 릴라당Auguste de Villiers de L'Isle-Adam 전집이 『잔혹한 이야기Grausame Geschichten』라는 제목으로, 프레데리크 부테Frédéric Boutet의 『밤의 이야기Geschichten in der Nacht』는 '기이하고 그로테스크한 이야기들'이라는 부제를 달고 소개된다. 마찬가지로 게오르크 뮐러 출판사가 펴낸 『몽상가 갤러리 Galerie der Phantasten』에는 당대 작가인 파니차Panizza, 슈트로블, 슈미츠O. H. Schmitz의 작품 및 A. 쿠빈Alfred Kubin의 소설 『대극對極, Die andere Seite』이 실렸다. 화가였던 쿠빈은 앞에 언급한 『공포의 책』을 비롯해 이 출판사가 발행한 여러 소설에 삽화를 그리기도 했다. 『공포의 책』은 그보다 앞서 구스타프 마이링크Gustav Meyrink가 발행한 『유령의 책 Das Gespensterbuch』보다도 큰 성공을 거둔 책이다(한 해에 6쇄까지 발행되었다).112

그러나 이처럼 개별 작품들의 서문이나 제목, 본문에 자주 등장하는 '그로테스크'가 이런 종류의 문학 전체를 지칭하는 용어로 사용된다면 그용어의 의미는 퇴색될 것이다.113 이런 작품들에는 그것이 지닌 다양성에

---

112 게오르크 뮐러 외에도 랑겐O. Langen 출판사가 괴기문학 작가들(특히 마이링크)의 작품을 출판했다. 두 출판사는 후에 통합된다. 그 밖에도 E. 로볼트E. Rowohlt와 쿠르트 볼프 Kurt Wolff 출판사를 꼽을 수 있다. 제2차 세계대전 이후에는 쿠르트 데슈Kurt Desch 출판사가 이 전통을 이어 갔다. 쿠르트 데슈 출판사의 대표작으로는 『환상문학 단편선Phantastische Erzählungen』 시리즈(T. C. Kobbe 편), 에드거 앨런 포 및 빌리에 드 릴라당의 개정판, 바르베 도르비이Barbey d'Aurevilly의 『악마 같은 여인들Les diaboliques』 번역본(삽화 : 알프레트 쿠빈) 등이 있다. 이 출판사는 에베르스의 출판권을 사들이기도 했다.

걸맞은 더욱 광범위하고도 막연한 표현이 필요하다. 이런 점에서 '괴기문학Schauerlitaratur'은 이를 가리키는 데 보다 적절한 용어라고 할 수 있다. 괴기문학이라는 표현에는 이것이 18세기 말경 유럽 문학계에서 장 파울과 보나벤투라, 호프만, 포로 대표되는 '순수' 그로테스크의 자양분이 된 문학 사조와 대등한 지위를 점한다는 사실이 강조되어 있다. 작가들 스스로도 그러한 대등함을 의식하고 있었다. 양자는 모티프와 주제, 기술면에서 공통점을 보인다. 예를 들어 저주받은 가문, 근친상간, 귀향, 불길한 전조, 파멸 등 운명극Schicksalsdrama의 구조를 이루는 모티프의 무리는 마이링크의 단편 「마이스터 레오나르트Meister Leonhard」(소설집 『박쥐 Fledermäuse』에 수록)에도 결집되어 있다. 독자가 찾는 오싹한 느낌을 선사하고자 한다는 점도 같다. 독자는 괴기문학이 안내하는 나락의 입구까지 기꺼이 동행할 준비가 되어 있다. 예술가의 고뇌, 인간 영혼이 지닌 음침한 단면, 사랑과 죽음 사이의 섬뜩한 마력, 범죄의 악마적인 얼굴 등은 예나 지금이나 변치 않고 사용되는 소재들이다. 그러나 여기에도 뚜렷한 차이점은 있었다. 영국의 고딕 소설과 독일 운명극에는 모두 심원한 무언가가 삽입되며 오싹한 분위기를 유지하는 어떤 힘이 훨씬 강력하게 위세를 떨친다. 또한 영국 고딕 소설에서는 현세의 도덕적 질서가 통용되어 등장인물의 설정은 물론 초자연적인 요소들조차 선과 악의 기준에 따라 구성된다. 마찬가지로 독일 운명극에 등장하는 파괴적인 저주 위에는 은혜와 구원의 힘이 있다. 차카리아스 베르너와 뮐너Amadeus Gottfried Adolf Müllner 같은 극작가들이 자신의 작품에 깃든 기독교적 요소에 관

---

113 그러한 글에서 '그로테스크'는 대개 '특이한', '우스꽝스러운' 등의 저급한 의미로 쓰인다. 『공포의 책』에 실린 슈미츠의 단편 「악마의 연인」에서도 사례를 찾아볼 수 있다. "굶주린 배우들로 이루어진 작은 무리의, 그로테스크하고 대개는 천박하기까지 한 관습은 항상 저 냉혈한 '상류 사회'의 고지식한 관습보다 나를 훨씬 더 매혹했다."

해 피력한 것도 지극히 합당한 일이었다.

이에 반해 1920년대의 괴기문학에는 더 이상 암흑의 힘이 등장하지 않는다. 오싹함을 유발하는 데 목적이 있지 않은 경우 — 괴기문학 작가들은 이런 효과를 내는 데서 만족하는 경우도 흔했다 — 시민적 세계관을 통째로 뒤흔들어 버리는 데 집중했다. 이들은 1800년경의 괴기문학보다 강하고 분명한 어조로 당대의 사회적 상황에 대해 적대적인 태도를 취한다. 마이링크의 초기 단편집 제목인 『독일 속물의 마술피리 Des deutschen Spießers Wunderhorn』가 그러한 특징을 보이는 전형이다. 이는 끝없는 심원함을 발산하며 그로테스크에 한층 접근한 작품이기도 하다. 한스 하인츠 에베르스의 작품에는 파격적인 개별 상황을 단일한 세계관의 범주에 포괄하려는 형이상학적 열정이 결코 부족하지 않다. 인간은 "공포의 밤의 세계"에서 헤매는 "맹인"이며 인생은 "모순적인 존재의 꿈"(오스카 와일드Oscar Wilde와의 가상의 대화 중)에 불과하다. 이런 표현은 우리에게도 이미 친숙하다. 카르두치Giosuè Carducci와 프시비셰프스키Stanisław Przybyszewski는 사탄주의를 예고한 19세기의 선구자다.(마이링크는 「마이스터 레오나르트」에서 템플 기사단을 20세기의 사탄 숭배 종파로 묘사하기도 했다.)

그러나 이런 점들은 에베르스의 작품을 분석하는 데 그다지 유용하지 않다. 그의 작품들은 한마디로 정의할 수 있는 범주를 넘어서기 때문이다. 일단 주제 선별의 문제가 두드러진다. 그의 작품에는 사랑과 관련된 보편적인 인식을 뒤집는 내용이 반복적으로 등장하며 화자는 성적으로 불합리하고 왜곡된 것에 끊임없이 주의를 기울인다. 에베르스는 생물학적 현상에 관한 서술을 통해 이러한 습성을 보강하고 구체화함으로써 성도착증적인 현상이 마치 지배적인 자연 질서인 양 보이게 한다. 가령 거미 암컷이 교미 후 수컷을 거미줄로 옭아매 체액을 빨아 먹는 이야기는 그의 작품에 여러 번 등장한다.(교미 중 이미 수컷의 몸을 삼키기 시작하는 뱀의 이야기도 있다.) 1908년에 발표된 단편집 『신들린 사람들』 중 「거미Die Spinne」에서는 이러한 소재를 활용해 인간세계와 동물 세계를 은밀히 넘나드는 이야기를 창작해 내기도 했다.

이야기는 다음과 같이 시작된다. "의대생인 리샤르 브라크몽이 알프레드 스티븐스 가 6번지의 스티븐스 호텔 7호실에 거주하기로 결정했을 때는 이 방에서 3주 동안 금요일마다 한 명씩, 모두 세 사람이 십자 창살에 목을 매달아 죽은 뒤였다." 자살의 동기를 도무지 알 수 없었기 때문에 연이은 자살 사건은 점점 더 미궁으로 빠져들었다. 브라크몽은 이 수수께끼를 풀고자 한다. 독자는 브라크몽의 일기를 통해 이후 일어나는 일들을 따라가게 된다. 그는 좁은 거리를 사이에 두고 호텔 건너편에 사는 여자에게 점점 더 빠져든다. 여자의 모습에 관한 묘사에는 인간다운 요소와 동물적인 요소가 뒤섞여 있다. 물레 앞에 앉아 검은색 긴 장갑을 낀 손가락을 이리저리 움직일 때면 ― 여자는 보라색 반점이 있는 꽉 끼는 검은 드레스를 입고 있다 ― 마치 "곤충이 다리를 꿈틀거리는" 것처럼 보인다. 게다가 브라크몽은 여자가 짠 직물에서 "상상의 동물과 기묘한 얼굴"로 이루어진 "놀라운 무늬"를 보았다고 적고 있다. 주인공이 거미의 교미 장면을 서술하는 부분에서 독자는 사건이 어떤 방향으로 진행될지 확실히 감을 잡는 한편, 주인공의 의지가 점점 마비되어 가는 과정을 일기를 통해 관찰하며 긴박감을 느낀다. 일기는 이 의대생이 십자 창살에 목을 매기 위해 책상 위로 올라서는 순간까지 이어진다. 마지막에 독자는 서술자를 통해, 앞의 희생자들에서는 크게 벌린 입으로 기어 나왔을 "기묘한 보라색 반점을 한 커다란 검은색 거미 한 마리"가 죽은 의대생의 입술 사이에 짓눌려 있었음을 알게 된다. 게다가 호텔 건너편 건물에는 여러 달 전부터 아무도 살지 않는다는 사실도 밝혀진다.

이 단편은 그로테스크한 성격을 띠고는 있지만 이러한 특성은 어떤 의미를 지녔다기보다는 파격적인 사건을 묘사하는 데 쓰일 뿐이다. 형이상학이나 생물학의 흔적도 거의 찾아볼 수 없고, 향후 어떤 방향으로 진행될지 추정 가능한 사건만이 있을 뿐이다. 영국 문학평론가들이 평가 기준으로 삼던 '재독再讀의 필요성 여부'는 에베르스를 비롯한 동시대 작가들의 작품을 평가하는 데 매우 유용하게 적용된다. 이들의 작품은 두 번 읽게 되지 않는다. 작품이 풍기는 그로테스크는 결국 공허한 것으로 판명된다. 에베르스는 이런 그로테스크에 정통했으며 실제로도 이를 즐겨 활용했다. 『마술 견습생』에서는 어느 산골 마을 전체가 난잡한 "마녀 축제와 온갖 광기의 춤판"에 휘말린다.(에베르스의 작품에는 끊임없이 성도착적인 소재가 등장한다.) 그러나 그로테스크는 그 본질적 형태로 드러나지 않는다. 앞에서 관찰한 에로틱한 요소와 범죄적인 자극 외에 에베르스가 그로테스크를 표현하는 데 사용한 세 번째 요소가 여기서 드러난다. 바로 외부적인 강압에 의해 점점 낯선 것으로 변하다가 결국은 파멸로 치닫는 영혼이다. 여기서 우리는 괴기문학과 당시의 시대적 문제 간의 연결고리를 발견하는 동시에 영혼의 분열을 다룬 로버트 루이스 스티븐슨Robert Louis Stevenson의 유명한 작품 『지킬 박사와 하이드 씨Dr. Jekyll and Mr. Hyde』(1880)와의 연관성 또한 발견할 수 있다. 『지킬 박사와 하이드 씨』는 이후에도 수많은 작가에게 본보기가 되었으나 누구도 그만큼의 성공을 이루어 내지는 못했다.

당시 괴기문학에서 순수한 그로테스크 표현방식을 사용한 작가는 두 명에 불과하다. 구스타프 마이링크가 그중 한 사람으로, 그의 몇몇 단편들을 비롯해 『골렘Der Golem』과 같은 장편소설은 반복해 읽을 가치가 있다. 마이링크의 어조에는 다소 거친 감이 있기는 하지만 에베르스와 비교해 보면 질적인 차이가 금세 분명하게 드러난다. 직·간접적 수단을 이

용해 독자를 자극하거나 긴장감을 야기하려는 의도도 없기 때문에 독자는 한시름 놓게 된다. 한눈에도 드러나듯이 마이링크는 그로테스크 연극에서처럼 자아의 분열 문제에 몰두한다. 『골렘』의 초반부에서 1인칭 서술자가 잠으로 빠져들며 자신의 감각이 육체로부터 하나하나 빠져나가는 것을 느낄 때 이미 '나는 누구인가?'라는 의문이 탄생한다. 반쯤 잠든 상태부터 그의 귓가에는 낯선 목소리가 울리기 시작한다. 그러나 또 하나의 낯선 자아로 변신했던 화자의 문젯거리는 소설의 마지막에 이르러 시시하게 풀린다. 바뀐 모자가 인격의 혼동을 불러일으켜 짧은 꿈속에서 수십 년 동안 낯선 이의 삶을 살도록 만든 것이다. 하지만 그 제2의 인물이 보석 세공인인 아타나지우스 페르나트로서 존재하기 때문에, 이 인물의 삶은 물론 주인공이 겪은 수수께끼 역시 존재하는 셈이 된다. 마이링크는 꿈속에서 반복되고 당사자가 직접 기술한 삶이 몽상적인 분위기를 내지 않도록 주의했다. 명확한 묘사를 통해 독자의 눈앞에는 좁고 어둡고 미로처럼 얽힌 옛 프라하의 유대인 구역이 손에 잡힐 듯 펼쳐진다. 더불어 우리는 그 안에 도사리고 있는 기이한 존재들, 가령 마리오네트를 조종하는 늙은 배우라든지 지하실에서 밀랍인형으로 비밀 의식을 치르는 고물장수, 아버지를 향한 증오심에 불타는 아들, 기적을 신봉하는 미리암과 남성에 탐닉하는 로지나 역시 생생하게 머릿속에 그릴 수 있다. 이 세계에는 탐욕과 자비, 증오와 사랑, 범죄와 결백함이 긴밀히 뒤섞인 채 도사리고 있다. 서술자인 '나'뿐만 아니라 세계 역시 음침한 의문투성이 존재로 변해 버린다. 이 세계 자체(글에 묘사된 꿈이 아니라)에는 지하 세계로 가는 문과 통로뿐 아니라 현세의 이면으로 통하는 '틈새'도 존재하며, 이곳에서 인간과 그들을 둘러싼 세상은 한가지나 다름없다.

작가의 눈앞에서 열리는 '틈새'는 그 자신도 모르던 과거를 향하고 있다(그는 수 년 동안 광기에 시달린 적이 있다). 이뿐만 아니라 현재에서도 그는 낯선 순간들을 체험한다. 뭔가 낯선 존재가 그의 내부로 들어오면서 그는 골렘으로 변한다. 골렘이란 "먼 옛날 이 게토에서 카발라에 정통한 랍비가 재료를 섞어 빚은" 일종의 인조인간으로, 랍비는 골렘을 완성한 뒤 "치아의 뒷면에 숫자로 된 마법의 암호를 새겨 넣어 스스로 사고할 수 없는 자동인형 같은 존재로 만들었다." 골렘이라는 도플갱어의 내부에 존재하는 영혼은 과연 화자 자신의 영혼일까? 도플갱어나 자동인형, 밀랍인형 등의 오래된 소재가 새로운 모습으로 탈바꿈하여 새로운 맥락에서 재등장한다. 다른 등장인물들 역시 낯선 자아를 체험하기는 마찬가지다.

> 스물한 살 되던 해의 어느 아침, 나는 뚜렷한 원인도 없이 전혀 다른 사람처럼 변한 채 잠에서 깼습니다. 이전까지 아끼던 모든 것이 별안간 무의미하게 여겨졌을 뿐 아니라 인생이 인디언 이야기처럼 식상하게 다가오며 현실성을 잃었지요. 꿈은 명료하고도 설득력 있는 현실이 되었습니다. 아시겠습니까? '설득력 있고 생생한 현실' 말입니다. 그리고 현실의 삶은 꿈이 되었지요.

이처럼 명확한 세계의 표면을 뚫고 어두운 이면이 끊임없이 드러난다. "발밑이 아득해지는 느낌보다 황홀한 것이 또 있을까요! 세계는 인간에 의해 파괴되기 위해 존재합니다. (…) 그다음부터가 진짜 인생의 시작이지요." 주요 등장인물들 중 한 명의 말이다. 그러나 마이링크는 이러한 "인생"을 드러내 보이지 않는다. 미리암의 입에서 나온 이 단어는 '틈새'를 통해 감지되거나 드러나는 무언가를 표현하는 데 사용하기에 지나치게 명확하게 느껴진다. 마이링크의 전기에는 그가 기독교와 유대교의 밀교 및 동양 밀교를 연구했다는 사실이 나와 있으며, 1927년부터는 대승불교에도 관심을 가졌다고 한다. 그러나 『골렘』을 비롯해 다른 단편들에서도 현세의 이면에 있는 암흑세계에 관한 해석이나 설명은 찾아볼 수 없다.114

그로테스크의 특성은 이로써 작품 속에 완벽하게 살아난다.

『골렘』에서는 그로테스크와 소설 형식의 관계에 대한 물음이 재차 대두된다. 이 소설은 보나벤투라의 『야경꾼』처럼 순서에 구애받지 않는 에피소드가 나열된 형식이 아니라 하나의 결말을 향해 이야기가 진행되는 구조이다. 그러나 아타나지우스와 미리암의 결합이라는 결말은 순서대로 진행되는 듯 보이는 전개 과정의 다른 모든 구성요소들과 마찬가지로 이 세계를 표현하는 기술적 도구에 불과하다. 이 도구는 느슨하게 삽입되어 있다. 소설의 실제 구성에서 결정적인 것은 포괄적 공간으로서의 유대인 구역이라는 배경이다. 몇 가지 독립적인 사건의 흐름들과, 현재를 넘나드는(따라서 고정된 시간적 단위를 타파하는) 수많은 에피소드가 여기에 종속된다. 인물의 과거가 재생되는 점이라든지 이야기의 시제가 자주 바뀌

114　단편 「신데렐라 박사의 식물Die Pflanzen des Doktor Cinderella」(『독일 속물의 마술피리』에 수록)에는 "마의 손", "악마" 등의 표현이 등장한다. 그러나 이는 단정적인 표현이 아니다. 화자 스스로 '마치 ~인 양' 혹은 '아마도' 등의 조건을 덧붙임으로써 그러한 표현에 제한을 가하고 있다. 이 단편소설에서 눈에 띄는 점은 장식적인 그로테스크에 섬뜩한 생명력이 불어넣어지는 과정이다. 화자는 지하의 식물 울타리 사이를 헤매 다닌다.

"피처럼 새빨갛게 얽힌 혈관의 넝쿨로부터 눈동자들이 열매처럼 솟아나 빤히 주시하고 있고, 넝쿨로 덮인 담장은 천장까지 솟아 있었다.

그 사이로는 헤아릴 수 없이 많은 눈알이 산딸기처럼 생긴 끔찍한 덩어리들과 번갈아 매달린 채 소름 끼치게 번쩍이며 내가 지나갈 때마다 시선으로 나를 좇았다. 맑게 빛나는 홍채부터 움직임 없이 정면을 향해 고정된 하늘색의 죽은 말 눈동자까지, 온갖 크기와 색깔의 눈동자가 거기 있었다.

이 모든 것은 마치 살아 있는 육신에서 분리되어 납득할 수 없는 기술로 결집시켜 놓은 것처럼 보였으며, 인간의 영혼을 빼앗긴 채 순전히 식물적인 성장만을 하는 단계로 낮추어진 듯했다.

이들의 내부에 생명이 있다는 것을 나는 분명히 알 수 있었다. 가까이에서 빛을 비추면 눈동자의 홍채가 즉각 수축되었기 때문이다. 이처럼 끔찍한 식물을 심은 악마 같은 정원사는 도대체 누구란 말인가!"

기이한 청동상을 발견하면서 세계와 자아는 생경해지기 시작한다. 여기서 청동상은 호프만의 『모래 사나이』에서 대학생에 대한 코펠리우스의 역할 혹은 포의 단편에서의 고양이와 같은 역할을 한다. 마이링크는 이 소설에서 야상괴담의 전통을 분명히 이어 가고 있다.

는 것도 같은 효과를 발휘한다. 이야기 속에 묘사된 특징적인 세계는 그 로테스크가 구체적인 장면들을 통해 발현될 수 있는 가능성을 열어 준다.

카프카Franz Kafka는 1920년대 괴기문학 작가들 중 유일하게 1950년대에 사후 명성을 누렸다. 그와 동시대에 살았던 다른 작가들이 잊히는 데 걸린 시간은 고작 30년이었다. 그래서 오늘날까지도 사람들은 카프카를 당대에 유일하게 배출된 위대한 작가로 알고 있을뿐더러 심지어는 주목받지 못한 선지자로 칭하기도 한다. 그러나 이들은 카프카만의 개성적인 단편들이 1920년대를 전후로 출간되었을 뿐 아니라 그가 로볼트 출판사와 볼프 출판사 소속 작가로서 대체로 명성을 누렸다는 사실을 간과하고 있다. 물론 사람들이 당대의 문학계에 섞여 있는 그의 독특한 문체를 인지하고 있었던 것도 사실이다.115 하지만 오늘날 카프카와 관련된 연구에는 종종 그의 작품을 문학사적 맥락에서 분류하는 작업이 빠져 있으며, 이 부분을 다루고자 하는 의지조차 결핍되어 있다. 카프카 전기(프라하에서의 쿠빈 등과의 교류)와 일기(여기에는 카프카가 디킨스 — 마이링크는 알베르트 랑겐Albert Langen 출판사를 위해 디킨스 작품의 일부를 번역했다 — 나 렌츠, 도스토옙스키의 작품에 심취했었다는 사실이 언급된다)를 충분히 참고할 수 있을뿐더러 '모방성'에 대한 카프카 자신의 고백이 이 문제를 더욱 시급히 다루어야 할 동기를 부여함에도 그러한 실정이다.

그러나 여기서는 이 책의 주제인 그로테스크에 관한 문제만 다루기로 한다. 마이링크의 작품과 그로테스크 연극에서 생경함을 자아내는 요인이

---

115 이와 관련하여 예컨대 다음을 참조할 수 있다. B. K. Edschmid, *Die doppelköpfige Nymphe : Aufsätze über die Literatur und die Gegenwart*, 1920, p.122. "(카프카의 단편들이 띤) 이러한 형식은 원칙적으로 마이링크의 것보다 자연스럽고 의미심장하다. (…) 물론 카프카는 언어적 영향력의 면에서는 다소 뒤떨어진다. 빈약한 이야기와 관점은 프라하를 둘러싼 협소한 공간에 제한되어 있다. 그러나 그 명확한 존재감만은 분명 강력한 영향력을 발휘한다."

분열된 자아 및 미지의 힘에 의해 조종되는 자아인 반면, 카프카의 작품에는 이러한 요소가 완전히 배제되어 있다. 카프카의 일기에도 자아의 분열을 표현하는 듯한 글귀가 몇 군데 발견되기는 한다. 가령 1922년 1월 16일자 일기의 내용은 이러하다.

> 붕괴. 잠을 잘 수도, 깨어날 수도 없다. 인생을, 정확히 말해 삶의 연속을 견딜 수도 없다. 시계들은 제각각으로 움직인다. 내면에서는 악마적이거나 요사스럽거나 어쨌든 비인간적인 방식으로 움직이는 반면, 외부에서는 일상적인 방식대로 더디게 흘러간다.

"악마적인", "요사스럽게", "비인간적인" 등의 표현에는 물론 생경한 자아에 대한 느낌도 암시되어 있지만, 이 글의 핵심은 그보다는 내면과 외면의 불일치이다. 내면은 외면과의 불협화음에도 불구하고 내적으로는 나름의 단일한 단위로서 제 기능을 하는 시계에 비유된다. 작품의 등장인물을 보면 당대 작가들에게 그토록 익숙하던 자아 분열이라는 소재가 카프카에게만은 예외라는 사실을 또 한 번 확인할 수 있다. 심지어 인간적인 요소와 동물적인 요소가 뒤섞이는 때에도 — 한 영역에 속하는 육체가 다른 영역의 것으로 변하거나 두 가지 관점이 교차되는 등 — 영혼만은 분열되는 일이 없다. 카프카의 작품에서 생소함은 '나'로부터 비롯되는 것이 아니라 세계의 본질 및 자아와 세계 간의 불일치에서 비롯된다. 여기서 '세계'라는 모호한 개념을 보다 구체적으로 정의할 필요가 있다. 카프카의 작품에서 세계는 인간에게 끊임없이 닥치는 사건의 연속으로 나타난다. 세계와 자아 간의 불협화음은 그 자체만으로는 둘 사이의 극도로 순수한 분리, 말하자면 전원적이고 은둔하는 삶의 형태로 발전할 수 있다. 그러나 외부 세계는 이를 용납하지 않으며 한숨 돌리거나 거부할 틈도 주지 않고 인간을 몰아댄다. 카프카는 외부 세계에 그나마 어떤 '진실'을 허용했던 피란델로보다 한층 엄격하다. "바다는 진실이다. 산도 절벽도 풀도 진실이다. 그러나 인간은 어떠한가? 항상 의지와는 상관없이 가면을 쓰고 있으면서 그러한 사실조차 알지 못한다." 여기서 진실이란 자기 자신과의 합일이자 누구나 느낄 수 있는 불변의 본질을 지칭하는 단어로 쓰였다. 마이링크에게서는 이런 법칙을 발견할 수 없다. 그의 「신데렐라 박사의 식물」에는 위협적인 생기가 넘쳐난다. 반면에 카프카의 세계는 거의 언제나 폐쇄된 공간이거나 기술적인 도구로 만들어진 공간이며 산, 바다, 절벽, 풀 같은 어떤 풍경도 존재하지 않는다. 이 세계는 동물의 영역, 다시 말해 독립적인 움직임이 있는 영역으로부터 시작되어 서서히 인간을 덮쳐 간다.

인간을 향해 몰려드는 세계는 불투명하고 낯설다. 이는 비단 특별한 인간들, 가령 예술가처럼 자신의 본질을 통해서라든지 켈러의 빗 제조공처럼 죄과를 통해서 어딘가 잠재되어 있던 은밀한 세력을 자극하는 이들에게만 해당되는 이야기가 아니다. 카프카의 등장인물들은 특별하지 않으며, 심지어 이름조차 없는 경우가 흔하다. '세력'이란 단어는 움직임 속에서 효력을 발휘하는 무언가를 가리키기에는 지나치게 의미가 명확하고 거창하다. 명확하고도 거침없이 물리적 파괴를 야기하거나 적어도 서술자에 의해 이런 방식으로 묘사될 만한 논리적 귀결도 카프카에게서는 볼 수 없다. 종국에는 파멸로 끝날지 모르나, 사건이 외부로부터 지정된 결말을 향해 진행되는 구조는 아니다. 그보다는 끊김도 절정도 없이 점차 수세로 몰리는 인간의 모습이 그려지며, 이 과정에서 일어나는 개별적인 상황에 관해서는 서술자조차도 설명하지 못한다. 서술자는 독자와 마찬가지로 낯선 꿈속의 세계같이 납득할 수 없는 외부세계에 둘러싸여 있다. 카프카 작품세계 특유의 '초현실' 외에도 — '초자연적인 요소'의 개입은 카프카의 초기 단편들에만 등장한다 — 이러한 구조적 원리가 카프카의 작품에 꿈 이야기 같은 특성을 부여하는 요인이다. 서술자는 지속적으로 인간을 덮쳐 오는 개개의 세부 요소들을 정확히 묘사하지만 어떤 이성적 수단으로도 이를 설명하기란 불가능하며, 인간은 이에 대항할 수도 순응할 수도 없다. 그 어떤 고뇌도 결국에는 헛된 것이 되고 만다.

카프카가 꿈에 세심한 주의를 기울였다는 사실도 일기를 통해 알 수 있다. 몇몇 경우에는 꿈속의 체험이 창작의 모티프가 되기도 했다. 특히 꿈에 관한 기록과 작품의 서술방식이 형식적으로 일치하는 이유도 이를 통해 설명된다. 카프카가 자신의 꿈을 기록하던 태도가 작품 속 서술자의 태도도 결정한 것이다. 양자 간의 일치는 카프카 스스로 의도한 것이기도 하다. 카프카 특유의 몽상적인 현실을 분명히 의식하고 있어야만 비로소 그가 자주 인용한 문구들의 의미도 제대로 이해할 수 있다. "진짜 현실은 언제나 비현실적이다." "꿈은 상상력이 드러낼 수 없는 현실을 폭로한다. 이것이 삶을 끔찍하게 만들고 예술을 뒤흔든다."[116]

카프카의 성공작 중 하나로 여겨지는 『시골 의사Der Landarzt』에서는 나뉘지 않은 문단 형식부터가 이처럼 독특한 현실을 반영한다. 사건은 쉴 없이 진행되며, 이 와중에 독자는 기존의 세계관이 통하지 않는 순간을 몇 번이고 체험한다. 돼지우리에서 괴이한 말들이 나오는가 하면, 마차가 눈 깜짝할 사이에 먼 거리를 내달아 와 있기도 하다. 지상의 것이 아닌 말들이 사건에 관심을 보이는 것도, 사람들이 의사의 옷을 벗겨 환자의 침대에 눕히는 것도 마찬가지다. 카프카의 후기 작품들에는 '초자연적인 것'이 거의 등장하지 않지만, 그렇다고 초기 작품에서도 이것이 강조되는 것

---

116 첫 번째 인용문 : G. Janouch, Erinnerungen an Kafka, *Die Neue Rundschau* 62, 1951, p.62. 두 번째 인용문 : E. Kahler, *Die Neue Rundschau*, 1953, p.37.

은 아니다. 켈러나 호프만이 오싹한 장면이나 세계가 생경해지는 순간을 구성하는 데 세심한 주의를 기울였던 점을 고려하면, 카프카의 균일한 구성은 한층 더 두드러진다. 카프카의 작품에는 심연과의 '마주침'도, 낯선 힘의 갑작스러운 출현도, 세계가 생경해지는 순간도 없다. 그의 세계는 애초부터 낯설다. 애초부터 독자가 디딜 바닥이 없기에 발밑이 아득해지는 순간도 체험할 이유가 없다. 그저 처음부터 그러한 사실을 인지하지 못할 뿐이다. 요약하자면 카프카의 소설들은 '잠복성 그로테스크'이다.

카프카의 소설들은 또한 '차가운 그로테스크'이다. 물론 우리는 보스나 브뤼헐, 고야 등의 그림에도 단일한 감정적 관점이 결여되어 있음을 앞서 확인했다. 그러나 바로 그 단일성의 결핍에 강조점이 있다. 이 작품들이 조소와 전율, 혐오감 등 강렬한 감정적 효과를 낳는다는 빌란트의 해석은 전적으로 옳다. 그런데 카프카를 읽는 독자는 말들이 소음을 내며 장면에 끼어들거나 의사가 침대에 눕혀지는 장면에서 조소해야 할지조차 알 수 없다. 어느 순간에 전율을 느껴야 할지, 과연 전율을 느껴도 좋은 것인지조차 모른다. 서술자와 독자 사이에는 이전까지 한 번도 존재한 적 없는 낯섦이 자리 잡고 있다. 그로테스크 문학을 다루면서 이미 체험한 커다란 괴리감도 이와는 비교가 되지 않는다. 카프카는 완전히 새로운 소설 형식을 고안해 냈다. 표면상으로 그는 1인칭 화자를 선호하거나 『변신Die Verwandlung』에서처럼 주인공의 시점에서 서술하는 방식을 택한다. 그러나 카프카만의 특징은 여기에 있지 않다. 그와 같은 방식은 예컨대 마이링크도 사용했다. 작품 속 서술자에게 사건 전체를 파악하거나 해석할 입지를 주지 않는다는 점도 마찬가지로 전혀 새로운 방식은 아니다. 그러나 카프카의 서술자는 독자가 기대하는 것과 전혀 다른 감정적 반응을 보임으로써 — 어떤 형태로든 — 독자와의 괴리감을 유발한다. 서술자인 시골 의사가 괴이한 말들을 보고 웃으며 "즐겁게" 마차에 오른다는 농담 아닌 농담을 던지거나 사람들이 자신의 옷을 벗기도록 내버려 두는 것, 『변신』에서 그레고르가 벌레가 된 자신의 모습을 그토록 담담하게 받아들이는 것, 서술자 역시 냉정하고 사무적으로 이 장면을 서술하는 것 등은 독자를 망연자실하게 만든다.[117] 여기서 서술자는 더 이상 인간적인 존재가 아니다. 『시골 의사』의 화자처럼 이들은 모두 불안정한 바닥을 딛고 어둠 속에서 방황하는 중이며, 시간에 대한 인간의 질서로부터도 벗어나 있다.

모호하기는 하지만 『시골 의사』에는 모종의 배후의 힘이 암시되어 있는 부분이 여러 군데 눈에 띈다. "숙명"이라는 단어가 등장하는가 하면, 말들에게 지시를 내리고 지상으로 보냈을 "높은 곳"이 언급되기도 한다. 앞서 나왔던 "악마적"이라거나 "요사스러운"이라는 표현과 마찬가지로 이런 표현들도 그 밖에는 일기에서나 찾아볼 수 있다. 일기의 다른 부분에는 악마라든지 복수의 화신, 머리 주위를 맴도는 괴이한 까마귀가 등장하기도 한다. 그러나 다른 소설들에는 아무런 미지의 힘도 개입하거나 언급되지 않는다.

카프카의 초기 소설들은 우리가 잘 알고 있는 그로테스크의 특성을 지니고 있되 구성 면에서 특별한 그로테스크 양식으로 분류된다. 그러나 후기 작품으로 가면 이런 특징은 흔적도 없이 사라진다. 후기 작품들에는 서술할 만한 사건이 존재하지 않는다. 물론 사건과 작품 속의 세계는 여전히 존재하지만 이는 서술에 예속되어 있으며, 서술과 더불어 세계는 붕괴된다. '붕괴'는 이 이야기들의 내적인 형태이며 서술은 붕괴 과정이 언

---

117 이야기의 끝 부분에서 독자는 서술자의 의미 부여와 서술자의 개입이 풍자적인 표현 속에 녹아들어 있음을 감지하게 된다. 그러나 일기를 보면 카프카 자신은 ─ 아마도 그러한 이유 때문에 ─ 교정 후까지도 이러한 결말에 만족하지 못했음을 알 수 있다. 그 밖에도 "감정에 휩쓸린 태도 뒤에 숨은 냉정함"(1917년 10월 8일)이라는 표현에서 읽히듯이 카프카는 디킨스에게서 그와 유사한 관념을 감지했다.

어로 전환된 것이다. 베이징의 황제가 '너', 즉 소설 속 수신인에게 개인적으로 서한을 보낸다. 그러나 서술이 시작되는 것과 동시에 그것이 도착할 가능성은 하나씩 사라지다가 마침내는 모든 동인이 고갈되고 사신도 사라져 버린다. 또 다른 이야기에서는 쥐들의 눈앞에 위대한 예술가(가수 요제파)의 형상이 나타나고, 그녀의 노래에 모여든 대중은 이것을 보다 높은 곳으로부터의 전갈로 여긴다. 그러나 이야기가 진행될수록 노래는 알 수 없는 끽끽거림으로 바뀌다가 마침내 여가수는 흔적도 없이 사라진다. 후기 카프카의 전형적 특징이 가장 잘 드러난 작품인 『집Der Bau』 역시 붕괴의 이야기이다. 여기에는 에드거 앨런 포를 상기시키는 수학적 상상력이 엿보인다. 소설의 주인공인 동물은 안전한 지하 은신처를 짓는다. 그러나 서술이 전개되면서 안전의 여지는 모두 사라져 버리고 외부 세계는 알 수 없는 소음으로 남는다. 이것은 과연 현실인가? 광기의 수레바퀴가 사고를 통제하며 이야기가 끝날 때까지 공허 속에서 굴러간다.

3. 모르겐슈테른과 언어 그로테스크

이탈리아 극작가 및 독일 괴기문학 작가들 이전에도 '그로테스크'라는 수식어를 전유하고자 한 시인이 한 명 있었다. "내가 늙어 갈수록 내 것이 되어 가는 단어가 하나 있으니 '그로테스크'가 바로 그렇다." 모르겐슈테른의 회고록 『계단Stufen』 중 1907년의 기록에 나오는 문장이다('In me ipsum' 장). 하지만 안타깝게도 그러한 정의는 모르겐슈테른의 작품은 물론 그 스스로 이 말을 통해 의도한 바에도 들어맞지 않은 의미로 굳어졌다. 모르겐슈테른은 다분히 경멸적인 의미에서 그로테스크 시인으로 불렸기 때문이다. 빌헬름 부슈의 유머소설과 유사한 운명이라 할 수 있는데, 사람들은 모르겐슈테른과 부슈를 언급할 때 유사한 어조를 쓰곤 했다. 그러나 몇몇 공통적인 수단을 활용했을 뿐118 두 사람의 차이점은 명확하다. 부슈는 언제나 풍자로부터 출발했다. 물론 모르겐슈테른도 자연주의 희곡이나 단눈치오Gabriele d'Annunzio, 셰르바르트Paul Scheerbart를 패러디한 일련의 풍자시를 쓰는 등 유사한 방식을 활용하기는 했다. 그러나 그로테스크 시와 풍자시는 전혀 별개임을 그 스스로 항상 분명히 강조했다. 실제로도 문학적 성향을 띤 그로테스크 시에서는 어떤 풍자적인 측면도 찾아볼 수 없을뿐더러 캐리커처적인 특성도 빠져 있다. 시 속의 세계는 독특하기는 하되 괴이하게 왜곡된 형상이 뭔가를 경멸할 목적으로 투영되어 있지는 않다. 자유로운 창조적 상상력이 작품 속에 녹아들어 부슈보다는 에드워드 리어의 정신세계에 비할 만한 의미심장하고 번뜩이는 난센스를 탄생시킨 것이라 할 수 있다. 두 사람의 공통점은 내용과 형식 간에 긴장 관계를 조성할 목적으로 시적인 도구를 사용했다는 데서도 발견된다. 운율, 리듬, 가락, 각운, 후렴 등이 적극 활용되어 각 단어에 내포된 의미와 놀라운 대비를 이룬다.

그러나 자유로운 창조적 상상력이란 존재하지 않는다. 모르겐슈테른의 상상력이 어디에서 비롯되었으며 어디로 발전해 갔는지 슈피처Leo Spitzer와 클렘페러Victor Klemperer의 연구를 참고해 더듬어 가다 보면 우리는 결국 그로테스크의 영역에서 맴돌게 된다. 모르겐슈테른의 상상력

---

118 레오 슈피처의 인상적인 연구(Die groteske Gestaltungs – und Sprachkunst Christian Morgensterns, *Motive und Wort*, 1918)를 참조할 것. 슈하르트Schuchardt의 비평(Christian Morgensterns groteske Gedichte und ihre Würdigung durch Leo Spitzer, *Euphorion*, 22, 1915)은 그다지 생산적이지 못하다. 그 밖에 K. Chr. Bry, Morgenstern und seine Leser, *Hochland*, 1925; V. Klemperer, Christian Morgenstern und der Symbolismus, *Zeitschrift für Deutschkunde*, 42, 1928; H. Schönfeld, Morgensterns Grotesken, *Zeitschrift für deutsche Bildung*, 8; M. Untermann, Das Groteske bei Wedekind, Thomas Mann, Heinrich Mann, Morgenstern und Wilhelm Busch, Dissertation, Königsberg, 1929를 참조할 것.

이 발휘되는 지점은 쉽게 알아볼 수 있다. '언어적 착상'이 드러난 부분이 바로 그것이다. 가락, 단어, 경구 등이 상상력을 자극한다. 이러한 점은 모르겐슈테른의 일대기에서도 확인할 수 있다. 젊은 시절 한 무리의 친구들과 베르더 부근의 갈겐베르크(Galgenberg, 교수대의 산)에 다녀오는 길에 이들은 자신들이 교수대의 운명을 같이하는 형제들이라 상상해 보았다. 모르겐슈테른은 이들을 위해 '교수대의 노래'를 읊었다. 교수대 위에는 교수대의 아이와 교수형을 당한 자와 망나니가 있으며 망나니에게는 신부가 있다. 상상의 공간에서는 이런 식으로 등장인물들이 탄생하고 이들 사이에 관계가 형성된다. 상상력은 여기서 그치지 않고 계속된다. 등장인물과 살아 있는 존재들이 언어로 빚어지고 상상의 영역 전체를 채워 나가며, 이 인물들과 영역은 시 속에서 순환 고리를 이룬다. 코르프와 팔름슈트룀(그의 시에 반복적으로 등장하는 인물들)이 이런 과정을 통해 탄생하고 상상의 영역은 달밤의 분위기로 가득 찬다. 초기 작품집인 『판타의 궁성에서In Phantas Schloß』(1895)에서 달이라는 소재는 반짝이는 비눗방울에 비유되며(이것은 다시금 비눗방울을 부는 목신을 탄생시킨다) 곧이어 네덜란드인의 얼굴에 비유되기도 한다. 저 유명한 '달의 양Das Mondschaf'이나 여러 가지에 서툰 '달의 송아지Das Mondkalb'가 창조되는가 하면, '툴레몬트(Tulemond, '모든 사람'을 뜻하는 프랑스어 'tout le monde'를 독일어식으로 변형한 것—역주)'와 '몬다민(Mondamin, 북미 인디언들이 인간에게 옥수수를 선사해 주었다는 신을 가리키는 명칭으로, 모르겐슈테른은 독일어로 '달'을 뜻하는 단어 'Mond'가 그 일부를 구성한다는 우연에 착안해 이를 시에 사용한 듯하다—역주)' 등 언어적 창조물이 빚어지고 새로운 신화적 사건들이 끊임없이 덧붙는다. 신화를 빚어내는 모르겐슈테른의 언어적 상상력에는 언어유희에 대한 애착이 엿보인다. 모르겐슈테른의 생산적인 창조력을 깨우는 데는 '양털 구름'이라는 단어 하나만으로도 충분하다. 그가 창조해 낸 기이한 생물체 중에는 특히 달의 양, 몽마夢魔, 까마귀, 두꺼비, 물고기 등 동물이 두드러진다. 이런 피조물이나 사건이 어떤 언어 혹은 현실로부터 비롯된 것인지도 얼마든지 설명할 수 있다. 이로써 말도 안 되는 것처럼 보이던 대상이 뭔가 합리적이고 의미 있는 것처럼 여겨지기도 한다. 다층적인 의미 구조가 탄생하면서 이야기가 한 영역에서 다른 영역으로 끊임없이 전이된다. 모르겐슈테른이 작품 속에 가상의 해설자로 내세운 유식한 예레미아스 무엘러 박사는 우스꽝스럽게 느껴지는 현학적 태도로 현실적인 요소를 강조한다. 가령 죽어가는 대기를 위해 발명된 "소리 마사지"는 누구나 아는 명료한 발음을 지칭하는 것이라든가, 세로로 세워진 코르크 마개가 거울에 비친 자신의 모습을 볼 수 없음은 누구나 실험을 통해 확인할 수 있다는 말이 그렇다. 이런 현학성은 말이 되던 것도 안 되는 것으로 만들어 버린다.

무생물을 살아 있는 것처럼 취급하는 것은 그보다 더한 혼란을 야기한다. 그러한 대상들은 언어를 통해 정당성을 부여받음과 동시에 오랫동안 감추고 있던 면을 드러낸다. 동시에 말도 안 되는 것이 이제 말도 안 되는 말로까지 빚어진다.

소나무 한 그루
자신의 솔방울샘을 주시하네.

장화 한 짝과 그 머슴이 여행하네,
크니케뷜에서 엔텐브레히트까지.

이 세계에서는 "무릎이 홀로 세계를 누비는" 등, 신체의 일부가 독립적인 존재로 등장하기도 한다. 이처럼 고상한 난센스를 재미있어 하는 독자들의 흥을 깨려는 것은 아니지만, 보다 세심한 독자라면 당혹감 혹은 뭔가 침체되는 느낌을 받을 것이 분명하다. 클렘페러는 코르프와 팔름슈트룀의 기이한 시계에 관해 "여기서 작가는 시간의 문제, 다시 말해 프랑스인들이 느끼는 '시각'과 '기간'의 문제를 언급하고 있다"고 덧붙였다. 또한 말뚝 울타리에 관한 유명한 시에서는 시인이 공간에 대한 우리의 관점을 교묘히 문제 삼고 있다고 보았는데, 이는 모두 지극히 옳은 관점에서 나온 것이다. 여기에는 미심쩍은 뭔가가 있다. 그러나 정작 모르겐슈테른이 끊임없이 의문을 품는 것은 그처럼 기이한 것을 탄생시키는 언어이다. "통사론에는 심해에 사는 것보다도 다양하고 희귀한 동물들이 존재한다." 드 빌리에Charles de Villers의 말이다.[119] 이쯤에서 모르겐슈테른의 시를 한 편 더 살펴보자.

가까움(Die Nähe)

가까움 부인은 언제나 꿈꾸듯 배회할 뿐
결코 스스로 사물에게 다가가지 않는다.
가까움 부인의 얼굴은 노랗게, 더욱 노랗게 변하고
몸뚱이는 쇠약해져 있다.

그러나 어느 밤 가까움 부인이 잠자던 때
누군가 잠자리로 다가와 말했지.
"일어나라, 아가,
나는 분류의 비교급이다!

---

119 H. Schuchardt, *Euphorion*, 22, 1915, p.640에서 인용.

내가 너를 재단사Der Näher로 만들어 주겠노라.
원한다면 여자 재단사Die Näherin로 만들어 주겠노라!"
가까움 부인은 한 치 망설임도 없이
이것을 운명으로 받아들였다.

재단사가 된 가까움 부인은 불행히도
자신이 원하던 게 뭔지 잊어버린 채
장신구를 꿰매며 스스로를 놀테Nolte 부인이라 칭하고
위의 모든 것을 웃음거리로 여겼다.

우리는 여기서 모르겐슈테른 식 유머의 기술을 즉각 간파할 수 있다. 그는 이 기술을 전혀 은폐하려 들지 않는데, 그것이 자의성에서 나온 것이 아니라 언어 법칙 자체이기 때문이다. 이 시에는 우선 의인화가 쓰였다. 여성 추상 명사(Die Nähe, 'die'는 여성 정관사—역주)가 살아 있는 존재로 간주된다. 이처럼 추상적인 것을 의인화한 사례는 중세에도 흔히 볼 수 있었다. 예컨대 명예 부인, 세계 부인, 연애 부인 등이 그렇다. 여성 명사에 내포되어 있던 명백한 의미는 이 과정을 통해 한층 강화된다. 비교급에는 참신하면서도 뭔가 정당성을 지닌 듯 느껴지는 힘이 깃들어 있다. (위 시에서 näher는 형용사 '가까운nah'의 비교급이기도 하다—역주) 대상을 이처럼 의인화했을 때 '여자 재단사Die Näherin'는 적어도 발음상으로는 '가까움Die Nähe'의 정당한 후계자처럼 여겨질 만하다. 게다가 이미 확증된 자신의 근본을 웃음거리로 치부해 버리는 주인공의 태도는 지극히 근시안적이다. 독자는 시를 감상하는 데 예리한 통찰력을 발휘해야 하며, 이는 결국 그만큼의 결실을 맺기도 한다. 놀테 부인처럼 단순 무지

한 사고방식을 갖고 싶은 사람이 어디 있겠는가! 그러나 이 모든 언어놀음을 지나치게 진지하게 받아들일 필요는 없다. 물론 독자들은 혼란에 빠질 것이며, 혹자는 심지어 언어학상으로 정확해 보이는 진지한 문장 뒤에 익살스러운 뜻이 숨어 있는 것은 아닌지 찾아내려 들지도 모른다. 이처럼 독자의 머릿속에 의혹과 동요가 일어났다면 모르겐슈테른의 의도 중 적어도 한 가지는 달성된 셈이다. 모르겐슈테른은 1896년에 이미 『계단』에서 다음과 같이 천명한 바 있다.

> 하나의 단어가 별안간 나를 경악에 빠뜨리는 일이 종종 있다. 세계에 관념을 부여하는 언어의 극단적인 자의성이 순식간에 드러나면서, 우리의 세계관이 얼마나 자의적인지도 더불어 드러나기 때문이다.

같은 해에 그는 "인간은 거울의 방에 감금된 죄수이다"라고 쓰기도 했는데, 우리는 '언어'와 '언어로 표현된 세계상'을 '거울의 방'에 대입할 수 있다.

1906~1908년에는 언어에 대한 회의에서 비롯된 기록들이 쏟아져 나왔다. "언어를 타파하라!"에서 시작해 좀 더 구체적인 표현도 있다. "내가 이해하기에 '시민적'이라는 말은 인간이 지금껏 안락하다고 여겨 온 무언가를 지칭한다. 이런 점에서 언어는 특히 시민적이다. 언어의 시민성을 타파하는 것이 가장 시급한 미래의 과제이다." 1907년에는 앞에서도 인용했던 "내가 늙어 갈수록 내 것이 되어 가는 단어가 하나 있으니 '그로테스크'가 바로 그렇다"라는 문장이 나왔다. 모르겐슈테른이 말한 '그로테스크'의 의미는 여기서 명료해진다. 그로테스크에는 왜곡되고 불합리한 요소가 발산하는 우스꽝스러움을 넘어 불안하고 아득한 느낌이 갑작스레 밀려들 때의 충격이 도사리고 있다.[120] 모르겐슈테른은 언어 및 언어를 통해 빚어진 세계관에 대한 사람들의 순진무구한 신뢰를 그로테스크 시를

통해 단숨에 뒤엎고자 했다.[121] 그리고 단어의 구성이나 생생한 표현, 운율의 결합, 점층법 등의 언어 규칙을 적극 활용해 불합리성을 산출해 냄으로써 목적을 달성한다. '교수대의 노래'의 기저에 깔려 있는 "기본 아이디어"는 "대체로 그로테스크하다."

모르겐슈테른은 프리츠 마우트너Fritz Mauthner와 지적인 면에서 동류의 인물로 엮을 만하다. 마우트너는 전 3권으로 구성된 『언어 비판 Beiträge zur Kritik der Sprache』을 통해 이전까지 수많은 시인과 신비주의자, 철학자들에 의해 형성되어 있던 언어 비판의 아성을 무너뜨렸다. 모르겐슈테른은 마우트너의 작품을 익히 알고 있었을 뿐 아니라 여러 차례에 걸쳐 인용하기도 했다. 그러나 한편으로 언어의 완전한 '파괴'를 추구한 마우트너의 입장에 반감을 품기도 했는데, 여기에는 그럴 만한 이유가 있었다. 모르겐슈테른은 완전한 불가지론을 추구한 것이 아니라 언어를 '실질적인' 세계에 접근하는 통로로 여기는 순진무구한 믿음을 타파하고자 했을 뿐이다. 동시대의 다른 그로테스크 작가들과 달리 그는 그런 세계의 존재에 대해 확고한 믿음을 가지고 있었다. 그는 또 마이스터 에케하르트Meister Ekkehart의 말을 빌려 "언어를 타파하고, 그와 더불어 모든 개념과 사물도 타파하라. 남는 것은 침묵뿐이다"라고 말한 뒤, "이러한 침묵은 신이다"라고 덧붙이기도 했다.(모르겐슈테른은 후일 루돌프 슈타이너Rudolf Steiner의 인지학이 자신에게 길잡이가 되었다고 밝혔다.)

---

120 모르겐슈테른의 언어 용법에 관해서는 다음 문장도 주목할 만하다(p.256). "정신적 존재의 현세적 문화는 위대한 신의 그로테스크이다. 신이 현현되는 모습은 반드시 그로테스크하다."

121 언어 외에 숫자에 대한 그의 '혐오'도 두드러진다.(이 역시 그의 그로테스크에도 잘 드러난다.) "이따금 나는 숫자에 대해 어마어마한 혐오감을 느낀다. 숫자는 '현실'을 인간이 할 수 있는 한 가장 불합리하게 날조한 것이며, 그럼에도 오늘날 인간 세상 전체를 지배한다." 이 인용문은 마우트너의 논의를 연상시킨다.

중요한 것은 완전한 언어 파괴가 아니라 그릇된 확신을 타파하는 일이다. "사람들을 난파선 취급하려는 것은 아니지만, 적어도 바다 위를 항해 중이라는 사실을 그들 스스로 인지하고 있어야 한다." 모르겐슈테른의 그로테스크는 많은 이들이 생각하는 것처럼 가볍지만은 않다. 그럼에도 웃음을 유발하는 부분이 지나치게 크다면 이는 시인의 세계상에 담긴 초월성이 완전히 사라지지 않은 데 원인이 있다.

모르겐슈테른의 언어 그로테스크는 오랜 전통의 연장선상에 있다. 서구 문화권 내에서 이 전통을 거슬러 올라가다 보면 '동양적인' 양식의 표현들을 발견하게 되는데, 고대 후기 및 중세의 수사학에서는 경계 차원에서 주의 깊게 탐구해야 할 양식의 본보기로 그중 몇 가지가 거론되곤 했다. 여기서는 이 전통의 선상 위에 있는 한 지점, 구체적으로 설명하자면 피샤르트를 통해 '그로테스크'라는 용어가 독일어권에 처음으로 등장한 시기를 기점으로 삼기로 한다. 피샤르트에 이르러 언어는 혼란의 도가니에 빠진다. 보다 면밀히 관찰하면 피샤르트에게는 순간적인 영감만으로 폭발적인 효과를 불러오는 특유의 언어적 힘이 종종 발견된다. 이후 낭만주의자들은 운을 형성하는 비법, 다시 말해 한 언어에서 단어와 단어 사이의 운을 이루는 비밀스러운 연결고리가 무엇인지에 관해 숙고를 거듭했는데, 피샤르트는 운에 맞추어 단어들을 배치함으로써 (모르겐슈테른의 글에서처럼) 지극히 이질적인 요소들을 나란히 결합하는 방식을 썼다. 혹은 동음이의어라든가 적어도 유사한 발음을 가진 단어들을 배열하여 발음상 조화롭게 들리는 문장 안에 의미상으로 불합리한 내용이 형성되도록 만들었다. 유의어를 밀집시켜 놓은 부분에서는 언어가 아득히 멀어지는 느낌까지 든다. 16세기 인문주의자들은 다양한 유의어의 존재를 독일어의 풍부함을 입증하는 지표로 삼기도 했지만, 피샤르트에 이르면 이러한 원칙이 무색해진다.(독일 인문주의자들은 단어의 결합 가능성이 무한하다는 점 역시 모국어의 장점으로 꼽으며 이를 근거 삼아 독일어를 당시 '신성한' 언어로 간주되던 그리스어나 라틴어에 비견할 만한 언어로 내세웠다.) 피샤르트는 초기에는 매우 진지한 문체를 사용했으나 이후 지극히 엉뚱한 언어 형태를 빚어내기 시작했다. 독자는 예기치 않게 온갖 기괴함으로 가득 찬, 얼핏 보스의 그림을 연상시키는 세계 속으로 들어오게 된다. "거대한 위력을 지닌, 고귀하고도 지극히 골치 아픈, 심오하고 텅 비어 있는, 허영심 강한, 거칠고 살찐 귀를 가진, 더할 나위 없이 살찐, 귀와 같고 막힌 귀인, 귀의 항구이자 항구 같은 귀를 한, 혹은 토끼의 코와 귀를 한 특별히 친애하는 신사, 후원자 그리고 친구 여러분." 피샤르트의 『이야기 짜깁기』는 이런 문장으로 시작된다. 여기서 언어의 역동성은 서서히 고개를 들기 시작한다. 첫눈에는 일반적인 서언에 걸맞은 형식을 갖춘 듯 보이지만, 이내 유의어와 유음어, 단어의 결합 등이 마구 남발되며 순식간에 언어의 힘이 발현되다가 급기야는 화자로부터 분리되어 혼란스럽게 뒤섞이며 기괴한 세계를 만들어 내기에 이른다. 이처럼 혼란을 야기하며 말하는 사람의 정신까지 휩쓸어 가 버릴 정도의 역동성을 지닌 언어 규칙 사례를 하나 더 들어 보기로 하겠다. 거인들의 춤판을 묘사한 것으로, 읽는 사람을 기괴함으로 가득 찬 세계로 이끌기는 이 문장도 마찬가지다. "그들은 춤추고, 밀치고, 날뛰고, 뛰어오르고, 깡충거리고, 노래하고, 뒤뚱거리고, 돌고, 소리치고, 흔들고, 밀어 대고, (?), 발을 구르고, (?), 감자 부대처럼 넘어지고, 떠밀고, (?), 회전하고, (…) 뛰놀고, 농담하고, 수다 떨고, (?), 춤추고, 환호하고, (?), 팔로 종을 울리고(?), 손을 휘젓고, 두 팔로 걷고, 뜨거운 숨을 몰아쉬고(나 역시도 가쁘게 숨을 쉰다)……."(물음표로 표시한 부분을 비롯해 이 문장에 쓰인 대다수의 단어는 해석할 수 없는 뜻을 지닌 조합어들로, 이에 상응하는 정확한 우리말은 사실상 없는 것으로 보아야 한다—역주)

이런 부분을 통해 피샤르트는 스스로 위대한 모범으로 삼고 있던 라블레의 역동적인 언어를 능가한다. 『이야기 짜깁기』 자체는 『가르강튀아 Gargantua』 1권을 변형한 독일어 판이다. 라블레의 단어 형성을 자신의 첫 번째 연구 논문 주제로 삼았던 레오 슈피처는(「Die Wortbil- dung als stilistisches Mittel, exemplifiziert an Rabelais」, 1910), 저서 중 하나에서 또 한 번 라블레의 양식에 관해 언급했다. "그가 창조한 언어 집단 내에는 충격적인 가상의 존재들이 등장해 우리의 눈앞에서 서로 뒤섞이고 개체 수를 늘려 간다. 이들은 오로지 언어의 세계에서만 실재성을 지니며, 실재와 비실재 사이, 혹은 섬뜩한 무無와 확실한 '여기' 사이 어디쯤에 존재한다." 슈피처의 해석은 문장 그대로 피샤르트에게도 적용된다. "라블레는 또한 그로테스크한 언어 집단(혹은 언어 악마의 집단)을 창조해 냈다. 여기에는 비단 기존의 언어를 변형하는 방식만 사용된 게 아니다. 라블레는 자신의 언어 재료를 건드리지 않고 놔둔 채 단어를 나열하는 방식으로 창작할 줄 안다. 언어가 충격적인 효과를 낼 때까지 맹렬히 수식어에 수식어를 더해 가는 식으로 말이다. 이 과정을 거치면서 지극히 평범하던 것으로부터도 미지의 존재가 서서히 윤곽을 드러낸다."122 이처럼 "실재와 비실재 사이", 혹은 "섬뜩한 무와 확실한 여기 사이"를 오가며 "웃음과 동시에 전율을 자아내는 세계"를 창조하는 양식을 슈피처는 '그로테스크'라 불렀다. 슈피처의 정의는 전적으로 일리가 있다. 다만 라블레나 피샤르트 모두에게서 발견되는 심원하고도 섬뜩한 무언가는 글의 내용뿐 아니라 언어의 난해함으로부터 비롯된 것이기도 하다. 우리에게 익숙한 존재이자 인간 사회에서 빼놓을 수 없는 도구이기도 한 언어가 별안간 독단적이고 낯설며 악마성을 띤 존재로 판명되는 순간, 인간은 언어의 손아귀에

---

122 *Linguistics and Literary History. Essays in Stylistics*, I, Princeton, 1948, p.17.

끌려 음울하고 비인간적인 세계로 휩쓸리고 만다. 라블레와 피샤르트의 작품에 극명히 드러나는 언어 양식의 역사는 아직 제대로 정리되지 않았다.[123] 이 책에서 지금까지 다루었거나 다룰 만한 주제들도 그러한 연구에 다수 포함될 것이라 생각한다. 이들이 위치한 문학의 연장선상을 추적하다 보면 셰익스피어와 그리멜스하우젠, 코메디아 델라르테를 거쳐 스턴과 장 파울, 나아가 제임스 조이스에까지 이르게 될 것이다.[124] 피샤르트의 양식이 남긴 반향을 우리는 보나벤투라의 『야경꾼』에 나오는 화자, 뷔히너의 『레온체와 레나』에 등장하는 발레리오, 혹은 취스 뷘츨리의 이야기에서도 발견할 수 있다. 모르겐슈테른은 이 모든 이들의 대열에 낄 자격을 갖추었다.[125]

---

123 슈네간스의 『그로테스크 풍자의 역사』(1894)에는 풍부한 자료가 정리되어 있다. 라블레와 피샤르트의 언어에 관해서도 상세히 분석되어 있다. 슈네간스는 '라블레 이전의 시대'를 참고하여 18세기까지 다양한 발전 과정을 추적한다.

124 뫼리케의 『비스펠리아덴Wispeliaden』(*Werke*, ed. H. Maync II, p.435 이후)에서 보이는 변덕스럽고 황당한 언어유희는 몇 가지 면에서 모르겐슈테른의 전신처럼 느껴진다. 그러나 언어 자체가 생산적이지는 않기 때문에 이는 결코 완곡한 해학의 범주에서 벗어나지 않는다. 뫼리케는 비스펠이라는 등장인물로 하여금 이런 시들을 읊게 함으로써 유식하고 고상한 취향을 가진 체하는 비스펠을 웃음거리로 만든다.

125 모르겐슈테른의 진정한 후계자라 할 만한 작가는 소수에 불과하다. 그의 작품세계가 지나치게 완곡한 형태로 수용됨으로써 본질적인 깊이가 빠진 그로테스크 문학이 탄생했다고 볼 수 있다. 예컨대 링겔나츠Joachim Ringelnatz의 '그로테스크' 작품(『불쌍한 필마르틴Der arme Pilmartine』, 『고래와 이방인Die Walfische und die Fremde』 등)에는 왕성한 활력을 지닌 독자적인 언어 법칙이 빠져 있다. 그로테스크한 특성은 몇몇 외형적인 요소에만 있으며, 그나마 모르겐슈테른에 비할 수 없을 정도로 대단히 자의적으로 사용된다. 이야기를 지배하는 상상력은 한편으로는 날카로운 사회 비판 도구의 일부로, 다른 한편으로는 당혹감 및 기이한 해학의 효과를 내는 데 사용된다. 효과의 측면에서 정리하자면 이러한 그로테스크는 섬뜩한 웃음보다는 글 속에 내포된 비판에 대한 이해라는 협소한 토대 위에서 공공연한 웃음을 유발한다. 그러나 이러한 웃음 역시 그에 상응하는 분위기, 다시 말해 적당한 취기 속에서야 비로소 파생될 수 있다.

4. 토마스 만

20세기 독일 문학의 또 다른 분야에 등장한 그로테스크를 살펴보면 현대 문학에서 그로테스크가 얼마나 자주, 그리고 다양한 형태로 나타나는지 실감하게 된다. 지금까지 얻은 다른 결과물들이 유효한지 재검토하는 기회가 될 수도 있다. 피란델로를 다루면서 우리는 그의 언어 형식이 그로테스크의 모든 특성에 부합되는 반면, 구성 면에서 그로테스크의 순수성을 흐리고 그것의 발현을 저해하는 요인이 있다는 결론을 내렸는데, 그와는 다른 의미긴 하지만 이와 유사한 현상을 토마스 만Thomas Mann에게서도 관찰할 수 있다.

막스 리히너Max Rychner는 토마스 만에 관한 중요한 논문에서[126] 그의 작품을 분석하는 데 그로테스크를 한 범주로 삼았다. 초기 작품에서 이미 미약하게나마 감지되던 그로테스크가 『파우스투스 박사』에 이르면 작품 전체의 구성에 결정적인 영향을 미친다는 것이다. 여기서 리히너는 "니체는 일차적으로 풍자가이자 그로테스크 예술가이다"라는 토마스 만의 말을 인용한 뒤 다음과 같이 기술한다. "그(토마스 만)는 연민의 감정을 품고 니체의 마지막 저서들에 드러난 '섬뜩하리만치 기괴한 어조'에 주의를 기울인다. 그러나 토마스 만은 결국 니체에 대한 애착을 버리지 못하고 예술가로서 그를 계승한다. 『파우스투스 박사』에서는 희화화와 그로테스크 기법을 한계치까지 동원해 점점 괴벽스러워지는 독일 사회를 그리고 있다. 풍자적인 특성은 『부덴브로크 가 사람들Die Buddenbrooks』의 교사와 학생들에게서도 이미 드러나고 있지만, 이 작품을 집필하던 시절에는 아직 능숙치 못하던 '섬뜩하리만치 기괴한 어조'는 후에 『파우스투스 박사』에서 기형적이고 궤변적인 교수와 대학생들을 묘사하는 데 십분 발휘된다." 리히너에 따르면 『파우스투스 박사』는 묵시록에 나오는 생

---

126 *Jahresring 1955/56*, Stuttgart, 1955.

경한 세계를 형상화하고 있다. 여기서는 온갖 심연이 모습을 드러낸다. 한마디로 총체적인 그로테스크라 할 수 있다. 앞서 우리가 인용했던 "고 아한 이성으로 내려다보는 삶은 지독한 병과도 같으며 세계는 정신 병원 과 같다"라는 괴테의 말을 리히너 역시 상기한다. 바로 그러한 관점이 파 우스투스 박사라는 인물을 창조해냈다. 리히너는 이를 "그로테스크의 관 점"이라 칭한다.

토마스 만의 글에서 우리는 '그로테스크'라는 단어를 자주 접하게 된 다. 「어느 비정치적인 인간의 고찰Betrachtungen eines Unpolitischen」에 서는 그로테스크에 대한 정의도 눈에 띈다. "그로테스크는 초진리적이고 극도로 현실적인 것이지 자의적이고 그릇되고 현실에 반하는 기괴한 것이 아니다." 이러한 정의는 오로지 문장 후반부의 부정형을 통해서만 그 의 미가 명확해진다.

무릎 꿇고 엎드려 울먹이는/ 툴레몬트와 몬다민

토마스 만의 정의를 기준으로 하면 이처럼 자의적이고 기이한 시구는 그로테스크와는 맞지 않는다. "극도로 현실적인" 토마스 만의 그로테스크 는 명백히 인간의 현실과 보다 가까워 보인다. 그러나 토마스 만에게도 그로테스크는 현상 뒤에 숨은 본질을 비로소 감지할 수 있게 해 주는 현 실의 왜곡 및 과장을 의미한다는 사실을 덧붙여 둘 필요가 있다. 『토니오 크뢰거Tonio Kröger』의 춤 선생이라든가 크리스티안 부덴브로크 혹은 데틀레프 슈피넬(「트리스탄Tristan」의 등장인물)을 떠올려 보라. 리히너 도 『마의 산Der Zauberberg』에 나오는 "유령과도 같은 병자들의 무리"나 "질병을 꾸미고 가장하는" 펠릭스 크룰을 상기했다. 독자들도 익히 알고 있다시피 이 모든 것은 작품에 그로테스크적 특성을 부여하는 풍자적 왜곡이자, '그로테스크하고 우스꽝스러운 것'으로 표현할 만하면서도 "유령 같은" 병자들의 모습에서처럼 대체로 강렬한 섬뜩함의 영역으로 넘어가는 한계 지점이기도 하다. 리히너는 바로 이런 작품들을 거치며 『파우스투스 박사』가 준비되었다고 보았다. 이 소설에 이르면 그로테스크의 본질은 비로소 완연히 깨어나며, 생경함의 관점으로 본 세계가 정신 병원으로 묘사된다. 리히너의 평가는 지극히 합당하다. 그러나 글의 구성을 살펴보면 이야기가 그러한 관점에만 의거해 완성되는 것은 아님을 알 수 있다. 조심스럽게 거리를 두되 확신과 통찰력을 갖추고 독자와 글 사이에 매개 역할을 하는 서술자도 고려해야 한다. 그와 같은 서술 태도가 어떤 영향력을 갖는지 보여 주는 예를 하나 들어 보겠다. 『파우스투스 박사』 제20장에는 제레누스 차이트블롬이 레버퀸이 작곡한 몇몇 작품에 관해 기술하는 부분이 있다.(이 소설에서는 등장인물들의 이름부터가 이전 작품보다 대담하게 지어졌다.)

그러나 황금 교회당에 관한 꿈을 노래하는 블레이크William Blake의 시를 들었을 때 나는 단숨에 그보다 훨씬 깊은 감동을 받았다. 울고 탄식하며 기도하는 사람들이 차마 들어가지 못하고 교회당 앞을 서성인다. 이윽고 뱀 한 마리의 형상이 나타나 힘겹게 성소의 입구로 다가가서는, 끈적거리는 긴 몸뚱이로 값진 바닥 위를 기어가 제단을 점령하고 그 위에 차려진 빵과 포도주를 독으로 물들여 놓는다. 시인은 '그래서'라는 단어로 절망적인 귀결을 표현한다. '그리하여', '그로 인해서', '나는 돼지우리로 가서 돼지들 사이에 몸을 뉘였다.' 이 불안한 꿈의 장면, 자라나는 공포, 전율스러운 신성 모독, 그를 목격함으로써 실추된 인간의 존엄을 결국은 거칠게 포기하는 장면, 이것이 아드리안의 음악에 놀랍도록 강렬하게 재현되어 있었다.

여기서 토마스 만이 묘사한 블레이크의 시 전문을 소개한다.

온통 황금으로 된 교회당을 보았네./ 누구도 감히 들어가지 못한 채
많은 이들이 문밖에 서성이며/ 울고, 탄식하고, 경배하고 있었네.

교회당 입구의 하얀 기둥 새로/ 한 마리 뱀이 묘연히 일어나
황금 경첩을 내리치고 또 내려쳐/ 문에서 떨어뜨렸네.

그리고 진주와 루비가 빛나는/ 아름다운 포석을 따라
그 끈적대는 긴 몸을 끌며/ 하얀 제단까지 이르러서는

그 위에 차려진 빵과 포도주에/ 독을 토하기 시작했다네.
그래서 나는 돼지우리로 걸음을 돌려/ 돼지들 사이에 누워 버렸다네.

독자는 여기서 제레누스 차이트블롬이 영어에 능통하다는 사실을 알게
된다. 또한 서술자가 직접적인 서술을 약간 비껴간다는 사실도 알아챌 수
있다. 시를 직접 읽는 것이 아니라 중개자 역할을 의식하며 해설하고 있
는 것이다("이윽고 뱀 한 마리의 형상이 나타나"). 그러나 요약하는 부분
에 이르면 태도를 바꾸어 결과에 중점을 두며 사건의 진행, 즉 구체적인
세부 요소를 추상적인 것으로 정리한다.(2연에서 하얀 기둥과 황금으로
된 경첩이 생생하게 ― 이는 단순히 생생한 묘사 이상이다 ― 묘사된 장면
이라든가, 뱀이 고집스럽게 교회당으로 다가가 무력으로 진입하는 장면은
"성소"와 "힘겨운" 노고 등의 추상적 표현에 의해 빛이 바랜다.) 그러나
거기서 끝이 아니다. 서술자는 (시 속의 장면을 꿈으로 정의함으로써) 이
모든 것에 거리감을 조성하고 설명과 평을 덧붙여서 해석한다. 심지어는

시를 문자 그대로 번역하는 와중에도 설명을 덧붙이는가 하면("절망적인 귀결") 자신의 머릿속에서 나온 단어 두 개를 슬며시 집어넣기까지 한다 ("그리하여", "그로 인해서"). 글의 첫머리에서도 이미 "누구도none"나 "많은 이들many"처럼 뭔가 스산하고 모호한 느낌을 자아내는 단어를 행동하는 특정 인물에 대한 표현으로 대체하고 있다. 게다가 이것만으로는 중개자 역할을 하기에 미흡하다고 느꼈는지 결국은 스스로 핵심이라고 생각되는 사항을 간추리기에 이른다. 이로써 시의 핵심 의미가 내포된 네 가지 명사가 확고하게 자리 잡는다. 불안, 공포, 전율, 거침이 그것이다. 이렇게 추상적으로 전달된 개념은 더 이상 어떤 감정적 효과도 발휘하지 못하며, 특히 서술자는 이로써 자신의 우월성을 확립한다.

그러나 이처럼 통찰력과 '고명한 이성'을 갖추고 서술하는 제레누스 차이트블롬이 '실질적인' 서술의 관점까지 결정짓지는 않는다. 두 번째 페이지에서 그는 "1943년 5월 27일, 레버퀸이 죽은 지 두 해가 흐른 오늘 (…) 이자르 강가에 위치한 프라이징의 내 오래된 작은 서재에" 앉아 친구의 삶에 관해 쓰려는 참이라고 기술한다. 이는 『선택받은 사람Der erwählte』 의 초반부에서 어느 수도사로 형상화된 "이야기의 혼"이 스위스의 장크트 갈렌에 있는 수도원 골방에 앉아 자신의 기이한 이야기를 기술하는 장면과 정확히 겹친다. 이처럼 "이야기의 혼"이 전면에 나서서 서술자 역할을 하며 존재감을 나타내는 것은 토마스 만의 후기 1인칭 소설이 갖는 특별한 매력이기도 하다. 독자는 서술자와 은밀히 소통할 수 있음은 물론, 사건으로부터 거리를 둔 채 끊임없이 설명을 덧붙이며 그로테스크가 발현되는 것을 막는 현학적인 제레누스 차이트블롬에게도 조소를 던질 수 있다. 실질적인 서술자는 작품 속의 세계를 그로테스크의 관점에서 묘사한다. 『파우스투스 박사』에 나타난 모순이 심원하게 느껴지는 이유는 서술자의 서술이 괴테가 말한 '고아한 이성'이라는 탄탄한 토대가 아닌 불확실성으로부터 나오기 때문이다. 이 불확실성에는 어떤 발판도 없으며 고작해야 실낱같은 희망만이 존재할 뿐이다.[127] 하지만 다른 한편으로 서술자는 자

---

127 그로테스크한 것은 "점점 괴벽스러워지는 독일 사회"뿐만이 아니다. 자연적인 본질은 그 자체로도 그로테스크하다. 독자들은 소설 초반부에서 화자에 의해 아드리안 레버퀸의 부모 집으로 안내되는 순간 이미 그러한 영역으로 들어서게 된다. 그의 부친이 바로 인간의 평범한 이해를 무색하게 만드는 "으스스하고" "애매모호하며" "비범한" 본질에 이끌리는 인물이다. 음악가 아드리안의 출생지인 이 공간에서 독자는 책 전체에 꾸준히 등장하며 사회적·인간적 영역으로 끊임없이 침투하는 몇몇 핵심 모티프를 찾아볼 수 있다. 기묘한 나비에 관해 처음 언급하는 부분은, 나비를 인간화하는 묘사를 통해 그것이 후에 인간의 형상으로 재등장할 것임을 암시한다.(우리는 여기서 한스 하인츠 에베르스의 『거미』를 떠올리게 된다.) "투명한 나체로 황혼녘 잎사귀의 그늘을 사랑하는 저 나비의 이름은 헤타에라 에스메랄다. 헤타에라의 날개에는 보랏빛과 분홍빛을 띤 단 하나의 어두운 무늬뿐이다. 그 밖에는 아무것도 보이지 않기에, 공중을 날 때 헤타에라는 마치 바람에 날리는 한 장 꽃잎처럼 보인다."

여기에 처음으로 등장하는 또 하나의 상징물은 그야말로 진짜 '괴기스러움', 다시 말해 완성된 그로테스크이다. 서술자 스스로도 이를 그로테스크로 표현할 정도이다. "그 광경을 본 순간을 영영 잊지 못할 것이다. 그것(화학 정원)이 들어 있는 결정화 용기에는 약간 끈적거리는 액체, 정확히 말해 희석된 유리액이 4분의 3 정도 차 있었으며, 모래가 깔린 바닥에서는 다양한 색으로 물든 식물이 그로테스크한 광경을 자아내며 솟아나 있었다. 푸른색과 녹색, 갈색의 식물들이 어지럽게 자라나 있는 모습은 해조류나 버섯, 모래에 뿌리를 박고 있는 해파리, 혹은 이끼를 연상시키기도 했고 조개류나 열매가 든 깍지, 작은 나무, 나뭇가지를 연상시키기도 했으며, 살아 있는 것의 사지가 여기저기 돋아나 있는 것 같기도 했다. 어쨌든 이는 내가 지금까지 본 것 중 가장 괴이한 광경이었다. (…) 그는 살아 있는 생물체와 닮은 이것이 다량의 빛을 필요로 하는, 학문적 용어를 빌리면 소위 '향일성向日性' 생물임을 보여 주기 위해 어항을 햇빛에 노출시킨 뒤 빛이 들어오는 면만 남겨 두고 나머지 세 면을 가렸다. 그러자 버섯과 해파리 줄기, 작은 나무와 해조류, 그리고 반쯤 사지의 형체를 한 뭔가가 뒤섞인 이 의심쩍은 무리 전체가 눈 깜짝할 사이에 빛이 비치는 면을 향해 구부러지는 것이었다. 그들은 온기를 향한 강한 열망과 말 그대로 유리면에 꽉 달라붙는 즐거움으로 가득 차 보였다."

— 그리고 요나탄은 그들이 그렇게 죽었다고 말하며 눈에 눈물이 그렁그렁 맺혔다. 동시에 나는 아드리안이 웃음을 참느라 무진 애를 쓰는 것을 보았다.

이에 대해 내가 웃어야 할지 울어야 할지는 독자의 판단에 맡겨지겠다. 다만 한 가지 말하고 싶은 것은 이처럼 괴기스러운 것이 순전히 자연의 일부, 정확히 말해 인간이 제멋대로 실험한 자연이라는 사실이다. 후마니오라의 세계에서 우리는 그러한 허깨비로부터 안전하다."

이상에서 명백히 드러나듯이 독자는 이야기 속에서 다시금 실질적인 서술자와 은밀히 접촉하며, 협소한 관점으로 그러한 허깨비를 그저 외면해 버리는 서술자 차이트블롬보다 한층 우월

신의 입지를 정확히 파악하고 있으며, 이러한 입지가 그의 확고한 의지로 부터 나오는 경우도 흔하다. 이렇게 해서 또 한 번 독자와 작품 속의 세계를 가르는 차가운 유리벽이 세워지고 그로테스크한 모든 것은 이 벽에 가로막혀 위력을 잃는다.

5. '현대적' 서정시와 꿈 이야기

"유머는 가장 비현실적인 것을 궁리해 내고 서로 동떨어진 시간이나 사물을 억지로 끼워 맞추며 존재하는 모든 것을 낯설게 만들어 버림으로써 현실을 파괴한다. 유머는 하늘을 신산조각내고 '무시무시한 공허함의 바다'를 드러낸다. 유머는 인간과 세계 간 부조화의 표현이자 존재하지 않는 것의 제왕이다." 후고 프리드리히Hugo Friedrich는[128] 유머humorism 혹은 블랙유머humour noir에 대한 고메스 데 라 세르나Gómez de la Serna 의 정의를 이렇게 요약했다. 프리드리히의 정의에서 즉각 그로테스크의 주요 특징을 떠올리게 된다. 현실을 파괴하고 있을 수 없는 것을 궁리해 내며 서로 이질적인 것을 끼워 맞추고 기존의 것을 낯설게 만드는 것은 모두 그로테스크의 특성이다. 후고 프리드리히는 그러한 현상들을 특징짓는 데 실제로 '그로테스크'라는 용어를 여러 차례, 그것도 이 단어가 지닌 원래의 의미에 정확히 들어맞게 사용했다. "여기에는 빅토르 위고의 그로테스크 이론이 극단적으로 드러나 있다." 논의의 끝부분에 이르면 프리드

한 위치에 서게 된다. 심지어는 늙은 레버퀸의 감상적인 반응에 대해서도 조소할 수 있다. 두 인물의 관점은 결국 모두 부적절한 것으로 드러난다. 그러나 가장 광범위하고 실질적인 관점, 즉 아드리안 레버퀸의 관점은 독자의 확신을 앗아가 버린다. 그의 억눌린 웃음은 해방감을 가로막으며, 자연적인 것은 물론 인간의 내면 깊숙이에 존재하는 괴이함을 섬뜩하게 드러내 보인다.

128 *Die Struktur der modernen Lyrik*, 1956. Ramón Gomez de la Serna, *Ismos*, Buenos Aires 1943. '유머리즘Humorismo' 장에서 고메스 드 라 세르나는 그로테스크를 최우선적인 요소로 꼽는다.(p.199)

리히는 이것이 현대 시학의 한 변형에 관한 일반적 문제라고 단정 내린다.

프리드리히는 '현대적' 서정시의 구조를 분석하기 위해 이 분야 자체로부터 나온 해석들을 활용했다. 이 해석들에는 앞의 인용문과 상통하는 점이 곳곳에서 묻어난다. 비록 20세기의 모든 서정시가 그러한 의미에서 '현대적'인 것도, 모든 서정시인이 이를 추구한 것도 아니지만, 현대 시 문학의 광범위한 부문을 해석하는 데 그로테스크의 개념을 적용할 수 있다는 사실만은 분명하다. 방파제를 하나하나 무너뜨리고 밀려드는 물살처럼 다양한 분야로 파고들던 그로테스크가 마침내 도저히 무너지지 않을 것 같던 영역까지 파고든 것이다.

현대 서정시가 그로테스크적 특성을 띤다는 증거는 또 있다. 현대 서정시의 구조에는 창작 동인이 직접적으로 드러나며, 서정시인들이 시라는 예술적 매개를 통해 표현하고자 하는 심오한 의미는 바로 이 창작 동인에 축적되어 있다. 서정시인들은 현실이라는 표피의 이면으로 시인을 이끌고 들어가는 '절대적인' 상상력이나 환상, 직관과 꿈이 시작詩作의 근본 동인임을 거듭 언급한다. 시 쓰기가 의식적인 창작 과정의 일부임을 강조하되, 명료한 자의식은 요인들을 구체적인 형태로 빚어내는 데 필요한 도구로만 쓰여야 한다는 것이다. 그런데 현대를 대표한다는 서정시 대다수를 살펴보면 틀에 박힌 이상적 형태를 의식하느라 창작 동인은 애초부터 가로막혀 버렸다는 인상을 받게 된다. 시 문학 분야에서 지배적이던 하나의 조류가 모든 시대, 모든 소수의 예술혼에 영향력을 행사했다고 보면 된다. 그럼에도 이런 추세는 지난 80여 년 동안 더욱 확대되어 왔다. 반시민적 사조의 등장과 더불어 추진력을 얻었음은 물론, 이것이 시류에 적합하며 미래 지향적이라는 착각에 기댈 수 있었던 덕분이기도 했다. 하지만 내 눈에는 20세기 중엽 아방가르드 시의 다수가 2~3세대 이전에 그와 같은 서정시를 쓴 랭보Arthur Rimbaud나 아폴리네르Guillaume Apollinaire의 뒤를 좇는 무리로밖에 여겨지지 않는다.

그러나 우리는 그처럼 인위적으로 창작된 작품의 모호하고 불확실한 감각에 의존하고자 하지 않는다.[129] 진짜 대가의 시를 다룰 때조차 그로 테스크라는 개념을 쉽게 적용할 수 있는 경우는 드물다. 가령 보들레르의 경우에 이것은 그로테스크와 불합리를 핵심 아이디어로 삼은 시학과, 그 와는 본질적으로 다른 창작 동인에 의해 빚어진 서정적 작품 사이의 괴리 로부터 비롯된다. 보들레르 이외의 시인에게서는 이런 괴리가 드물게 나 타나며, 보들레르에게도 보다 심오한 진짜 이유가 있었을 것이다. 이는 아마도 서정시 자체의 본질 때문인 것으로 보인다. 서정시의 세계는 처음 부터 끝까지 매우 특별한 방식으로 구성되어 '생경함'이 끼어들 여지가 없기 때문이다. '생경함'이라는 말은 지금껏 익숙하던 뭔가가 바로 지금, 여기서 별안간 낯설어짐을 뜻한다. 익숙함과 낯섦은 3차원적인 공간에서 의 육체적 ― 정신적 존재 상태라는 범주로 이해할 수 있다. 그러나 서정 시의 세계는 본질적으로 가시적인 3차원의 공간을 내포하고 있지 않다. 이 세계에서 우리는 물결이나 바람결, 혹은 울림으로 녹아든다. 우리 자 체가 그런 존재가 되는 것이다. 반면에 그로테스크는 하나의 장면 혹은 움직이는 상으로서 관찰자의 정신을 파고든다. 현대 서정시는 수많은 그 로테스크적 특징을 지니고 있지만 이것은 표현 수단에 불과할 뿐 서정시 의 참 본질은 아니다.

동화의 가장자리에서 밤이 장미를 뜨개질한다.

---

129 문학에서도 인위성, 심지어는 우연성을 창조의 유일한 원칙으로 승화시킨 사조는 존재 했다. 한스 아르프는 시 모음집(『언어의 꿈과 검은 별Wortträume und schwarze Sterne』, 1953)에서 자신의 "다다Dada 시기" 및 "자동적인" 시의 탄생에 관해 기술했다. 그러한 시는 후 고 프리드리히가 소개한 현대 서정시의 시학에 들어맞기는 하되 결코 그로테스크하지는 않다.

황새와 열매와 파라오와 하프의 실 뭉치가 풀려 나간다.
죽음은 덜컹거리는 꽃다발을 공허함의 뿌리 밑으로 가져오고
황새들은 굴뚝 위에서 달각거린다.
밤은 박제된 동화.

위 예문에는 초현실적인 서정시의 구조가 매우 분명히 드러난다. 그러나 아직 그것이 문장 자체를 그로테스크하게 만드는 단계는 아니다. 이 문장들이 시적인 특성을 띤다고 여기는 독자가 있다면 그는 시의 구조에서 얼핏 엿보이는 서정시적 본질을 보고 있는 셈이다. 그러나 이 예문에서 그러한 본질은 그다지 큰 위력을 발휘하지는 않는다. 다음에 예로 든 스페인 시인 알베르티Rafael Alberti의 시구에는 이것이 보다 강하게 드러나 있다. 이 시를 번역한 후고 프리드리히는 알베르티의 작품을 '그로테스크 시'로 칭하기도 했다.

만일 내 목소리가······

만일 내 목소리가 대지에서 죽는다면
그것을 바다로 데려가
해변에 홀로 놓아두오.

그것을 바다로 데려가
하얀 군함의 선장으로
임명해 주오.

오, 바다의 상징으로

장식된 나의 목소리.

내 심장 위에는 닻이

닻 위에는 별이

별 위에는 바람이

바람 위에는 돛이 있네!

    여기서 서정시적 본질은 단순히 시의 구조를 통해 엿보이는 데 그치지 않고 반복과 상응, 고조를 시 구성의 수단으로 삼으며 지극히 조화로운 어휘들을 통해 표현되고 있다. '현대시'적인 구조의 흔적을 감추는 것도 이러한 본질이다. 혹자는 시의 마지막 두 행에서 각각 공간적 단면이 전도되는 것이 현대적 서정시에 상응하는 요소라고 여길지도 모르지만 이는 잘못된 판단이다. '위'라는 공간적 표현은 전환의 의미를 전혀 부여할 수 없을 만큼 순간적이다. 모든 것은 시의 정점이기도 한 '돛'에 이르기까지의 역동적인 고조를 표현하는 도구로 쓰였다. 여기서 돛은 하얀 군함과 조화를 이룸으로써 돛의 (시에서는 언급되지 않은) 색에 내포된 상징적 의미를 드러내고 있다.(이 시의 서정시적 특징이 어딘지 매우 익숙하게 느껴지며 거의 19세기 중반의 반향을 띠고 있다는 점은 여기서 고려하지 않기로 한다.) 서정시인 가운데는 물론 진정 현대성을 갖춘 이들도 있다. 다만 이들의 현대성은 순수한 '현대적' 구조를 고집한 데서 오는 것이 아니라 그런 구조를 초월하는 순수하고도 참된 본질로부터 나온다. "초현실주의 시인으로 분류되곤 하는 아라공Louis Aragon이나 엘뤼아르Paul Éluard 같은 고품격 서정시인의 작품이 실제로 초현실주의적 강령에 의존해 탄생한 경우는 거의 없다." 후고 프리드리히는 이렇게 단정 지은 뒤, 이 한마디로 가르시아 로르카García Lorca의 발라드를 둘러싼 문제까지 해결했다. 발라드는 서사적인 공간과 시간을 구성요소로 하는 듯 보인다.

로르카의 작품에서 이러한 요소가 혼란스럽게 뒤섞이며 그로테스크하다고 할 만한 생경한 세계를 야기하지는 않는가? 물론 로르카의 작품에서는 시공이 혼란을 일으킨다. 로르카의 발라드 중 가장 아름다운 작품으로 꼽을 수 있는 「악몽의 로맨스Romance sonámbulo」 중 "푸르게 널 사랑해 푸르게Verde que te quiero verde"라는 시구에서도 시공의 넘나듦을 읽을 수 있다. 그러나 그로테스크한 세계는 여기서 탄생하지 않는다. 시간과 공간이 '서정시적인 관점'을 통해 빚어질 뿐이다.(이것으로 이 문제는 근본적으로 해결된 셈이다.) 프리드리히는 이렇게 덧붙였다. "이는 위대하고도 대담한 시의 유형이다. 이를 변명하기 위한 어떤 이론이나 꿈의 심리학도 필요치 않다."

20세기 그로테스크 문학에 관한 논의는 서정시 자체가 아니라 우선 그것의 시학만을 가지고 시작해야 한다. 우리는 개별적인 시 속에서 그 시를 그로테스크하게 만드는 특징적 요소가 무엇인지 탐구할 수 있다. 한스 아르프Hans Arp의 「출구를 향하여Dem Ausgang zu」를 예로 들어 보자.

밤새는 타오르는 등불을 눈의 들보에 달고 있다.
밤새들은 유순한 넋을 이끌고 부드럽고 여린 수레를 타고 간다.
검은 흔들목마가 산언저리에 매여 있다.
죽은 이들이 톱과 나무둥치를 방파제까지 끌어온다.
새들의 수확물이 모이주머니에서 강철 바닥으로 떨어진다.
천사들은 공기로 된 바구니 속에 내려앉는다.
물고기들은 지팡이를 집어 들고 별 속에서 출구를 향해 구른다.

여기에는 공간의 파괴가 이루어지고 있지 않다. 오히려 독자는 각각의 사실 관계를 통일된 공간 내에서 구성함으로써 하나의 장면을 만들어 낼 수 있다. 다시 말해 이는 하나의 그림 위에 표현된 공간이며, 우리는 그림을 묘사하듯이 시를 읽는다. 시구에서 보스의 그림을 연상하며 시에 표현된 요소들을 그림의 내용물에 대입할 수도 있다.

여기서 한스 아르프의 시를 또 한 수 인용해 보자.

> 탁자는 갓 구운 빵처럼 말랑말랑하고
> 탁자 위의 빵들은 나무토막처럼 딱딱하다.
> 탁자 주변에 뱉어 놓은
> 헤아릴 수 없이 많은 부러진 이빨도 그 때문이다.
> 왜 이렇게 된 것인지
> 머리가 깨지도록 고민해 보았다.
> 그러나 그런 고민은 탁자 주위, 부러진 이빨들 사이로 널려 있는
> 부서진 머리통들이 어디서 온 것인지 설명해 줄 뿐.

여기서 또 하나의 그로테스크가 탄생한다. 우리 눈앞에는 하나의 장면 또는 생동감 넘치는 시가 놓여 있다. 면밀히 관찰해 보면 여기서 세계를 생경하게 만드는 것은 언어 자체이다. 뭔가에 이가 부러지거나 머리가 깨진다는 표현들이 그렇다. 관용어구들이 문자 그대로의 의미로 쓰임으로써 부러진 이와 부서진 머리통을 시 속에 탄생시켰다. 아르프는 모르겐슈테른의 후계자로도 칭할 만하다. 그는 '앵무새Kakadu'에서 'Kakasie'라는 단어를 창조해 내는가 하면 백설 공주로부터 우박 공주를 만들어 내고, '십자가 상Kruzifix'과 '기진맥진한fixundfertig'이라는 단어를 결합하기도 했다. '접전'을 벌인다는 의미를 가진 'handgemein (hand=손, gemein=보통의)'이라는 단어에서 힌트를 얻어 'fußvornehm (fuß=발, vornehm=고귀한)'이라는 단어를 고안하기도 했다. 다소 식상한 재담이라 할 수 있는

244

데, 근본적으로 여기에는 일반적인 총체로서의 언어보다 단어와 관용구를 활용한 언어유희가 주를 이룬다. 라블레나 피샤르트, 모르겐슈테른의 그로테스크를 특징짓는 심오한 섬뜩함은 찾아볼 수 없다.

요컨대 현대 시학의 온갖 그로테스크한 구성물에도 불구하고 시라는 것은 특정한 조건 하에서만 그로테스크해진다. 로트레아몽(Comte de Lautréamont, 본명 이지도르 뒤카스Isidore Ducasse, 1847~1870)의 「말도로르의 노래Les Chants de Maldoror」가 서정시가 아닌, 개인으로서의 서술자의 환영을 쓴 산문으로 소개된다는 점은 주목할 만하다. 20세기 초 현실주의자들은 랭보 외에도 로트레아몽을 우상화하며 자동기술법이 잘 드러난 그의 글귀를 수없이 인용했다. "수술대 위에서의 재봉틀과 우산의 우연한 만남이 자아내는 아름다움" 등의 표현이 그러한 예이다. 「말도로르의 노래」는 명료한 3차원의 공간에서 진행된다는 점에서 수많은 그로테스크 요소를 내포하고 있다. 로트레아몽은 또 『시Poésie』에서 단테와 밀턴Milton을 "지옥의 황야"를 노래한 시인으로 칭하기도 했다. 에드몽 잘루Edmond Jaloux는 「말도로르의 노래」에 영향을 준 분야로 몽크 루이스(Monk Lewis, 본명 매튜 그레고리 루이스Matthew Gregory Lewis)를 비롯한 여러 작가들의 괴기소설을 들었다.[130] 초현실주의라는 개념을 확립한 아폴리네르의 여러 시 가운데서도 진정 그로테스크라 할 만한 것은 「해몽가Onirocritique」 한 편뿐이다. 다만 이것은 서정적인 시가 아니라 꿈속 장면들을 기술한 산문시이다. 이 시의 다섯 연에는 아폴리네르 시 특유의 음울한 흐름이 담겨 있다. 로트레아몽의 하이에나나 「해몽가」에 등장하는 원숭이 같은 동물들은 그로테스크한 분위기와 지옥의 냄새와 음

---

130 *Œuvres complètes*, ed. Edm. Jaloux, Paris, 1938, 서문 pp.15, 24. 단테와 밀턴에 관한 로트레아몽의 언급은 같은 책 p.306에서 인용.

산함을 풍기며, 다른 모습으로 변신하기도 한다. 초현실주의 시에 등장하는 하이에나는 형태가 아닌 의미만을 지닌다. 말하자면 초현실주의 시인들의 진짜 그로테스크는 그들이 그토록 즐겨 활용했던 산문시 형식을 통해 드러난다. 한 예로 칸딘스키Wassily Kandinsky의 「물Wasser」이라는 작품을 살펴보자.

노란 모래 속을 걷는 작고 마르고 붉은 남자가 있었다. 그는 자꾸만 미끄러졌다. 마치 미끄러운 얼음 위라도 걷고 있는 듯. 그러나 그것은 광대하게 펼쳐진 노란 모래일 뿐이었다.

남자는 가끔씩 중얼거렸다. "물……푸른 물." 그러나 왜 그런 말을 하는지는 스스로도 몰랐다.

녹색의 주름진 옷을 입은 기수가 노란 말을 달리며 재빠르게 지나쳤다.

초록의 기수는 두꺼운 흰색 활을 당기고 안장 위에서 몸을 돌리더니 붉은 남자를 향해 화살을 쏘았다. 화살은 울음소리를 내며 날아가 붉은 남자의 심장을 파고들려 했다. 붉은 남자는 아슬아슬하게 화살을 잡아 옆으로 던져 버렸다.

초록의 기수는 미소를 짓더니 노란 말의 목덜미 쪽으로 몸을 기울여 멀리 사라져 버렸다.

붉은 남자는 처음보다 커지고 걸음걸이도 한결 단호해졌다. "푸른 물" 하고 그가 말했다.

남자는 계속 걸었고 모래는 사막과 단단한 회색 언덕을 만들었다. 갈수록 더욱 단단하고 한층 짙은 회색빛을 띠고 더 높은 언덕이 나타나다가 마침내는 바위산이 시작되었다.

멈추어 설 수도 되돌아갈 수도 없었기 때문에 남자는 바위들을 헤치고 가야 했다. 되돌아갈 방법은 없었다.

매우 높고 가파른 바위를 지나칠 때 남자는 꼭대기에 하얀 인간이 쭈그리고 앉아 커다란 회색 돌덩이를 자신의 머리 위로 떨어뜨리려는 것을 보았다. 되돌아갈 길은 없었다. 그는 좁은 통로 안으로 들어가야 했다. 그는 계속 나아갔다. 그 바위 아래 도달했을 때 위에 있던 남자는 온 힘을 다해 마지막 일격을 가했다.

돌덩이가 붉은 남자 머리 위로 떨어졌다. 그는 돌을 왼쪽 어깨로 받아 등 뒤로 던졌다. — 절벽 위에 있던 하얀 남자는 미소 짓고는 친근하게 고개를 끄덕였다. — 붉은 남자는 한층 더 키가 커졌다. 말하자면 높아졌다. — "물, 물." 그가 말했다. — 바위 사이의 통로가 점점 넓어지더니 마침내 평평한 사막이 나타났다. 사막은 점점 더 평평하고 평평해져 마침내는 없어졌다. — 그곳에는 다시금 평지가 있을 뿐이었다.[131]

이 산문시는 1913년 간행된 칸딘스키의 『소리Klänge』에서 발췌한 것이다. 그 밖에 『현대 화가 시선Dichtung moderner Maler』에도 실려 있다.[132] 칸딘스키의 이름을 거론함과 동시에 미술에 접근하고 있는 것 같

---

131 로트레아몽이 괴기소설의 영향을 받았음을 에드몽 잘루가 증명해 낸 것처럼, 우리는 독일 괴기소설의 몽상적 배경을 칸딘스키의 몽상적 풍경화와 비교할 수 있다(칸딘스키는 그것을 직접적으로 알지는 못했다). 괴기소설이 강조한 자연과 인간 사이의 소원함(및 자아의 생경함)은 장 파울과 E. T. A. 호프만, 에드거 앨런 포 등의 그로테스크 작품을 예고하고 있었다. 그로세의 『수호신』(Bd. I, 1791, p.174 이후)에서 서술자가 음산한 분위기의 노인과 함께 가로지르는 몽상적인 정경을 짧게 예로 들어 보겠다.

"이곳에서 나는 나직한 전율이 엄습하는 느낌을 떨쳐 버릴 수 없었다. 길은 마치 낯선 심연을 향해 뻗어 있는 듯 보였다. 모든 것이 황량하게 파괴된 인상을 주었으며, 그럼에도 주위의 모든 사물로부터 그러한 파괴를 야기한 무시무시한 힘을 느낄 수 있었다. 엄청난 자연의 힘이 여기서 한동안 위세를 떨친 모양이었다. 거대한 바윗덩어리들이 이미 반쯤 풍화된 채, 아득한 심연의 어둠 속에 사나운 분노를 감추고 있는 거친 폭포수를 견뎌 내고 있었다. (…) 절벽 길은 끝없이 계속되었다. 좌우로 늘어서 있던 험한 산이 점차 잦아들며 숲이 우거진 넓은 계곡이 깊게 이어졌다. 아침의 어스름한 빛이 우거진 수풀 사이의 보잘것없는 틈새를 아늑한 분홍빛으로 채웠다. 모든 것이 낭만적인 분위기에 젖어들고 있었다. (…) 모든 사물이 확대되고 모든 것이 해체된 듯 보였다. (…) 나는 사냥을 하러 자주 이 숲을 찾곤 했지만 이 장소는 한 번도 본 적이 없었다. 이곳은 자연의 일부가 아니라 한껏 고무된 내 상상력의 소유물인 듯 느껴졌다."

지만 사실 우리는 한참 전부터 미술 분야에 들어와 있던 셈이다. 우리가 초현실주의 시학이라 칭하는 것은 일차적으로 언어 예술 이론이 아니라 신경향 예술 일반에 대한 이론이기 때문이다. 초현실주의 예술가들의 강령은 개인적 삶은 물론 사회적·정치적 삶에도 적용된다.

6. 회화 속의 초현실주의 : '형이상 회화', 키리코, 탕기, 달리, 에른스트

그로테스크의 개념은 소위 초현실주의라 불리는 현대 미술의 사조에 깊이 침투해 있다.[133] 이를 제외한 미래파futurism와 입체주의cubism, 그 밖에 추상 미술의 다양한 사조들(러시아 구조주의, 네덜란드의 데 스테일 De Stijl 운동 등)은 여기서 논외 대상이라는 점을 언급해 둔다. 독일 표현주의는 그로테스크 연구에 도움이 될 터이지만, 이 역시 제외하고 여기서는 초현실주의에만 초점을 맞추기로 하겠다. 초현실주의 강령은 여러 측면에서 낭만주의를 모범으로 삼는데, 이 점은 브르통André Breton의 『초현실주의 선언Manifeste du surréalisme』(제1선언: 1924, 제2선언: 1928)과 『초현실주의와 미술Le Surréalisme et la peinture』(1928), 브르통과 엘뤼아르가 쓴 여러 전시 도록의 서언, 그리고 이러한 사조에 동참한 예술가들이 1924년부터 발간된 『초현실주의 혁명La Révolution Surréaliste』에 기고한 여러 글에도 명시되어 있다. 독일 낭만주의자 가운데는 특히

---

132 H. Platschek 편, 1956. 이 선집의 제목은 다소 과장스러운 데가 있다. 책에 실린 작품들 중 양 분야 모두에서 천부적인 재능을 보여 주는 경우는 드물다.

133 이하의 내용과 관련해 참고할 만한 문헌을 들자면 다음과 같다. Dieter Wyss, *Der Surrealismus*, 1950; Doris Wild, *Moderne Malerei*, 1950, Alain Bosquet, *Surrealismus 1924~1949. Texte und Kritik*, 1950; Will Grohmann, *Bildende Kunst und Architektur*, 1953; W. Haftmann, *Malerei im 20. Jahrhundert*, 1954; H. Sedlmayr, *Die Revolution der modernen Kunst*, 1955; Walter Hess, *Dokumente zum Verständnis der modernen Malerei*, 1956.

노발리스Novalis와 아르님이 거론되었다.[134] 그럼에도 낭만주의 이론의 핵심이던 그로테스크 개념은 주변부에 머물러 있는데, 점점 더 많은 논의와 연구가 이에 접근하는 중이기는 하다.

브르통의 제1선언은 현대 문화를 새장에 가두려는 논리와 합리주의에 대항해 투쟁을 천명한다. 새로운 예술은 우리의 세계관을 구속하는 합리주의의 사슬을 끊어 버림은 물론, 인간의 감각에서 비롯되어 인간을 현혹하는 고리 역시 타파하고자 한다. 첫 번째 강령과 같은 사상이 이미 노발리스에게서 발견된다면 두 번째 강령의 정신은 랭보의 다음과 같은 표현에서 발견할 수 있다. "시인은 오랜 시간이 걸리는, 탁월하면서도 의식적인 연습으로 달성되는 감각의 해체를 통해 혜안을 얻는다." 이러한 지침에는 인간의 내적인 통합(감각 ― 영혼 ― 정신)에 대한 신뢰라는 과제가 전제되어 있다. 강령에 부정이 강조된 것은 새로운 것을 창출하는 일을 초현실주의의 임무로 간주하고 있기 때문이다. 브르통은 프로이트의 이론에서 실마리를 찾고 1922년에 프로이트를 직접 방문하기도 하며, 이후에도 수많은 초현실주의 화가들이 이러한 전철을 밟았다. 이렇게 초현실주의 사조의 기저에 놓인 인간학뿐 아니라 초현실주의 미학 자체가 직접적으로 프로이트의 영향을 받았다. 초현실주의에 관한 글에 프로이트의 이름과 사상이 반복적으로 등장하는 점만 보아도 알 수 있다. 이후 융Carl Gustav Jung의 이름과 그가 고안한 '집단 무의식' 개념도 이에 추가되는데, 초현실주의자들이 무의식을 새로운 예술과 문화의 원동력으로 보았기 때문이다. 논리의 타파, 이질적인 요소들의 결합, 시간적·공간적 질서의 파괴, 불합리성의 추구, 무의식으로의 귀환, 그리고 무엇보다도 꿈을 창

---

[134] "아힘 폰 아르님은 시간과 공간을 통틀어 그야말로 초현실주의자이다."(초현실주의 제2선언)

조의 원동력으로 삼는다는 점은 그로테스크의 세계와 매우 가깝게 느껴지지만, 초현실주의 강령은 그로부터 다시금 멀어진다. 기존의 것에 대한 부정에서 창작하지 않고 심리적 자동기술법의 다양한 기술, 즉 "어떤 종류의 이성적 통제도 차단된 사고의 받아쓰기"(브르통 인용)에 의존할 때 이 사조의 구성원들은 새로운 '통찰력'을 추구할 수 있었다. 초현실주의자들은 잔혹하거나 섬뜩하기보다는 '환상적'으로 느껴지는 새로운 세계를 탐구했다. 브르통과 엘뤼아르와 더불어 초현실주의 문학의 선구자로 꼽히는 피에르 르베르디Pierre Reverdy는 이렇게 말하기도 했다. "환상적인 것은 얼마나 비현실적인가를 막론하고 언제나 아름답다. 그 이유는 오로지 환상적인 것만이 아름답기 때문이다. 정신은 이러한 상들이 보다 큰 현실적 가치를 지녔음을 점점 더 확신하게 된다." 브르통 역시 "지금까지 도외시되어 온 특정한 결합 형태의 현실"에 대해 여러 차례 언급했다. 그는 "얼핏 서로 상충되는 듯 보이는 꿈과 현실이 장래에 일종의 절대적 현실, 즉 초현실의 영역에서 조화를 이룰 것"이라고 믿었다. 말하자면 초현실주의의 공식적인 이론은 결국 그로테스크의 추구를 거부한 셈이다.

그러나 초현실주의 예술가들의 작품을 대하다 보면 그로테스크에 관한 문제는 거듭 수면으로 떠오른다. 특히 키리코Chirico, 막스 에른스트Max Ernst, 탕기Yves Tanguy, 살바도르 달리Salvador Dalí, 루아Pierre Roy, 침머만Mac Zimmermann 등으로 대표되는 특정 집단에서는 그러한 연상이 불가피하다. 이들의 미술은 근본적으로 인간에 대한 특정한 관점에 토대를 두고 있는 것이 아니라 세계를 보는, 보다 정확히 말하자면 사물을 보는 새로운 시각에 기초하기 때문이다. 이탈리아에서 그로테스크 극작가들이 인간으로부터 세계를 생경하게 만들던 무렵, '형이상 회화Pittura Metafisica'의 화가들은 사물로부터 세계를 생경하게 만들었다. 사물들 간의 익숙한 관계를 파괴함으로써 사물의 낯섦 속에서 그것이 지닌 불길한 전조가 드러나도록 한 것이다. '생경하게 만들기render strano' 효과는 이 질적인 것의 결집(가령 고대 유물을 현대적인 사물과 나란히 세운다든지 하는 방식은 시간의 질서 또한 파괴한다), 날카로운 조명, 사물을 도리어 애매모호해 보이게 만드는 과장된 명료함, 지속적으로 확장되는 표면 위에 사물을 배치하는 방식 등을 통해 얻어졌다. 무생물적인 것의 마법이 작품의 핵심을 이룰 경우, 이처럼 가시적으로 변모한 세계에는 위협적이고 전율스럽고 심원한 느낌이 완전히 제거되며 이와 더불어 그로테스크의 본질적 특성도 사라진다. 비평가들은 카라Carlo Carrà에게서는 심오한 비애가, 모란디Giorgio Morandi에게서는 위안이 느껴진다고까지 말할 정도였다. 반면 키리코의 그림에서는 생경한 세계에 뭔가 섬뜩한 것이 도사리고 있다는 느낌은 물론, 영혼이 제거됨으로써 살아 있던 것이 굳어 버리는 현상도 감지할 수 있다(**그림 16**). 그림 속의 차가운 분위기는 호흡을 어렵게 만드는 희박한 공기의 징후이다. 기하학적인 형상의 날카로운 선과 매끄러운 표면이 살아 있는 존재에게 덧씌워져 있다. 인간적인 형상 대신 동상이나 재봉에 쓰이는 마네킹이 등장하는 것은 키리코 작품 고유의 특성이다. 지난 낭만주의 시대의 자동인형이나 밀랍인형이 키리코에게서 마네킹이라는 새로운 형태로 재등장한 것이다.

키리코의 작품에서도 우리는 다양한 영역, 즉 기계적인 것과 생물적인 것이 혼합되면서 지금껏 익숙하던 세계의 질서가 파괴되는 것을 볼 수 있다. 그러나 이보다 더 두드러지는 것은 바로 시간적으로 이질적인 요소들의 혼합이다. 이는 인간의 시간 질서를 통째로 뒤흔든다. 고대의 조각상이 현대 일상의 흔해 빠진 도구들과 나란히 놓여 있거나 르네상스 건축물 위로 공장의 굴뚝이 솟아 있는 모습을 보면 역사적 유산에 대한 현대인의 의식이 흔들릴 지경이다. 이러한 역사성의 파괴는 로트레아몽의 소재에 나타난 이질성보다도 파격적이다. 로트레아몽 인용문에 나온 재봉틀과 우산과 수술대는 적어도 시간적 관점에서는 동류로 묶을 수 있기 때문이다. 키리코는 역사에 대한 현대적 관점을 비판한 니체로부터 깊은 감명을 받은 바 있는데, 제1차 세계대전 이전의 수년간 만연해 있던 역사의식의 위기로부터 영감을 얻은 예술가는 분명 키리코가 유일하지는 않을 터이다. 그러나 그의 예술적 양식은 초기의 프랑스 초현실주의에 결정적인 영향력을 발휘했다. 이탈리아 형이상 회화의 화가들이 키리코의 예술에 담긴 '북부적'[135] 요소 — 이를 그로테스크적인 요소와 동등하게 간주할 수 있다 — 에 반감을 표한 반면 프랑스에서 그는 거의 예언자적인 입지를 누렸다. 아폴리네르는 키리코를 현대의 "가장 놀라운" 화가로 칭하기까지 했다.

탕기는 키리코의 그림을 보고 화가가 되었다. 이를 증명하듯 탕기의 그림에는 어디에나 키리코의 흔적이 엿보인다(**그림 17**). 끝없이 확장되는 공간 위로 뼈와 연골로 이루어진 것 같은 형상들이 완전히 경직된 채 서 있다. 비록 키리코나 형이상 회화의 화가들을 통해 익히 알고 있는 생경한 사물은 아니지만, 예리한 윤곽과 수평의 날카로운 조명(긴 그림자를 드리우기 위한)은 대상에 물질적인 특성을 부여한다. 이 그로테스크에는 긴장감이 다소 완화되어 있다. '비동시성'도 나타나지 않을뿐더러 소재들이 비교적 단일한 형태로 표현됨으로써 이질성 역시 흐려져 있기 때문이다. 강조된 정지성은 — 그림 상단의 층운과 같은 엷은 선만이 느린 움직임을 암시하고 있다 — 때때로 그림의 분위기에 강한 통일성을 부여한다.

탕기는 다시금 살바도르 달리에게 영향을 미쳤다. 이 역시 무한대의 공간 및 연골과 같은 형태, 긴 그림자가 드리우는 비스듬한 윤곽 등에서 드러난다(**그림 18**). 그러나 달리의 작품에서 통일성이나 소재가 지닌 독자적

---

135 키리코는 뮌헨의 아카데미에서 수학했으며 자신의 저작에 니체와 쇼펜하우어를 인용하기도 했다. 또한 뮌헨에서 쿠빈을 만나 그의 그로테스크한 작품세계에서 강렬한 인상을 받았다.

특성은 사라지고 없다. 왜곡되고 뒤틀리고 분해된 형상, 구역질나고 혐오스러운 형상이136 의도적으로 '사진처럼 사실적으로' 묘사된 광경은 감상자가 그림 앞에 오래 서 있기도 힘들게 만든다. 게다가 달리는 대상들을 단순히 나열하는 데 그치지 않고 서로 뒤섞거나 해체하기도 한다. 인간의 몸뚱이에서 궤짝들이 솟아나는가 하면, 기계적인 것과 (토막 난) 육체적인 것이 뒤섞이고, 각 부분이 동시에 여러 대상에 속하기도 한다(우리는 17세기의 연골 그로테스크에서도 이러한 사례를 관찰했다). 때로는 하나의 사물이 동시에 다른 어떤 존재인 경우도 있는데, 숨은그림찾기 같은 이러한 기법은 꿈의 논리를 형상화한 것으로 매너리즘 시대의 그로테스크에서도 찾아볼 수 있다. 달리는 매너리즘 예술가이자 빈의 궁정화가였던 아르침볼도Giuseppe Arcimboldo에 관해 힘주어 언급하며 헤로디아를 그리는 데 그의 그로테스크한 카리아티드(caryatid, 여인상 모양의 기둥—역주)를 모델 삼기도 했다. 그러나 달리의 작품에는 색채가 가미됨으로써 생경함의 효과가 한층 고조된다.

　살바도르 달리도 물론 꿈과 프로이트의 이론에 관심을 가졌다. 그러나 그는 여기서 한층 나아가 '편집광적 비판 방법'이라는 나름의 이론을 고안해 냈다. 이 이론의 목표는 "극도의 정확성을 통해 특정한 비이성의 상을 실체화하는 것"이다. 이렇게 이론가 달리는 진지한 비평가들로 하여금 비이성적 진리를 내포하고 있다는 억측을 품은 채 그림을 꼼꼼히 탐구하게끔 만들었다. 그러나 달리의 작품에서 독서에서 얻은 상징이나 은유적 표식을 구별해 내기는 그다지 어렵지 않다.137 이로써 달리의 그림에 이

---

136 살바도르 달리는 피, 부패, 배설물을 생명을 가진 것의 세 가지 핵심 상징으로 정의했다.

137 베어O. F. Beer는 초현실주의와 정신분석학에 관한 논문에서 명백히 살바도르 달리를 암시하는 어조로 프로이트의 『꿈의 해석Traumdeutung』의 첫 50페이지 이상을 읽지 않은 초현실주의자들에 관해 다음과 같이 언급했다.(Surrealismus und Psychoanalyse, *Plan*

성적 구성요소가 포함되어 있으며 인위적인 의도성이 창작의 동인이 되었다는 사실도 밝혀진 셈이다. 나아가 이런 그림들의 세계가 어떤 식으로든 현실에 근거를 두고 있다는 이론적 가정은 무효화되며, 그로테스크의 개념도 여기에 들어맞지 않는 것으로 판명된다. 조잡하게 구성된 광기는 결국 진지하게 받아들여지지 않게 마련이다.

하프트만Werner Haftmann은 막스 에른스트를 "초현실주의 미술, 구체적으로 표현하면 사실주의적 초현실주의 최초의, 그리고 유일한 대가"로 꼽았다. 막스 에른스트는 파리에서 초현실주의 사조가 형성되는 데 영향을 미쳤다. 그는 자신의 글을 통해 인간의 비이성적인 재능이 관여하고 있는 새로운 초현실을 탐구할 것을 촉구한다. 그러나 당시 막스 에른스트에 의해 고안된 문지르기 기법, 즉 '프로타주Frottage'에서는 대상의 물질

1947, V. p.329 이후) "화가가 꿈의 상징을 정신적으로 완전히 소화하지 않은 채 반쪽짜리 이해만으로 그것을 화폭에 표현한다면 그 작품은 예술로서 제 기능을 다하지 못 한다. 이런 작품은 필연코 인간의 사고에서 유아적인 단계로 퇴보하는 데 그친다. 이로써 인류의 문명화는 진전되기는커녕 퇴보할 뿐이다. 엄밀히 말해 이러한 현상은 희귀한 종류의 정신적 외설과도 같은 것이다."(D. Wild, *Moderne Malerei*, p.246에서 인용)

도리스 빌트Doris Wild는 『현대 회화Moderne Malerei』 245쪽에서 달리의 「불타는 기린」에 대한 필적학자 오스카 R. 슐라그Oskar R. Schlag의 해석에 관해 기술하고 있다. "그는 정신분석학에 관심이 있는 사람이라면 누구나 알고 있을 인도의 상징체계에 관해 언급했다. 그에 따르면 '불타는 기린'에 나오는 '죽음의 여인' 혹은 '죽음의 창녀'는 현대인의 비극적 헌신으로 여겨진다. 현대 인류의 심장과 사지에 달린 서랍들은 텅 비어 어떤 자극이라도 받아들일 준비가 되어 있다. 본능이 모두 소멸되었기에 그녀는 앞을 보지 못한 채 두 손을 더듬으며, 냉혹한 지성의 세계를 통과하듯 우울하고 황량한 평지를 거대한 몸을 이끌고 걸어간다. 여인의 몸은 ─ 오감의 상징인 ─ 다섯 개의 지주가 떠받치고 있으며 그녀는 이성주의에 사로잡혀 외적인 지각에만 의지하고 있다. 화면 오른쪽에 보이는 여자의 옆모습은 다프네로, 자연의 힘과 식물적인 성장을 상징하며 땅속에 뿌리내린 채 우주를 향해 자신의 생명력을 발산하는 중이다. 그녀는 사악한 뱀을 스스로에게서 제거한 뒤 해방되고 개화된 태도로 그것을 높이 쳐들고 있다. 다른 한 손에는 동화 속 주인공이 힘겨운 투쟁을 통해 취득한 보물과도 같이 그녀에게 상으로 내려진 보물이 눈에 띈다." 그림에 표현된 불합리성을 밝혀내는 일이 여기서는 사회적 게임으로 변모한다. 이때 가장 큰 모순은 바로 그림의 '참된 가치'에 대한 승인이 전제된다는 점이다.

적인 특징이 그대로 그림으로 옮겨진다. 그는 이 무늬가 자신의 "공상적 재능을 강화"해 준다고 경탄하며 이를 "환각적인 결과물"로 받아들였다. 자연스러운 외부 세계에 대한 관찰이 내면세계를 자극한 셈이다. 창작 과정에서 막스 에른스트는 참된 자연적 그로테스크에 도달하는데, 이곳에서는 살아 있는 것의 세계가 "돌발적으로 일어나는 암시와 변이의 결과로" 악마적인 것으로 전이된다(**그림 19**). 때로 이것은 르네상스 시대 그로테스크 장식미술의 구성요소들이 섬뜩한 생명체로 부활한 것처럼 느껴진다. 헤아릴 수 없이 많은 식물이 무시무시한 크기로 솟아나며 꽃을 피우다가 동물의 형상으로 끝나고, 여기저기 기어 다니는 동물들은 식물을 본뜬 형상을 하고 있다. 이 괴기스러운 밀림에서는 인간과 악마의 형상들까지도 자라나는 식물의 무리 속으로 얽혀 든다. 에른스트의 다른 작품들, 예컨대 「대립 교황」은 히에로니무스 보스의 그림 속 형상을 연상시키기도 한다. 다양한 시대의 그로테스크 모티프에 정통한 독자들이라면 현대의 초현실주의가 갖는 역사적 종속성이 눈에 거슬릴지 모른다. 이는 분명 초현실주의자들이 거듭 강조한 강령, 다시 말해 자신만의 영혼으로 보는 내면세계에 충실해야 한다는 원칙에 위배되기 때문이다.

초현실주의 선언의 암시적인 영향력은 이렇게 끝이 나고 자기 해석의 열정도 힘을 잃었다. 이제 남은 것은, 생경함을 표현하는 소재의 폭을 넓힘으로써 그로테스크의 구성물 또한 확대하고자 한 초현실주의 작품들 중 그로테스크의 역사에 포함될 만한 예술적 가치를 지닌 것으로 판명될 개별적인 작품이 과연 몇이나 될지 지켜보는 일이다.

7. 그래픽 미술 : 앙소르, 쿠빈, 파울 베버

1910년대에 등장해 1920년대에 세력을 굳힌 초현실주의의 강세는 19세기 전반에 걸쳐 초현실주의가 이미 존재했었다는 사실을 쉽게 잊어 버리게 만든다. 당시의 초현실주의는 이전 세기의 전통을 의식적으로 계승하기도 했다. 특히 일관된 기법이 그러한 연관성을 형성한다. 당시 화가들은 그래픽 미술가이기도 했으며 전문적으로 그래픽 미술 작품만 그리던 이들도 많았다. 연필, 펜, 동판화용 철침이 이들의 주된 도구였다. 분류 기준이 매우 모호하기는 하지만 우리는 그로테스크를 기준 삼아 이들을 두 부류로 나눌 수 있다. 첫째는 보스와 브뤼헐을 시초로 하는 '환상적인' 그로테스크 예술가로, 특히 그랑빌Jean Ignace Granville, 브레스댕 Rodolphe Bresdin, 르동Odilon Redon 등의 19세기 프랑스 화가들을 들 수 있다(18세기의 예술가로는 블레이크 정도를 꼽을 수 있다). 이들의 음산한 꿈의 세계에는 덜그럭거리는 해골이나 은밀히 휘감아 오르는 뿌리, 위협적인 괴물, 공상적 동물들(뱀과 박쥐는 왜곡된 비율로 그려졌지만 실제와 같게 묘사되어 있다)이 넘쳐난다. 그림 구석구석이 악마적인 분위기로 채워지고, 빨아들이거나 무너지거나 집어삼킬 듯한 공간부터가 이미 공포를 유발한다. 두 번째 부류는 ─ 호가스처럼 첫 번째 부류보다 앞선 시대의 예술가들이 여기에 속한다. 칼로와 고야는 두 부류에 모두 속하는 예술가들이라 할 수 있다 ─ 풍자적이고 캐리커처적이며 냉소적인 왜곡, 다시 말해 그로테스크하고 우스꽝스러운 요소부터 순수 그로테스크까지를 다룬 경우이다. 호가스의 경우와 마찬가지로 도미에Honoré Daumier 의 그림을 살펴보다 보면 그로테스크하고 우스꽝스러운 것의 범주를 뛰어넘는 부분이 어디인지 일일이 판단하기 힘든 경우가 종종 있다.

후에 세속화되는 '성 안토니우스의 유혹'이 환상적인 그로테스크의 고전적 소재였던 데 반해138 두 번째 부류에서는 사회 풍자라든지 '전쟁의

---

138 옛 거장들 중에서 브뤼헐, 칼로, 숀가우어Martin Schongauer, 그뤼네발트Matthias Grünewald, 크라나흐Lucas Cranach, 얀 만데인Jan Mandijn, 요스 판 크라에스베이크Joos

참화'(칼로와 고야의 연작 참조)가 주요 소재로 등장했다. 후자의 작품들이 연작으로 구성되는 경우가 많은 데는 이유가 있다. 19세기에는 삽화가 들어간 신문·잡지의 등장과 더불어 사회·정치 풍자가 한층 활성화됐다. 그 밖에도 문학작품의 삽화는 예술가들에게 새로운 가능성을 열어 주었다. 작품 속에 그로테스크 세계가 펼쳐지는 것이 그래픽 미술가의 공로인 경우도 흔하다. 『돈키호테』의 삽화도 그렇고, 토니 조아노Tony Johannot가 뮈세Alfred de Musset의 작품(『당신이 원하는 곳으로의 여행Voyage où il vous plaira』, 1843)에 삽입한 판화나, 디킨스 작품의 삽화도 좋은 예다. 19세기에는 영국 화가들 외에도 특히 프랑스 화가들이 환상적인 그로테스크 작품 및 그로테스크로 변모하는 풍자화를 즐겨 그렸다. 프랑스 낭만주의의 발전이 전자에 자극을 주었다면 후자의 기폭제가 된 것은 7월 혁명이었다. 특히 이 모든 현상은 하이네가 프랑스인들에게는 전율적이고 환상적인 것을 창조하는 재능이 없다고 단정하려는 순간에 일어났다.

그러나 가장 위대한 두 그로테스크 예술가는 프랑스 출신은 아니다. 이 두 사람의 그래픽 작품은 예술적인 면에서 후대의 모든 초현실주의 작품을 능가한다. "지난 10년의 드라마를 정점으로 끌고 간 것은 바로 게르만의 예술혼이다." 베르너 하프트만은 플랑드르의 화가인 제임스 앙소르(James Ensor, 1860~1949)를 다룬 장을 이런 문장으로 시작한다. 알프레트 쿠빈(Alfred Kubin, 1877~1959)을 그와 비교하면 하프트만이 말한 10년에 수년을 더 추가해야 한다. 앙소르는 1886년에, 쿠빈은 1900년을 전후해 고유의 양식을 확립했기 때문이다. 이 말은 즉, 비록 새로운 사조 자체는 제1차 세계대전 발발 직전에야 눈에 띄게 퍼졌지만(이 책의 주제와 관련해 구체적으로 덧붙이자면 괴기문학의 파란, 그로테스크 연극, 모

---

van Craesbeeck, 그 밖에 수많은 화가들이 이 주제를 다루었다.

르겐슈테른의 그로테스크 시, 형이상 회화, 초현실주의의 전조 등이 모두 이 무렵에 확산된 것이다) 새로운 예술의 형성은 19세기 말에 이미 개별 작품들을 통해 이루어지고 있었음을 의미한다.

두 거장은 자신이 탄생하거나 선택한 출신지를 ― 사소한 단기 여행을 제외하고 ― 큰 범위에서 벗어나지 않았다는 점에서 닮았다. 앙소르는 벨기에의 오스텐데를, 쿠빈은 오스트리아의 츠비클레트를 (1906년 이후) 떠난 적이 없다. 두 사람은 개인으로서 이곳에 살며 창작 활동을 했을 뿐 당대 예술가들 사이에서 유행이었던 그룹 형성에 참여하지 않았다.(쿠빈은 '청기사파Der Blaue Reiter'에 잠시 몸담았으나 곧 떠났다.) 그럼에도 두 사람이 후대 화가들에게 미친 영향은 무시할 수 없다. 앙소르의 이름은 초현실주의 선언에도 거론되며, 키리코를 비롯해 초기 그래픽 작품에서 그로테스크를 표현하는 데 심혈을 기울였던 파울 클레Paul Klee도 뮌헨에서 활동하던 시절에 쿠빈의 영향권 내에 있었다. 클레는 어떤 점에서는 쿠빈보다 앙소르와 가깝다고 볼 수도 있다. 쿠빈이 사회 비판적인 소재를 가끔씩만 다룬 데 반해, 앙소르와 초기의 클레는 풍자적인 요소를 한층 과장하는 방법으로 환상적 그로테스크에 접근했기 때문이다.

앙소르는 프랑스 인상주의에 대한 지식을 기반으로 선을 해체하고 겹쳐 잇는 새로운 화법을 고안해 냄으로써, 악마성을 띤 무기물의 세계와 전율을 일으키는 상상의 공간을 강렬하게 표현했다. 그러나 그보다 독특한 것은 인간을 생소한 존재로 만들어 버리는 방식이었다. 앙소르의 그림에서 인간은 어릿광대나 가면을 쓴 형상으로 등장한다(**그림 20**). 이는 그 자체로 그로테스크를 만들어 내는 모티프이자 구성요소이기도 하다. 그러나 앙소르는 여기에 더해 개개인을 지배하고 그로부터 본질을 앗아가는 새로운 힘을 발견했다. 바로 '군중'이다. 우리는 이미 인간적인 요소가 무리를 이루고 뒤죽박죽되는 장면을 루카 시뇨렐리의 그로테스크 장식미술이라든지 보스와 브뤼헐의 그림, 칼로의 동판화 등을 통해 살펴보았다. 그러나 보다 면밀히 관찰하면 이러한 뒤엉킴은 결국 개별적인 집단 속에서 풀리고 있다. 다시 말해 그림을 한 부분씩, 혹은 그림 속의 무리를 여러 개의 무리로 나누어 개별적으로 살펴보면 뒤엉킴이 풀리는 것이다. 반면 앙소르는 하나의 현상으로서의 '군중'을 그리는 데 성공했다. 앙소르의 군중이 발산하는 제어할 수 없는 힘은 그것이 수많은 개인들의 단순한 집합체 이상임을 보여 준다(**그림 21**).

앞에서 우리는 성 안토니우스의 유혹이 환상적인 그로테스크의 고전적 소재임을 언급했다. E. T. A. 호프만의 작품에서는 이 성자가 달아날 곳도, 시험에 통과한 데 대해 보상받을 길도 없는 예술가로 묘사된다. 앙소르는 「나를 괴롭히는 악마들」이라는 제목을 붙인 그림에서 이 오래된 주제를 새로운 시각으로 그려 내고 있다. 앙소르가 항상 암흑의 세력이 바짝 엄습해 오는 순간을 포착해 낸 반면 쿠빈은 정적인 상태에 머무른다. 쿠빈의 작품 속 세계는 이미 생경하게 변모해 도처에서 섬뜩함이 느껴지기는 하되 아직 어떤 세력도 도발하려는 단계는 아니다. 앙소르의 드라마틱한 역동성에 반해 쿠빈의 작품에는 뭔가가 발현할 미래의 순간에 대한 암시조차 드러나 있지 않다. 앙소르에게서 끊임없이 활성화되는 전율이 쿠빈에게서는 은밀히 스멀거리고 있을 뿐이다. 대신에 한층 포괄적이다. 앙소르의 그림에 묘사된 악마들은 현재의 활동 장소로부터 물러날 수도 있을 것처럼 보이나, 쿠빈의 그림에서는 위협적인 세계의 배후가 곳곳에서 영속성을 띠고 드러난다(**그림 22·23**).

쿠빈의 자전적 기록에는 그의 예술적 입지가 이렇게 서술되어 있다. "이따금 나는 깨어 있는 상태에서 꿈의 음울한 단면에 몰두하고 싶은 유혹에 사로잡힌다. 소위 바깥세상의 광경들은 이때 괴상한 모양으로 깎인 렌즈를 통해 보는 것처럼 나의 내부 깊숙이 와 닿는다." 그러나 쿠빈은 단

그림 22 알프레트 쿠빈, 「불행의 연속」, 1920년

그림 23 알프레트 쿠빈, 「거대한 족제비」, 1941년

순히 꿈을 기록하려 한 것이 아니었다. 1902년 아베나리우스Ferdinand Avenarius가 그의 예술을 "꿈의 스케치"로 명명하자 쿠빈은 이를 완곡히 거부하기도 했다. 꿈이란 순수한 내면성과 동떨어진 세계로 영혼을 몰고 가기 때문이다. 쿠빈의 작품은 그보다는 꿈꾸는 상태에서 깨어 있는 상태로 전이되는 지점, 즉 '의식에서 무의식으로 전환되는' 상태에서 탄생했다. 이곳에서 영혼은 개인을 초월한 흐름, 즉 '유체' 혹은 '세계의 본질'로 젖어 들며, 모든 감각과 감정이 외부 세계의 표면을 뚫고 발현될 수 있다.139

초현실주의 예술가들과 달리 쿠빈은 '통찰력'이 아닌 구성을 추구했다. "부드럽게 떠오르는 조각들을 결집해 하나의 전체를 구성하기로 결심했을 때 나는 비로소 커다란 만족감을 느꼈다. (…) 그러나 우리는, 가령 어떤 흥미로운 체계에 의거해 개별적인 현상의 비밀이 밝혀짐으로써 전체가 해체되는 일이 생기지 않도록 주의를 기울여야 할 것이다. 그러한 현상들이 지닌 참된 상징적 힘을 손상하지 않고 내버려 두는 것이 좋다. 눈에 보이는 그대로의 창조적인 영상이 그것을 둘러싼 광대한 해석보다 강력하고 본질적이라는 게 나의 견해이다."140

쿠빈은 이렇게 탄생한 그림들을 "밤의 얼굴", "어스름의 세계", "모험", "음울한 동화" 등으로 칭했다. 물론 이들 가운데는 때로 매우 우스꽝스럽

139 "깊은 감흥을 표현하는 데 무조건적으로 몰두하느라 고뇌할 때 나는 내게 엄한 명령을 내리는 어떤 힘에 복종하게 된다. 비록 나의 의식적인 자아가 종종 이 힘에 맞서 고집스럽게 저항하기도 하지만 말이다. 최근 몇 년 동안에야 나는 비로소 그 힘이 정신적인 중간 세계이자, 작품 속에 표현되기 위해 나의 내부에서 고군분투하는 어스름의 세계임을 조금이나마 분명히 깨달았다. (…) 명확히 감지할 수 있는 몇몇 특별한 순간에는 삶의 모든 것을 서로 연결하는 비밀스러운 유동체가 지하 세계를 흐르고 있다는 느낌이 엄습해 온다. (…) 나는 그저 '그렇게' 세상을 보는 게 아니라, 의식이 반쯤만 깨어 있는 기묘한 순간에야 경탄에 사로잡혀 그러한 변화를 체험한다."(Kubin, Dämmerungswelten, *Die Kunst*, 1933, p.340 이후.)

140 Über mein Träumerleben, *Künstlerbekenntnisse*, ed. P. Westheim, 1924; W. Hess, *Dokumente*, p.116에 재수록.

고 기이하거나 심지어 매우 느긋하고 유쾌한 '동화'들도 있으며, 따라서 쿠빈의 그림을 모두 그로테스크로 정의할 수는 없다. 그러나 그런 그림들 속에도 어딘가 미심쩍은 부분은 나타난다. 어쨌든 개별적인 스케치와 연작들을 비롯해 수많은 삽화를 포함하는 쿠빈의 작품세계를 해석하는 데 그로테스크가 하나의 포괄적 틀을 제공하는 것만은 분명하다.[141]

앙소르의 작품에 인간세계가 지배적으로 등장한다면 쿠빈은 자연을 보다 자주 다루었다. 쿠빈은 옛 거장들을 열렬히 탐구하는 한편 ― 그는 자신에게 자극제가 된 화가들로 보스와 브뤼헐, 고야 등 우리에게도 친숙한 이름을 거론하기도 했다 ― 스치는가 싶다가 하나로 묶여 들고 낱낱의 선에서조차 불안한 움직임이 드러나는 지극히 독특한 화법을 고안해 냈다. 식물, 나무, 덤불, 각종 도구, 건물 등이 그러한 기법을 통해 으스스한 생명력을 부여받는다. 그러나 뭐니 뭐니 해도 두드러지는 소재는 동물이다. 이들은 기거나 미끄러지거나 웅크리고 있기도 하고, 이쪽에서는 물속에서 모습을 드러내는가 하면 저쪽에서는 공중을 헤치고 날기도 하며 그림 곳곳에 진을 치고 있다. 감상자는 수많은 그림들을 한눈에 훑어보면서야 비로소 섬뜩하고 오싹하고 몸서리쳐지는 것에서부터 괴상하고 우스꽝스러운 것에 이르는 형상들의 다양한 혼합물을 인지하게 된다.

쿠빈이 원칙적으로 자연에 내포된 어둠의 세계를 추적한 낭만주의자였던 데 반해, 그의 바로 다음 세대에 속하는 파울 베버(A. Paul Weber, 1893~1980)는 특히 시대적 현상을 다룬 화가였다. 베버 역시 앙소르처럼 풍자를 통해 그로테스크한 상상력을 발산했는데, 보나벤투라의 『야경

---

141 쿠빈에 관해 포괄적인 내용을 담고 있는 파울 라베Paul Raabe의 저서에는 쿠빈이 삽화를 그린 책 목록도 정리되어 있다.(A. Kubin. Leben, Werk, Wirkung, Hamburg, 1957) 앙소르 역시 에드거 앨런 포 등의 작품에 삽화를 그렸다.

꿈』에 나오는 화자가 그러하듯 베버도 어떤 구원의 길도 기대할 수 없는 심연의 세계에만 초점을 맞추고 있다. 개별적인 요소에 초점이 맞추어진 그림에서도 화가의 관점은 여전히 몰락의 길을 걷는 시대 및 문화 전체를 향한다. 우리는 이를 공간적 구성에서부터 감지할 수 있다. 키리코나 탕기, 살바도르 달리의 그림처럼 배경이 무한대의 텅 빈 공간을 향해 확장되기도 하고, 수백만의 인간을 감추고 있을 것 같은 무시무시한 건축물을 먼 거리에서 조망한 그림도 있다. 그러나 감추고 있다는 말은 틀린 표현이다. 이런 건물은 언제든 무너져 내려 그 사이사이를 채우고 있는 인간들을 납작하게 짓눌러 버릴 수 있다. 베버를 특징짓는 또 하나의 소재는 바로 거대한 건축물 위를 기어 다니는 무시무시하게 과장된 동물이다. 거미, 해파리, 뱀부터 용의 형상을 한 괴물도 있다. 인간은 앙소르의 작품에서처럼 무리를 이루고 있으며 개별적인 형상 역시 광대나 가면의 모습으로 묘사되었다(**그림 24**). 베버의 선은 쿠빈의 것처럼 일정하지 않고 도미에나 뭉크Edvard Munch, 바를라흐Ernst Barlach, 앙소르를 연상시킨다.

다섯 세기에 걸친 그로테스크 예술의 발전 과정을 훑어본 뒤 던지게 되는 질문은, 그로테스크를 표현하는 데 그래픽 미술이 특히 적합한 기법인 이유가 무엇인가 하는 것이다. 그래픽 미술을 활용해 그로테스크를 표현하는 전통은 한편으로는 아고스티노 베네치아노의 작품들 및 16~17세기 장식 판화에서, 다른 한편으로는 보스의 스케치에서 시작되어 칼로와 고야를 거쳐 19세기 및 현대 미술에까지 이어지고 있다. 그래픽 미술 분야의 그로테스크 역사만 다루어도 완벽한 연구서가 완성될 수 있을 정도이다. 판화에 쓰이는 철침이나 연필은 분명 '얼굴'을 바르고 정확하게 묘사할 수 있는 도구이다. 쿠빈은 어스름의 장면이 지닌 찰나성에 관해 반복적으로 언급한 바 있다.

그림 24 파울 베버, 「소문」, 1943년

내게 의식적인 상태에서 무의식의 상태로 전환되는 순간은 예술적으로 가장 비옥한 순간이다. 어스름한 무채색의 망령들이 근원을 알 수 없는 기묘한 빛으로 채워진 동굴 같은 공간에서 휙휙 스치거나 흐르고 있다.

이는 비단 쿠빈의 개인적 창작 방식을 나타내는 표현만은 아닐 터이다. 그로테스크를 창조하고자 하는 예술가에게 선적인 필치는 붓보다 훨씬 강렬한 인상을 빚어낼 수 있는 도구이기도 하다. 사용하는 도구가 어떤 의미를 지니느냐는 이때 전혀 중요한 사항이 아니다. 그런 의미에서라면 색채의 사용은 무채색에만 한정된 기법에 비해 분명 우월하다고 말할 수 있다. 그러나 색채는 전혀 새로운 세계, 즉 고유의 구성요소와 긴장감, 그리고 법칙을 가진 독자적인 세계로 우리를 안내한다는 점에서 다소 거리감을 조성하는 반면 선적인 기법은 매우 직접적이다. 그로테스크 예술가들은 창작을 할 때 이처럼 거리를 두지 않는, 다시 말해 완전히 대상 속으로 파고드는 태도를 선호한다. 거리감을 조성하는 것은 색채만이 아니다. 대규모의 캔버스 역시 화면에 고유의 법칙성을 부여함으로써 같은 효과를 낸다. 예나 지금이나 그로테스크 화가들이 흔히 매우 작은 규격을 선택한다는 점은 시사하는 바가 크다. 살바도르 달리가 그린 「불타는 기린」의 규격은 27×35cm에 불과하며 키리코와 탕기의 다수 그림들도 유사한 규격을 갖추고 있다. 그러나 그래픽 미술이 그로테스크에 적합하다는 점을 설명해 주는 요소는 그것 말고도 또 있다. 이 요소는 예술가가 완전한 도취 상태에서 꿈속의 환영을 표현한다는 따위의, 다소 동요를 일으키는 관념을 완화해 준다. 쿠빈은 자신의 작품들 중 하나에 '펜의 모험'이라는 제목을 붙였다. 모험적인 작품을 탄생시키는 것이 펜이라는 의미일까? 물론 이러한 표현을 문자 그대로 받아들일 필요는 없지만, 쿠빈의 말은 뭔가를 정확히 짚어 내고 있다. 펜은 순간적으로 번득이는 환상적인 영감을 뒤쫓는다. 이때 말하는 환상 역시 전적으로 자유로운 환상이 아니라, 기존에 구축되어 있던 토대와 화가의 전작들에 의해 결정되고 형성되는 특별한 환상이다. 기이한 형상들은 그림을 그리는 과정에서 형태를 빚어 가며(가령 지루한 강의를 듣거나 통화를 하는 와중에 저절로 나오는 낙서를 생각해 보라) 화가의 손은 거기에 순응해 따라갈 뿐이다. 손은 순간적인 변덕, 특히 기묘한 것을 상상하는 즐거움에 좌지우지된다. 독일어에서 '변덕 Laune'이라는 단어는 이탈리아어의 'capriccio' 또는 프랑스어 'caprice'에 해당되는 것으로, 칼로와 고야를 비롯한 여러 화가들이 이 단어를 그림의 제목으로 삼기도 했다. 당시에 '그로테스크'는 이런 맥락에서 'capriccio'와 거의 동의어로 사용되기도 했다. 비록 우리는 그로테스크라는 개념에 당시 사람들보다 깊은 의미를 부여하고 있지만, 그럼에도 여전히 이 단어가 그로테스크에 미친 영향력을 의식할 필요가 있다. 이제 남은 과제는 다섯 세기에 걸친 그로테스크의 역사를 일별하면서 우리가 인지한 바에 관해 깊이 숙고하고 이를 재확인하는 일이다.

결론 : 그로테스크의 본질

미학 용어로서의 '그로테스크'

지금까지 살펴본 그림과 그래픽 미술 작품들, 다양한 종류의 문학에 공통적인 요소가 있는가? 지금까지 추적해 본 용어를 그것이 거쳐 온 끊임없는 의미 변화에도 불구하고 '그로테스크'라는 단어로 귀결시키는 일이 과연 합당한가? 대답은 '그렇다'이다. 물론 다양한 시대에 걸쳐 그로테스크로 불린 모든 것을 뭉뚱그려 하나의 초시간적 개념으로서의 그로테스크로 귀속시키기는 어렵겠지만 말이다. 그로테스크라는 용어의 역사에서 결정적인 순간은 그것이 탄생한 처음 몇 세기였다. 이 용어는 이때 단순히 사물을 지칭하는 단어에서 보다 '의미 있는' 용어, 다시 말해 창작의 태도(예를 들어 몽상적이라든가)나 작품의 내용물, 구조, 나아가 그 효과(가령 빌란트의 표현처럼 '조소와 혐오, 경탄'을 자아내는 효과 등)까지를 가리키는 미학적 개념으로 승화되었다. 그러나 이러한 변화가 순전히 자의적으로 이루어진 것만은 아니다. 16세기 이탈리아인들이 그로테스크 장식미술을 '화가의 꿈'으로 칭한 것도 창작의 태도를 고려한 것으로, 이 표현이 의미하는 바는 오늘날까지도 그로테스크의 전형으로 여겨지는 창작 태도와 다를 바 없다. 마치 두 가지가 동일한 요소를 염두에 두고 나온 것처럼 여겨질 정도이다. 18세기 말 빌란트가 정의한 그로테스크의 전형적 효과(우리는 이 정의를 약간 수정하였다) 역시 과거의 그로테스크 장식미술뿐 아니라 이후의 그로테스크 예술을 설명하는 데도 적용된다. 마지막으로 그로테스크 장식미술의 특정한 구성요소가 이후 반복적으로 등장했다는 결론도 내릴 수 있다. 심지어 초현실주의 예술에서도 이는 나타난다.

'그로테스크'라는 용어에 창작 과정과 작품, 그것에 대한 수용이라는 세 가지 영역이 고려되어 있다는 점은 매우 합리적이고 적절할뿐더러, 이 용어에 미학의 기초 개념이 내포되어 있다는 사실을 암시하기도 한다. 예술작품에는 언제나 이러한 삼중의 법칙이 요구되기 때문이다. 예술작품은 '창작되는' 것이다. 이 단어는 단순히 '생산되는' 것과는 명확히 대비되는 의미를 지닌다. 예술작품 고유의 구조적 특징은 얼마나 많은 외적 동인이 작용하든 간에 그것의 본질이 작품 속에 보존되도록 해 준다. 예술작품은 '상황'을 초월할 능력을 지닌다. 그러나 최후에 예술작품은 '수용된다.' (이 단어는 여기서 일상적인 용법과는 약간 다른 의미로 사용되었다.) 수용의 과정에서 얼마나 많은 의미상의 변형이 가해지건 간에 예술작품은 이 과정을 거치지 않고서는 체험될 수 없다.

18세기에 미학적 개념들을 둘러싸고 일어난 의미의 변화와 확장은 바로 이러한 예술작품의 수용으로부터 비롯된 것이다. 당시까지 객관적으로 정의할 수 있는 외적인 형태를 나타내던 개념이 일차적으로 정신적 영향력이라든가 그 동인을 지칭하게 되었다. '그로테스크'라는 용어의 변천사에서는 특히 이러한 변화를 매우 분명하게 읽을 수 있으며, 이런 점에서 당대에 광범위하게 퍼졌던 움직임을 상징적으로 나타내는 것이기도 하다.

질풍노도 시대를 휩쓴 이런 경향에 대한 반격은 이탈리아 체류 시기의 괴테 및 카를 필리프 모리츠에 의해 일어난다. 두 사람은 수용과는 별개로, 이전과는 달리 측정 가능한 외적 형태가 아닌 구성의 문제를 핵심으로 삼는 예술작품 자체에 초점을 맞추어 명확한 미학적 개념을 정립하는 데 힘을 기울였다. 현대의 문학과 미학은 바로 이들의 전철을 밟고 있다. 우리에게도 그로테스크를 유효한 미학적 개념으로 확립하기 위해 이것을 여러 예술작품을 포괄하는 하나의 구조로서 정의하는 일이 반드시 필요하다.

물론 수용을 통해서만 체험된다는 점도 그로테스크에 적용되기는 마찬가지다. 다만 구성상 하등 그로테스크로 부를 만한 근거가 없는 작품조차 그로테스크로 받아들여질 수 있다는 점에 유의해야 한다. 잉카의 문화를 알지 못하는 사람에게는 유적지의 기둥에 그려진 그림들이 그로테스크하게 느껴질 것이다. 하지만 우리에게 괴상한 형상이나 섬뜩한 악마, 암흑의 존재처럼 보이는 것, 다시 말해 무시무시하고 당혹스럽고 소름 끼치는 감정을 유발하는 것조차 해당 문화권의 사람들에게는 지극히 명료한 의미를 지닌 친숙한 형상일 수 있다. 뭔가에 대해 잘 알지 못하는 이상 우리는 그것을 그로테스크하다고 부를 권리가 있으며, 이런 의미에서 보다 가까운 시간적·공간적 배경에서 이 책의 사례를 선별할 수도 있었을 것이다. 미술사학자들은 최근 히에로니무스 보스의 예술언어에 숨은 암호를 푸는 일에 심혈을 기울였는데, 이들의 연구가 성과를 거둘 경우 보스의 의도가 그로테스크한 작품을 창작하는 데 있지 않았음은 물론, 유럽의 그로테스크 미술에서 가장 중요하다고 할 수도 있는 이 예술가의 영향력이 단순한 예술적 오해에서 비롯된 것이라는 사실마저 밝혀질지 모른다. 반대로 — 빌헬름 부슈의 작품에서 볼 수 있듯이 — 작품의 그로테스크한 구조가 진짜 그로테스크로 받아들여지기보다는 기이하고 우스꽝스러운 것으로만 해석되는 경우도 흔하다. 이 모든 것은 순전히 수용에만 근거해 그로테스크를 정의하려는 태도에 경종을 울린다. 그럼에도 우리는 모순적인 순환의 '고리'에서 영영 벗어나지 못한다. 그로테스크의 구조를 정의할 때조차 개인적 수용의 영향력으로부터 완전히 자유로울 수 없기 때문이다. 그러나 작품 자체에 중점을 두고자 꾸준히 노력한다면 보다 적절한 수용 능력 또한 기를 수 있다.(개인의 내적 중심에서 활동하며 예술의 이면에 숨은 의미를 찾게 해 주는 것도 결국 이러한 능력이다. 학문적 탐구 ― 여기에도 이론적 지식만 한 왕도는 없다 ― 는 이 능력을 강화하는 데 유용하고도 필수적인 과정이다.)

그로테스크 모티프

부적절한 수용의 여지는 언제든 남아 있다. 개별적인 형태나 독립적인 내용물이 그 자체로 명료한 것이 아니라 다양한 의미로 채워져 있기 때문이다. 오늘날의 양식 연구자들은 대체로 이 같은 현상에 익숙하다. 그러나 개별적인 형태와 특정 모티프에는 분명 처음부터 지정된 의미가 있다. 앞에서도 우리는 작품 속에 특정 요소가 반복되는 현상을 수없이 목격했다. 여기서 그로테스크의 몇몇 주요 모티프를 다시 한 번 정리해 보는 것도 나름대로 의미가 있을 것이다. 첫째로 '괴형상'을 들 수 있는데, 가령 월터 스콧의 그로테스크 개념 정의에서 언급된 상상의 동물은 일찍이 그로테스크 장식미술에도 등장했던 소재이다. 벤베누토 첼리니Benvenuto Cellini가 '그로테스크'를 '기괴함'이라는 표현으로 대체하려고까지 했다는 점은 그에게 기괴한 요소가 얼마나 핵심적인 지위를 차지하고 있었는지 잘 말해 준다. '성 안토니우스의 유혹' 역시 14~16세기에 걸쳐 다루어진 전통적 모티프로,[142] 후대의 예술가들도 이로부터 영감을 얻곤 했다.

---

142 J. Dausrich, Antonius der Einsiedel, *Eine legendarisch-ikonographische*

또 하나의 소재는 성경의 묵시록으로부터 비롯되었다. 심연으로부터 기어 오르는 동물들은 성 안토니우스를 유혹하는 괴형상들처럼 나름의 상징성을 갖는다. 그러나 현실에서 볼 수 있는 동물 또한 반복적으로 등장한다. 현대인들도 옛 사람들과 마찬가지로 완전히 낯선 것이 발산하는 생경함과 은밀한 섬뜩함을, 익숙한 동물의 형상을 통해서도 체험할 수 있다.[143] 그로테스크 예술가들이 특히 선호하던 동물은 인간이 접근할 수 없는 세계의 질서에 의해 지배받는 뱀, 부엉이, 두꺼비, 거미 등 야행성 혹은 잠행성 동물들이었다. 그 밖에도 해충류는 그로테스크에 즐겨 사용된 소재였는데, 이런 소재가 활용된 이유는 앞에 언급한 동물들의 경우와 같거나 불명확한 경우도 적지 않다. 어쨌든 간에 '해충Ungeziefer'이라는 단어에는 쓰는 사람이 의식하지 못하는 생명력이 깃들어 있는 것처럼 느껴진다. 고독일어에서 'Zebar'는 제물로 바쳐진 동물을 가리키는 단어였다. 여기에 부정의 의미를 지닌 'un-'이 덧붙어 변형된 'ungeziefer'는 말하자면 제물로 바치기에는 불순한 모든 종류의 동물을 의미한다. 이런 동물은 신이 아닌 악의 세력에게나 어울리는 것이었다.

어서 오라, 어서 오라, / 그대 오랜 수호자여!

날며 붕붕대는 우리는 / 당신을 이미 알고 있다.

정적 속에서 우리를 하나씩 / 당신은 심으셨도다.

아버지여, 우리는 수천이 되어 / 춤추듯 이렇게 왔네.

가슴에 꼭꼭 숨은 / 악마를 찾느니

Studie, Archiv für christliche Kunst, 1901 & 1902 참조.

143 쇼펜하우어는 동물에 관해 이렇게 언급했다. "우리의 본질을 특징짓는 것이자, 괴기스럽고 그로테스크한 것에 근접한 강렬한 형상과 명료함으로 여기 우리의 눈앞에 나타나는 것은 바로 그러한 의지이다."(*Werke*, ed. Hübscher, 2. Auflage, 1948, Bd. VI, §44, p.2581)

모피에 숨은 이가 / 찾기 쉬울 터이니.

(『파우스트』 2막)

메피스토가 낡은 모피 코트를 벗어 놓는 순간 벌레들의 합창이 이렇게 그를 맞이한다. 메피스토는 이 모피 코트를 입은 채 학생들에게 학문의 비밀을 열어 보였으며 이제 코트에서는 "매미와 딱정벌레, 나방들"이 쏟아져 나온다. 이들의 주인은 새로운 피조물을 보며 기뻐한다.

박쥐Fledermaus 역시 그로테스크한 동물의 대표 격이다. 이름에도 이미 이것이 다양한 영역으로부터 부자연스럽게 뒤섞여 으스스한 모습으로 탄생한 동물임이 암시되어 있다. 생경한 모습에 어울리게 생존 방식 역시 생소하다. 박쥐는 어둠 속에서 소리 없이 날갯짓하며, 섬뜩할 만치 예리한 감각에 의존해 재빠르면서도 빈틈없는 정확함으로 움직일 수 있는 동물이다. 그러니 다른 동물들이 잠자는 사이에 그 피를 빨아 먹는다는 이야기도 그럴듯하게 느껴지지 않는가? 활동하지 않는 동안에도 기이하기는 마찬가지다. 양 날개로 망토처럼 몸을 감싸고 머리를 아래로 향한 채 매달려 있는 모습은 살아 있는 생물체라기보다는 차라리 한 조각의 죽은 사물처럼 보인다.[144]

식물의 세계도 그로테스크의 소재를 제공하기는 마찬가지다. 게다가

---

144 브렌타노의 『프라하 건설』 제3막에는 이런 대사가 나온다(*Gesammelte Schriften*, ed. Christian Brentano, Bd. VI, 1852, p.236).

프리미슬라우스 : …반역자의 제비. / (…) / 그 까닭에 나는 박쥐의 이름을 불렀소. / 새로운 도적의 양심과도 같이 불확실한 비행 / 그와 더불어 그것의 선한 본성과 악한 본성이 갈리오. / 박쥐는 밤을, 빛의 흔적을 쫓는다네. / 쥐만도 새만도 아닌 것, 그러나 / 어둠 속에서 도적질을 하는 쥐이자 새이기도 한 그것. / 보화가 번쩍이는 곳에서는 맹목적으로 죽음을 향해 달려들도다. / 반역은 고뇌하는 유령 / 빛과 어둠 사이에서 헤매는 살진 쥐처럼 / 사악한 구슬림과 행위 사이를 오가네. / 그것의 발톱에 머리채를 낚인 이는 / 사악한 길로 들어서 있다는 경고로 여길 터.

이는 그로테스크 장식미술에만 국한되지도 않는다. 도저히 풀어 헤칠 수 없을 것처럼 얽힌 넝쿨의 섬뜩한 생명력은 그 자체로도 더 이상의 과장이 필요 없을 만큼 그로테스크하게 느껴지며 이미 동물과 식물의 영역을 넘나들고 있는 듯 보인다. 그로테스크는 현미경을 통해 확대된 사물을 본다거나 그 밖에 인간이 보통의 경우에는 볼 수 없는 생물의 세계를 들여다볼 때도 탄생한다. 소설 속 제레누스 차이트블롬과 아드리안 레버퀸이 아드리안의 부친이 소유한 수족관에서 본 것을 알프레트 쿠빈은 현실에서 체험했으며, 파울 클레는 나폴리의 수족관에서 받은 강렬한 인상을 영영 지워 버릴 수 없었다고 언급한 적도 있다.

그로테스크를 특징짓는 모티프 중에는 고유의 위협적인 생명력을 발산하는 도구 역시 포함된다. 빌헬름 부슈의 작품에 등장하는 날카로운 물건들은 현대에 이르러 신식 도구나 기술, 특히 요란한 소음을 내는 운송 수단으로 대체되었다. 이때는 기계적인 것과 생물적인 것의 혼합뿐 아니라 비율의 왜곡도 그로테스크를 표현하는 좋은 수단이다. 나뭇잎 위에 그려진 비행기가 마치 거대한 잠자리처럼 보이는 식이다. 반대로 잠자리가 비행기가 되거나 장갑차가 동물의 모습을 한 괴물체로 그려지기도 한다. 현대인에게는 기술 문명을 대하는 이런 관점이 매우 익숙하기 때문에 이것이 '기술적' 그로테스크를 탄생시키는 동인이 되기도 쉽다. 이때는 기술적 도구가 무시무시한 파괴의 위협이라든지 그것을 창조한 인간에 대한 지배를 상징한다.

기계적인 것은 생명을 얻음으로써 생경해지는 반면, 인간적인 것은 생명력을 잃음으로써 생경해진다. 인형, 자동체, 마리오네트로 변한 육신, 그리고 가면으로 굳어진 얼굴은 꾸준히 그로테스크의 소재가 되어 왔다. 그로테스크 장식미술에 삽입된 가면으로부터 시작된 이 모티프는 현대에 이르러서도 즐겨 활용되며, 이 과정에서 독특한 변천사를 거쳤다. 보나벤투라의 『야경꾼』에서부터 가면은 이미 살아 숨 쉬는 얼굴을 가리고 있는 것이 아니라 그 자체로 인간의 얼굴로 굳어져 있다. 가면을 떼어 내면 그 밑에서 음흉하게 웃고 있는 해골이 드러난다. 앙소르와 파울 베버의 작품에 나오는 인물들은 가면과 더불어 태어났다. 웃거나 움직이는 해골과 뼈대 역시 그 안에 내포된 죽음의 상징과 더불어 그로테스크의 구조에 들어맞는 모티프이다. 앞에서도 죽음의 무도라는 소재가 야기하는 자극적인 분위기를 여러 번 언급했는데, 여기에 흔히 덧씌워지는 교훈적 의미만 제거한다면 이는 그로테스크 예술의 구성요소로서 손색이 없다.

광인의 내부에서도 인간적인 요소는 섬뜩한 무언가로 변화한다.[145] 여기서도 '무엇', 즉 낯설고도 인간계의 것이 아닌 혼이 인간의 영혼으로 파고든 것처럼 느껴진다. 광기와의 대면은 곧 우리의 삶 곳곳을 파고드는 그로테스크의 원시적 체험이다. 낭만주의와 현대 예술은 그로테스크 작품을 창작하는 데 특히 이 모티프를 자주 활용했다. 이러한 현상은 곧 '창작의 시학'이라는 주제와도 직결된다. 일찍부터 사람들은 꿈 외에도 작품에 나타난 광기 혹은 반半광기를 그에 상응하는 예술가의 창작 태도가 빚어낸 결과물로 해석했다. 이는 일차적으로 비평가들에 의해 이루어졌으며, 작품으로부터 예술가에 대한 해석을 이끌어 내는 귀납적 추론에 의해 탄생하기도 했다. 다시 말해 그로테스크의 세계는 곧 광인의 세계상으로 간주된다. 이는 동시에 그로테스크의 구조에 관해 엄청나게 많은 것을 시사하며, 이로써 비로소 그로테스크의 개념 정의도 실질적으로 가능해진다.

구조로서의 그로테스크

---

145 A. Schöne, Interpretationen zur dichterischen Gestaltung des Wahnsinns in der deutschen Literatur, Dissertation, Münster, 1952 참조.

그로테스크는 구조다. 우리는 앞에서도 수없이 언급한 표현을 통해 이 구조의 본질을 표현할 수 있다. "그로테스크는 생경해진 세계다." 물론 여기에는 몇 가지 설명이 필요하다. 동화의 세계를 외부에서 관찰할 때 우리는 그것을 생소하다거나 익숙하지 않은 것이라 칭할 수 있다. 그러나 이는 생경해진 세계는 아니다. 생경해진 세계란 우리가 익숙하고 편안하게 느끼던 것이 별안간 낯설고 섬뜩하게 다가오는 것을 말한다. 다시 말해 인간의 세계가 어떤 변화를 거친 것이다. 이때 느껴지는 갑작스러움과 당혹스러움은 그로테스크의 본질적 특징이다. 문학에서 이는 하나의 장면이나 역동적인 상을 통해 드러난다. 미술에서도 마찬가지로 정적인 상태가 아닌 사건이나 '함축적인' 순간(앙소르의 경우), 혹은 적어도 쿠빈의 작품에서 볼 수 있듯이 정지 상태이되 그림의 구석구석까지 위협적인 긴장감으로 채워진 순간으로 표현된다. 이로써 생경함이라는 특성이 어떤 것인지도 대충 설명되었다. 그 대상이 바로 우리가 알고 있는 세계이기 때문에, 그리고 지금껏 믿어 의심치 않던 그 세계에 대한 신뢰가 허상으로 판명되었기 때문에 우리가 느끼는 전율은 어마어마하다. 동시에 우리는 이렇게 변해 버린 세계에 머물 수 없음을 감지한다. 말하자면 그로테스크의 핵심은 죽음에 대한 공포가 아니라 삶에 대한 공포다. 일상적인 삶의 질서가 적용되지 않는다는 점도 그로테스크의 구조에 속한다. 해체 현상은 르네상스 장식미술부터 줄곧 관찰되어 왔다. 일반적으로 명확히 구별되는 영역들이 뒤섞이고 정역학의 법칙이 무색해지며, 사물의 정체가 불분명해지는가 하면 '자연스러운' 비율이 왜곡되기도 한다. 이것 외에도 우리는 새로운 종류의 해체를 살펴보았는데, 사물의 범주가 사라지고 개인적 특성이라는 개념이 파괴되며 시간적 질서가 허물어지는 것이 그렇다.

그러나 생경한 세계를 초래하며 위협적인 전조를 발산하는 주인공은 무엇인가? 이제 우리는 변해 버린 세계로부터 느끼는 전율의 마지막 깊이에까지 이르렀다. 왜냐하면 이러한 질문에는 답이 없기 때문이다. 묵시록의 동물들이 '심연'으로부터 솟아나며 악마가 일상으로 파고든다. 그러한 세력들에게 이름을 붙이고 우주 질서의 한 자리를 부여하는 순간 그로테스크의 본질은 즉시 사라질 것이다. 우리는 보스와 E. T. A. 호프만을 통해 그러한 사례를 살펴보았다. 우리의 세계로 침입하는 세력이 무엇인지는 파악이나 설명이 불가능하다. 이는 비인칭의 존재다. 여기서 "그로테스크는 미지의 '무엇(es)'을 구체화한 것이다"라는 새로운 정의를 내릴 수 있다. 여기서 '무엇'이란 암만Ammann이 비인칭대명사 'es(영어의 it에 해당―역주)'의 세 번째 용법(첫 번째 용법은 심리적인 상태를 표현할 때 [es freut mich : 나는 기쁘다], 두 번째 용법은 우주의 현상을 표현할 때[es regnet : 비가 온다, es blitzt : 번개가 친다] 쓰임)으로 정의한 '허상의' 무엇이다.[146]

생경한 세계는 인간에게서 판단력을 앗아 가며, 우리의 눈에 이치에 어긋나는 것으로 비친다. 이는 단순히 비극적인 것과는 명확히 구별된다. 물론 비극적인 것 역시 일차적으로는 불합리성을 내포하고 있다. 우리는 이를 고대 그리스 비극의 소재에서도 읽어 낼 수 있다. 어머니가 자식들을 해치거나 아들이 어머니를 살해하거나 아버지가 자식을 죽이거나 아들의 육신이 요리되어 아버지의 만찬 상에 오르는 것은 이치에 어긋난다. 그리스 신화에 나오는 아트레우스 이야기는 이처럼 불합리한 요소들로 넘쳐난다. 그러나 여기서 최우선적으로 다루어지는 것은 '행위'이다. 구체적으로 말하면 인간의 도덕적 원칙을 뿌리째 뒤흔드는 행위들이 중심이

---

146   Zum deutschen Impersonale, *Husserl-Festschrift*, 1929. 모리츠K. Ph. Moritz도 일찍이 다음과 같이 언급한 바 있다. "우리는 우리 이해력의 영역 밖에 있으며 언어적 명칭이 주어지지 않은 무언가를 비인칭 'es'를 통해 표현한다."(*Magazin zur Erfahrung-sseelenkunde*, 1783, I, 1, p.105)

된다. 반면에 그로테스크의 핵심은 개별적인 행위도, 도덕적 질서의 파괴도 아니다(다만 이것이 부분적인 구성요소로서 삽입될 수는 있다). 여기서 중요한 것은 물리적 질서가 효력을 잃는다는 점이다. 마지막으로, 비극적인 것은 적어도 완전히 납득 불가능한 상태에 머물지는 않는다는 것도 차이점이다. 예술 장르로서의 비극은 무의미하고 불합리한 것 속에서 어떤 의미의 탄생을 가능하게 해준다. 가령 신의 영역에서 준비된 숙명이라든지, 고난을 겪으면서 비로소 드러나는 비극적 영웅의 위대함 등이 그렇다. 그러나 그로테스크 예술가는 작품에 의미를 집어넣고자 해서는 안되며, 그렇게 할 수도 없다. 불합리성의 영역을 벗어나서도 안 된다. 만약 고트프리트 켈러가 빗 제조공 이야기에서 주인공이 파멸로 치닫는 과정을 연민에 찬 어조로 기술했다면, 그러한 감정적 관점에 의해 그로테스크는 약화되고 말았을 것이다.

그렇다면 그로테스크의 관점이란 과연 무엇인가? 어떤 관점에 의해 세계가 생경한 것으로 묘사되는가? 이 질문은 다시금 화제를 예술가의 창작 태도로 돌아가게 한다. 여러 세기에 걸쳐 수많은 예술가와 평론가들은 이 질문에 대한 답을 반복적으로 내놓았다. 생경한 세계는 꿈꾸는 자의 눈앞에서나 공상 속에서, 혹은 잠과 깨어남의 중간쯤에 보이는 어스름한 환상으로부터 탄생한다. 낭만주의와 초현실주의 예술가들이 자전적인 글귀를 통해 그토록 분명히 강조한 것, 다시 말해 그러한 환상이 '현실적인' 것을 포착하며 구체적인 형태를 빚어낸다는 사실에는 그보다 앞선 다른 시대의 예술가들 역시 분명 동의할 것이다. 그러나 이것 못지않게 자주 등장한 또 다른 고백에 의하면, 그로테스크의 일관성 있는 관점은 인간의 모든 행위를 공허하고 무의미한 인형놀음이자 우스꽝스러운 마리오네트 극으로 보는 냉정한 시선으로부터도 나온다. 인형극에는 신이라는 시인도, 자연이라는 감독도 없다. "지극히 수수께끼 같은 존재인 우리 자신이 바로 연극의 작가이자 감독이며 배우이기도 하다." 쿠빈이 '인생은 연극'이라는 오래된 토포스의 맥락에서 언급한 이 문장은 앞의 질문에 대한 대답이자 그보다 더 수수께끼 같은 말이기도 하다. 여기서도 옳은 대답이란 실질적으로 나올 수 없다. 지금까지 기술한 두 가지 관점은 그래픽 미술에 관한 장에서 정리한 두 가지 그로테스크의 종류, 즉 꿈의 세계에 기반을 둔 '환상적인' 그로테스크와 가면놀음 같은 극도로 풍자적인 그로테스크에 토대가 된 관점임이 분명하다.

구조의 구성요소

이제 우스꽝스러운 것이 그로테스크의 구성요소인가라는 물음으로 넘어가 보자. 앞서 우리는 이를 수용하는 빌란트의 해석에 ― 약간의 수정을 가한 뒤 ― 동의한 바 있다. 그로테스크의 구조에서 이를 뒷받침할 만한 부분은 어디인가? 이를 가장 쉽게 이해하는 방법은 풍자적인 세계관으로부터 탄생한 그로테스크를 살펴보는 것이다. 웃음은 우스꽝스럽고 캐리커처적인 주변부에서 유발되기 시작하여, 이에 쓰디쓴 현실이 뒤섞이면서부터는 경멸적이고 냉담한 웃음을 거쳐 마침내는 악마적인 웃음에 이르기까지 점점 더 그로테스크한 성격을 띠어 간다. 그러나 빌란트는 지옥의 브뤼헐이 다룬 '환상적인' 그로테스크에서도 웃음의 여지를 발견했다. 웃음으로써 반응하는 것 말고는 달리 해방구가 없는 특정한 상황에서 나오는 웃음을 의미한 것일까? 『미나 폰 바른헬름』에서 나온 것처럼 최악의 저주보다도 끔찍하게 들리는 웃음이 그것인가? 빌란트가 말한 웃음의 개념에는 텔하임의 절망까지는 아니더라도 내키지 않는 마음가짐 및 불합리한 것을 필사적으로 털어 내려는 시도가 내포된다. 그로테스크 예술에서 웃음이 의미하는 바에 관한 문제는 이 테마 전체를 통틀어 가장 어려운 부분이다. 명확한 답을 구하기가 불가능하기 때문이다. 그러나 우리는 작품

속의 세계를 생경하게 만드는 모티프로서 내키지 않는 웃음, 아득한 심연의 웃음을 종종 발견한다. 보나벤투라의 『야경꾼』에 나오는 화자는 성당에서 웃음이 터져 나오는 것을 느끼며, E. T. A. 호프만의 등장인물들 역시 전혀 웃을 이유가 없는 상황에서 웃음을 터뜨린다. 그로테스크 작품속의 웃음은 또 다른 측면에서 해석할 수 있다. 가령 거인들의 춤판을 묘사한 피샤르트의 인용문을 상기해 보자. 이 묘사문은 언어유희에 대한 작가의 애착에서 시작되지만 나중에는 언어 자체가 살아나며 도리어 작가를 언어의 소용돌이로 휩쓸고 들어간다. "나 역시도 가쁘게 숨을 몰아쉰다"는 표현이 이를 말해준다. 그 스스로 섬뜩한 놀음을 시작한 것이다. 그래픽 미술가들이 카프리초에서 다룬 것 역시 이런 종류의 유희였다. 지금까지 언급했던 예술작품들로부터는 이런 요소가 끊임없이 감지된다. 요약하자면 "그로테스크의 창작이란 곧 불합리한 것을 가지고 유희를 벌이는 일이다." 예술가는 거의 자유롭다고까지 할 수 있는 명랑한 기분으로 창작활동을 시작할지도 모른다. 라파엘로도 이런 식으로 그로테스크의 유희를 펼치고자 했다. 그러나 이런 유희는 도리어 예술가를 지배하거나 자유를 앗아 갈 수도, 그 스스로 경솔하게 불러들인 망령에 대한 공포를 유발할 수도 있다. 이제 그를 도와줄 구원자는 아무도 없다. 그로테스크의 창조자는 더 이상 어떤 조언에도 의지할 수 없다. 노년의 괴테가 『동서 디반』에 대한 어느 보유補遺에서 다음과 같이 정해 놓은 한계를 이미 뛰어넘어버린 뒤이기 때문이다.

그와 같은 결탁을 자랑하지 말지어다.
그에 엮여 편안함을 느끼는 자
그리고 불합리함을 즐기는 자가 아니라면.
그런 자에게는 불합리조차도 어울릴지니.

대다수의 그로테스크에서는 그런 자유와 쾌활함의 흔적을 더는 찾아볼 수 없다. 다만 성공적인 예술작품에서는 그림 혹은 장면 위로 순간적인 미소가 얼핏 스치고 지나가는 것을 느낄 수 있으며, 유희를 사랑하는 카프리초 식의 변덕스러움 역시 조금은 감지된다. 나아가 여기에서는, 아니 오직 여기에서만 분명 또 다른 뭔가가 느껴진다. 현세의 이면에 도사린 채 세계를 생경하게 만드는 암흑의 세력을 대면할 때면 당혹스러움과 전율이 엄습해 오지만, 참된 예술작품은 그런 공포와 동시에 은밀한 해방감 또한 맛보게 해 준다. 이런 작품에서는 음산한 것이 노출되고 섬뜩한 무언가가 발견되며 납득 불가능한 무언가에 대한 논의가 수면 위로 떠오른다. 이로써 그로테스크에 대한 마지막 정의를 내릴 수 있다. "그로테스크의 창작은 현세에 깃들어 있는 악마적인 무언가를 불러내고 그것을 정복하는 일이다."

그로테스크의 시대

이런 시도는 모든 시대에 걸쳐 이루어졌다. 다만 지금까지 살펴본 바에 의하면 빈도와 강도에서 현저히 차이를 보였을 뿐이다. 그중에서도 앞서 언급했던 '무엇'의 존재가 특히 집요하게 세력을 떨친 시기가 세 번 있었으니, 16세기, 질풍노도 시대에서 낭만주의 시대에 걸친 시기, 그리고 20세기이다. 이 시기들은 한결같이 기존의 세계관에 대한 믿음, 이전 시대의 안전한 세계 질서에 대한 믿음이 흔들리던 때이기도 했다. 굳이 억지로 단일한 관점으로 중세를 바라보려 하지 않더라도, 우리는 16세기 유럽이 이전의 세계관으로는 설명될 수 없는 체험의 각축장이었음을 잘 알고 있다. 질풍노도와 낭만주의는 계몽주의 시대에 형성된 합리주의적 세계관에 정면으로 맞섰을 뿐 아니라 그러한 세계관을 형성한 이성의 정통성 자체에 의문을 품었다. 마지막으로 현대는 19세기 사람들이 다양한 '통합 Synthese'의 기반으로 삼았던 인간학적 개념의 유효성 및 자연과학적 개념의 타당성에 반기를 들었다. 이처럼 그로테스크 예술에는 모든 종류의 합리주의 및 조직적 사고에 대한 강력한 저항이 내포되어 있다. 그러니 초현실주의가 이로부터 하나의 체계를 고안해 내고자 한 것 자체부터가 불합리한 일이었다.

후대의 그로테스크 예술가들이 의식적으로 옛 거장들의 예술을 모범 삼았다는 사실도 명백히 드러난다. 그러나 모든 그로테스크의 구조적 연관성과 더불어 개별적인 예술가의 특성 및 당대의 시대적 특징 역시 분명히 알아볼 수 있다. 이들의 작품 유형은 크게는 '환상적인' 그로테스크 및 '풍자적인' 그로테스크의 두 가지로 분류된다. 개인적 · 시대적 다양성을 정확히 파악하는 일은 그로테스크의 구조를 살펴봄으로써만 비로소 가능해진다. 이런 시도가 지속적으로 이루어진다면 새로운 자료는 얼마든지 나올 것이다. 이 연구서에서는 그로테스크의 본질을 개략적으로 살펴보고 향후 더욱 풍부한 연구의 가능성을 제시해 주는 몇 가지 방향만을 탐색하고자 했다.

옮긴이의 말

프라도 미술관을 방문한 것은 지금으로부터 10여 년 전, 유럽 배낭여행을 하면서였다. 그때 히에로니무스 보스와 브뤼헐, 고야의 작품들 앞에 오래 머물지 않았던 것을 나는 이 책을 번역하면서 후회했다. 볼프강 카이저의 표현을 빌려 변명하자면, 그들의 그림을 보며 느낀 '거북함' 탓이었다. 고야의 「아들을 잡아먹는 사투르누스」를 보며 느낀 불쾌감은 지금까지도 기억에 생생하다. 카이저는 살바도르 달리의 작품에 관해 서술하면서 "왜곡되고 뒤틀어지고 분해된 형상, 구역질나고 혐오스러운 형상들이 의도적으로 '사진처럼 사실적으로' 묘사된 광경" 때문에 그림 앞에 오래 서 있기 어렵다고 썼는데, 바로 이점을 나도 몇몇 전시실에서 어렴풋이 느꼈던 것 같다. 그러나 그때 그 작품들을 좀 더 유심히 살펴보았더라면 이 책을 번역하는 데 큰 도움이 되었을 거란 아쉬움은 여전하다.

몇몇 전시실에서 풍기는 기괴함에도 불구하고, 프라도 미술관은 유럽에서 가장 매혹적인 미술관 중 하나로 꼽을 만하다. 여행 중에 나를 사로잡은 유럽의 수많은 미술관과 건축 유산은 이후 독일 유학에서 서양 미술사를 새로운 전공으로 택하는 계기가 되었다. 그런데 막상 시작하고 보니 미술관 관람이나 유명 건축물 감상은 학문으로서의 미술사를 다루는 일과는 별개였다. 단순히 고전을 읽는 일과 그것을 학문적으로 연구하는 일이 다른 것과 마찬가지다. 우선은 학문에서 쓰이는 언어부터가 일반 언어와는 차이가 난다. 독자들이 이 책을 어렵게 느꼈다면 아마 그러한 이유 때문일 것이다.

볼프강 카이저는 고야의 그림을 감상하거나 에드거 앨런 포의 소설을 읽으며, 혹은 특정한 연극을 보며 느끼게 되는 생소함을 '그로테스크'라는 공통분모로 묶어 낸 뒤 이를 학문적으로 분석하고 있는데, 이때 카이저가 사용하는 언어에서도 학구적인 독일어 특유의 난해함이 여실히 드러난다. 게다가 독일어 책들이 흔히 그렇듯 문장과 문단이 매우 길어서, 눈이 피로할 정도로 활자가 작고 자간이 촘촘한데도 한 문단이 한 페이지를 넘기는 경우가 허다했다.

이는 이 책을 번역하면서 가장 어려웠던 점이기도 하다. 인문학 분야의 학술서치고 각각의 문장은 비교적 명료하게 쓰였지만, 한 문단을 이루는 문장들의 문맥을 전체적 맥락 속에서 읽어내는 일이 어려웠다. 간혹 해당 문단의 주제와 상관없어 보이는 문장이 등장할 때면 저자의 의도를 파악하느라 한동안 골머리를 앓기도 일쑤였다.

물론 번역 과정에서 겪은 어려움은 대부분 역자 본인의 전문지식이 부족한 탓이다. 문학과 미학에 관해 보다 풍부한 지식을 지녔더라면 튀는 듯 보이는 문장도 전체 맥락에서 이해하기가 한결 수월했을 터이다. 서양 미술사를 전공한 덕분에 미술과 관련된 부분은 큰 어려움이 없었지만, 내용의 큰 비중을 차지하는 문학 및 연극 관련 내용이 난제였다. 나름대로 문학에 관심을 가지고 많이 접해 왔다고 생각했으나 카이저가 예로 든 수많은 고전을 소화하기에는 역부족이었다. 저자가 독문학자인 만큼 미술보다는 문학에서의 그로테스크를 상대적으로 많이 다루었는데(개인적으로는 이 점이 다소 아쉽기도 했다), 짤막한 인용문 하나를 이해하기 위해 해당 작품의 내용 전체를 파악해야 하는 일이 부지기수였다. 특히 카프카와 같은 작가의 작품을 참고할 때는 내용을 이해하는 데만도 한참이 걸리곤 했다. 그러나 매번 원문을 찾아 읽거나 관련 자료를 뒤적여 가며 해당 부분을 번역하고 나면 전공 분야만 번역했다면 느끼지 못했을 커다란 보람이 느껴졌다. 더불어 독문학을 전공하지 않는 한 들어보지도 못했을 다양한 독일 고전 작품들을 접했다는 점도 큰 소득이었다.

볼프강 카이저(1906~1960)는 20세기 독문학사에 큰 영향을 미친 학자들 중 한 사람이다. 젊은 시절에는 고향인 베를린에서 독문학을 공부한 뒤 베를린을 비롯해 암스테르담, 리스본, 라이프치히 등에서 조교수와 강사로 활동했다. 제2차 세계대전 중에는 나치당에 가입한 전력이 있으나, 정치적·이념적 언급을 극도로 아꼈던 점으로 미루어 볼 때 이는 학자로서 장애 없이 연구 활동을 하기 위한 선택이었던 듯하다. 그런 태도 덕분이었는지 1950년부터는 괴팅겐 대학교에 재직하며 뛰어난 연구 성과로 동료들과 학생들의 호평을 받앉으며, 하버드 대학교에 초빙교수로 있기도 했다. 적극적으로든 소극적으로든 불의에 순응했다는 전력이 카이저의 이력에 오점을 찍었음은 분명한 사실이지만, 주목할 점은 카이저가 살았던 시대 역시 그가 이 책에서 다룬 몇몇 시대들만큼이나 그로테스크한 시기였다는 것이다. 그러한 배경이 카이저로 하여금 특별히 이 주제에 몰두하도록 만들었는지도 모를 일이다.

1957년 『미술과 문학에 나타난 그로테스크』가 완성된 이래 오늘날까지 그로테스크 예술에 관한 연구서는 지속적으로 발간되었지만, 이 책을 능가할 만큼 종합적이고 광범위한 성과는 찾아보기 힘들다. 대부분의 저서들은 특정 분야, 다시 말해 미술, 문학, 연극 중 어느 하나에 국한되었다. 카이저는 예술의 다양한 영역들을 총괄해 그로테스크의 본질을 정리함으로써 그로테스크를 명실상부한 미학의 한 범주로 자리매김하는 동시에, 이 분야를 연구하는 이들에게 길잡이가 되어 줄 고전을 남긴 셈이다.

수년 전 『독일 환상 문학선』(박계수 편역, 황금가지)이란 책을 읽으며, 거기 실린 단편들이 단순히 괴상한 꿈 이야기를 주절주절 늘어놓은 것은 아닌지 의문스러웠던 적이 있다. 어찌 보면 황당무계하고 어찌 보면 교훈적이며, 신비하면서도 괴기스러운 이야기들이 뭐라 꼬집어 말할 수 없는 이상한 느낌을 불러일으켰다. 먼지가 쌓인 채 오랫동안 책꽂이에 꽂혀 있던 이 책을 나는 이제야 다시금 펼쳐 보았다. 수십 년 전 볼프강 카이저가 호프만의 작품을 연구하거나 고야의 그림을 분석하면서 발견한 것과, 내가 느낀 것이 정확히 같은 것이었는지는 알 수 없다. 그러나 그때 막연하게 받은 느낌에 이제는 '그로테스크하다'는 수식어를 붙일 수 있을 듯하다.

좋은 책을 찾아 소개해 주신 아모르문디 출판사와 펍헙 에이전시 관계자 분들께 감사의 마음을 전한다. 더불어 바쁜 와중에도 시간을 내 물심양면 교정을 도와준 남편과, 독일어 원문은 물론 프랑스어, 이탈리아어 등 외국어 인용문 번역에 도움을 준 친구들, 원고를 마감하는 날까지 기다렸다가 건강하게 태어나 준 딸에게도 감사하는 마음이다.

옮긴이 이지혜

286

그림 1 라파엘로, '그로테스크'(교황청 로지아 기둥 장식화, 부분), 1515년경

그림 3 루카 시뇨렐리, '베르길리우스'(오르비에토 대성당 프레스코화), 1499~1504년

그림 4 루카 시뇨렐리, '엠페도클레스'(오르비에토 대성당 프레스코화), 1499~1504년

그림 7 대 피터르 브뤼헐, 「네덜란드 속담」, 1559년

그림 9 대 피터르 브뤼헐, 「악녀 그리트」, 1561~1562년

그림 8「세속적인 쾌락의 동산」(세 폭 제단화, 왼쪽부터: 천국, 지상, 지옥), 1490~1510년

그림 10 윌리엄 호가스, 「진 거리」, 1751년

그림 14 요한 하인리히 퓌슬리, 「악몽」, 1781년

그림 15 빌헬름 부슈, 『얼음 페터』 삽화, 1864년

그림 16 조르조 데 키리코, 「거대한 형이상학자」, 1917년

그림 17 이브 탕기, 「성골聖骨함 속의 태양」, 1937년

그림 18 살바도르 달리, 「불타는 기린」, 1937년

그림 19 막스 에른스트, 「저녁의 노래」, 1938년

그림 20 제임스 앙소르, 「음모」, 1911년

그림 21 제임스 앙소르, 「대성당」, 1886년

그림 25 프란시스코 데 고야, 「공공의 안녕에 반하여」, 1810년대